BLT
Mit der Welt
auf Buchfühlung

Von Lorraine Fouchet sind bei BLT erschienen:

92 179 Hundert Möglichkeiten, sein Leben zu ändern
92 200 An einem Abend in Paris …

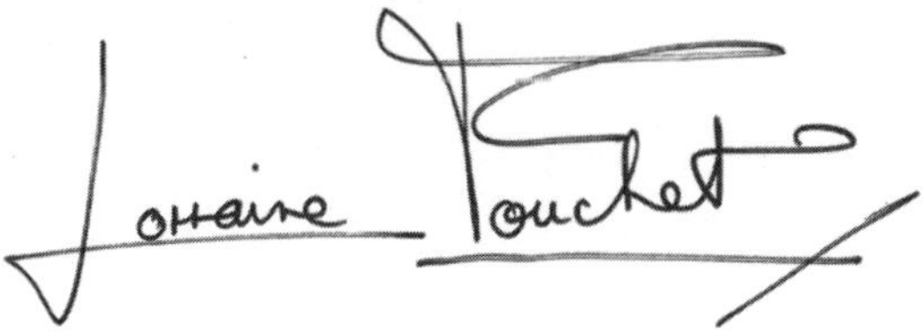

Lorraine Fouchet ist eigentlich Ärztin und erfüllte mit dieser Berufswahl den Traum ihres Vaters, der starb, als sie siebzehn war. Mittlerweile hat sie sich ihren eigenen Traum erfüllt und schreibt seit 1977 mit großem Erfolg Romane. »Hundert Möglichkeiten, sein Leben zu änderen«, mit dem Pressepreis »Maison de la Presse« ausgezeichnet, wurde in Frankreich ein Bestseller und fand auch bei den deutschen Lesern großen Anklang.

Lorraine Fouchet

Die Geheimnisse von Paris

Ins Deutsche übertragen von
Monika Buchgeister

BLT

BLT
Band 92 248

1. Auflage: April 2007

Vollständige Taschenbuchausgabe

BLT ist ein Imprint der Verlagsgruppe Lübbe

Deutsche Erstausgabe
Titel der französischen Originalausgabe:
NOUS N'AVONS PAS CHANGÉ

Lektorat: Daniela Bentele-Hendricks
Umschlaggestaltung: Gisela Kullowatz
Titelbild: © getty-images/Sigrid Olsson
Autorenfoto: © by Renata Parisi
Satz: Textverarbeitung Garbe, Köln
Druck und Verarbeitung: GGP Media GmbH, Pößneck
Printed in Germany
ISBN 978-3-404-92248-4

Sie finden uns im Internet unter
www.luebbe.de

Der Preis dieses Bandes versteht sich einschließlich
der gesetzlichen Mehrwertsteuer.

1

September 2000

Durch das Fenster blickten sie auf einen japanischen Kirschbaum und eine Eiche. Ein Kirschbaum wird hundert Jahre alt, eine Eiche hundertzwanzig. Eine Meise setzte sich auf einen Zweig des Kirschbaums. Eine Meise kann zwölf Jahre alt werden. Die beiden jungen Frauen, die hier im gleichen Krankenhauszimmer lagen, ließen ihre Blicke auf den Bäumen und dem Vogel ruhen. Sie hatten einander von ihrer Kindheit erzählt, von Augenblicken überschwänglicher Freude und herzzerreißenden Kummers, sie hatten von der Liebe und ihren Freunden gesprochen. Die junge Frau im linken Bett träumte davon, die Welt zu entdecken, aber sie tingelte von einem schlechtbezahlten Job zum nächsten und war ständig in Geldnot. Die junge Frau im rechten Bett hatte keine Träume, sie arbeitete nicht, ging bei großen Modeschöpfern ein und aus und war an allen angesagten Orten der Schickeria zu finden.

Es war genau zwölf Uhr. Die Tür ging auf. Eine hübsche Frau trat ein, zögerte auf der Schwelle und ging dann mit ihrem Tulpenstrauß entschlossenen Schrittes auf das linke Bett zu. Eine Tulpe wird in einem Krankenhauszimmer drei Tage alt. Die Besucherin setzte ein teilnahmsvolles Lächeln auf:

»Ich bin Danielle, meine Eltern waren die Nachbarn Ihrer Eltern, als wir klein waren. Wir haben uns Jahre nicht gesehen. Ich habe eine Zwillingsschwester, die Elisabeth heißt, erinnern Sie sich? Ich habe erfahren, dass Sie hier liegen, und da ich gerade eine Freundin besuchte, die ein Kind bekommen hat …«

Die junge Frau auf der linken Seite lächelte und schüttelte den Kopf.

»Da müssen Sie sich täuschen … Versuchen Sie es bei dem anderen Bett!«

Die beiden Kranken sahen sich in der Tat sehr ähnlich – die gleiche Haarfarbe, die gleiche Augenfarbe, das gleiche Alter. Verwirrt wandte sich die Besucherin dem Bett auf der rechten Seite zu. Die junge Frau rechts richtete sich im Bett auf:

»Sie hatten einen großen Bruder, der alles kaputtmachte und Patrick hieß, nicht wahr? Und einen Spaniel namens Rita, oder?«

Die Besucherin nickte beruhigt; sie war bei der Richtigen angelangt.

Als sie wieder gegangen war, ließen sich die beiden Bettlägerigen über diesen Irrtum aus. Es war ihnen noch nicht klar gewesen, wie sehr sie einander glichen.

»Wir hätten uns einen Spaß daraus machen können. Du hättest dich noch ein bißchen länger für mich ausgeben können!«, sagte die im rechten Bett lachend. »Ich mochte ihre Rita gerne. Sie war schwarz, aber die Schnauze und die Pfoten waren rostbraun. Einer unserer Nachbarn fluchte immer, wenn sie bellte. Da sagte ich zu ihm: ›Wenn es einmal so weit ist, dass Sie die Hunde nicht mehr bellen hören, die Vögel nicht mehr singen und die Kinder nicht mehr lachen und spielen, dann werden Sie es bedauern, denn dann sind Sie tot!‹ Daraufhin hat er sich nie wieder beschwert.«

Gegen Abend kam ein dickbäuchiger, unbeholfen wirkender Arzt zu ihnen. Auch er zögerte eine Sekunde angesichts der beiden Patientinnen. Sie hatten die gleiche Krankheit. Das Schicksal ist nicht gerecht. Er brachte eine gute und eine schlechte Nachricht: Eine von ihnen hatte das Leben noch vor sich, die andere nicht.

2

Montag, 19. September 2005

In ihrem weißen Haus mit den blauen Fensterläden sah Gwénola Tonnerre durch das Fenster des Arbeitszimmers auf das Meer vor der Ile de Groix hinaus. Segelboote tummelten sich auf dem Wasser. Um diese Zeit verließ die morgendliche Fähre den Hafen und nahm Kurs auf Lorient. Zärtlich streifte Gwénolas Blick das Photo von Loeiz – der bretonischen Variante für Louis –, ihrem neunzehnjährigen Sohn, der in Rennes Medizin studierte. Das Photo daneben zeigte Loeiz als Kind auf den Knien von Annick, der Mutter von Gwénola. Bilder eines anderen Mannes hingen nicht an der Wand, und das hatte seinen Grund. Gwénola kannte ihren Vater ebenso wenig wie Loeiz den seinen, als sei dies in der Familie zur Gewohnheit geworden.

An der Wand steckte auch ein kleines Kärtchen mit der Aufschrift: »Zwanzig Jahre Abitur! Abendessen des Jahrgangs 1985 von Sainte-Agathe am Dienstag, den 20. September.« Gwénola hatte ihr Abitur vor zwanzig Jahren in Paris abgelegt, weil Annick, die unverheiratet war und ihre Tochter allein großzog, als Krankenschwester in dieser feinen Pariser Privatschule arbeitete. Nur wenige Tage nach den Abiturprüfungen war Gwénola zu ihrer Großmutter nach Groix aufgebrochen, um dort, auf diesem acht mal vier Kilometer langen Stück Erde mitten im Wasser, zu leben. Ihre Großmutter war eine Seemannswitwe. Sie umgab Gwénola mit Zärtlichkeit und stopfte sie mit bretonischem Kuchen und anderen regionalen Köstlichkeiten voll. Inzwischen war sie gestorben, aber Gwénola hatte sich endgültig auf der Insel niedergelassen. Es kam vor, dass sie sie verließ, um einen Tag in Lorient zu verbringen, sie hatte es sogar schon einige Male bis nach Rennes geschafft, aber in die Hauptstadt war sie nie wieder zurückgekehrt.

Sie schüttelte ihre Haare, um wieder einen klaren Kopf zu bekommen und sich auf den Artikel zu konzentrieren, den sie als lokale Korrespondentin für die Zeitung *Sud-Ouest* gerade schrieb. Die Worte sprudelten flüssig hervor, die Finger flogen über die Tasten ihres weißen Power Books – sie liebte ihren Beruf als Journalistin. Normalerweise feilte sie ausgiebig an ihren Texten, aber heute hatte sie es eilig. Wenn sie ihren Text per Internet weggeschickt hatte, würde sie ihre Tasche schnappen und unten im Hafen die Fähre nach Lorient nehmen. Dort würde sie in den TGV nach Paris steigen. Sie hatte in der Rue de la Gaîté im Montparnasse-Viertel ein Zimmer reserviert. Diese Straße lag in der Nähe des Bahnhofs, an dem die Züge aus der Bretagne eintreffen; außerdem konnte der Straßenname nur Gutes verheißen.

Gwénola sah auf ihre Sportarmbanduhr, die ihr auch die Gezeiten anzeigte – ein Weihnachtsgeschenk ihres Sohnes. Unpünktlich war sie eigentlich schon immer, gewissermaßen von Geburt an – ihre Mutter war erst eine Woche nach dem errechneten Zeitpunkt niedergekommen.

Gwénola lächelte, während sie zu dem Photo sah, auf dem Annick mit dem kleinen Loeiz spielte. Alle drei hatten dichte schwarze Locken, einen forschenden Blick, den manche für arrogant hielten, und einen sehnigen Körperbau. Loeiz war wie ein Spargel in die Höhe geschossen und hatte es auf einen Meter neunzig gebracht. Gwénola besaß immer noch ihr jugendliches Gesicht von früher. Ihre türkisfarbenen Augen strahlten oft, sie war eine hübsche Frau mit guter Figur. Sie war energisch und fröhlich, aber zerbrechlicher, als es den Anschein hatte. Niemals sprach sie über den Vater von Loeiz und blieb verschlossen wie eine Auster, wenn man sie nach ihm fragte. Die Männer fanden sie anziehend, aber sie war nicht sehr selbstsicher. Von ihrer ersten Liebesgeschichte hatte sie sich nie ganz erholt. Zu tief war die Wunde.

»Oho, Gwénola! Nimmst du die Fähre?«

Ihre Nachbarin Eva Foresta blieb auf dem alten Zöllnerpfad stehen und streichelte den englischen Setter Rebecca ihrer gemeinsamen Nachbarin Poupée.

»Ja, die um 13.30 Uhr. Warum gehe ich nur zu diesem blödsinnigen Ehemaligentreffen morgen Abend? Natürlich aus Neugierde …«

Gwénola log. Sie wusste sehr genau, warum sie hinging. Und seit zwanzig Jahren verdrängte sie jeden Gedanken an diesen Augenblick.

3

Bei Olivia Ruben befand sich die Einladungskarte »Zwanzig Jahre Abitur! Abendessen des Jahrgangs 1985« auf dem Kaminsims. Dort lehnte sie an einer goldenen Sieben, einer Auszeichnung für den besten Fortsetzungsroman des vergangenen Sommers. Olivia war eine gefeierte Schriftstellerin und weithin bekannt. Sie hatte zehn Romane in zwanzig Jahren veröffentlicht, und alle waren für das Fernsehen verfilmt worden. Sie wohnte in dem Dorf Yvelines, etwa zwanzig Minuten mit der Schnellbahn von der Place de l'Étoile entfernt. Mit ihrem kleinen Mercedes brauchte sie eine halbe Stunde, wenn nichts los war, und eineinhalb Stunden zu den Stoßzeiten.

Noa, ihr siebzehnjähriger Sohn, stürzte atemlos ins Zimmer. Er trug seine Haare zu einem Katogan frisiert, in seiner Zunge blitzte ein Piercing. Strahlend verkündete er:

»Papa nimmt mich am Samstag mit nach Deauville!«

»Dein Vater hat wohl vergessen, dass ich dich dann möglicherweise drei lange Monate entbehren muss«, erwiderte Olivia bissig. »Du wirst mir so unendlich fehlen, mein Liebling …«

Eine zweite bunte Karte lag neben der von Sainte-Agathe: *Wie der Vater, so der Sohn* – so lautete der Titel der großen, für den kommenden Herbst angekündigten Reality-TV-Show. Am Samstag sollte die erste Folge nach den

Abendnachrichten zur besten Sendezeit ausgestrahlt werden. Die Kandidaten waren allesamt Kinder wichtiger Personen. Auf Noa war die Wahl gefallen, weil er der Sohn von Olivia war. Nach dem üblichen Schema würde jede Woche ein Kandidat nach Hause geschickt werden. Der Sieger würde nach drei Monaten Geld, Berühmtheit und Unterstützung bei einem Vorhaben seiner Wahl erhalten – ob es nun Plattenaufnahmen, eine Kunstausstellung, eine Buchveröffentlichung, eine Regieführung oder eine erste Filmrolle war. Noa träumte davon, Regisseur oder Schriftsteller zu werden, eine Mischung aus Steven Spielberg und Marc Levy. Er wollte, dass sich die Leute auf der Straße nach ihm umdrehten, und mit siebzehn Jahren schien ihm dieser Berufswunsch außerordentlich passend, um die Mädchen verrückt nach ihm zu machen. Er hatte begriffen, wie die Dinge liefen: »Wenn ein Unbekannter schreibt, schert sich kein Mensch um ihn, niemand wartet auf ihn«, formulierte er sehr treffend, »aber wenn einer von den *people* schreibt, rennen alle hin!«

Olivia Ruben hatte ihre Kindheit in dem feinen Hotel ihrer Eltern in Neuilly verbracht, das ganz in der Nähe des amerikanischen Hotels lag. Später hatte sie Colin Nathan geheiratet, einen Schönheitschirurgen, der am Anfang einer steilen Karriere stand. Im Jahr ihrer Scheidung, in dem sie ihren fünften Roman veröffentlichte, hatte Olivia von ihren Tantiemen als Autorin das Haus in Yvelines gekauft. Es war ein modernes Gebäude, dessen Innenarchitektur streng im Zen-Stil gehalten war: weiße Wände und Vorhänge, sparsame Einrichtungsgegenstände, kein einziges Bild, weder Silberzeug noch Nippes, ein paar Bonsaipflanzen und traditionelle japanische Futons. Da Olivia groß und recht füllig war, trug sie mit Vorliebe fließende, edle Stoffe wie Leinen, Seide und Leder in verschiedenen Beigetönen. Ihr Haar war blond, ein natürliches

Blond, während ihre Lippen künstlich aufgepolstert waren, dazu kamen wunderschöne grüne Augen. Sie stand ununterbrochen im Rampenlicht, und nie sah man sie ungeschminkt.

»Mama, lass mich doch dorthin gehen«, schmeichelte Noa beharrlich.

Mit ihren fast weißen Haaren und ihren Katzenaugen ähnelten Mutter und Sohn einander, aber Noa war hochaufgeschossen und spindeldürr.

Olivia Ruben sah auf die luxuriöse Armbanduhr an ihrem Handgelenk, die ihr Vater, der Milliardär Richard Ruben, ihr zur Geburt von Noa geschenkt hatte. Ausgerechnet heute hatte ihr Ehemann Colin den lustigen Einfall gehabt, ihr das erste, kostenlose Lifting anzubieten, und er meinte es ernst.

»Kommt überhaupt nicht in Frage!«, erwiderte sie Noa bestimmt. »Ich will dich die ganze Woche um mich haben. Dein Vater hat dich am letzten Sonntag gehabt, jetzt bin ich an der Reihe!«

»Aber Mama ...«

»Du nimmst schon an der Sendung *Wie der Vater, so der Sohn* teil, ist das nicht genug?«, fragte Olivia verärgert. »Nein heißt nein, und dabei bleibt es. Ich habe kein Vitamin C mehr, kannst du bitte bei Manuel ein paar Orangen kaufen?«

Statt einer Antwort schlug Noa die Tür hinter sich zu. Olivia seufzte, schaltete ihren Computer auf Stand-by, schob den roten Ledersessel zurück, streckte ihren massigen Körper und griff nach ihrer kleinen Geldbörse. Im Vorbeigehen streichelte sie ihre Perserkatze *Who's who* mit dem seltsamen Blick. An dem Tag, an dem man sie für das berühmte Verzeichnis wichtiger Persönlichkeiten vorgeschlagen hatte, hatte sich Olivia dem Glück sehr nahe gefühlt.

Auf der Straße legte sie den Kopf in den Nacken, um die wärmende Sonne zu spüren, und versuchte, nicht an die Leere zu denken, die die Abwesenheit ihres Sohnes bei ihr hervorrufen würde. Vielleicht würde er mit ein wenig Glück rasch aus dem Spiel ausscheiden.

»Salut, Olivia! Ich habe dich gestern im Radio gehört, du warst wunderbar!«

Ihre Nachbarin Lisa Niels, eine Ärztin, lächelte sie überschwänglich an. Unten auf dem Kirchplatz öffnete Marie-Amélie ihren Käseladen. An der Hand hielt sie ihre Tochter Mathilde, die sich beschwerte, der Labrador Evinrude habe ihr Kuscheltier geklaut.

»Sollen wir morgen alle drei zusammen grillen, habt ihr Zeit?«, schlug Lisa vor.

»Ich bringe Käse und Wein mit«, sagte Marie-Amélie sofort.

Olivia schüttelte den Kopf.

»Ohne mich, leider. Ich habe ein Treffen mit ehemaligen Mitschülerinnen. Wir haben uns seit zwanzig Jahren nicht mehr gesehen. Ich weiß wirklich nicht, warum ich zugesagt habe …«

Sie log. Ihr erster Gedanke bei Erhalt der Einladung war gewesen, dass sie so ihren Bekanntheitsgrad einmal sehr gut überprüfen könnte. Der zweite Gedanke – tief in ihrem Innern – war, dass sie seit Jahren auf Messers Schneide lebte und es nun endlich Zeit war, reinen Tisch zu machen

4

Die Einladungskarte zu den »Zwanzig Jahren Abitur!« der Gräfin Axelle de Bergeac klemmte im Rahmen des großen Spiegels ihres Ankleidezimmers – ganz so wie früher die Einladungen zu den organisierten Abendveranstaltungen, auf denen die jungen Aristokraten zum Zwecke zukünftiger Verbindungen zusammentreffen. Auch im Jahre 2005 gab es das noch.

In der Welt, in der Axelle lebte, hatte sich in der Tat nicht viel geändert. Ihr Bruder, ihre Cousins, ihre Freunde, ihr Mann Charles und sie selbst lebten noch immer auf Schlössern, die sich seit ewigen Zeiten in Familienbesitz befanden. Aber im Gegensatz zur landläufigen Meinung besaßen sie kein Vermögen mehr. Die Männer hatten mittlerweile gelernt, wie man eine Mauer ausbessert, wie man Ziegelsteine ersetzt, Rohre verlegt oder eine elektrische Leitung repariert. Sie arbeiteten bei einer Behörde, im Modegeschäft, in einer Botschaft, in der gehobenen Verwaltung, in der Finanzwelt, im Kulturbereich oder sogar bei der Armee. Die Frauen führten Besucher durch das Schloss, verkauften Eintrittskarten, erzählten die Familiengeschichte, antworteten freundlich auf die bestürzend ungebildeten Fragen der Touristen und hielten so den endgültigen Bankrott auf. Die Zugehörigkeit zum Adel entsprach nicht mehr einem Gesellschaftsstand, sondern lediglich einer

Geisteshaltung. Der offizielle Eintritt von Axelle in diese Welt erfolgte seinerzeit mit dem Besuch des berühmten Debütantinnenballs, auf dem sie – mittellos, wie ihre Familie war – ein für einen Abend geliehenes Kleid der Haute Couture samt dazugehörigem Collier trug. Aber sie trug es voller Anmut und Stolz.

Mechanisch fuhr Axelle mit den Fingern über die Einladungskarte auf dem Spiegel, als wollte sie prüfen, ob sich die Umrisse der Buchstaben von dem Papier abhoben. Die Einladung nach Sainte-Agathe war nicht mit den Tanzabenden von früher zu vergleichen. Auch wenn seit ihrem Abitur zwanzig Jahre vergangen waren, kam es ihr vor, als sei alles erst gestern gewesen. Nach der Schulzeit hatte sie das Schloss ihrer Eltern in der Normandie verlassen, um Charles auf das seine im Südwesten Frankreichs zu folgen. Sie waren leider kinderlos geblieben, obwohl sie alles versucht hatten. Axelle hatte sich in die Arbeit gestürzt, um ihren Kummer zu vergessen. Sie bereitete die Kinder im Dorf auf die Kommunion vor, arbeitete in der Bücherei, betreute alte Leute, den Bridgeclub und den Verein für Blumengärten. Wo sie nur konnte, unterstützte sie ihren Ehemann bei seiner Arbeit als Abgeordneter und Bürgermeister. Sie war eine vorbildliche Ehefrau, in ihrer Vornehmheit und Eleganz die perfekte Frau für Charles – eine Ausnahmeerscheinung. Ihre denkwürdige Hochzeit hatte fünfhundert Personen zusammengeführt und eine Doppelseite in den entsprechenden Illustrierten gefüllt. Sie hatte einen ehrwürdigen Namen gegen einen anderen ehrwürdigen Namen getauscht, ganz wie es sich in dieser abgeschlossenen Welt gehörte, in der Traditionen aus Pflichtbewusstsein und Anstand weitergegeben wurden.

Axelle vergaß die Karte und begutachtete ihr Bild im Spiegel. Eine hochgewachsene Frau mit braunem Haar und eisblauen Augen sah ihr entgegen. Sie hatte Format,

»Rasse«, wie ihr Vater zu sagen pflegte: »Du bist nicht nur hübsch, mein Mädchen, du bist mehr als das.« Sie selbst hielt sich für zu groß, für linkisch, etwas zu wenig sexy und nicht sehr sinnlich. Dennoch war sie sehr selbstsicher – ihre Geburt schien ihr das bereits mitgegeben zu haben. Sie liebte ihren Mann abgöttisch und war ihm mit Haut und Haaren ergeben. Nach außen war sie eine vornehme und zurückhaltende Ehefrau, aber in ihren vier Wänden war sie zugleich eine leidenschaftliche Geliebte, die zu allem bereit war.

Es klopfte an der Tür.

»Frau Gräfin, sind Sie da?«

»Komm herein, Jeanne!«

Jeanne, ihr einstiges Kindermädchen, das ihr während der Kindheit hin und wieder eine gehörige Tracht Prügel verabreicht hatte, betrat das Ankleidezimmer.

»Es geht um das Menü für Monsieur morgen Abend. Frau Gräfin wird ja in Paris sein. Soll ich Fisch oder lieber Fleisch zubereiten?«

Axelle zögerte und entschied:

»Lieber Fisch, und er wird im kleinen Salon speisen. Danke, dass du daran gedacht hast, Jeanne.«

»Dafür bin ich doch da, Madame!«, antwortete Jeanne. »Ich habe Ihren Koffer schon gepackt. Joseph bringt ihn zum Zug.«

Axelle nickte. Ihr Oberkellner würde sie in dem alten, von ihrem Vater geerbten Citroën zum Bahnhof fahren und den Koffer bis zum Zug tragen. Sie hatte einen Fensterplatz in der zweiten Klasse. Charles und sie besaßen immer noch ein kleines Studio in Paris ganz in der Nähe des Champ-de-Mars. Dort würde sie übernachten. Sie mochten dieses Viertel. Der Champ-de-Mars hatte früher den Klöstern von Saint-Germain-des Prés und Sainte-Geneviève gehört. Der Comte d'Argenson hatte das Terrain im achtzehnten

Jahrhundert erworben, um dort ein Gebäude der École militaire zu errichten. Dort war der erste Heißluftballon gestartet. In den Gräben hatte der Agronom Parmentier die ersten französischen Kartoffeln angebaut. Am vierzehnten Juli 1790 war das Volk dort zusammengekommen, um den Jahrestag der französischen Revolution zu feiern. Und 1887 bis 1889 wurde anläßlich der Weltausstellung der Eiffelturm gebaut.

Axelle warf einen Blick auf die elegante Armbanduhr an ihrem schmalen Handgelenk.

»Wir brechen in einer halben Stunde auf, danke, Jeanne.«

Das Telefon klingelte. Jeanne nahm das Gespräch an.

»Château de Bergeac … Bleiben Sie bitte am Apparat.«

Sie reichte Axelle den Hörer.

»Es ist Madame Forestier, Frau Gräfin.«

Die Züge von Axelle erhellten sich. Juliette Forestier war ihre Nachbarin und eine gute Freundin.

»Wie geht es dem Büro ›*Alles wird anders*‹?«, fragte sie mit einer leicht gezwungenen Fröhlichkeit.

»Es könnte nicht besser sein! Fährst du gleich?«

»Ich habe überhaupt keine Lust, zu diesem Treffen zu gehen«, seufzte Axelle, »aber es ist gewissermaßen eine gesellschaftliche Verpflichtung. Allein schon aus Respekt unseren ehemaligen Lehrern gegenüber muss ich hinfahren. Es wäre sehr unhöflich, der Einladung nicht Folge zu leisten …«

In Wahrheit erfüllte es sie mit Panik, nach Paris zu fahren. Und das war nicht verwunderlich angesichts dessen, was sich damals zugetragen hatte. Aber sie würde sich stellen, sie hatte einen Platz zu verteidigen.

5

Bei Jenny Lincoln lag die Einladungskarte zum Abendessen des Abitur-Jahrgangs von 1985 auf dem Nachttisch ihres Zimmers im Hôtel Raphael in Rom. Sie war an ihre letzte Adresse in Amerika geschickt worden, und von dort hatte man sie ihr bis nach Europa nachgeschickt. Sie hatte die Einladung angenommen. Paris war schließlich nur zwei Flugstunden von Rom entfernt – Gwénola von der Île de Groix oder Axelle aus dem Südwesten Frankreichs würden länger brauchen als sie, um nach Paris zu kommen. Um sich nicht allzu fremd zu fühlen, hatte sie im Hôtel Raphael in Paris, in der Nähe des Triumphbogens, unweit der Champs-Élysées genau das gleiche Zimmer reserviert.

Seit beinahe vier Jahren wohnte Jenny nun schon in Rom. Ihr Luxuszimmer lag in der Mitte der dicht mit Efeu bewachsenen Fassade des Hotels und ging auf den Largo Febo hinaus. Unter den Fenstern hasteten grell gekleidete und mit Photoapparaten behängte Touristen vorbei, um ein paar Meter weiter auf die Piazza Navona zu treffen, eine von Kaiser Domitian im Jahre 86 nach Christus erbaute olympische Arena. Der Untergrund war einmal eine Senke gewesen, in der Wasserspiele stattfinden konnten. Die Prunkstücke des Platzes sind noch heute der Maurus-Brunnen, der Vier-Ströme-Brunnen von Bernini sowie der Neptun-Brunnen.

Mittags aßen ausschließlich Touristen, also Müßiggänger, auf dem Platz – kein Italiener würde einen solchen Frevel begehen. Auf der Piazza wurde nur abends gegessen, Jenny hatte nie begriffen, warum. Sie nahm ihre Mahlzeiten im Restaurant Santa Lucia ein, das gleich neben dem Hotel lag und eine feine neapolitanische Küche bot. Im Winter aß man drinnen, im Sommer auf einer Terrasse im Schatten von ockerfarbenen und rostroten romanischen Prachtbauten. Die Einheimischen kannten sie; sie war mehr als nur eine weitere amerikanische Touristin. Sie hatte Fuß gefasst an diesem Ort und unterhielt sich in fließendem Italienisch. Barbara, die Besitzerin des Restaurants, fand sie sympathisch. Jenny war durchschnittlich groß und durchschnittlich schwer. Sie hatte braune Augen und regelmäßige Gesichtszüge. So gesehen war sie keine ungewöhnliche Erscheinung, aber ihre rote Haarpracht leuchtete wie ein kanadischer Wald im Herbst, und das hob sie von allen anderen ab.

Sie sah auf ihre wertvolle Armbanduhr, ein Geschenk ihres Geliebten, des Barons Floridiano, der sehr in sie verliebt, aber mit einer anderen verheiratet war. Als das Telefon klingelte, war klar, dass nur er es sein konnte.

»*Amore*, bist du noch nicht weg? Ruf mich an, sobald du in Paris gelandet bist; vergiss es bitte nicht!«

Er stammte aus dem Norden und sprach italienisch, ohne das »r« zu rollen.

»Versprochen«, beruhigte sie ihn.

»Warum willst du die ganze Woche dort bleiben?, schmollte er. »Du wirst dich dort langweilen. Deine früheren Freundinnen werden ihre Ehemänner und ihre Kinder um sich haben …«

»Genau wie du. Du hast hier auch deine Frau und deine *bambini*, und trotzdem langweile ich mich nicht«, erwiderte sie ihm schlagfertig.

Beleidigtes Schweigen, das hatte gesessen. Schnell gewann der Baron seine Fassung wieder und gab locker zu bedenken:

»Wenn der Eiffelturm abends leuchtet, so strahlt er sicher nicht so schön wie deine Augen!«

Jenny lächelte. Sie war gleichermaßen erleichtert und aufgeregt wegen ihrer Reise nach Paris. Es wurde höchste Zeit. Sie hatte ihr Versprechen gegeben und nun musste sie es einlösen.

Zwei Stunden später nahm sie auf dem Sitz 4B eines Flugzeugs auf dem Flughafen von Fiumicino Platz.

»*Scusi* ... Ich glaube, dass ist mein Platz.«

Der Nachbar, den ihr der Zufall auf dem Sitz 4A zugedacht hatte, war ein hochgewachsener Römer, dessen Haar ebenso schwarz war wie ihres rot. Er war etwa in ihrem Alter, hatte ein schönes, scharf geschnittenes Gesicht, grünblaue Augen und riesige Hände. Er hatte sie für eine Französin gehalten und mit einem reizenden Akzent auf Französisch angesprochen. Sie ließ ihn in seinem Glauben. Bis die Tabletts mit der Mahlzeit gereicht wurden, saßen sie schweigend nebeneinander. Dann schenkte er ihr höflich Wein ein, als säßen sie zusammen beim Abendessen in einem Restaurant. Jenny wollte ihn in die Schranken weisen, fürchtete aber, sich lächerlich zu machen. Er baggerte sie schließlich nicht an, sondern war einfach freundlich; wovor hatte sie also Angst? Er erzählte ihr, dass er mit Marinegegenständen handelte und zum ersten Mal nach Paris unterwegs war, um dort die internationale Trödler- und Schinkenmesse zu besuchen. Er gestand ihr, dass er das Meer liebte, aber noch nie einen Fuß auf ein Schiff gesetzt hatte, und dass ihm vollkommen klar war, wie lächerlich das war, und dass er dieses Versäumnis nun bald nachholen würde. Jenny bekannte, dass es sich bei ihr nicht anders verhielt.

»Dann sind Sie auch noch nie mit einem dieser berühmten *bateaux-mouches* gefahren? Ich heiße Corrado. Ich weiß, das ist ein seltsamer Vorname, aber mein Vater war ein Verehrer des Schriftstellers und Seefahrers Joseph Conrad. Ich lade Sie hiermit zu einem Abendessen auf der Seine ein, wenn Sie möchten«, schlug er leichthin vor.

Sie lehnte höflich ab, danach stünde ihr nicht der Sinn. Er beharrte nicht auf seinem Vorschlag und schenkte ihr stattdessen zuvorkommend noch etwas Wein nach.

»Bleiben Sie lange in Paris?«, fragte Jenny, um die Unterhaltung nicht abreißen zu lassen.

»Acht Tage. Ich muss wieder zurück, um den nächsten Trödelmarkt am Ponte Milvio vorzubereiten.«

Sie nickte. Sie kannte diesen erlesenen Trödelmarkt, der an jedem ersten Sonntag im Monat rund um die älteste Brücke Roms am Ufer des Tiber stattfand – genau dort, wo die Schlacht der Horatier gegen die Curatier stattgefunden hatte. Aber sie war niemals dort gewesen, da sie in einem Hotel wohnte und deshalb für Einrichtungsgegenstände oder Antiquitäten keine Verwendung hatte.

»Ich bin Amerikanerin und lebe jetzt in Rom. Aber in meiner Jugend habe ich in Paris gelebt. Ich bleibe ebenfalls nur eine Woche. Ich besuche ein Treffen ehemaliger Schülerinnen aus meiner Schule«, erklärte sie ihm.

»Dann haben Sie Paris wohl noch sehr gut auswendig?«

Sie musste ihn sehr erstaunt angesehen haben.

»Das sagt man wohl auf Französisch nicht so, oder? Ich meine, *a memoria*, in- und auswendig kennen …«

Nun verstand sie und lächelte.

»Ich war seit zwanzig Jahren nicht mehr dort, die Stadt wird sich verändert haben.«

Corrado befreite sie von ihrem Tablett, während das Flugzeug die silbernen Schleifen der Seine überflog und sich bereits im Anflug auf Paris befand.

»Viel Spaß bei dem Wiedersehen«, sagte er, als sie Orly erreicht hatten. »Derjenige, der als Erster den Fuß auf ein Schiff setzt, gibt dem anderen Bescheid, einverstanden?«

Sie lächelte. Beim Warten auf das Gepäck verloren sie sich aus den Augen, draußen jedoch trafen sie sich in einem feinen Nieselregen am Taxistand wieder. Niemand erwartete sie. Corrado, der als Erster dort gewesen war, ließ ihr den Vortritt und hielt ihr die Tür des Taxis auf.

»Bitte schön«, sagte er. »Ein Auto ist nichts anderes als ein Boot mit vier Rädern. Ich wünsche Ihnen eine gute Kreuzfahrt.«

Sie nahm sein Angebot dankend an und lachte. Die Woche begann unter guten Vorzeichen.

6

Dienstag, 20. September

Paris erwachte, und es herrschte das übliche geschäftige Treiben der vielen Lieferwagen und ihrer Arbeit nachgehenden Straßenfeger, wie Jacques Dutronc sie in seinem Lied »Paris s'éveille« besingt. Gebeugt unter der Last ihrer vollgestopften Schultaschen, trafen die Schülerinnen des Jahrgangs 2005 in regelrechten Trauben in Sainte-Agathe ein. Dieser Morgen war der Gegenwart gewidmet, der Abend jedoch würde der Vergangenheit gehören.

Isabelle Bedier, die Stufenleiterin des Jahrgangs 1985, ließ ihre Finger über die Tastatur ihres Computers huschen. Der Drucker spuckte die Liste der ehemaligen Schülerinnen aus, die heute Abend kommen würden – nach zwanzig Jahren eine durchaus beachtliche Anzahl. Immer noch erhielt sie zahlreiche Glückwünsche von ihnen zu den Festtagen. Viele hatten reich geheiratet, aber die Hälfte war mittlerweile geschieden. Von manchen hatte sich die Spur verloren, ein paar waren bereits gestorben, zwei waren Ordensschwestern geworden, eine war Ministerin, eine andere Malerin, auch eine Schriftstellerin war darunter und schließlich sogar, wie sie aus zuverlässiger Quelle wusste, eine Hure. Die Ministerin war nicht abkömmlich, die Malerin hatte gerade eine Ausstellung und von der Hure hatte sie nichts gehört. Olivia Ruben, die Schriftstellerin, würde aber zu dem Treffen kommen.

Isabelle lächelte. Sie erinnerte sich bis ins kleinste Detail an die große, ungeschickte und sehr verschlossene Jugendliche. Sie war die einzige Tochter eines neureichen, tyrannischen Milliardärs. Ihre Mutter war während des letzten Schuljahres gestorben. Das junge Mädchen hatte sie im Koma liegend gefunden, als sie mit einer Freundin nach Hause kam. Wie hieß die Freundin noch einmal? Sie war die Tochter eines amerikanischen Diplomaten. Isabelle zog die Augenbrauen zusammen, nagte an ihrer Unterlippe und nahm ihre Liste zu Hilfe. Jenny Lincoln, jetzt erinnerte sich Isabelle auch an sie. Sie waren zu viert gewesen, die vier Unzertrennlichen, die auch die »vier Elemente« genannt wurden: Olivia, die Verträumte, war die Luft, Jenny, die Leidenschaftliche, das Feuer, Axelle, die in der Wirklichkeit verwurzelte Aristrokratin, die Erde, und Gwénola, die Bretonin, das Wasser. Sie alle würden heute Abend kommen. Olivia hatte ihr all ihre Veröffentlichungen über den Vertrieb ihres Verlages schicken lassen. Axelle hatte ihr ihre Heirat auf einer klassischen, doppelseitigen Anzeige aus reliefartig geprägtem Papier mitgeteilt. Annick Tonnerre, die Mutter von Gwénola, hatte ihr ein Photo von ihrem Enkel, dem kleinen Loeiz, geschickt. Isabelle hatte sich damals gut mit Annick, der feinfühligen und zugleich scharfsinnigen Krankenschwester der Schule, verstanden. Geschickt manövrierte sie zwischen dem komplizierten Regelwerk, das dort herrschte, sie pflegte und umsorgte die Schülerinnen, wahrte die Geheimnisse der jungen Mädchen oder unterrichtete die Eltern, wenn es notwendig war. Tetanus oder Blinddarmentzündung, Menstruationsbeschwerden oder stressbedingte Magenkrämpfe, hysterische Migräne oder Prüfungsangst – sie lag immer richtig mit ihrer Diagnose. Einem Missbrauch in der Familie war sie auf die Spur gekommen, einem scheinbar harmlosen Schwindelanfall war sie zu Recht mit Misstrauen begegnet, denn hinter ihm hatte sich letztlich ein Hirntumor verborgen. Auch ihr Verdacht auf so manche Schwangerschaft hatte sich als durchaus begründet erwiesen. Aber sie verriet ihre jungen Patientinnen nicht, sondern redete bei bretonischem Kuchen und Gebäck ausgiebig mit ihnen. Während ihre wunderschönen Mütter Tennis, Golf oder Bridge spielten, Thalassotherapien, Meditationskurse oder Yogaschulen besuchten, fanden die Schülerinnen von Sainte-Agathe bei der Krankenschwester die Bereitschaft zuzuhören, die ihnen zu Hause fehlte.

Gwénola war nicht eifersüchtig, sie überließ ihnen ihre Mutter gerne. Umgekehrt verhielt es sich allerdings nicht so. Als Personalangehörige, die noch dazu ohne Vater aufwuchs, wurde sie nie zu den Festen ihrer Gefährtinnen eingeladen. Sie hatte sich damit abgefunden. Die vier Freundinnen stammten aus unterschiedlichen gesellschaftlichen Schichten: Axelle gehörte zum Adel, Olivia zu den Neureichen, Jenny zum Quai d'Orsay und Gwénola zu der Welt der Kelten.

»Ich bin sicher, dass sie nicht eine Falte bekommen haben. Auf den ersten Blick werde ich sie wiedererkennen«, freute sich Isabelle.

Nach zwanzig Jahren würden ihre ehemaligen Schülerinnen heute Abend in der Schule eintreffen. Während die Frauen die architektonischen Veränderungen des Gebäudes in Augenschein nehmen würden, würde sie in ihre Seelen und ihre Herzen blicken.

7

In ihrem Hotelzimmer beendete Jenny ihre täglichen Qi-Gong-Übungen. Mit schöner Regelmäßigkeit praktizierte sie diese traditionelle chinesische Kampfkunst. Das Ideogramm Qi bedeutet Energie, das Ideogramm Gong Arbeit. Gemeinsam stehen die beiden Wörter für die Steigerung der Lebensenergie. Das Qi Gong umfasst vier Komponenten: Körper- und Bewegungsübungen, die zur Entspannung führende Meditation, die regelmäßige Atmung und Konzentrationsübungen. Jenny war sehr von dieser sanften Gymnastik angetan, die die buddhistischen und daoistischen Mönche zur Förderung der Gesundheit und für ein langes Leben pflegten. Im Ggegensatz zur abendländischen Gymnastik war sie nicht mit muskulärer Anstrengung verbunden.

Vor dem Fenster stehend, formte sie mit ihren Daumen und Zeigefingern ein Dreieck, durch das sie nur Himmel sah. Sie wiederholte den Bewegungsablauf, der einen Windhauch nachahmen sollte, um die Energieflüsse in einen harmonischen Einklang zu bringen, und schloss alles mit dem chinesischen Gruß ab. Dann zog sie sich an und verließ das Hotel. Sie ging die Avenue Kléber hinauf, gelangte zur Place Charles-de-Gaulle, die früher auch Ètoile hieß. Die Autos rauschten an ihr vorüber: Aus den Vereinigten Staaten war Jenny an umsichtiges Fahren gewöhnt. In

Frankreich war stets der Stärkere im Recht, und in Italien war alles noch viel schlimmer – jedes Land hatte seine eigenen Gesetzmäßigkeiten. Jenny bog nach rechts und ging die Champs-Élysées hinunter, nahm die Geschäfte in Augenschein und genoss es, auf dem Gehweg der schönsten Allee der Welt entlangzuschlendern. Vor ihr erhob sich in einiger Entfernung der Obelisk der Place de la Concorde, die unter dem Trimphbogen befestigte Fahne flatterte im Wind. Jenny freute sich, in Paris zu sein. Sie wünschte von ganzem Herzen, dass das Treffen heute Abend gut verlaufen würde und ihre Ängste sich als unbegründet erwiesen. Sie hoffte, dass sie ihren Part mit Erfolg hinter sich bringen würde.

Über ihr Schuhwerk ließen sich die Ausländer leicht erkennen: Die Amerikaner trugen weiche Nike-Turnschuhe, die Italiener lederne Valleverde. Dazu kamen eine charakteristische Haltung oder auch eine Redeweise, die verriet, dass man die Sprache nicht verstand, außerdem noch ein bestimmter Taschentyp, eine bestimmte Länge der Bermuda, eine momentan modische Frisur und das entsprechende Handy. Aber es gab zu viele Touristen, und Jenny wollte Frankreich pur erleben. Sie winkte ein Taxi herbei, ließ sich in der Rue Sainte-Agathe absetzen und bezahlte samt einem in den USA üblichen Trinkgeld. Das Café »Zum vierblättrigen Kleeblatt« lag an der Ecke. In der letzten Klasse hatten sie hier ihre Zeit zwischen und nach dem Unterricht verbracht. Es lag zwischen Sainte-Agathe und Saint-Pierre, der Privatschule für Jungen, die auch Charles de Bergeac besuchte. Die Schulleitung von Sainte-Agathe hatte den Unterrichtsbeginn vorgezogen, damit die Jungen nach Schulschluss nicht auf die Mädchen warten konnten. Nun waren es also die Mädchen, die sich vor Saint-Pierre ein Loch in den Bauch standen oder aber auf der Terrasse des »Kleeblatts« warteten, bis die Jungen auftauchten.

Die Fassade aus Stahl und Glas bot einen krassen Gegensatz zu den alten Hotels und den vornehmen Wohnhäusern in der Straße. Um die Mittagszeit, wenn die Schüler noch im Unterricht waren, saßen Mütter an den Tischen, die auf das Ende der nahe gelegenen *École maternelle* warteten, eine alte Frau nippte einsam an einem Birnenschnaps, eine Gruppe von Geschäftsleuten war um eine beschlagene Karaffe herum gruppiert und ein verliebtes Pärchen verschlang sich förmlich mit Blicken. Jenny trat ein und setzte sich an den erstbesten Tisch. Ein hagerer und bereits kahlköpfiger Kellner kam eilfertig auf sie zu. Er machte sich einen Spaß daraus, Wetten auf die Bestellungen seiner Kunden abzuschließen. Diese kleine Rothaarige würde garantiert einen *Café crème* bestellen.

»Sie wünschen, Madame?«, fragte er und entblößte dabei sein Zahnfleisch.

In Rom hätte Jenny jetzt eine *bella spaghettata* bestellt, aber in Paris zögerte sie nicht.

»Eine Schale Champagner, Oliven und Chips, bitte!«

»Eine was?«

Lieber fragte er noch einmal nach, denn wäre die Flasche einmal offen, so wäre es zu spät.

»Ist das ein Problem?«, fragte Jenny überrascht. Nur weil es drei Dinge auf einmal waren, Champagner, Oliven und Chips?

Schweißperlen bildeten sich auf ihrer Oberlippe, und sie nagte am Fingernagel ihres rechten Daumens.

»Keineswegs, keineswegs … Ich bringe es Ihnen sofort.«

Der Kellner ging, seine Neugierde war geweckt. Die Kundin sah nicht aus, als würde sie an der Flasche hängen. Liebeskummer? Sie trug keinen Ehering, er sah immer auf den linken Ringfinger der Frauen. Für sich allein Champagner bestellen … wollte sie ihren Kummer ertränken oder eine gute Neuigkeit begießen?

Mit halb geschlossenen Augen überließ sich Jenny den zu einem einheitlichen Geräuschpegel verschmelzenden

Unterhaltungen an den Nachbartischen. Die Schale kam, sie war an einer Stelle ein wenig angeschlagen, doch Jenny unterließ es, den Kellner darauf aufmerksam zu machen. Der Champagner war lauwarm, man hatte ihr nicht einmal die Flasche gezeigt, aber die vertrauten Bläschen wiesen ihn als solchen aus. Sie benetzte die Lippen. Das verliebte Pärchen beobachtete sie neugierig. Die Mütter diskutierten über Windelmarken, Überwachungsgeräte für Säuglinge oder ein Karussell mit Holzpferden. Jenny gehörte nicht zu ihrer Welt, die Themen waren ihr vollkommen fremd.

Ihr winziges silbernes Handy klingelte, und die Aufmerksamkeit der Nachbarn richtete sich erneut auf sie. Floridiano hatte ihr *Nabucco*, den Chor der Sklaven von Verdi, als Klingelton heruntergeladen.

»*Pronto?*«, murmelte Jenny.

Er allein kannte ihre Nummer, es konnte also niemand anderes sein.

»*Amore* … Du fehlst mir. Wo bist du?«

»In dem Café, in dem wir uns früher immer getroffen haben. Ich wollte den Geist der Vergangenheit spüren.«

»Lass dich nicht von den Franzosen einwickeln. Sie meinen es nicht ernst mit dir«, riet Floridiano ihr.

Jenny lächelte.

»Mein Sitznachbar im Flugzeug wollte mich zu einem Abendessen auf einem *bateau-mouche* einladen«, sagte sie.

»Willst du mich eifersüchtig machen? Wenn du wieder zurück bist, werden wir beide auf dem Tiber essen, wenn du möchtest. Wie fühlst du dich, *amore*? Du klingst nicht sehr glücklich?«

»Es ist alles in Ordnung«, behauptete Jenny.

Sie nahm einen Schluck Champagner. Er kribbelte auf ihrer Zunge. Vergangene Jahre ließen sich nicht zurückholen. Und wie verhielt es sich mit Fehlern von früher?

8

Eine Stunde später verließ Gwénola ihr Hotel und ging die Rue de la Gaité hinunter. Sie bog in die Avenue Maine und bewegte sich in Richtung des Montparnasse-Turms. Am dortigen Bahnhof kaufte sie die Zeitung *Ouest-France,* um zu prüfen, ob man ihren letzten Artikel ohne allzu gravierende Kürzungen veröffentlicht hatte. Auf dem Vorplatz verfing sich der Wind in der auseinandergefalteten Zeitung. Der Artikel war gut platziert. Sie holte tief Luft und verzog das Gesicht. Paris hatte seinen ganz speziellen Geruch, den sie seit zwanzig Jahren nicht mehr eingesogen hatte. Nun erinnerte sie sich mit einem Schlag an ihn. In diesem Viertel waren zwischen uralten Geschäften und baufälligen Häusern moderne Hotels und futuristische Bauwerke entstanden. Das Treffen würde gut verlaufen. Das Wiedersehen mit Axelle und Olivia würde keinen Konflikt heraufbeschwören. Sie zwang sich, der Begegnung vertrauensvoll entgegen zusehen.

Die Pariser hasteten zum Bahnhof oder zu ihrer Arbeit und bewegten sich dabei doppelt so schnell wie die Inselbewohner. Auf Groix hatte man Zeit, das Meer zu bewundern, sich der Natur zu überlassen, einen Kaffee zu trinken und dabei an die große Zeit der Thunfischfänger zurückzudenken oder aber die neuesten Ereignisse auf der Insel zu kommentieren. In der Hauptstadt lief man ständig seinem Leben hinterher, ohne es jemals einzuholen.

Schon nach vierundzwanzig Stunden in Paris war Gwénola erschöpft. Es war zu groß, zu anstrengend, zu abweisend, und es stank. Sie machte sich auf den Weg zur Metro, stieg die Treppen hinunter und wartete am Gleis. Passagiere, die das Meer vermutlich noch nie gesehen hatten, sahen mit ausdruckslosem Blick auf die Schienen. Endlich fuhr die Metro ein, Gwénola stieg ein, suchte Halt an einer Stange und ließ sich zu ihrem Ziel schaukeln. Als sie wieder ans Tageslicht kam, stand sie an einer Kreuzung, wo mehr Lärm herrschte als im Hafen von Groix am letzten Tag der Ferien. Von dort machte sie sich auf den Weg zu ihrer früheren Schule.

Kurz vor Sainte-Agathe blieb sie verdutzt stehen, als sie sah, dass es die mit Holz verkleidete Fassade ihres alten Cafés nicht mehr gab. Die Vorderfront des »Vierblättrigen Kleeblatts« bestand nun aus Stahl und Glas, was überhaupt nicht passte. Es war 13.30 Uhr. Gwénola setzte sich an den einzigen freien Tisch im Innenraum. An den anderen Tischen saßen verschiedene Gruppen von Jugendlichen. Früher fielen die blau-weißen Schuluniformen von Sainte-Agathe auf, heute kleideten sich die jungen Leute mit ihren Jeans und T-Shirts alle gleich. Die Jungen klopften Sprüche, die Mädchen kicherten, Gwénola war gerührt. Sie griff nach dem Handy in ihrer Tasche, widerstand aber dann doch dem Verlangen, Loeiz anzurufen, der vermutlich gerade in der Mensa seiner Universität zu Mittag aß. Sie befürchtete immer, ihm zur Last zu fallen.

»Meine Mutter würde mich umbringen, wenn sie das wüsste!«, amüsierte sich ein junges Mädchen mit bauchfreiem Shirt und vor Gel triefendem Haar.

Gwénola fragte sich, was die betreffende Mutter wohl nicht wissen sollte. Wie alle jungen Leute hatte Loeiz die

Insel Groix früh verlassen. Nach der Mittelstufe musste er von zu Hause ausziehen, um als Internatsschüler das Gymnasium von Lorient zu besuchen. So wie er früh gelernt hatte, unabhängig zu sein, hatte sie es gelernt, Vertrauen zu haben. Gwénola war stolz auf ihn, sie hatte sich abgerackert, um ihm ein angenehmes Leben zu bieten. Sie wollte, dass er möglichst wenig unter dem Fehlen eines Vaters litt.

Ein Kellner mit schütterem Haar und schmuddliger Schürze baute sich plötzlich vor ihr auf. Er musste sich lautlos auf seinen Kreppsohlen herangepirscht haben. Nun wartete er mit fragendem Blick auf ihre Bestellung. Sie hatte keinen Hunger, aber sie musste etwas essen.

»Ein Omelette und ein Glas Rotwein, bitte!«, bestellte sie.

Sie sah sich um, denn sie fragte sich, ob nicht eine ihrer Freundinnen die gleiche Idee gehabt hatte.

9

Auch Axelle verließ ihr Appartement um diese Zeit, ging auf den Champ-de-Mars und blickte hoch zum Eiffelturm. Sie hatte sich niemals ganz daran gewöhnt, im Südwesten zu leben, sie liebte die dunstgeschwängerte Luft der Großstadt, den dichten Verkehr, die Avenuen, die großen Wohnblocks und schließlich das Wahrzeichen von Paris, diesen hohen Metallturm, den sechs Millionen Menschen im Jahr besichtigten.

Charles hatte ihr heute Nacht gefehlt, sie verabscheute es, weit von ihm entfernt zu übernachten. Im Lauf der zwanzig Ehejahre war Zärtlichkeit an die Stelle der Leidenschaft getreten, Charles fuhr häufig nach Paris, um an Sitzungen der Nationalversammlung teilzunehmen, und sie war sich nicht sicher, ob er ihr treu war. Im Grunde war es ihr nicht sonderlich wichtig. Für sie zählte nur, dass er zu ihr zurückkehrte. Sein Schnarchen stand dem Geräusch der Mofas ihrer Jugend in nichts nach, aber es störte sie nicht. Letzte Nacht war es mucksmäuschenstill in dem Appartement gewesen, und Axelle hatte diese Stille furchtbar gefunden.

Leute führten ihre Hunde spazieren, eine junge Frau schob einen alten, großrädrigen Kinderwagen, ein Obdachloser kam mit leerem Blick auf sie zu. Beschämt, aber entschlossen bog sie vom Weg ab und ging über den Rasen, um ihm auszuweichen. Sie kümmerte sich schon um die Obdachlosen in ihrem Dorf; schließlich war sie kein Atlas, der die ganze Welt auf seinen Schultern tragen konnte. Enttäuscht blickte der Obdachlose ihr hinterher.

Axelle ging mit großen Schritten weiter, sie überquerte das Gelände, ohne sich umzusehen, und bedeutete einem Taxi zu halten. Sie stieg in die rückwärtige Tür. Nachdem sie dem Fahrer die Adresse von Sainte-Agathe genannt hatte, ließ sie sich auf das Sitzpolster sinken.

Eine Viertelstunde später setzte das Taxi sie vor dem »Kleeblatt« ab. Sie bezahlte, gab ein bescheidenes Trinkgeld, schließlich war man im Schloss nicht auf Gold gebettet. Jeanne und Joseph waren der einzige Luxus, den sie sich noch leisteten. Neben Kost und Logis erhielten sie nur einen kümmerlichen Lohn. Im Grunde blieben sie aus Anhänglichkeit, denn sie gehörten gewissermaßen zur Familie. An anderer Stelle hätten sie das Dreifache verdienen können.

Gegen fünfzehn Uhr war das »Kleeblatt« fast leer. Wie oft hatten sie dort große Pläne geschmiedet! Dort war sie auch zum ersten Mal Charles begegnet, der nur Augen für Gwénola hatte. Und hier hatte Axelle Charles eines Abends betrunken und verzweifelt angetroffen und ihn bis zu seinem Auto geschleppt. Die wohlerzogene und zurückhaltende Axelle hatte ihren späteren Ehemann so sehr becirzt, dass die Nacht auf der Rückbank des alten Gefährts endete. Wer hätte das gedacht?

»Sie wünschen, Madame?«, fragte der Kellner mit einer leichten Verbeugung.

Diese Kundin hatte Stil, heute war wahrlich kein gewöhnlicher Tag.

»Einen Perrier und einen Nizza-Salat«, bestellte Axelle, die auf ihre schlanke Linie achtete. Wegen der blendenden Sonne hielt sie den Blick gesenkt.

Sie setzte sich auf die Terrasse, ohne Gwénola zu bemerken, die sich hinter ihrer Zeitung versteckte. So saßen sie eine halbe Stunde nur wenige Meter voneinander entfernt. Gwénola konnte kaum schlucken, sie versuchte sich Mut zuzusprechen. Es war zu dumm, auch deshalb war sie gekommen; sie musste aufstehen und zu Axelle gehen. Es war einfach lächerlich, sie war ein Feigling. Sie ermahnte sich selbst: »Was ist denn los mit dir? Warum zitterst du, du dummes Gerippe? Damals warst du doch mutig und hast schwerere Kämpfe ausgefochten! Warum willst du also heute ausweichen?«

Sie zählte bis drei: Eins, zwei …

Plötzlich erhob sich Axelle. Gwénola hielt in ihrem Elan inne und erstarrte. Axelle ließ ein paar Geldstücke auf dem Tisch liegen und ging mit wiegendem Schritt ihres Weges. Noch konnte Gwénola ihr nachrufen oder hinterherlaufen, noch konnte sie den Kontakt zu ihr herstellen und ihr die Fragen stellen, die ihr auf den Lippen brannten. Aber sie saß wie angewurzelt da, in ihrem Kopf hämmerte es, ihre Hände waren feucht und ihr Herz raste.

10

Sechzehn Uhr. Olivia saß in der ersten Etage des Café de Flore und gab der spindeldürren Journalistin einer bedeutenden Frauenzeitschrift ein Interview. Es war jedes Mal das gleiche Szenario: Die Journalistin war hübsch und sympathisch, wog ungefähr vierzig Kilo weniger als Olivia, hatte keine Zeit gefunden, ihren letzten Roman zu lesen, da jede Woche fünfzig Romane auf ihrem Tisch landeten. Sie schenkte sie dem Krankenhaus, dem Altenheim, dem Bücherbus, aber alle diese Organisationen wollten, dass sie die Bücher eigenhändig überbrachte, und das wollte die Journalistin ihrem Rücken nicht zumuten. Also ließ sie die Bücher an einer Stelle in ihrem Büro liegen, an der ihre Mitarbeiter und Mitarbeiterinnen sich bedienen konnten. Und jedes Mal wunderte es sie, dass diejenigen, die genug Geld hatten, um sich selbst Bücher zu kaufen, am meisten Bücher mitnahmen.

Olivia war ein Profi und wusste daher, dass die Journalistin einen besseren Artikel schreiben würde, wenn sie ein paar Details aus ihrem Privatleben preisgeben würde. Deshalb erzählte sie von Noa und seinem Traum, über die Reality-Show im Fernsehgeschäft Fuß zu fassen. Bei der Frage nach Colin gab sie sich verschlossener. Ihr Ex-Mann und sie waren gute Freunde geblieben, es war nicht leicht, mit einer Schriftstellerin zu leben; sie widmete sich ihren

Lesern, sie war diszipliniert und führte ein streng geregeltes Leben.

Die Journalistin konnte es sich nicht verkneifen, die Augenbrauen hochzuziehen. Olivia schenkte ihr als Antwort das strahlend weiße Lächeln, das sie ihrem genialen Zahnarzt verdankte.

»Ich habe einen unstillbaren Hunger nach Leben, Lesen, Schreiben und nach Leidenschaft«, schleuderte ihr Olivia voller Überzeugung entgegen.

Die zierliche junge Frau nickte, fragte sich aber insgeheim, warum Olivia immer nur anspruchlose Bücher schrieb. Fred Vargas, das war jemand. Sie hatte einen einzigartigen Stil: Es gab Morde, Psychologie, Spannung – einfach umwerfend. Für die vielen Schundromane hatte sie selbst nichts übrig, aber ihre Zeitschrift richtete sich an Leserinnen, die ganz verrückt danach waren.

»Ich schreibe, um meine Leser glücklich zu machen, um ihnen Entspannung zu liefern und sie für die Zeit des Lesens dem Alltag zu entreißen und mit mir in ein aufregendes, erfundenes Abenteuer zu ziehen«, schloss Olivia.

Die Journalistin nickte wieder. Sie war der Meinung, dass die Schriftsteller vor allem deshalb schrieben, weil sie sich auf nichts anderes verstanden.

»Es war mir ein Vergnügen, Ihnen zu begegnen«, sagte sie und stand auf.

Höflich tat Olivia es ihr gleich. Wie nach jedem Interview brannte ihr die Frage auf den Lippen, wann der Artikel erscheinen würde, aber sie beherrschte sich. Allein die Frage wäre das Geständnis, dass sie nicht systematisch jede Nummer der Zeitschrift verschlang.

»Vielen Dank für Ihr Entgegenkommen«, sagte Olivia.

Sie ging zu ihrem kleinen, auf dem Parkplatz des Restaurants »Lipps« abgestellten Mercedes. Nach dem Tod ihrer Mutter, die während ihres letzten Jahres auf der Schule gestorben war, hatte sie es sich angewöhnt, jeden Tag dort auf der Etage der alteingesessenen Gäste zu Mittag zu essen. Seezunge mit Bratkartoffeln und einem Château-Petrus, den der Inhaber eigens für sie kommen ließ.

Der Mercedes schoss aus dem Parkplatz heraus und drängte sich zum Ärger einer hageren Blondine am Steuer eines Mini Morris in den Verkehrsfluss. Es kostete Olivia etwas Beherrschung, ihr nicht einen Vogel zu zeigen, aber schließlich war sie eine öffentliche Person. Man kannte ihr Gesicht, und sie hatte keine Lust, sich in entsprechender Pose auf der Titelseite einer Klatschzeitschrift wiederzufinden.

An der Rue Bonaparte verließ sie die Umgehungsstraße und fuhr die Quais entlang, überquerte die Concorde-Brücke und umrundete viermal den Obelisken – das sollte ihr Glück bringen –, bevor sie ruckartig abbog und in Richtung ihrer alten Schule fuhr.

Sie parkte auf dem Lieferantenparkplatz. Eine ihrer eifrigsten Leserinnen arbeitete auf der Polizeipräfektur und ließ regelmäßig ihre Strafzettel wegen falschem Parken verschwinden.

Die Schule war gerade zu Ende, Mütter mit Kinderwagen drängten sich auf dem Bordstein, Vesperpäckchen wurden aus den Taschen hervorgezogen, ausgelassene Gören rannten auf die ausgestreckten Arme ihrer Mütter zu, es gab gefüllte Kekse oder Schokoriegel. Olivia lächelte über dieses Schauspiel und setzte sich auf die Terrasse des »Kleeblatts«. Ihr reichte ein einziger Sohn, sie hatte niemals versucht, ein weiteres Kind zu bekommen, und eine Tochter hätte sie geradezu verabscheut. Noa bot ihr genug Unterhaltung, er war zum Mann in ihrem Haushalt geworden. Sie beide als Paar, das reichte ihr. Natürlich würde er eines Tages fortgehen, aber das sollte so spät wie möglich geschehen. Heutzutage hatten die jungen Leute es nicht mehr so eilig, das warme Nest zu verlassen.

Ein Kellner mit schütterem Haar näherte sich ihrem Tisch. Er hatte dieses Gesicht schon einmal irgendwo gesehen. Für eine Schauspielerin war die Dame zu dick, vielleicht war sie eine Moderatorin im Fernsehen oder eine berühmte Köchin?

»Bitte schön?«, fragte er.

Sie würde zweifellos eine Cola Light oder ein Glas Mineralwasser bestellen.

»Früher gab es hier einen ganz wunderbaren Eiskaffee mit Sahne. Ist das immer noch so? Ja? Dann hätte ich gern einen mit einer doppelten Portion Sahne«, sagte Olivia mit genussvollem Lächeln.

Sie war ihr ganzes Leben lang übergewichtig gewesen. Essen bedeutete für sie, weniger allein zu sein, sich ein wenig schwerer zu fühlen, also stärker im Leben verankert zu sein. Sich vollzustopfen beruhigte und tröstete sie in jeder Lebenslage: Es hatte gegen die Gleichgültigkeit ihres Vaters geholfen, beim Tod ihrer Mutter; bei den Seitensprüngen von Colin und beim Gedanken an den bevorstehenden Auszug von Noa half es auch. Als Leidenschaft noch eine Rolle in ihrem Leben spielte und Colin mehrmals am Tag mit ihr schlief, hatte die sexuelle Lust sie hungrig gemacht. Da die Körperfülle seiner Frau keine gute Werbung für seine Klinik war, beglückte er irgendwann andere Frauen. Seither verursachten die fehlenden Liebkosungen Hungergefühle bei Olivia.

»Guten Appetit!«, sagte der Kellner.

Die sandfarbene Eiscreme ließ das milchige Glas beschlagen, die schneefarbene Haube neigte sich leicht nach rechts, zualleroberst zierten ein paar Schoko-Kaffeebohnen das Ganze. Olivia nahm ihr Dessert in Angriff, leckte lustvoll ihren Löffel ab und fühlte sich besser. Sie fragte sich, was ihre früheren Freundinnen von ihren Büchern hielten und ob sie heute Abend vielleicht ein paar Exemplare zu dem Treffen mitbringen sollte, um sie dort zu signieren. Jenny, die Amerikanerin, und Axelle, die Adlige, tauchten als Nebenfiguren in zwei Romanen auf. Sie hatten nichts darüber verlauten lassen, es aber sicher zu schätzen gewusst.

Überrascht stellte sie mit einem Mal fest, dass sie ihr Eis bereits restlos vertilgt hatte. Das war ihr Problem, sie dachte beim Essen an etwas anderes, und so wurde sie nicht satt. Kurz überlegte sie, ob sie ein zweites Dessert bestellen sollte, nahm jedoch Abstand davon. Als sie ihren Geldbeutel hervorzog, um zu bezahlen, strich sie rasch über das in Plastik eingeschweißte, glückbringende vierblättrige Kleeblatt, das sie seit 1985 ununterbrochen bei sich trug. Axelle hatte in der Woche vor den Abiturprüfungen im Park des Schlosses ihrer Eltern in der Normandie vierblättrige Kleeblätter gepflückt, und sie hatten sie miteinander geteilt. Sie waren Abkömmlinge der klassischen *Trifolium repens L*, auch weißer Klee genannt, der normalerweise nur drei Blätter hatte. Damals glaubten sie, dass jedes Blatt eine bestimmte symbolische Bedeutung hätte: Hoffnung, Glauben, Liebe und Glück.

Einmal hatte Annick, die Mutter von Gwénola, Kleehonig für sie zubereitet. Dafür hatte sie vier Tassen Zucker, eine Tasse Wasser, zwölf weiße und zwölf lilafarbene Kleeblüten sowie die Blätter einer Rose miteinander vermengt. Diese Mischung hatte sie vier Minuten kochen lassen, anschließend durch einen Filter gegossen, in sterilisierte Gläser gefüllt und ihnen geschenkt. Es schmeckte herrlich und hatte etwas Magisches.

Seit 1985 hatte Olivia häufig den Geldbeutel gewechselt, das kleine eingeschweißte Kleeblatt hatte sie aber immer behalten. Der Glücksbringer hatte sie bisher nicht enttäuscht.

»Was bekommen Sie?«, fragte sie den Kellner.

Sie bezahlte, ging ein paar Schritte, blieb stehen und kehrte noch einmal in das Café zurück.

»Wann schließen Sie?«

»Das hängt ganz von der Kundschaft ab. Normalerweise geht das Abendessen gegen 22 Uhr zu Ende.«

Sie lächelte. Zweiundzwanzig, zwei plus zwei gleich vier – das war ein gutes Zeichen für die Vergangenheit.

»Wo ist der Chef?«, fragte sie.

11

Am gleichen Abend saß Paul im »Kleeblatt« und betrachtete nervös, wie sich seine rechte Hand um das kugelförmige Glas krallte. Er versuchte, seine Finger anzuspannen und ihr Zittern zu beherrschen, aber es nützte alles nichts, er hatte sie nicht mehr unter Kontrolle. Er war zwar erst vierzig Jahre alt, aber man hätte ihn gut und gern fünfzehn Jahre älter geschätzt. Anstelle seiner einstigen Locken war nun eine Glatze zu sehen. Der blanke Schädel ließ seine Züge noch härter erscheinen, seine Nase wirkte noch markanter, seine schwarzen Augen schienen noch tiefer in ihren Höhlen zu liegen, seine Wangen waren unverhältnismäßig hohl. Ein abgehärmter, ehemaliger Drogenabhängiger und Ex-Sträfling, ein jämmerlicher Spieler, der ständig verlor – mit den Grübchen eines kleinen Jungen. Aus dem kleinen Paul, der so gerne Monopoly spielte, war ein verbitterter, zynischer Mann geworden, dessen lange Finger daran gewöhnt waren, mit Karten umzugehen. Zwischen seinen zitternden, vom Nikotin gelblich verfärbten Fingern mischte er Asse, Könige, Damen und Buben mit Ehrfurcht und Besessenheit. Das Glück lag für ihn in Pik, Herz, Karo oder Kreuz. Nachts träumte er davon, tagsüber jagte er diesen Träumen nach. Er wurde fiebrig bei dem Gedanken an einen Vierer, ein Fullhouse oder einen Dreier, die er schon auf seiner Hand leuchten sah. Dem Würfelspiel schenkte er keinerlei Beachtung. Er hasste den Augenblick, in dem die Hand die Würfel freigab und sie ihr eigenes Spiel treiben konnten. Die Würfel besaßen lediglich Kanten, hatten aber kein Gesicht. Die Karten hingegen schmiegten sich beruhigend und flach, glatt und beinahe menschlich an seine feuchten, klebrigen Finger.

»Noch ein Glas!«, rief er mit seiner heiseren Raucherstimme.

Selbst wenn er abgebrannt war, selbst wenn er auf Entzug war, selbst im Gefängnis und auch nach einer Entziehungskur hatte er weitergeraucht, um seine fordernden Hände, seinen Mund und seine Lunge zu besänftigen. Er leerte das Glas auf einen Zug, stand auf und legte einen Geldschein auf den Tisch, bevor er langsam hinausging. Draußen streckte er sich und sah zum Himmel. Es erschien ihm noch immer seltsam, dass er kommen und gehen konnte, wie es ihm passte. Dass er essen, schlafen, pinkeln, laufen, einkaufen, eine Unbekannte ansprechen konnte, ohne jemandem Rechenschaft schuldig zu sein. Es gab keinen Dealer, keinen Gefängnisaufseher, keinen Arzt mehr, der im Leben von Paul etwas zu sagen hatte. Er hatte wieder für sich selbst Verantwortung übernommen. Dieser Gedanke berauschte ihn so wie die Trips von früher, als der Stoff noch in seinen Venen zirkulierte und alles auf seinem Weg in ein grelles Licht tauchte. Dann konnte er fliegen, gleiten, sich drehen und die Angst und den Tod besiegen. Er war mächtiger als die Superhelden der Zeichentrickromane seiner Kindheit und tausendmal stärker als sein Vater, dieser Mistkerl. Die Frauen lagen ihm scharenweise zu Füßen und boten sich ihm willfährig dar, allesamt tausendmal zärtlicher als seine Mutter, diese Schlampe. Er war ein anderes, wunderbares, märchenhaftes, beinahe übermenschliches Wesen.

Wieder zurück auf der Erde, gab es dann ein übles Erwachen. Fünfzehn Jahre seines Lebens hatte er mit derlei

Eskapaden verloren, zehn davon ohne festen Wohnsitz, auf der Straße – immer nur das Eine im Kopf: Wie komme ich an meinen täglichen Stoff? Er hatte sich prostituiert, hatte gestohlen, hatte Leute angegriffen und Drogen an Kinder verkauft, aber daran erinnerte er sich nicht mehr. Später war er ins Gefängnis gekommen, wo der Kreislauf aufs Neue begann. Er wurde vergewaltigt, hatte sich mit anderen geschlagen, aber er hatte es verstanden, die richtigen Bekanntschaften zu schließen, so dass ihm sein Crack nie ausging. Bis zu dem Tag, an dem sein Beschützer entlassen wurde. Damit wurde sein Dasein zur Hölle. Zum ersten Mal hatte er seine Familie um Hilfe gebeten, aber sie hatten ihn nicht einmal einer Antwort gewürdigt. Da hatte er jeglichen Halt verloren und sich selbst aufgegeben, bis man ihn knallhart vor die Alternative stellte: entweder mitarbeiten, einen Entzug machen und anschließend freikommen oder krepieren wie ein Hund. Er hatte gezögert, sich dann aber für das Leben entschieden. Noch einmal ein wenig Glück spüren, bei einem Glas Wein die Beine und Brüste einer Frau betrachten. Vor allem aber gelüstete es ihn nach Rache. Seine schmalen Lippen verzerrten sich zu einem häßlichen Grinsen. Unversöhnlich und vernichtend würde seine Rache sein. Nicht eine Spur von Mitleid würde er für diejenigen aufbringen, die ihn im Stich gelassen hatten. Er hatte doch einfach nur weiterspielen wollen wie früher, er hatte das Gebot übertrumpfen wollen; Superman, Tarzan oder Spiderman hatte er sein wollen, seinem Vater hatte er imponieren und seiner Mutter gefallen wollen. Einfach nur gewinnen wollen … daran war doch nichts Böses!

Diejenige, die er bestrafen wollte, würde vielleicht noch einen schönen Abend in Sainte-Agathe verbringen, dann aber wären ihre schönen Stunden gezählt!

12

Sainte-Agathe glich einer englischen Schule: Es war ein langgestrecktes Gebäude inmitten eines Gartens mit schattenspendenden Bäumen. Um das Gelände herum zog sich ein Zaun mit einem durch einen elektronischen Code gesicherten Tor.

Anläßlich des feierlichen Treffens heute Abend stand das Tor weit offen. Etwas verlegen betraten die Schülerinnen des Jahrgangs 1985 die Eingangshalle. Die Räumlichkeiten erschienen ihnen kleiner, als sie sie in Erinnerung hatten, denn sie vergaßen, dass sie seitdem erwachsen geworden waren. Eine Schülerin der jetzigen Abschlussklasse stand an der Tür und nahm sie in Empfang. Insgeheim hoffte sie, dass sie in zwanzig Jahren nicht ähnlich alt aussehen würde. Sie hakte die Namen auf der Liste ab. Alles war vertreten: Mädchennamen, Namen von Verheirateten, Geschiedenen, Wiederverheirateten. Sie musste durchstreichen, korrigieren, neu schreiben, während die Wartenden ungeduldig von einem Fuß auf den anderen traten. Sie reichte den Ankömmlingen ein Namensschild, das auch ihre ehemalige Klasse verriet – naturwissenschaftliche, literarische oder wirtschaftliche Ausrichtung – und bat sie, es auf ihre Jacken zu kleben. So könnten sie, falls sie einander nicht erkennen sollten, ihrem Gedächtnis etwas auf die Sprünge helfen.

Auf diese Weise kenntlich gemacht, gingen die Ehemaligen durch den Kreuzgang, überquerten das inzwischen mit modernen Anlagen ausgestattete Sportgelände und den Schulhof, bevor sie die Treppen zum neuen Speisesaal der Oberstufenschülerinnen hinabstiegen. Am Fuße der Treppen wartete eine fröhliche und heitere Isabelle Bedier auf sie. Sie hatte immer noch das gleiche sympathische Gesicht, die gleiche rundliche Figur und das gleiche einnehmende Wesen, als hielten die Jahre mit den Abschlussklassen sie in einer Zeitschleife fest. Sie trug eine geblümte Bluse, einen knielangen dunklen Rock und bequeme flache Mokassins. Ihre braunen Haare trug sie kurz geschnitten, ihr Gesicht war ungeschminkt, wirkte aber dennoch frisch und gepflegt. 1985 war sie noch nicht einmal dreißig Jahre alt gewesen, aber für ihre beinahe fünfzig Jahre hatte sie sich ausnehmend gut gehalten. Ihre Ehemaligen waren siebenunddreißig, achtunddreißig oder neununddreißig Jahre alt, und es war alles vertreten: sexy Aufgetakelte, vornehme Familienmütter, edle Schickeria und moderne Gutbürgerliche. Leder, Leinen, Baumwolle, Tweed, Seide, einfarbige, getupfte, gestreifte oder geblümte Kleidungsstücke, hohe Absätze, flache Absätze, spitz zulaufende Schuhmodelle und runde Mokassinformen, moderne, nostalgische und zeitlose Stilrichtungen …

Zuerst kamen nur die Beine in Isabelles Blickfeld, erst nach der Windung der Treppe tauchten die Gesichter auf. Sie hatte nur eine Sekunde, um die Identität der zu diesen oder jenen Füßen, Knöcheln oder Knien gehörenden Person zu erraten. Langer Rock oder knackiger Mini, fließende Hose oder hautenge Jeans – die Ehemaligen hatten ihren Stil und ihr Aussehen verändert, aber ihre Seele war die gleiche geblieben. Früher trugen sie alle die gleiche brave marineblaue Schuluniform, heute waren sie bunt, als hätte man einen alten Film von *Tati* in Farbe getaucht.

»Mademoiselle Bedier, Sie haben sich gar nicht verändert!«, schallte es ihr verblüfft entgegen.

»Du aber umso mehr, verflucht noch mal!«, entfuhr es der Lehrerin.

Eine der Ehemaligen sah aus wie ein junges Mädchen, war aber mit neun Kindern und fünf Enkelkindern gesegnet. Eine andere war bereits Witwe. Diejenige, die ihr Abitur schon ziemlich schwanger abgelegt und als allgemeiner Schandfleck gegolten hatte, hatte ein stabiles und glückliches Familienleben aufgebaut. Eine besonders hübsche Frau war zwanzig Jahre lang Karmeliterin in Übersee gewesen, bevor sie den Schleier ablegt hatte. Wieder eine andere hatte sechs Kinder von vier verschiedenen Männern.

Eine ganze Gruppe polterte lachend die Stufen herunter. Eine Einsame schlich mit geröteten Wangen an den Wänden entlang. Ein paar Ehemänner begleiteten ihre Frauen.

»Mademoiselle Bedier, ich bin Olivia Ruben!«, rief eine große, kräftige blonde Frau mit leuchtend rot geschminkten Lippen ihr entgegen. Sie trug einen scharzen Kaftan und reichlich Goldschmuck.

Isabelle lächelte. Die erste der vier Elemente war da und schien in toller Verfassung zu sein.

»Ich bewundere Ihre Bücher, Olivia. Sie wollten ja schon in der Abschlussklasse schreiben, und nun haben Sie Ihren Traum verwirklicht. Genau das ist unser Ziel hier in Sainte-Agathe. Jede Schülerin soll angeleitet werden, ihr Leben in die Hand zu nehmen …«

Eine Dunkelhaarige mit einem Hermès-Halstuch drängte sich energisch dazwischen.

»Erinnerst du dich an mich, Olivia? Ich bin Bénédicte Ravel-Dumat. Ich habe gehofft, dass ich dich hier sehen werde. Mein Sohn möchte Schriftsteller werden, und ich habe eines seiner Manuskripte mitgebracht. Könntest du ihm nicht ein paar Ratschläge geben?«

Sie zog einen großen, prallen Umschlag hervor, den Olivia mit einer automatischen Geste zurückwies.

»Manuskripte lese ich niemals, Bénédicte«, sagte sie mit einer singenden Stimme, wie sie es im Verlauf zahlloser Interviews gelernt hatte. »Ich erhalte jeden Tag so viele, dass ich mein ganzes Leben damit verbringen würde, sie zu lesen! Er soll meinem Verleger eine kleine Probe schicken, nicht länger als fünf Zeilen.«

»Aber es sind doch nur fünfhundert Seiten, außerdem ist es mitreißend ... Er verehrt dich sehr. Wir haben alle deine Bücher, alle zehn!«

»Ein guter Roman läßt sich in einem Satz zusammenfassen«, erklärte Olivia. »*Der Große Meaulnes* erzählt die Geschichte eines jugendlichen Abenteurers vom Land, der versehentlich auf eine Hochzeitsfeier gerät, was sein Leben völlig durcheinander bringt. Das esoterische Märchen *Der kleine Prinz* erzählt die Geschichte von einem in der Wüste gestrandeten Piloten, der dort einem Kind mit goldenen Haaren begegnet, das behauptet, es käme von einem Stern.«

Fassungslos presste Bénédicte das umfangreiche Manuskript an ihr Herz.

»Mein Sohn sitzt in einem Rollstuhl; was er schreibt, ist sehr ergreifend ...«, beharrte sie.

Wäre er auch noch taub und blind, dann hätte er in den Medien vielleicht Aussicht auf Erfolg, dachte die realistische Olivia voller Zynismus.

»Einen kurzen und intensiven Auszug. Fünf ergreifende Zeilen. Dann wird er auch eine Antwort erhalten, das schwöre ich dir ...«

Olivia war kein herzloses Geschöpf, sie war ganz einfach ein sehr unentschlossener Mensch und schreckte davor zurück, die Arbeit anderer zu beurteilen. Aber sie würde die Probe des jungen Mannes an ihren Verleger weitergeben.

»Ich halte immer, was ich verspreche«, versicherte sie noch, bevor sie sich umdrehte und zum Buffet hinüberging, wobei ihr weiter Kaftan um ihren fülligen Körper wallte.

Isabelle Bedier warf einen mitfühlenden Blick auf Bénédicte Ravel-Dumat. Olivia würde ihrem Sohn nicht helfen; sie hoffte, dass die junge Frau das verstanden hatte. Diese jedoch griff mit hochrotem Kopf nach ihrem Handy, um den noch unerkannten Schriftsteller anzurufen.

»Ich habe mit ihr gesprochen!«, hauchte sie aufgeregt. »Sie wirkte sehr interessiert, sie will sogar, dass du eine Probe für sie schreibst, wie im Fernsehen! Fünf Zeilen, als Zusammenfassung deines Buches ... Ich habe ihr nichts von deiner Krankheit gesagt, natürlich nicht, wofür hältst du mich?«

Zwei lange, schmale Beine kamen die Treppe herunter, ein nicht zu kurzer, nicht zu langer rosafarbener Rock sowie eine elegante, taillierte Jacke, beides im klassischen Stil. Das Lächeln von Axelle ging von ihren Augen aus und breitete sich dann über das ganze Gesicht aus. Gekonnt verhielt sich das Element »Erde« zugleich herzlich und distanziert.

»Herzlich willkommen, Axelle!«

Die junge Frau hatte einen festen Händedruck und ein offenes Lächeln.

»Ich habe die Stellungnahme Ihres Mannes letzte Woche in der Nationalversammlung sehr bewundert«, fuhr Isabelle Bedier fort, um Axelle zu zeigen, dass sie das aktuelle politische Leben verfolgte – ganz besonders natürlich unter dem Aspekt persönlicher Bekanntschaften.

»Ich ebenfalls«, mischte sich eine kleine, braungebrannte junge Frau mit lockigem Haar ein, die nun hinter der großgewachsenen Axelle auftauchte.

Isabelle zögerte keinen Augenblick:

»Gwénola! Ich freue mich so, Sie wiederzusehen!«

Axelle drehte sich abrupt zu ihrer ehemaligen Freundin um, und Wasser und Erde standen einander gegenüber. Sie blickte mit ihren eisblauen Augen tief in die türkisblauen der kleinen Bretonin, versuchte zu lächeln, aber es gelang ihr nicht.

»Es ist so lange her«, sagte sie nur.

»Zwanzig Jahre ...«, antwortete Gwénola.

Isabelles Neugierde war geweckt, und sie wäre gern noch ein wenig bei ihnen geblieben, aber nun kam eine aufwändige Dolce & Gabbana-Hose die Treppe herunter, dazu ein Paar orangefarbene Malono-Blahnik-Schuhe. Oben herum trug die junge Frau mit dem blassen Teint und der feuerroten Haarpracht eine cremefarbene Versace-Jacke. Damit waren die vier Elemente nun komplett. Isabelle ging auf sie zu, während der neu eingetroffene Gast bereits seine Hand ausstreckte, lächelte und sich vorstellte:

»Jenny Lincoln ...«

»Aber natürlich, ich habe Sie sofort wiedererkannt! Kommen Sie aus Amerika?«

»Ich lebe seit ein paar Jahren in Rom«, antwortete Jenny und ließ ihren Blick durch den Raum schweifen.

»Olivia ist am Buffet, Axelle und Gwénola waren gerade noch hier ... Sehen Sie, da sind sie!«

Jenny sah in die Richtung, die Isabelle ihr wies.

»Sie müssen sich so unendlich viel zu erzählen haben«, meinte Isabelle.

Jenny nickte.

Sie taxierten einander, gingen aufeinander zu, sprachen einander an und lächelten einander zu. Die vier hatten einander gefunden und steckten zusammen wie einst. Axelle war katholisch, Olivia protestantisch, Jenny glaubte nur an sich selbst, und Gwénola interessierte sich für die Druiden. Olivia und Gwénola waren eher literarisch, Axelle und

Jenny ausschließlich mathematisch begabt. Für den Philosophiekurs hatten sie gemeinsam über ihre Lieblingszahl geschrieben. Olivia und Gwénola hatten Redewendungen, wichtige Vierergruppen wie die vier Himmelsrichtungen, die vier Winde, die vier Dimensionen von Raum und Zeit, die vier Evangelisten, die vier Jahreszeiten und die vier magischen Glücksbringer in der keltischen Mythologie zusammengetragen. Für Axelle und Jenny stellte die Vier Ausgewogenheit und Vollständigkeit dar, die Form des regelmäßigen Vierecks, die Wiederholung und Entwicklung, der Quadratzahlen (zwei im Quadrat = vier). Die Vier bedeutete das Aktive, die materielle Macht, das Kreative und das Tätige. In der Zahlenlehre ist die Zahl Vier ausgewogen, untrügerisch, treu und ergeben. Die Drei ist der sichtbare Teil der Pyramide, aber die Vier ist ihr Fundament.

Olivia hatte das Schweigen als Erste gebrochen.

»Wir haben uns nicht verändert«, stellte sie fest.

Mit der Bewegung eines Taschenspielers zauberte sie aus ihrem Kaftan ein Blatt Papier hervor und faltete es auseinander. Es war eine Photokopie des Klassenphotos aus dem Jahre 1985. Wegen ihrer unterschiedlichen Körpergröße hatte man sie auseinander gerissen: Gwénola, die Kleinste, stand ganz vorn, Olivia und Jenny in der Mitte und Axelle, die Bohnenstange, ganz hinten. Mit dem Rückhalt ihrer unerschütterlichen Freundschaft lächelten sie der Kamera und der Zukunft entgegen.

Alle beugten sich über das Photo, auf dem sie die klassische blaue Schuluniform von Sainte-Agathe trugen – jede aber mit der ihr eigenen Note. Gwénola trug einen Marinepullover, der mit Knöpfen auf der Schulter geschlossen wurde, Olivia trug einen edlen Kaschmirpullover, Axelle einen eleganten Cardigan und Jenny ein typisch amerikanisches Sweatshirt. Aufgeregt und entzückt, begannen plötzlich alle auf einmal zu sprechen.

»Ist euch klar, dass das zwanzig Jahre her ist?«

»Diese Frisur steht dir unheimlich gut …«

»Du hast ein paar Kilo zugenommen, oder?«

»Ich freue mich so, euch wiederzusehen!«

»Warum haben wir uns bloß so lange nicht bei den anderen gemeldet?«

»Wisst ihr was? Wir sind jetzt schon fast so alt, wie unsere Eltern es waren, als wir die Abschlussklasse besuchten!«

»Wir sind Damen geworden!«

Sie prusteten los. Damen, unabhängige, anständige und verantwortungsbewusste Frauen, die ihre Steuern zahlten, Vereinen angehörten und am gesellschaftlichen Leben ihrer jeweiligen Stadt oder ihres Umfeldes teilnahmen. Sie standen mitten im Leben und trugen sogar bisweilen den gebotenen Ernst zur Schau. Aber trotz ihres zivilisierten Verhaltens in der Gesellschaft und trotz ihrer mittlerweile reifen Züge waren sie in ihrem Inneren die hoffnungsfrohen jungen Mädchen geblieben, die auf ihren charmanten Prinzen warteten und vor dem samstäglichen Tanzvergnügen noch einmal kontrollierten, ob nicht vielleicht doch ein Pickel auf der Nase spross.

»Ich lade euch morgen Abend zum Essen ein. Ich habe vorsorglich den ganzen hinteren Raum im ›Kleeblatt‹ reserviert. Es wird wie früher sein!«, verkündete Olivia.

Ein Augenblick des Zögerns stellte sich ein.

»Ich muss nach Groix zurück, mein Fahrschein gilt für die Fähre morgen Abend«, führte Gwénola nachdenklich an.

»Wir erwarten morgen einen ehemaligen Regierungspräsidenten zum Abendessen«, entschuldigte sich Axelle.

Olivia sah Jenny fragend an.

»Und du?«

»Ich habe Zeit und nehme die Einladung an!«, antwortete die Amerikanerin.

Olivia lachte glücklich auf und wandte sich den beiden anderen zu.

»Wer weiß, wann wir uns wiedersehen werden. Axelle sitzt im Südwesten, Gwénola in der Bretagne und Jenny in den USA …«

»Nicht mehr«, unterbrach Jenny sie. »Ich lebe in Rom.«

Olivia verbesserte sich:

»Also gut. Axelle lebt auf dem Land, Gwénola auf ihrer Insel, Jenny in Italien und ich hier in meinem Vorort. Gebt euch einen Ruck, und schiebt eure Rückkehr etwas auf!«

Axelle und Gwénola wechselten einen Blick. Gwénola gab als Erste klein bei.

»O.k., ich bleibe.«

Axelle nickte ebenfalls.

»Letztlich will dieser ehemalige Regierungspräsident Charles besuchen, nicht mich. Das Menü steht fest: Gänseleber, eingelegte Ente und als Dessert gemischte Beeren. Jeanne ist ohnehin da, um das Essen zuzubereiten …«

»Jeanne ist jetzt bei euch? Deine Eltern haben sie gehen lassen?«, wunderte sich Olivia.

»Mein Vater ist tot«, erklärte Axelle leise. »Mein Bruder hat unser Schloss in der Normandie übernommen, und meine Mutter lebt bei ihm. Ich habe ihr vorgeschlagen, zu uns zu ziehen, aber sie versteht sich sehr gut mit meiner Schwägerin. Sie haben sechs Kinder, und es ist immer viel los. So fühlt sie sich nützlich.«

»Wie geht es Charles?«, fragte Gwénola.

Olivia und Jenny hielten den Atem an. Axelle hielt dem Blick von Gwénola stand.

»Gut. Er hat als Abgeordneter sehr viel zu tun und ist selten zu Hause …«

Für einen kurzen Moment stockte die Unterhaltung.

»Wie geht es Loeiz?«, nahm Olivia sie rasch wieder auf.

Gwénolas Züge erhellten sich.

»Er ist einen Meter neunzig groß, lebt in Rennes und studiert im zweiten Jahr Medizin.«

»Du musst dich schrecklich allein gefühlt haben, als er ausgezogen ist«, sagte Olivia mitfühlend. »Noa wird bei einer Reality-Fernsehsendung mitmachen und bereits der Gedanke, dass ich ihn eine Zeit lang nicht sehen werde, macht mich krank ...«

»Es gibt leider auf Groix keine gymnasiale Oberstufe«, erklärte Gwénola. »Er wohnte also die Woche über bereits im Internat von Lorient. So war der Auszug nicht ganz so schwer.«

»An welcher Fernsehsendung nimmt Noa denn teil«, wollte Axelle wissen.

Olivia räusperte sich.

»Wie der Vater, so der Sohn!«

Jenny runzelte die Stirn.

»Diese Sendung wurde in Italien bereits ausgestrahlt. Sie hieß dort *Genitori famosi* – berühmte Eltern. Ist dein Mann denn so berühmt?«

Axelle und Gwénola konnten angesichts der Sprachlosigkeit Olivias ihr Lachen nicht zurückhalten. Olivia fuhr erbost zu Jenny herum.

»Machst du dich über mich lustig?«

»Olivia ist in Frankreich sehr bekannt«, beschwichtigte Axelle eilig.

»Hast du noch nie etwas von mir gelesen, Jenny?«, fragte Olivia verdutzt. »Ich war eigentlich sicher, dass ihr meinen Weg treu verfolgt ... Ich habe dich und Axelle sogar als Nebenfiguren in zwei von meinen Romanen untergebracht und war überzeugt, dass ihr das wüsstet.«

»Ich lese alles von dir und bewundere dich, ehrlich!«, sagte Gwénola.

Olivia warf ihr einen befremdeten Blick zu.

»In der öffentlichen Bücherei bei uns gibt es deine Bücher, und ich habe alle ausgeliehen«, beteuerte Axelle.

Olivia hob den Blick zum Himmel.

»Das darf doch nicht wahr sein! Ihr doch nicht! Ich habe zwar nicht geglaubt, dass ihr meine Bücher zu Weihnachten verschenkt, auch wenn ... Aber zumindest war ich doch sicher, dass ihr sie euch kauft! Jenny kennt sie nicht, und Axelle leiht sie in der Bücherei aus, ohne einen Pfennig dafür zu bezahlen. Wenn alle Welt so wäre, würde ich vor Hunger sterben!«

»Für diesen Fall hast du dir wohl ein Polster angelegt«, scherzte Axelle. »Offensichtlich hast du ja guten Appetit.«

Olivia sah sie entgeistert an. Sie hörte wohl nicht richtig! Dann warf sie den Kopf nach hinten und begann schallend zu lachen. Die anderen stimmten ein.

»So hat seit meiner Scheidung niemand mehr mit mir geredet«, sagte Olivia heiter. »Es tut gut, euch wiederzusehen! Ja, ich bin viel zu füllig, und ja, mein Ego ist unverschämt groß. Aber das ist eure Schuld. Ihr seid aus meinem Leben verschwunden, und ich habe niemanden mehr, der mir das Maul stopft!«

»Ich habe glücklicherweise Jeanne«, nahm Axelle ihre Worte auf. »Wenn ich gereizt und gemein bin, erinnert sie mich daran, dass sie mich gewickelt und mir den Hintern abgewischt hat.«

»Und ich habe Loeiz; der verwöhnt einen auch nicht gerade. Er hasst Leute, die sich zu ernst nehmen«, setzte Gwénola noch eins drauf.

Jenny lächelte.

»Mir steht niemand so nahe, dass er diese Rolle übernehmen könnte. Meine Eltern sind 1999 im Mittleren Orient bei einem Attentat in der Botschaft ums Leben gekommen. Deshalb habe ich die Vereinigten Staaten auch verlassen, denn ich habe dort niemanden mehr.«

»Und nun lebst du mit einem schönen Römer zusammen, der dich mit seinem feurigen Blick beglückt?«, fragte Olivia.

Jenny schüttelte den Kopf.

»Nein, ich bin in ein Hotel mitten im alten Rom gezogen. Ich habe einen Freund, aber er ist verheiratet und Familienvater. In der Stadt des Papstes läßt man sich nicht so leicht scheiden. Das ist politisch nicht korrekt.«

Sie drehte sich zu Gwénola um.

»Gibt es denn einen Herrn Gwénola?«

Die Bretonin lachte verhalten.

»Ich habe mir die Finger verbrannt«, sagte sie. »Einmal war genug. Lieber bin ich allein als in schlechter Begleitung.«

»Voll und ganz einverstanden«, bestärkte Olivia sie. »Als Colin mich für dieses blonde, magere Flittchen von Sekretärin verlassen hat, war ich zuerst verzweifelt, aber dann habe ich mein Leben anders eingerichtet und bin nun glücklicher als früher ...«

»Ich freue mich, dass ihr vom Glück redet!«, unterbrach Isabelle Bedier sie und legte ihre Hände auf die Schultern von Gwénola und Jenny. »Sondert euch nicht so ab, meine Fräulein ... Eigentlich muss ich jetzt ja meine Damen sagen. Unterhaltet euch mit den anderen, deshalb seid ihr doch gekommen.«

»Das haben *Sie* gesagt!«, bemerkte Jenny tiefgründig.

»Sie haben an Selbstbewusstsein gewonnen, Jenny«, deutete Isabelle ihre Antwort. »Früher hätten Sie so etwas nur gedacht.«

»Ich bin erwachsen geworden«, sagte Jenny.

Der weitere Abend verging wie im Fluge. Man plauderte hier und da und pickte sich derweil Leckereien aus dem reichhaltigen Büffet. Hilfreiche Hände hatten große, bunte Salatkompositionen vorbereitet, kalte Fleisch- und Geflügelplatten, ein Käsebrett und als Abschluss eine verheißungsvolle Mousse au chocolat. Ein üppiges Festessen im Verhältnis zum eher knauserig bemessenen Wein – als seien sie immer noch die jungen Mädchen von einst. Eine jede der vier Freundinnen gelangte auf verschlungenen Pfaden zu der Gruppe, der sie sich zugehörig fühlte. Ärzte, Anwälte, Journalisten und Lehrer – sie alle schienen sich an unsichtbaren Zeichen zu erkennen, was gleichermaßen auch für die Hausfrauen zutraf. Die Unverheirateten ohne Kinder sprachen über Reisen, Mode und Informatik – also darüber, wie man sein Geld ausgab.

Gwénola erhob sich vom Tisch der Journalisten im gleichen Augenblick, in dem Axelle die Gruppe der Schlossbesitzer verließ. So kam es, dass sie sich zum ersten Mal unmittelbar gegenüberstanden. Gwénola stellte die Frage, die ihr schon die ganze Zeit auf den Lippen brannte:

»Hat er nie nach Loeiz gefragt?«

Axelle schüttelte ernst den Kopf.

»Er hat nie mit mir darüber geredet, und ich habe seine Entscheidung respektiert.«

Gwénola lächelte gequält.

»Macht dir das nichts aus?«

Axelle zögerte. Im Lauf der Jahre war es ihr beinahe gelungen, die Vergangenheit zu verdrängen. Ihr eigener Kampf, Kinder zu bekommen, hatte sehr viel Raum eingenommen.

»Früher hat es mir etwas ausgemacht.«

»Seid ihr glücklich?«, wagte Gwénola sich vor.

»Wir sind nicht unglücklich. Und du?«

Gwénola lächelte seltsam.

»Es hat mein Leben ausgefüllt, einen Sohn zu haben. Und ich habe es nie bereut.«

»Ich habe dir mehrmals geschrieben«, sagte Axelle. »Ich wollte sicher sein, dass du finanziell zurechtkommst …«

»Ich habe es immer geschafft«, erklärte Gwénola mit Stolz. »Ich habe deine Briefe ungelesen fortgeworfen. Du hast sie geschrieben, um dir ein reines Gewissen zu verschaffen – für dich, nicht für mich.«

Axelle zuckte die Schultern.

»Ich bin glücklich, dich wiederzusehen«, murmelte sie. »Im Grunde bin ich nur deswegen hergekommen.«

»Ich auch«, gestand Gwénola.

An diesem Punkt der Unterhaltung trat Marina zu ihnen. Sie half Isabelle Bedier bei der Gestaltung der Feier und verteilte nun Fragebögen, mit der Bitte, sie auszufüllen. Die Bögen waren in einem warmen Gelbton gehalten, oben stand eine rote Überschrift: »Sainte-Agathe, zwanzig Jahre Abitur!« Es mussten mehrere Spalten ausgefüllt werden: Name, Vorname, Adresse, Telefonnummer, E-Mail-Adresse, Geburtsdatum, Zahl und Alter der Kinder. Dann kamen persönlichere Fragen: Beruf, Beschäftigungen (Vereine, Ehrenämter), Vorlieben. Ganz unten schließlich wurde noch gefragt: »Gibt es ein Problem? Haben Sie ein Anliegen?«, womit auf feinsinnige Art und Weise der Kontakt erneuert und zugleich an die Solidarität appelliert werden sollte. Kugelschreiber und Füllfederhalter wurden gezückt. Namen und Vornamen wurden niedergeschrieben (mit einem kurzen Zögern bei den Geschiedenen), dann die Adressen und schließlich die Vornamen der Kinder (mit einem kurzen Zögern bei den Patchwork-Familien).

Die vier einstigen Freundinnen schauten sich gegenseitig über die Schultern. Olivia gab ihr Blatt als Erste ab, sie hatte ihre E-Mail-Adresse eingetragen, aber nicht die Hausadresse, und sie hatte angegeben, dass sie die Mutter von Noa war, siebzehn Jahre, Kandidat bei *Wie der Vater, so der Sohn*. Beruf: Schriftstellerin; Beschäftigung: Geschichten erzählen; Vorlieben: Literatur. Axelle war die Nächste. Adresse: Chateau de Bergeac. Quer durch die Spalte »Anzahl und Alter der Kinder« hatte sie einen wütenden Strich gezogen. Beruf: keinen; Beschäftigung: Ehefrau eines Politikers; Vorlieben: Teilhabe am sozialen Leben im Dorf (Kirchengemeinde, Kulturverein, Erziehung und Altenbetreuung). Auf die letzte Frage hatte sie geantwortet: »Weder ein Problem noch ein Anliegen. Sollte es eine der Mitschülerinnen jemals in den Südwesten verschlagen, so soll sie doch bitte mit mir Kontakt aufnehmen, damit ich ihr helfen kann.« Gwénola war als Dritte fertig. Adresse: Île de Groix, Morbihan. Mutter von Loeiz, 19 Jahre, Student der Medizin; Beruf: Journalistin; Beschäftigung: Korrespondentin des *Ouest-France*; Vorlieben: die Natur. Als Anliegen gab sie ein erfülltes Leben an. Jenny schließlich amüsierte alle durch ihre spaßigen Antworten. Adresse: keine, Kinder: keine; Beruf: keinen; Beschäftigungen: keine; Vorlieben: keine; Anliegen: meine Versprechen halten.

Nach dem Abendessen entrollte man vor der hinteren Wand des Speisesaals eine Filmleinwand, und Isabelle Bedier bat um Ruhe.

»Wir haben eine Diaschau vorbereitet«, kündigte Marina an, ohne preiszugeben, dass sie mit Zaza, einer weiteren ehemaligen Schülerin, wochenlang daran gearbeitet hatte.

Die Aufnahmen zogen in der Dunkelheit vorüber. Sie zeigten Sainte-Agathe zur Zeit ihrer Großmütter, dann zur Zeit ihrer Mütter, als es weder Sporthalle noch Speisesaal gab, sondern nur die Kapelle, um die herum nach und nach die Schulgebäude entstanden waren. Danach folgten Klassenphotos, und jede Einzelne fand sich wieder, je weiter die Jahre vorrückten. Kleine Mädchen mit Zöpfen oder Stirnbändern, mit geringelten Strümpfen und Faltenröcken, pubertierende Mädchen mit einer Zahnspange und dem ersten Büstenhalter und schließlich junge Damen mit stolzer Brust und langen Beinen in Feinstrumpfhosen. Ein paarmal geklickt, und schon war man vom Kind zur jungen

Frau gelangt. Manche Schülerinnen legten in jedem Alter eine zarte Anmut an den Tag, andere trugen ihren Körper wie eine Last mit sich herum, wieder andere hatten sich von plumpen Larven zu wunderschönen Schmetterlingen entwickelt.

Neun von ihnen waren bereits gestorben. Das war eine bedrückende Statistik. Auch wenn die Stimmung heiter war, wollte man den Verstorbenen die Ehre erweisen. So hatten sich die Organisatorinnen entschlossen, ihre Porträts nacheinander ohne weiteren Kommentar zu zeigen. Ohne jede musikalische Untermalung erschienen die neun jungen Mädchen nacheinander auf dem Bildschirm. Lediglich ihre Vornamen wurden genannt. Den Anwesenden stockte der Atem.

»Ich wusste gar nicht …«

»Ich glaube, sie hatte einen Autounfall …«

»Sie ist ein Jahr nach dem Abitur an Krebs gestorben …«

»Das ist doch nicht möglich!«

»Ich habe ihr letztes Jahr noch zum Geburtstag gratuliert …«

»Man sagt, sie hat Selbstmord begangen.«

Danach gedachte man auch der verstorbenen Lehrer. Dann ging das Licht wieder an. Nach einer kurzen betretenen Stille setzte das Geplapper wieder ein. Hier und da wurde gelächelt, das Leben forderte sein Recht. Drei von den vier ehemaligen »Kleeblättern« ließen die traurige Stimmung hinter sich und vertieften sich in Unterhaltungen. Die vierte von ihnen blieb schwermütig. Früher oder später würde sie den anderen die Wahrheit sagen müssen. Dann würden sie sich von ihr abwenden und sie nicht mehr mögen. Bis es so weit wäre, wollte sie aber die Wärme ihrer Freundschaft genießen.

13

Es war Abend geworden in Yvelines. Noa war allein zu Hause, da seine Mutter bei ihrem berühmten Treffen war. Er trug seine Lieblingsklamotten: weißes T-Shirt und eine Hose, deren Schritt ihm beinahe in den Kniekehlen hing. Federnd ging er barfüßig über den Sisalboden. Die blonden Haare fielen ihm locker auf die Schultern herab. Seine grünen Augen wanderten über die Zen-Einrichtung. Er liebte das Haus, die karge Möblierung, sein großes Zimmer und seinen Computer. Das Arbeitszimmer seiner Mutter betrat er niemals. Dieser Ort war ihm ungefähr so verboten wie das sagenumwobene Zimmer von König Blaubart. Pfeifend ging er in die Küche, öffnete den großen silbernen Kühlschrank und nahm Weißbrot, Mayonnaise und eine Flasche Cola heraus. Aus dem Wandschrank daneben nahm er sich eine Dose Sardinen und eine Tafel Schokolade. Seine Mutter durfte auf keinen Fall sehen, dass er sich bisweilen auf diese Weise ernährte. Sie hätte ihm eine Szene gemacht, denn sie hatte ihm ein gesundes Abendessen vorbereitet: Medaillons, grüne Bohnen und Melone. Kunstvoll arrangierte Noa vier Scheiben Weißbrot auf einem viereckigen Keramikteller aus der Provence. Er beschmierte sie dünn mit Mayonnaise, legte auf jede Scheibe zwei vor Öl triefende Sardinen samt einem Riegel Schokolade und bedeckte sie mit vier weiteren Scheiben Weißbrot. Dann nahm er das erste Sandwich in Angriff. Jeder nach seinem Geschmack – er fand diese Kombination feinsinnig und interessant. Bei *Wie der Vater, so der Sohn* würde er den Gürtel enger schnallen müssen, also galt es, die verbleibende Zeit zu nutzen.

Als er seine Mahlzeit hinuntergeschlungen und seine Colaflasche geleert hatte, schlenderte er in sein Zimmer und schaltete den Computer ein. Er unterhielt sich mit seinen Freunden, beteiligte sich an ihren Online-Chats, zog unrechtmäßig Filmkopien aus dem Netz und sah sich Musikclips an. Geschickt handhabte er die Tastatur, bediente die neueste schnurlose Laser-Maus und wartete auf die Antwort der aufregenden Mona. Sie war die Tochter eines Filmproduzenten und einer Photographin und hatte ihn für die Sendung *Wie der Vater, so der Sohn* vorgeschlagen.

Ein leiser Klingelton teilte ihm mit, dass Mona geantwortet hatte. Er klickte das Symbol an und öffnete die Nachricht: »Wir basteln gerade an einer nichtoffiziellen Site über die Sendung. Einer meiner Freunde baut sie zusammen, schick schnell ein paar Fotos und eine verrückte Videoaufnahme. Es ist dringend!«

Mona nannte ihm die Adresse der betreffenden Seite. Noa lächelte und antwortete: »Habe deine Nachricht erhalten. Antwort ist so gut wie unterwegs!« Er schloss seine digitale Kamera an seinen Computer an, wählte drei hinreißende Porträts aus und versuchte die Seite zu öffnen. In diesem Augenblick stürzte sein Computer ab.

»Nicht jetzt!«, entfuhr es ihm wütend.

Er startete den Computer neu und versuchte es noch einmal. Dieses Mal blieb der Bildschirm vollkommen schwarz, und der Computer ließ sich überhaupt nicht mehr anschalten.

»Das glaube ich nicht …«, schäumte er vor Wut.

Er raufte sich sein wirres Haar, versuchte es noch ein paarmal – aber alles blieb schwarz. Der PC gab kein Lebenszeichen mehr von sich. Mona hatte ausdrücklich darauf hingewiesen: »Es ist dringend!« Er zögerte nur kurz. Es war einfach zu dumm. Womöglich entging ihm die Gelegenheit, die nun so greifbar nahe war, wenn er bis morgen wartete. Im Arbeitszimmer seiner Mutter stand ein perfekt funktionierender MacIntosh-Computer – er brauchte nur seine Kamera anschließen, auf die Seite gehen, die Photos abschicken und anschließend jede Spur seines Eindringens beseitigen. Nichts gesehen, nichts gehört, seine Mutter würde nichts davon erfahren …

Noa bewegte sich auf das Arbeitszimmer zu und stieß die Tür auf. Sie war nicht verschlossen, seine Mutter vertraute ihm; er hatte diese Regel niemals verletzt, wozu auch? Er hatte Taschengeld für Kinobesuche oder den Kauf von Büchern, Klamotten oder elektronischen Neuheiten. Lediglich drei Dinge hatte Olivia ihm verboten, seit er in ihren Augen vernünftig geworden war: Rauchen, Trinken und das Betreten ihres Arbeitszimmer in ihrer Abwesenheit. Noa war fast achtzehn Jahre alt. Das Überschreiten eines elterlichen Tabus wäre eine hervorragende Erweiterung seiner mentalen Erfahrungen.

Knarrend schloss sich die Tür hinter ihm. Er schauderte und zog die Schultern hoch. Dank der Klimaanlage war es frisch in dem Zimmer. Auf dem langen Glastisch lagen Akten, Artikel, Kassetten und kleine Geschenke, die Olivia von ihren Lesern zugeschickt bekommen hatte. Der Computer war im Stand-by-Modus, ein kleines grünes Licht blinkte. Noa war so beeindruckt, dass er sich selbst als Trottel beschimpfte und sich nun auf dem bequemen Ledersessel niederließ, von dem er annahm, er habe in den fünfziger Jahren einem amerikanischen Kriminalromanschriftsteller gehört. Er ließ seine Finger knacken, um sie gelenkiger zu machen, und schaltete den Computer ein. Der MacIntosh begann zu brummen und hielt Noa sein Spiegelbild vor.

»Jetzt habe ich es getan!«, murmelte der Junge.

Ohne Schwierigkeiten fand er die ausgewählten Photos, schob sie in einen virtuellen Umschlag und schickte sie auf elektronischem Wege ab. Von Natur aus misstrauisch, beschloss er zu warten und noch rasch im Posteingang nachzusehen, ob seine Mail nicht etwa zurückgekommen war. Er ließ seinen Blick durch das Arbeitszimmer schweifen und fragte sich, was seine Mutter in diesem Raum wohl empfand. Das Leben von Olivia war bis ins letzte Detail geregelt: Sie schrieb von sieben bis dreizehn Uhr, und das an jedem Tag der Woche, Sommer wie Winter, einschließlich der Ferien. Nach dem Mittagessen machte sie eine Siesta, und erst danach begab sie sich wie eine befreite Eurydike mit blinzelnden Augen, innerlich zufrieden und mit ruhigem Gewissen ins Tageslicht.

Biip! Der elektronische Ton zerstörte die nachdenkliche Stille. »Sie haben Post« stand rechts oben auf dem Bildschirm. Ganz automatisch – als säße er vor seinem eigenen Computer – klickte er auf »OK«. Die Nachricht stammte von Gwénola Tonnerre, war gestern geschrieben worden, sollte aber erst heute abgeschickt werden. Das Thema lautete »Es ist vorbei«. Verwirrt runzelte Noa die Stirn. Vorbei – wo, wann, warum, wie? Gwénola Tonnerre, eine Freundin seiner Mutter, lebte auf einer bretonischen Insel. Vermutlich war sie gerade dabei, sich wie die anderen Schülerinnen des Abiturjahrgangs von 1985 mit Petits Fours vollzustopfen.

Noa stellte sich vor, wie er mit Mona in zwanzig Jahren an einem solchen Klassentreffen teilnehmen würde: Ein paar von den Jungen hätten vermutlich schon eine Glatze, Schnurrbärte oder Vollbärte, manche Mädchen trügen vielleicht einen Haarknoten und wären Mütter und Hausfrauen. Ob ihn wohl das System schlucken und er in Anzug und Krawatte herumlaufen oder einen Kinderwagen vor sich herschieben würde? Oder ob er unbeschwert bleiben und dank seiner Talente von der Menge umjubelt würde, beim Fernsehen ein und aus gehend und geschmückt mit einem César, einem Oscar oder einem Literaturpreis wie dem Goncourt, Femina oder Médicis? Er wäre nicht mehr »Noa Nathan-Ruben, der Sohn der bekannten Olivia Ruben«. Olivia wäre stattdessen »die Mutter des berühmten Noa Nathan-Ruben«.

Er fragte sich, was für Gwénola Tonnerre vorbei war. Noa war genau der Richtige für solche Aussagen. Zwei von drei Eheschließungen scheiterten, vielleicht ließ sie sich gerade scheiden? Es ging ihn nichts an, es war weder seine Freundin noch sein Computer. Die Nachricht war nicht an ihn gerichtet. Aber seine Neugier war geweckt. Die Suche nach einem Namen oder einem Wort, das einem auf der Zunge liegt, kann einem den ganzen Tag verderben. Er stellte sich vor, wie er in dem mit Mikrophonen und Kameras gespickten Haus von *Wie der Vater, so der Sohn* eingeschlossen war, umherirrte und schrie: »Ich will wissen, was vorbei ist!« – wie Patrick McGoohan in der kultigen Fernsehserie aus den sechziger Jahren, der schrie »Wenn ich Nummer sechs bin, wer ist dann Nummer eins?«

Noa seufzte und klickte zweimal auf die Nachricht von Gwénola. Zweifellos würde er auf etwas typisch Weibliches, also Langweiliges stoßen …

Buchstaben tauchten vor ihm auf, schlossen sich zu Worten zusammen, bildeten logische, zusammenhängende, kohärente, absurde, wahnsinnige Sätze. Noa glaubte seinen Augen nicht zu trauen, er räusperte sich, rieb sich die Nase und schluckte schwer. Die schwarzen Buchstaben wirbelten auf dem weißen Grund durcheinander. »Es ist vorbei, Olivia. Ich habe lange nachgedacht. Ich höre auf. Meine Entscheidung ist gefallen. Mein Sohn ist jetzt Student und verdient sein eigenes Geld. Er ist unabhängig, und ich brauche dein Geld nicht mehr. Ich habe es satt, ein

Gespenst zu sein und zuzusehen, wie meine Bücher unter deinem Namen veröffentlicht werden. Wir haben uns gegenseitig geholfen, und zwanzig Jahre lang hatten wir beide unseren Nutzen davon. Du warst sehr großzügig, aber jetzt ist es vorbei. Sei mir nicht böse. Ich schicke dir diese Nachricht mit etwas Verzögerung, damit du sie erst nach unserem Treffen liest. Dort sind zu viele Leute, als dass wir ungestört miteinander reden könnten. Niemand außer uns beiden weiß etwas von der Sache, und es wird auch niemand jemals etwas davon erfahren. Das schwöre ich dir.«

»Diese Frau ist verrückt!«, flüsterte Noa.

Jeder bekannte Schriftsteller begegnet zumindest einmal im Leben einem hysterischen Wahnsinnigen, der ihn des Plagiats bezichtigt. Normalerweise handelte es sich um einen Unbekannten, warum aber sollte eine Schulfreundin so etwas tun? Noa weigerte sich, Verdacht gegen seine Mutter zu schöpfen. Es war einfach unmöglich, dass die große und begabte Olivia Ruben eine Schwindlerin war!

Mit zitternden Händen ging Noa frühere Nachrichten von Gwénola durch, und nach und nach tat sich die Wahrheit vor ihm auf.

»März. Ich arbeite am letzten Viertel. Es wird keine Zeitprobleme für ein Erscheinen im Oktober geben. Du kannst deinen Verleger einweihen. Die Heldin ist eine mutige, tatkräftige junge Frau, die fest in ihrer Zeit verankert ist. Es wird den Stoff für eine Fernsehserie mit familiärem und sozialem Hintergrund abgeben, sehr wirklichkeitsnah, dazu noch ein paar Geheimnisse aus der Vergangenheit, Spannung, Spiele, Drohungen, Leidenschaft und Hass – eben alles, was dazugehört! Wenn ich dir Ende Juli den Text schicke, rechne ich mit der letzten Zahlung wie abgemacht. Kenavo!«

»Kenavo«, wiederholte Noa dumpf, während er regungslos verharrte.

Seine Mutter schrieb ihre Bücher nicht selbst! Die berühmte Olivia Ruben hatte einen Ghostwriter in der Bretagne, der seit zwanzig Jahren ihre Bücher schrieb. Zwei Jahrzehnte der Täuschung, der Heimlichtuerei, des Betrugs. Wie hatte sie dieses belastende Geheimnis so lange allein mit sich herumtragen können? Selbst ihren einzigen Sohn hatte sie belogen. Noa packte eine solche Wut, dass er sich beherrschen musste, um nicht alles vom Tisch zu fegen und den Computer zu demolieren. Wie gern hätte er ihm sein Geheimnis zurückgegeben. Dieser so perfekte Rahmen der vorgetäuschten Schriftstellerin widerte ihn an. Er stieß den Sessel zurück, rannte aus dem Zimmer und stürzte ins Bad, wo er sein seltsames Abendessen hochwürgte. Über die Kloschüssel gebeugt, schnürte ihm die Wahrheit über seine Mutter die Kehle zu. Er ließ kaltes Wasser ins Waschbecken laufen, tauchte seinen Kopf hinein und richtete sich tropfend, aber nicht minder verzweifelt wieder auf. Er hatte sie so sehr bewundert, aber im Augenblick stieß sie ihn ab, und er empfand so etwas wie Scham. Das Täuschungsmanöver seiner Mutter beschmutzte ihn im wahrsten Sinne des Wortes, fiel auf ihn zurück und brachte ihn tatsächlich in Gefahr. Er fühlte sich elend. Eine teuflische leise Stimme flüsterte ihm unter seinem feuchten Haar zu, dass er es genauso machiavellistisch treiben und Ende der Woche bei *Wie der Vater, so der Sohn* alles aufdecken könnte. Das wäre ein genialer Streich und könnte seiner Karriere einen unglaublichen Schub versetzen! In einer Live-Sendung vor Millionen von Zuschauern das skandalöse Geständnis des Sohnes der großen Olivia Ruben: »Meine Mutter hat euch alle an der Nase herumgeführt!« Er sah die fetten Schlagzeilen der Zeitschriften vor sich und die grandiosen Verkaufszahlen des Buches, das er ein paar Wochen später verfasst haben würde: Noa Nathan-Ruben, *Die ganze Wahrheit über meine Mutter*. Aus diesem Buch würde er dann einen Film machen, man würde ihn in die angesagten Radio- und Fernsehsendungen einladen – er würde mit siebzehn Jahren der Liebling der Medien sein …

Er schüttelte den Kopf und schob die Vorstellung beiseite. Er war kein Verräter, und er würde nicht auf das Niveau seiner Mutter herabsinken. Aber er begriff nicht, warum sie in dieser Weise gelogen hatte. Ihr Vater war reich, sie wäre niemals in finanzielle Not geraten. Wenn sie nicht schreiben konnte, so hätte sie doch nur einen anderen Beruf wählen müssen!

Bedrückt ließ er sich auf sein Bett fallen – ebenfalls ein Futon im Zen-Stil, passend zur übrigen Einrichtung. Bisher hatte er diesen Stil gemocht, aber jetzt kam er ihm falsch und künstlich vor. Er schloss die Augen. Seine Mutter hatte ihm diese Geschichte doch hundert Mal erzählt …

In der letzten Klasse hatten sowohl Olivia als auch Gwénola einen Roman geschrieben. Ihre Freundin Jenny hatte die Werke gelesen und ohne Wissen der Verfasserinnen beide Manuskripte bei einem großen Pariser Verleger abgegeben. Einige Zeit später hatte Gwénola einen Brief erhalten, in dem man ihr für ihre Sendung dankte, gleichzeitig aber mitteilte, dass es für ihren Roman »leider keinen geeigneten Platz in den gegenwärtigen Reihen« gäbe. Bei Olivia hingegen klingelte das Telefon, und man teilte ihr mit, dass man ihr Buch veröffentlichen wolle! Richard Ruben, der Großvater von Noa, hatte ein großes Fest veranstaltet und alle wichtigen Leute der Pariser Szene eingeladen. Er hatte Einladungskarten drucken lassen, die wie ein Buchdeckel aussahen und den Namen seiner Tochter trugen. Es war das mondäne Ereignis der Saison. Ein befreundeter Produzent hatte die Rechte an dem Roman erworben, eine große überregionale Zeitschrift hatte ihn als Fortsetzungsroman in den Sommermonaten veröffentlicht, der Erfolg hatte sich rasch abgezeichnet …

Und nun sollte alles ganz anders sein, ein Betrug, ein riesiges Schmierentheater? Noa verstand die Welt nicht mehr. Olivia war doch veröffentlicht worden, nicht Gwénola. Wie war das alles möglich? Verhielt es sich nicht genau umgekehrt? Aus welchem Grund sollte denn Gwénola die Rolle des Ghostwriters akzeptieren?

Seine Züge verzerrten sich, seine Schläfen pochten. Er begriff allmählich, dass seine Mutter sich ihre Berühmtheit nur erschlichen hatte, und die Wahrheit, käme sie ans Licht, würde seine Teilnahme in *Wie der Vater, so der Sohn* vereiteln. Er würde alles verlieren, auch Mona.

Er wollte sich am liebsten betrinken, aber Alkohol schmeckte ihm nicht. Er zwang sich dennoch, drei Gläser Aquavit herunterzustürzen, so dass seine Erinnerung vorübergehend ausgeblendet war. Dafür stellte sich alsbald eine heftige Migräne ein.

14

Mittwoch, 21. September

Wie an jedem Morgen wachte Olivia auch am Tag nach ihrem Klassentreffen um Punkt sechs Uhr auf. Ganz gleich wo sie sich befand, selbst bei ihren Lesungen im Ausland und den damit verbundenen Zeitverschiebungen – ihre innere Uhr war stets auf dieselbe Stunde gestellt. Sie streckte sich und dachte zufrieden an den gestrigen Abend. Die Viererbande hatte sich wiedergefunden, jetzt war wieder alles möglich!

Sie dachte an den Kaffee, der gleich durch ihre Maschine laufen würde, und sagte sich, dass es Zeit wäre abzunehmen. Aber für wen denn, für was denn? Ihre Leser wollten sie lesen und nicht ausziehen. Es waren außerdem Leserinnen, die unterhalten und nicht verführt werden wollten.

Sie hatte lange mit keinem Mann mehr geschlafen, aber seltsamerweise fehlte es ihr auch nicht. Auch in einem Leben als Berühmtheit wurden Endorphine ausgeschüttet, gab es eine Form der Lust.

In einem Männerhemd der Größe XXL, unter dem sie ihren üppigen Körper versteckte, wankte sie in die Küche, um ihre erste Dosis Koffein auf den Weg zu bringen. Als sie am Zimmer ihres Sohnes vorüberkam, bemerkte sie, dass die Tür offen stand. Erstaunt warf sie einen Blick hinein. Es war niemand zu sehen. Das durchwühlte Bett zeigte, dass er nicht außerhalb geschlafen hatte. Seine Mütze war jedoch nicht mehr da. Er war fortgegangen, ohne ihr eine Nachricht zu hinterlassen, was ihm nicht ähnlich sah. Diese Fernsehsendung brachte ihn ganz durcheinander.

Olivia zuckte mit den Schultern und ging dann zu ihrem Arbeitszimmer. Ihr Sessel schmiegte sich perfekt an ihren Körper. Sie drehte sich einmal mit ihm, um das vertraute Zimmer ganz mit ihrem Blick einzufangen, schenkte ihrem geliebten Computer ein Lächeln und rief ihre Mails auf. Die Liste war lang, es waren mehr als zehn Einträge. Sie stammten von einem befreundeten Journalisten, einer Organisatorin der Büchermesse und von treuen Lesern. Ein Verbund von Unternehmerinnen bat sie um einen Vortrag. Der Französischlehrer einer benachbarten Schule lud sie zu einem Besuch in seiner Klasse ein. Und Gwénola hatte ihr aus Groix geschrieben.

Olivia lächelte. Die elektronische Nachricht war mit Verspätung von der bretonischen Insel abgeschickt worden. Sie öffnete sie. Ihr Herzschlag setzte aus, ihr Atem stockte, ihre Augen starrten fassungslos auf den Bildschirm.

»Es ist vorbei, Olivia …«

Olivia las den Text mehrere Male, bis sie sicher war, den Inhalt verstanden zu haben. Nach allem, was Olivia für Gwénola getan hatte, konnte diese sie doch nicht einfach so fallen lassen wie einen alten Strumpf!

»Du meinst, nach allem, was sie für *dich* getan hat«, flüsterte eine leise Stimme in ihrem Innern. Völlig verstört versuchte Olivia sich zu beruhigen. Ohne sie wäre Gwénola nichts mehr. Würde sie dieses Risiko eingehen? Olivia biss sich auf die Lippe. Die Antwort war eindeutig. Ja. Es bedeutete Gwénola wirklich nichts. Sie hatte niemals einen persönlichen Ehrgeiz besessen. Sie wollte einfach nur ausreichend versorgt sein, um ihren Sohn großziehen zu können. Und dieses Ziel hatte sie nun erreicht. Loeiz war in jeder Hinsicht erwachsen geworden. Gwénola brauchte die finanzielle Ressource nicht mehr, die Olivia für sie bedeutete. Es gab keinen Vertrag, der sie aneinander band, und der Verleger hatte niemals etwas davon erfahren. Es galt nur das Wort, das sie einander gegeben hatten. Und heute nahm Gwénola ihr Wort zurück. Es gab kein Mittel, sie unter Druck zu setzen. Olivia kannte ihre Handy-Nummer nicht, sie würde sich gedulden müssen, bis sie sie heute Abend im »Kleeblatt« wiedersähe.

Sie war so aufgewühlt, dass sie sich bewegen musste, um nicht vollkommen die Fassung zu verlieren. Sie ging in ihrem Arbeitszimmer auf und ab und suchte nach Lösungen. Auch wenn sie Gwénola die doppelte oder sogar dreifache Geldsumme anbot, es würde nichts ändern. Sollte sie ihr vorschlagen, ein Buch mit ihr gemeinsam zu signieren, um ihr so den Weg zu ebnen? Oder wollte sie vielleicht ein Vorwort zu ihrem nächsten Buch schreiben? Sollte sie sie ganz offiziell der Presse vorstellen? Loeiz studierte Medizin, und Olivia kannte mehrere hochrangige Mediziner hier in Paris. Vielleicht konnte sie ihnen den jungen Mann empfehlen? Nein, das ging nicht. Der junge Mann studierte in Rennes, und ihre Beziehungen hatte Olivia hier in Paris. Bis in die Provinz reichte ihr Netz nicht. Vielleicht war Colin mit einem Kollegen von dort bekannt? Sie war so verzweifelt, dass sie sogar in Betracht zog, ihren Ex-Ehemann um Hilfe zu bitten.

Sie glitt zu Boden und lehnte sich gegen den berühmten Bücherschrank, den die Photographen und Kameraleute, die sie hier bei ihr zu Hause interviewt hatten, so sehr bewunderten. Was war diese Ansammlung von signierten Büchern, von Übersetzungen, Erstausgaben und seltenen Werken ihr heute noch wert? Mit fast vierzig Jahren war sie nichts weiter als ein kleines verstörtes Mädchen, das Angst hatte, entlarvt zu werden. Ohne Gwénola war das schöne Abenteuer zu Ende. Sie war nicht in der Lage, ein Buch allein zu schreiben. Ihr Stil war anders, ihre Ideen waren zu kompliziert, ihre Ausführungen zu hölzern – niemand würde sie veröffentlichen.

Dennoch hatte sie nicht gewollt, was geschehen war. Es war ein Irrtum gewesen, für den sie nichts konnte. Das Schicksal war ihr wohlgesonnen gewesen. Als Jenny im Jahre 1985 die Manuskripte von Olivia und Gwénola an den Verleger geschickt hatte, musste sich jemand geirrt haben. Der Verleger hatte das Buch von Gwénola abgelehnt und das von Olivia angenommen. Das alles war ein paar Monate nach dem Tod von Olivias Mutter geschehen, die an einer Überdosis von Medikamenten gestorben war. Eine Woche nach dem Fest, das ihr Vater ihr zu Ehren hatte ausrichten lassen, hatte Olivia mit Entsetzen festgestellt, dass ein Versehen vorlag und es sich um das Manuskript von Gwénola handelte. Nun war es aber zu spät, sie konnte nichts mehr richtigstellen, die Schande wäre auf ihren Vater zurückgefallen. Die Festgäste hätten noch jahrelang darüber gelacht. Die Zeitungen hätten sich zu so schönen Titeln hinreißen lassen wie: »Milliardär Richard Ruben – Die Welt lacht über seine Tochter«, »Die Tochter mit dem unveröffentlichbaren Papa«, »Ruben-Tochter im Rampenlicht: Bücher kann man kaufen, Autoren nicht« – eine Richtigstellung kam nicht in Betracht.

Mit Todesverachtung hatte sie den Vertrag unterzeichnet und die geforderten Verbesserungen durchgeführt. Am Abend, bevor das Buch auf den Markt kommen würde, hatte Olivia ihren ganzen Mut zusammengenommen und Gwénola in ein Café in der Rue de Rivoli eingeladen. Dort hatte sie ihr bei einem kalorienträchtigen Eisbecher die Wahrheit gestanden.

»Ich muss dir etwas sagen … Sie haben sich geirrt, Gwénola. Ich kann nichts dafür. Ich habe es zu spät bemerkt. Sie werden dein Buch unter meinem Namen veröffentlichen.«

»Es ist sicher noch Zeit, es ihnen zu sagen und es zu verbessern!«

»Ich kann nicht«, hatte Olivia erklärt. »Mein Vater würde es nicht verkraften. Nach dem Tod meiner Mutter hat er wochenlang nicht mit mir geredet, jetzt nimmt er mich wieder wahr. Ich flehe dich an, hilf mir! Mein Vater hat mir zu jedem Geburtstag zehntausend Francs auf mein Sparbuch überwiesen. Ich kaufe dir dein Manuskript für einhunderttausend Francs in bar ab. Ich habe sie auf meinem Sparkonto. Das ist doch eine beachtliche Summe, findest du nicht?«

Gwénola war so verblüfft gewesen, dass sie kein Wort herausbrachte.

»Lass es uns wie ein Geschäft angehen. Zehn Riesen für dein Schweigen. Das ist eine satte Summe. Ich bitte dich darum, Gwénola. Ich werde dir das nicht vergessen, ich bin nicht undankbar. Letztlich ist es doch nur ein Buch! Du brauchst nur ein neues zu schreiben. Sie werden es herausbringen, und du wirst alles vergessen!«

Aber Gwénola hatte gezögert. Sie hatte sich vierundzwanzig Stunden Bedenkzeit erbeten und Olivia versprochen, mit niemandem darüber zu reden.

Olivia hatte in dieser Nacht nicht geschlafen, sie hatte ihre Argumente hin und her gewendet und sich sogar zu Drohungen verstiegen wie: »Niemand wird dir glauben, wenn du behauptest, es sei dein Buch«. »Glaubst du tatsächlich, du könntest dich gegen die Macht und das Vermögen meines Vaters behaupten?« Glücklicherweise war es nicht so weit gekommen. Gwénola hatte sich in der Nacht dazu entschlossen, ihr Angebot anzunehmen.

Das Buch war herausgekommen und hatte dank seines Charmes, aber auch dank der Prominenz von Richard Ruben sofort sein Publikum gefunden. Einen Monat später, nur wenige Tage nach dem Abitur hatte die schwangere Gwénola die Hauptstadt verlassen und sich auf ihrer bretonischen Insel eingerichtet. Olivia hatte versucht, den nächsten Roman selbst zu schreiben, aber sie war gescheitert. Und so hatte sie ein weiteres Manuskript von Gwénola gekauft, und es hatte wieder funktioniert. Gwénola, die unverheiratete, alleinerziehende Mutter war heimlich zu ihrem Ghostwriter geworden. Sie hatten sich seit zwanzig Jahren nicht mehr gesehen. Alles wurde auf dem Postweg und durch Überweisungen abgewickelt.

»Mein Gott, ich habe es nicht absichtlich gemacht«, stöhnte die große Olivia Ruben, als sie nun vor ihrem wunderbaren Bücherschrank kauerte. »Hilf mir, Mama. Du weißt genau, dass ich nichts dafür kann …«

Ein Knarren ließ sie hochschrecken. Waren da Schritte gewesen? War Noa zurückgekommen? Dann war es wieder still. Olivia umklammerte ihre Knie, und während sie sich hin und her wiegte, wiederholte sie immer wieder: »Mama, hab Mitleid mit mir, komm zurück, Mama. Ich brauche dich, lass mich nicht allein wie vor zwanzig Jahren. Mama hilf mir …«

Diese Szene hätte sich kein Photograph oder Kameramann jemals vorstellen können. Die berühmte und arrogante Olivia Ruben schluchzend auf dem Sisalboden, wie sie mit einer hysterischen und neurotischen Frau spricht, die seit zwanzig Jahren tot ist.

15

Noa saß auf seinem abgestellten Motorroller und wartete seit acht Uhr morgens darauf, dass der Verlag, der seine Mutter herausbrachte, öffnete.

Olivia hatte trotz verlockender Angebote der Konkurrenz die ganze Zeit über dem gleichen Haus die Treue gehalten. Kein Abwerbeversuch hatte sie erweichen können. Bertrand Guinness, ihr Verleger, war mit der Spürnase eines Jagdhundes, mit dem Gedächtnis eines Elefanten und mit einem scharfen Verstand gesegnet. Noa hatte als Kleinkind auf seinen Knien herumgeturnt und nannte ihn Onkel Bertrand.

Noa sah ihn ankommen, gab ihm eine Viertelstunde, um seine dringenden Geschäfte zu regeln, dann betrat er zwanglos, seinen Helm in der Hand, das Gebäude und begrüßte die Empfangsdame, die ihn sogleich erkannte.

»Guten Tag, Noa. Es freut mich, dich zu sehen!«

»Mich auch. Hat Onkel Bertrand kurz Zeit für mich?«

Während sie nachfragte, betrachtete der junge Mann die linke Wand, auf der Photos von den Vorzeige-Autoren des Verlags hingen. Seine Mutter war gut platziert und schenkte den Besuchern ein schwarz-weißes Lächeln. Noa wandte den Blick ab. Nicht sie, Gwénola hätte es verdient, dort zu hängen.

»Monsieur Guinness erwartet dich in seinem Arbeitszimmer«, verkündete die Empfangsdame.

Noa stieg die Treppen bis in die zweite Etage hoch, wo sich die Höhle des Verlegers befand. Er wusste weder, warum er gekommen war, noch was er fragen würde. Er ließ alles auf sich zukommen. Bertrand öffnete ihm die Tür.

»Komm herein, Ruben, mein Lieber …«

Guinness hatte die Angewohnheit, Männer bei ihrem Nachnamen zu nennen und Frauen bei ihrem Vornamen – ganz gleich welchen Alters sie waren.

»Was führt dich zu mir?«

Der Schreibtisch des Verlegers brach unter Manuskripten förmlich zusammen. Die Besucher mochten sich noch so sehr den Hals verrenken, sie suchten vergeblich nach einem Photo von seiner Frau oder seinen Söhnen. Der Verleger hielt öffentliches und privates Leben streng auseinander. Ein großes Bücherregal, darunter alle Erscheinungen des laufenden Jahres, nahm die gesamte linke Wand ein. Die Werke seiner Mutter waren gut zu sehen und mit Banderolen geschmückt, die auf verschiedene Preise hinwiesen, die sie erhalten hatten. Noa lächelte gequält.

»Ganz ehrlich, Onkel Bertrand, was hältst du von Mama als Schriftstellerin? Ich meine, schließlich …«

Er unterbrach sich, die Worte blieben ihm im Halse stecken. War der Verleger am Ende ein Komplize des Betrugs? Der Verleger war ein aufrichtiger Mensch, sein Blick war offen und sein Lachen großmütig. Er beugte sich zu dem jungen Mann vor.

»Du bist nervös wegen deiner Fernsehsendung, nicht wahr? Mach dir keine Sorgen, deine Mutter ist eine wirkliche Dame. Du kannst stolz auf ihren Werdegang sein. Sie hätte Däumchen drehen und vom Geld ihres Vaters leben können, aber sie hat sich für die Arbeit und die Disziplin des Schreibens entschieden. Stunden, Tage und Monate die Aufgabe auf sich zu nehmen, Worte aneinander zu reihen, sie zu bezwingen und zu verführen, sich die

Seele und die Eingeweide zu zermartern, um die Gefühle der Helden besser darzustellen oder um den Sätzen den richtigen Klang zu geben – das ist die schönste Wahl der Welt, Noa. Ich bin glücklich, dass auch du diesen Weg einschlägst.«

Noa hob den Kopf und sah dem Verleger direkt in die Augen. Guinness war aufrichtig. Er wusste nichts.

»Stimmt es, dass ihr auch Ghostwriter für euch arbeiten lasst? Dass ihr Leute für andere Leute schreiben lasst?«

»Du meinst, so wie bei den Amerikanern die Phantom-Schriftsteller, die zwar schreiben, aber ihre Werke nicht signieren? Ich arbeite mit so genannten *rewriters*, das sind Profis, die viel Erfahrung haben und ein Werk in die Fassung bringen, die am besten zu ihm passt. Sie werden am häufigsten bei Dokumentargeschichten oder Autobiographien berühmter Personen eingesetzt, die ihre eigene Geschichte erzählen, jedoch nicht besonders gut schreiben können. Aber auch auf die Gefahr hin, dass ich mich wiederhole, die Schriftsteller schreiben!«

Noa lächelte zaghaft.

»Ich weiß, dass du Schriftsteller und Filmemacher werden willst. Denk bloß nicht, dass du die anderen für dich schuften lassen kannst!«

Noa nahm seinen ganzen Mut zusammen.

»Und Mama?«

»Deine Mutter ist in der gleichen Lage, Ruben. Zeit, Schweiß, Geduld und Worte. Ein Buch entsteht wie eine Kathedrale, Stein für Stein. Der Schriftsteller ist dabei zugleich Lehrling, Gefährte und Meister des Werkes. Er steht für alle Abschnitte der Arbeit, von den ersten Schritten bis zum vollendeten Werk. Wenn das Buch abgeschlossen ist, dann erhebt es sich natürlich nicht wie der Bau einer Kathedrale mit ihrem zum Himmel strebenden Turm. Es ist lediglich ein Quader aus Papier, der unter anderen Quadern auf einem Tisch in der Buchhandlung liegt. Aber weißt du, was einfach großartig ist? Es herrscht eine sehr große Solidarität unter Schriftstellern, sie fühlen sich nicht als Konkurrenten. Wenn ein Leser ein Buch deiner Mutter kauft, so heißt das nicht, dass er deines nicht kaufen wird. Jemand, der gern liest, bekommt niemals genug. In unserer modernen Welt ist oft genug nur Platz für eine einzige Stelle, auch wenn es mehrere Kandidaten gibt. Aber in der Literatur und im Herzen der Menschen ist immer genug Platz für ein gutes Buch.«

Noa nickte bewegt. Er wusste nicht mehr weiter.

»Wir warten auf dich, Ruben«, fuhr Bertrand Guiness fort. »Du hast das Glück, der Sohn deiner Mutter zu sein. Deshalb wirst du schneller gelesen werden als ein Unbekannter, aber man wird dir auch nichts schenken. Du selbst musst beweisen, dass du es verdienst, veröffentlicht zu werden. Arbeite, mein Lieber. Die Schriftsteller sitzen noch an ihrem Schreibtisch, wenn die Sterne funkeln.«

Noa stand auf. Dem gab es nichts hinzuzufügen.

»Grüß deine Mutter von mir. Ich warte schon gespannt auf den korrigierten Probeausdruck ihres neuen Romans«, sagte der Verleger, während er ihn hinausbegleitete.

»Ich werde es ihr ausrichten«, murmelte Noa.

Er stieg die Treppen hinunter, grüßte die Dame am Empfang und trat ins Tageslicht hinaus auf die Straße.

Bertrand Guinness sah auf seinen Terminkalender. Die ersten Druckfahnen samt abschließender Seitenverteilung waren an Olivia Ruben verschickt worden. Nun hatte sie zwei Wochen Zeit, um den Text ihres neuesten Romans noch einmal zu lesen, die Zwiebelfische zu korrigieren, Kleinigkeiten zu verbessern und ihn abschließend zum Druck freizugeben. Er wählte ihre Nummer, die er auswendig wusste, und sprach auf das Band des Anrufbeantworters:

»Olivia? Ich hatte gerade Besuch von Ihrem Sohn. Er macht einen verwirrten Eindruck wegen dieser Fernsehsendung. Sagen Sie ihm nicht, dass ich Ihnen davon erzählt habe, aber achten Sie diese Woche etwas auf ihn. Seien Sie nachsichtig mit ihm.«

Er legte auf. Es war ihm klar gewesen, dass er lediglich den Anrufbeantworter erreichen würde. Olivia Ruben ging morgens nie ans Telefon, sie arbeitete.

16

Die warme Sonne des Südwestens stand hoch über den mit Getreide bewirtschafteten Tälern, den zartgrün schimmernden Wiesen und Wäldern und den sattgelb leuchtenden Sonnenblumenfeldern. Kleine Tümpel, die als Wasserreservoir dienten, trennten die Parzellen voneinander. In der Ferne lag ein einsames Gehöft. Charles de Bergerac, Schlossherr, Abgeordneter und Bürgermeister, genoss den Blick auf dieses überwältigende, von der Sonne beschienene Land. Er war stolz, dass es ihm gelungen war, sein Schloss zu retten, stolz auf seine Frau, seine Karriere, seine Familie und seine Pflichten. Als er jung war, hatte er manchmal die Versuchung gespürt, alles aufzugeben, die alten Gemäuer ihrem langsamen Verfall zu überlassen und den Reizen irgendeiner gutaussehenden Abgeordneten zu erliegen. Die Verlockung kurzer, unverbindlicher Affären, eines wilden, wunderbar ausschweifenden und furchtbar unanständigen Abenteuers gab es durchaus, aber er hatte widerstanden. Axelle hätte es ihm nicht verziehen. In ihren Adern floss blaues Blut, ihr Benehmen war tadellos. Sie war die vollkommene Ehefrau für einen Bürgermeister, Abgeordneten und zukünftigen Minister oder Senator. Man trifft in seinem Leben eine Wahl, und das heißt eben, dass man etwas anderes nicht mehr wählen kann. Charles lebte dort, wo er hingehörte. Sein Platz war an diesem Ort, und das war seit langem vorherbestimmt gewesen.

»Herr Graf?«, sagte Jeanne laut und riss ihn aus seinen Gedanken. »Kommt der Präfekt heute Abend in Begleitung?«

Charles lächelte ihr freundlich zu.

»Ja, Jeanne. Der Präfekt ist Witwer, er streckt seine Fühler aus.«

Jeannes Augen funkelten bei dem Gedanken an die vielen Abenteuer des ehrenwerten Gastes. Bei Fremden erlaubte sie sich, so etwas anstößig zu finden.

Charles widerstand dem Wunsch, Axelle in Paris anzurufen. Sie war vermutlich spät zu Bett gegangen und schlief sicher noch. Er brannte vor Neugierde zu hören, ob sie Gwénola wiedergesehen und worüber sie mit ihr geredet hatte. Vor Axelles Abfahrt hatte er das Thema nicht angeschnitten. Sie behielten – so wie sie es gelernt hatten – ihre Empfindungen stets für sich. Ein Grundprinzip ihrer Erziehung lautete *never explain, never complain*, keine Ausführungen, keine Klagen. Aber er hatte gemerkt, wie Axelle sich in der vergangenen Nacht in ihrem Bett hin und her gewälzt hatte, ohne Schlaf zu finden. Nervös und unruhig lagen sie nur wenige Zentimeter voneinander entfernt im Bett, ohne einander anzusprechen.

Zu den Lieblingsfilmen von Charles zählte *Jules und Jimes* von Francois Truffaut, weil er, allerdings in umgekehrter Verteilung, das Gleiche erlebt hatte. Im letzten Schuljahr hatte er sich gleichzeitig hoffnungslos in zwei Mädchen verliebt: Axelle und Gwénola. Für beide empfand er ein einzigartiges Gefühl: Axelle war eine seltene und begehrenswerte Rose, Gwénola eine wilde und hinreißende Kamelie. Er hatte die Frau seines Lebens gefunden – leider jedoch gleich in doppelter Ausführung, und er war nicht in der Lage gewesen, sich zu entscheiden.

So war es geblieben bis zu jenem verfluchten Tag, an dem Gwénola kurz nach dem Abitur ohne jede Erklärung in die Bretagne verschwunden war. Er hatte lange auf eine Nachricht von ihr gewartet, aber in seiner Verwirrung nicht versucht, sie dort zu finden. Irgendwann hatte er sich dann eingeredet, dass das Schicksal für ihn entschieden hatte, und so heiratete er Axelle. Er liebte sie grenzenlos, aber ein Teil von ihm war mit dem Verschwinden von Gwénola zerbrochen. Seit zwanzig Jahren hatte er nichts mehr von ihr gehört, und nun hatte Axelle sie gestern wiedergesehen …

Das Telefon klingelte. In der sicheren Annahme, es sei Axelle, nahm er den Hörer in die Hand.

»Ich wollte dich nicht aus deinen Träumen reißen …«, legte er fröhlich los.

»Äh … Sind Sie es, Herr Bürgermeister? Hier ist Maurice. Wir haben ein riesiges Problem …«

Charles erstarrte. Sein Mitarbeiter Maurice war ein vernünftiger und besonnener Typ, dessen Aufregung nichts Gutes verhieß.

»Ich höre.«

»Herr Bürgermeister, erinnern Sie sich an den Bauunternehmer Dumont, dessen Kostenvoranschlag für die neue Sporthalle Sie abgelehnt haben?«

Charles nickte, bis ihm klar wurde, dass Maurice ihn am anderen Ende der Leitung nicht sehen konnte. Er brachte ein gedehntes »Jaaa« über die Lippen. Vage erinnerte er sich daran, dass dieser Mann überheblich und viel zu teuer gewesen war.

»Mit Verlaub, dieser Verrückte hat es geschafft, dass wir bis zu den Knien in der Scheiße stecken, Herr Bürgermeister!«

Charles runzelte die Stirn.

»Kannst du mir das erklären?«

Maurice seufzte.

»Er ist ein Wucherer, der verschiedene Schweinereien auf dem Kerbholz und auch immer wieder Schmiergelder gezahlt hat. Jetzt hat man ihn erwischt, und er versucht, Ihre Frau und auch Sie in seine Betrügereien hineinzuziehen. Er behauptet, dass Sie beide angebissen haben.«

»Dass ich was?«

»Dass er Sie bestochen hat. Dass Sie Geld von ihm angenommen haben!«

Charles lächelte beruhigt.

»Das ist dumm, niemand wird ihm glauben. Axelle hat nichts mit den Geschäften des Bürgermeisteramtes zu tun, und, wie du schon sagtest, wir haben sein Angebot nicht berücksichtigt ...«

»Die Sache ist komplizierter, als Sie glauben, Herr Bürgermeister. Tatsächlich haben Sie nämlich das Unternehmen seines Schwagers beauftragt, das wiederum bei ihm unter Vertrag steht.«

»Verstehe«, sagte Charles. »Aber das beweist keineswegs, dass er uns Schmiergeld gezahlt hat. Das Bürgermeisteramt hat ihm ganz offiziell eine Arbeit übertragen, das ist alles. Und ich kann nicht erkennen, was meine Frau damit zu tun hätte!«

»Er schwört, dass er Sie beide geschmiert hat. Sie müssen also beweisen, dass er lügt. Die Leute werden sagen, dass es keinen Rauch ohne Feuer gibt, dass alle Politiker eine Leiche im Keller haben, dass Ihre Frau Sie überredet hat. Sie sind viel zu höflich, zu makellos, zu glücklich ... das macht neidisch!«

Zu glücklich? Charles wollte auffahren, beherrschte sich jedoch.

»Es müsste doch ausreichen, unsere Bankkonten zu überprüfen. Ich habe nichts zu verbergen.«

Maurice räusperte sich.

»Das Dach Ihres Schlosses ... Sein Bruder hat es gerade repariert. Ist Ihnen nicht aufgefallen, dass Ihr Dachdecker auch Dumont hieß?«

Charles' Gesichtszüge verzerrten sich.

»Um solche Angelegenheiten kümmert sich Axelle.«

»Eben. Dumont behauptet, dass er als Dank für Ihr Entgegenkommen umsonst für Sie gearbeitet hat. Es geht um eine beträchtliche Summe, niemand wird glauben, dass er so etwas für Sie tut, ohne etwas dafür zu bekommen.«

»Aber Axelle hat die Arbeit sicher bezahlt. Ich werde sie sofort anrufen!«

»Er hat den Scheck nicht eingelöst, Herr Bürgermeister. Folglich wird man glauben, sie hätte nicht bezahlt. Dumont behauptet außerdem, Ihre Frau habe eine Scheinanstellung im Rathaus.«

»Niemals«, entfuhr es Charles.

»Es stimmt aber«, seufzte Maurice, »dass wir, als die Kulturbeauftragte in Mutterschutz ging, Madame de Bergeac unterstützt haben, um die Bibliothek neu zu bestücken und das Dorffest vorzubereiten. Außerdem hatte sich die alte Germaine, die das Geld für wohltätige Zwecke und für das Festessen unserer Pensionäre eintreibt, den Oberschenkel gebrochen. Da hat Ihre Frau diese Aufgabe übernommen und das Geld gesammelt. Sie hatte keine Vollmacht für das Konto des Bürgermeisteramtes, deshalb hat sie das Geld auf einem persönliches Konto deponiert. Es war keine umwerfend hohe Summe, insgesamt etwa viertausend Euro, aber zusammen mit der Dachreparatur beläuft sich der Betrag bereits auf zwölftausend Euro. Es sieht schlecht aus, noch dazu beteuert er, dass er Ihnen einen Umschlag mit Bargeld gegeben hat. Er hofft, sich dem Zugriff der Polizei zu entziehen, indem er Sie beide belastet. Er ist nur ein kleiner Fisch, aber Sie sind der eigentliche Bösewicht, mit Verlaub! So sieht die ganze Sache aus.«

»Du meinst wohl, die ganze Scheiße!«, stöhnte Charles niedergeschmettert. »Woher weißt du das alles?«

Maurice schluckte mühsam.

»Aus den Zeitungen, Herr Bürgermeister. Es steht alles auf den Titelseiten der regionalen Blätter.«

»Was!«, ächzte Charles.

»Wenn heute Nacht nichts Weltbewegendes passiert und die Journalisten nichts anderes finden, worüber sie sich das Maul zerreißen können, so werden Sie es morgen auf die Ebene der nationalen Presse schaffen. Die Leute lieben Geschichten von Aristokraten, die sich aus der Staatskasse bedienen. Ihr Vorgänger, der alte Bürgermeister Pierre Bados, ist der Cousin von Dumont«, erklärte Maurice und versetzte Charles den Gnadenstoß. »Ich hätte misstrauisch werden sollen. Als Sie die Wahl gewonnen hatten, rührte er sich nicht, was überhaupt nicht zu ihm passte. Er hat aber in aller Stille seinen Rachefeldzug vorbereitet. Er ist ganz systematisch vorgegangen und hat nichts dem Zufall überlassen.«

Charles schüttelte ungläubig den Kopf. Axelle und er hatten nichts Illegales getan. Sie waren Opfer von Machenschaften, die zu einem Justizirrtum führen würden, wenn er jetzt nicht sehr schnell handelte.

»Ich habe mir erlaubt, Ihren Anwalt, Maître La Futaie, zu informieren. Er wird um elf Uhr im Rathaus sein.«

Charles sah auf seine Uhr.

»Sehr gut. Ich komme!«

Er sah automatisch aus dem Fenster. Dieser Blick, der ihn eben noch mit einer wunderbaren Heiterkeit erfüllt hatte, schnürte ihm nun das Herz zusammen. Alles war in Gefahr. Selbst wenn sich ihre Unschuld herausstellen würde, wäre ihr Ansehen auf ewig in Mitleidenschaft gezogen. Er dachte an Axelle, die ihm vertraute, und sein Magen zog sich zusammen. Es brachte ihn fürchterlich auf, dass man auch sie angriff. Er griff nach seiner Jacke, eilte die Treppe hinunter und rief Jeanne rasch zu:

»Ich gehe ins Rathaus! Benachrichtigen Sie den Präfekten, dass wir unser Abendessen verschieben müssen. Ich bin leider verhindert.«

»Verhindert?«, fragte Jeanne beunruhigt, denn sie hatte das Telefon klingeln gehört. »Ist Madame krank?«

Aber Charles saß bereits in seinem Lieblingsspielzeug, einem alten roten Alfa Romeo. Er fuhr mit quietschenden Reifen an, und schon war er am Eingang des Parks.

Während Jeanne noch grübelte, was diese plötzliche Wendung zu bedeuten hatte, klingelte das Telefon erneut. Es war Axelle.

»Herr Graf ist ins Rathaus gefahren. Er wirkte sehr angespannt … Hat er nicht vor fünf Minuten mit Ihnen telefoniert?«

»Nein, Jeanne.«

»Das heutige Abendessen fällt aus. Ich muss den Präfekten benachrichtigen …«

Axelle verkrampfte sich, sie war zutiefst beunruhigt.

»Ich werde ihn anrufen. Ich halte dich auf dem Laufenden.«

Das war normal, Jeanne gehörte zur Familie.

17

Im Rathaus kam der Anwalt La Futaie Charles gegenüber sofort zur Sache.

»Es sieht schlecht aus, Herr Bürgermeister, sehr schlecht. Sie sind Bados über Dumont wunderbar in die Falle gegangen. Ich weiß, dass Sie nichts getan haben, weil ich Sie kenne, aber Fakten sind nun einmal Fakten, und die sprechen gegen Sie.«

»Glauben Sie, Herr Anwalt, dass wir so dumm sind, uns etwas von dem verbotenen Kuchen zu nehmen, ohne die Spuren zu beseitigen?«

»Manchmal läßt man sich zu einer dummen Vorgehensweise hinreißen, weil man sich durch seine soziale Stellung oder seine parlamentarische Immunität in Sicherheit wiegt.«

»Ich besitze lediglich meinen Namen und ein altes, baufälliges Schloss … und mein Mandat bringt mir Pflichten ein, keine Rechte!«, widersetzte Charles wütend.

Der Anwalt legte beruhigend die Hand auf seinen Arm.

»Beruhigen Sie sich, ich glaube Ihnen ja. Aber wir werden uns gegen solche Anschuldigungen wehren müssen. Vertrauen Sie mir, vielleicht kann sich alles noch zum Guten wenden.«

»Zuallererst muss meine Frau geschützt werden. Sie darf nicht von solchen Betrügern in den Schmutz gezogen werden.«

»Ja nun«, schnitt ihm der Anwalt das Wort ab. »Sie ist schon in den Schmutz gezogen worden, und morgen geht die Schlacht erst richtig los. Weiß sie Bescheid?«

»Noch nicht. Sie ist gestern nach Paris gefahren.«

»Sehr gut. Sie soll dort bleiben! Beruhigen Sie sie, und lassen Sie mich meine Arbeit machen.«

Mit einem festen Handschlag gingen sie auseinander. Kaum war der Anwalt zur Tür hinaus, war es um Charles' Fassung geschehen. Seine Mundwinkel senkten sich, die Stirn legte sich in Falten, die Schultern fielen herab, er war zutiefst getroffen. Wenn man in die Politik geht, muss man ein dickes Fell haben. Im Wahlkampf war er Opfer verschiedener Verunglimpfungen geworden. Man hatte behauptet, er sei nicht der Sohn seines Vaters und er habe eine Geliebte. Das gehörte einfach dazu, er hatte nichts davon angefochten. Aber die Anschuldigungen von heute trafen ihn deshalb bis ins Mark, weil sie auch gegen Axelle gerichtet waren, und das bekümmerte ihn sehr. Sie hatte ihn geheiratet, und er musste sie beschützen.

Seine Sekräterin stand in der Tür.

»Herr Bürgermeister, Ihre Frau ist am Telefon.«

»Ich nehme das Gespräch an, danke.«

Charles richtete sich auf, lächelte ins Leere und bemühte sich um einen heiteren Tonfall.

»Liebling?«

Axelle atmete erleichtert auf.

»Ich habe mir schon Sorgen gemacht. Ich habe vorhin im Schloss angerufen, aber du warst gerade aufgebrochen. Jeanne sagte mir, du seist sehr angespannt und ließest das heutige Abendessen ausfallen.«

Charles brachte ein Lachen zustande.

»Du machst dir viel zu schnell Sorgen. Ich bin verhindert, weil dieser vergessliche Maurice mir einen Termin nicht mitgeteilt hat. Da war ich etwas in der Zwickmühle, das ist alles.«

»Dann macht es dir nichts aus, wenn ich heute noch nicht zurückkomme?«, wollte Axelle erleichtert wissen. »Olivia hat ein Abendessen im ›Kleeblatt‹ organisiert, wie früher.«

Charles dankte insgeheim dem Schicksal.

»Im Gegenteil, Liebling. Bleib in Paris, und amüsier dich mit deinen Freundinnen! Jeanne vertritt dich, sie kümmert sich um mich wie eine Mutter.«

»Ich komme dann am Freitag, wenn du mich vorher nicht brauchst?«

»Ich brauche dich immer, aber ich werde mich fügen. Wie war es gestern Abend?«, konnte sich Charles nun doch nicht mehr zurückhalten. »Waren alle da?«

»Du meinst, ob Gwénola da war? Die Antwort lautet, ja. Sie ist Journalistin in der Bretagne. Sie trug keinen Ehering, aber das muss heutzutage ja nichts heißen.«

Axelle erwähnte Loeiz nicht ausdrücklich, da sie den Finger nicht noch tiefer in die Wunde legen wollte. Gwénola war gelungen, was Axelle verwehrt geblieben war: Sie hatte Charles ein Kind geschenkt. Aber Charles hatte sich als junger, vornehmer – und schwacher – Mann, der von einer politischen Karriere träumte, dazu entschieden, diesen unehelichen Sohn nicht anzuerkennen. Axelle hatte sich darüber sehr gewundert, aber sie hatten nie gemeinsam über dieses Thema gesprochen.

Alles war innerhalb einer Woche geschehen, kurz nach dem Abitur. Charles war sowohl mit Gwénola als auch mit Axelle zusammen, und Gwénola bemerkte plötzlich, dass sie schwanger war. Als Erstes hatte sie mit ihren drei Freundinnen gesprochen. Jenny hatte die Sache in die Hand genommen und sich als Vermittlerin angeboten. Sie hatte Charles in einem vertraulichen Gespräch über die neue Sachlage in Kenntnis gesetzt und ihn gefragt, was er nun zu tun gedenke und ob er zu dem Kind stehen würde. Axelle stammte wie Charles aus einer großen adligen Familie, während Gwénola die uneheliche Tochter der bretonischen Krankenschwester an der Schule war. Charles hatte Jenny geantwortet, dass er Gwénola Geld für die Abtreibung geben würde. Jenny hatte Gwénola diese Nachricht überbracht, und diese hatte voller Abscheu jede weitere Begegnung mit ihm abgelehnt. Sie hatte Paris dann verlassen und sich auf ihre Insel zurückgezogen, um Loeiz dort allein großzuziehen.

Axelle war schockiert über die Handlungsweise von Charles, aber sie liebte ihn so sehr, dass sie ihm keine Vorwürfe machte. Wenige Monate später hatten sie sich verlobt und ein Jahr später geheiratet. Gwénola war nicht eingeladen worden, sie hatte die Neuigkeit von Olivia erfahren. Gestern hatten sich Axelle und Gwénola nun zum ersten Mal seit damals gegenübergestanden.

»Ich hoffe, dass ihr einen sehr schönen Abend verbringt«, wünschte Charles Axelle. »Grüß bitte alle ganz herzlich von mir.«

Er begriff noch immer nicht, warum sich Gwénola nach dem Abitur so vollkommen zurückgezogen hatte. Am Abend hatte sie ihm ihre Liebe beteuert, am nächsten Tag war sie ohne jede Erklärung verschwunden. Sie hatte nicht die gleiche gesellschaftliche Herkunft wie er, aber das bedeutete ihm nichts. Sie besaß so viel Anmut und Charme, dass man sie einfach lieben musste. Hätte es Einwände gegen sie gegeben, so hätte er mit seiner Familie gebrochen. Seine Liebe zu Gwénola war so viel stärker als diese überkommenen Konventionen! Aber sie war geflohen, und er war geblieben wie ein unglücklicher Tölpel, der keine Antwort auf diese Flucht fand. Axelle hatte ihn getröstet, hatte Gesten und Worte gefunden, die seinen Schmerz linderten.

»Ich liebe dich«, murmelte Charles am Schluss leise ins Telefon, damit seine Sekretärin es nicht hörte.

Axelle verstand ihn schlecht, wagte aber nicht, ihn zu bitten, seine Worte noch einmal zu wiederholen.

»Viel Glück für deinen Umtrunk!«, gab sie ihm noch fröhlich mit auf den Weg.

Bedrückt legte er auf. Es war ihm gelungen, ihr etwas vorzuspielen, sie hatte nichts gemerkt. In seiner Jugend hatte er gerne in den weihnachtlichen Theateraufführungen mitgewirkt. Er besaß ein gewisses Talent für die Schauspielerei. Sein Anwalt, Maître de La Futaie, hatte ihm geraten, seine Frau zu beruhigen, und er hatte diesen Rat befolgt.

Eine Stunde später tauchte Maurice blass und schweißgebadet im Rathaus auf.

»Herr Bürgermeister, ich weiß aus sicherer Quelle, dass Bados Dampf gemacht hat und die großen Zeitungen Ihre Geschichte morgen bringen werden, und zwar in schärferem Ton als bisher. Sie müssen Ihre Mitarbeiter einweihen, denn Sie laufen alle beide Gefahr, der Veruntreuung öffentlicher Gelder bezichtigt zu werden. Haben Sie in den nächsten Tagen wichtige Termine?«

Charles schloss die Augen und ging im Kopf die Seiten seines Terminkalenders durch. Das war seine Art, sich auf wichtige Prüfungen vorzubereiten. Er besaß ein umfassendes, nahezu photographisches Gedächtnis, so dass er in der Lage war, ein nur zweimal gelesenes Dokument im Kopf durchzugehen.

»Der Jagdverein … die Bauern … eine Hochzeit … der Gemeinderat … eine Versammlung des Landrats … eine Stimmabgabe in der Nationalversammlung …«

Er hielt erschrocken inne.

»Ich muss Axelle verständigen, bevor sie es auf anderem Wege erfährt.«

»Rufen Sie sie an«, empfahl Maurice.

»Nein, ich will ihr in die Augen sehen, wenn ich ihr so etwas erkläre, und ihr versprechen, dass ich sie beschützen werde …«

»Aber sie ist in Paris, Sie können heute nicht wegfahren. Das würde einen sehr schlechten Eindruck machen!«

»Ich nehme den nächsten Zug«, entschied Charles.

Er zögerte keinen Augenblick. Für ihn zählte allein Axelle. Sie würde heute Abend im ›Kleeblatt‹ sein. Und er ebenfalls.

18

Gwénola hasste die Metro. Sie stieg dort aus, wo sie achtzehn Jahre lang mit ihrer Mutter gelebt hatte, ging mit dem langsamen, aber festen Schritt der Inselbewohner auf das graue Gebäude zu und hob den Blick zur fünften Etage. Einen Aufzug gab es nicht. Die neuen Mieter hatten rote Vorhänge. Ihre Mutter hatte seinerzeit versucht, ein bretonisches Ambiente zu schaffen, indem sie die Wände türkisfarben strich, einen blauen Teppichboden legte, die Möbel mit Kupfergriffen versah und ein mit Ankern verziertes Geschirr wählte. Das war rührend naiv, schaffte aber eine fröhliche Stimmung. Olivia, Jenny und Axelle kamen oft hierher, um Kaffee zu trinken oder zu arbeiten. Annick schlief im Wohnzimmer, um das einzige Schlafzimmer ihrer Tochter zu überlassen. Gwénola lächelte. Olivia musste ihre Mail inzwischen gelesen haben. Sie war sicher wütend geworden und hatte getobt angesichts ihrer Ohnmacht. Mittlerweile flossen vermutlich die Tränen der Verzweiflung. Gwénola empfand keinerlei Feindseligkeit ihr gegenüber. Sie hatten sich gegenseitig geholfen, aber jetzt war es Zeit, dass jede ihren eigenen Weg ging.

Eines der Fenster in der fünften Etage ging auf, ein Arm lugte hervor und schüttelte ein gelbes Leintuch aus. Gwénola erinnerte sich: Einmal hatte Jenny, die sich nützlich machen wollte, die Tischdecke ausgeschüttelt und dabei die

Brille von Annick Tonnerre mit aus dem Fenster geworfen. Die Brille hatte dem Aufprall nicht standgehalten, und da sie teuer war, wollte Annick die Eltern von Jenny bitten, ihre Haftpflichtversicherung einzuschalten. Gwénola hatte sie angefleht, es nicht zu tun, und darauf bestanden, die neue Brille von ihrem Babysitter-Geld zu bezahlen. Annick begriff, dass ihre Tochter sich schämte.

»Es ist nichts Unanständiges dabei, wenn man für seinen Lebensunterhalt arbeiten muss«, hatte sie ihrer Tochter erklärt. »Auch die Eltern deiner Freundinnen gehen in ein Büro und erhalten am Ende des Monats ein Gehalt.«

»Aber nicht das Gleiche, Mama. Bei ihnen ist das Wohnzimmer größer als unsere ganze Wohnung. Jede von ihnen hat einen eigenen Fernseher. Sie fahren am Wochenende in die Normandie oder an die Côte d'Azur und in den Sommerferien auf die Seychellen oder Malediven.«

»Du hast das Glück, deine Ferien auf der Île de Groix verbringen zu können«, hatte ihre Mutter mit veränderter Stimme erwidert. »Ich kann mich nicht an den Eltern der anderen orientieren. Vielleicht war es falsch, dich auf die Schule von Sainte-Agathe zu schicken, aber ich wollte dir die bestmögliche Zukunft bieten!«

Gwénola hatte sich ihrer Mutter in die Arme geworfen und sie um Verzeihung gebeten …

Das gelbe Leintuch verschwand im Innern der Wohnung, das Fenster wurde wieder geschlossen und der rote Vorhang vorgezogen. Gwénola ging weiter. Annick hatte nur das Beste im Sinn gehabt. Zwei Straßen weiter war ein Markt, zu dem Pariser Hausfrauen mit ihren Einkaufskörben eilten. Auf der Île de Groix kamen zur gleichen Zeit die Inselbewohner im Dorf zusammen, um ihre Einkäufe zu erledigen. Gwénola hatte einmal gehört, wie eine Pariserin gefragt hatte, ob man einen bestimmten Artikel »in der Stadt« bekäme. Man hatte ihr versichert, dass sie dort alles fände, und die Pariserin hatte das ganze Dorf vergeblich abgesucht. Spricht man auf der Île de Groix von »der Stadt«, so meint man damit Lorient auf dem Festland.

Gwénola sah auf ihre Armbanduhr, die ihr – den hier nutzlosen – Aufschluss über die Gezeiten gab. Sie war gestern sehr aufgeregt gewesen, als sie Axelle gegenüberstand, aber Axelle fühlte sich offenbar ebenso unwohl wie sie. Im Grunde war sie glücklich, die Freundschaften von früher wieder aufleben zu lassen und die anderen heute Abend noch einmal zu sehen. Axelle war nicht verantwortlich für das, was geschehen war. Sie und Charles hatten keine Kinder, was Gwénola insgeheim eine Erleichterung war. Letztlich war dieser Zustand nur gerecht: Loeiz hatte keinen Vater, Charles hatte keinen Sohn.

19

Loeiz Tonnerre saß in der Bibliothek der medizinischen Fakultät von Rennes. Er streckte sich und rieb sich den Nacken. Die dunklen Locken, die sein Gesicht umrahmten, verliehen ihm etwas Romantisches, was durch seine türkisfarbenen Augen noch verstärkt wurde. Er war hochaufgeschossen, sah hübsch aus und gefiel den jungen Mädchen. Trotz seiner Jugend – er war ja erst neunzehn Jahre alt – hatte er die Frau seines Lebens bereits gefunden: Morgane Gwenadu, eine Pariserin mit bretonischen Wurzeln. *Gwenadu* heißt auf Bretonisch »weiß und schwarz«. Deshalb nannte er sie Yin und Yang. Im Gegensatz zu ihm war sie blond und zartgliedrig. Im Gegensatz zu ihm, der Chirurg werden wollte, wollte sie Kinderärztin werden. In ihrer Verliebtheit jedoch standen sie einander in nichts nach.

»He, Loeiz!«

Die Gesichtszüge des jungen Mannes erhellten sich. Morganes tiefe, sinnliche Stimme ließ ihn niemals kalt.

»Nun?«

Er wartete seit dem Morgen auf ihre Antwort. Lautete sie »Ja«, so würde ein neues Leben für sie beginnen. Lautete sie »Nein«, so würde alles weitergehen wie bisher.

»Ich weiß jetzt Bescheid«, sagte sie.

»Willst du dein Wissen vielleicht mit mir teilen?«

»Was habe ich davon?«

»Meine Liebe.«

»Die habe ich doch schon, oder?«

Loeiz beugte sich zu ihr vor und sah sie zärtlich an.

»Sag es mir, Yin und Yang«, flüsterte er. »Ich will es wissen!«

Ein sanftes Lächeln legte sich auf ihr Gesicht.

»Hier habe ich deine Post«, sagte sie und reichte ihm einen Umschlag.

»Das interessiert mich nicht, antworte mir jetzt!«, flehte er.

Sie schüttelte den Kopf und wies auf den Umschlag.

»Was ist das?«

»Öffne ihn!«

Er riss ihn auf und zog eine kleine weiße Karte hervor. Der Mund blieb ihm offen stehen wie jenen Fischen, die auf dem Markt von Groix direkt von den Fischern verkauft werden. An die Karte war eine kleine schwarz-weiße Ultraschallaufnahme geheftet. Außerdem enthielt sie das Ergebnis einer Urinanalyse, aus der hervorging, dass die Patientin Morgane Gwenadu schwanger war.

»Die Diagnose ist eindeutig«, murmelte sie.

Loeiz ließ die Karte zu Boden fallen, schloss Morgane in die Arme und wirbelte sie herum, bis ihm einfiel, dass er nun erst recht bedenken musste, wie zart sie war. Er hielt vorsichtig inne.

»Danke«, sagte er voller Inbrunst.

»Du bist mir nicht böse?«

Er brach in Lachen aus.

»Wir werden ein Kind bekommen … das ist umwerfend! Wenn es groß ist, wird es seinen Führerschein in einer fliegenden Untertasse machen und seine Ferien auf dem Mars verbringen. Uns wird es als zwei alte, zurückgebliebene Irre ansehen … Es wird einfach wunderbar werden!«

»Wir werden ganz schön ins Schwitzen kommen, um nicht gleichzeitig Dienst zu haben«, seufzte sie.

»Willst du denn wirklich unbedingt Frau Doktor Gwenadu werden?«, fragte Loeiz unvermittelt.

Sie stutzte. Ging der Ärger etwa schon los? Sie hatte Loeiz immer für einen toleranten, offenen, modernen, wundervollen Mann gehalten. Er war offenbar entzückt darüber, dass sie schwanger war. Und doch wagte er es, ihren Traum, Kinderärztin zu werden, in Frage zu stellen? Wollte er sie ans Haus fesseln, wo sie dem Kind die Windeln wechseln sollte?

»Mehr denn je«, antwortete sie trocken. »Ich wundere mich, dass du mich so etwas fragst!«

Er riss verblüfft die Augen auf, dann begriff er ihren Irrtum und konnte der Verlockung nicht widerstehen.

»Ich frage dich doch nur«, sagte er ruhig, »ob dir tatsächlich so viel daran liegt, Frau Doktor Gwenadu zu werden?«

Sie zog die rechte Augenbraue hoch und war verwirrt, weil sie ihn liebte und er sie enttäuschte.

»Du willst wissen, ob ich vorhabe, mein Medizinstudium fortzusetzen, wenn ich ein Baby habe? Wie kannst du nur daran zweifeln?«

Er lachte, nahm ihr Gesicht zwischen seine Hände und zwang sie, ihm tief in die Augen zu sehen.

»Nein, Yin und Yang, du hast mir nicht richtig zugehört. Natürlich wirst du Kinderärztin werden, eine noch berühmtere als George Clooney! Ich frage dich jetzt zum dritten Mal: Bestehst du unwiderruflich darauf, Frau Doktor Gwenadu zu werden? Denn ich schlage dir vor, Frau Doktor Tonnerre zu werden. Natürlich nur, wenn du einverstanden bist.«

Sie entspannte sich, und ihre Züge wurden weich. Er bat um ihre Hand, und sie hatte nichts Besseres zu tun, als mit ihm zu schimpfen.

»Es tut mir leid«, flüsterte sie.

»Mir nicht. Bist du also einverstanden?«

Sie nickte.

»Yin und Yang Tonnerre, das klingt gut.«

Er hob die kleine weiße Karte auf, packte seine Bücher in die Tasche und zog Morgane aus der Bibliothek.

Viel später lagen sie eng umschlungen im Bett seines Studentenzimmers und überließen sich der entspannten Vertraulichkeit, die sich einstellte, nachdem sie miteinander geschlafen hatten. Zärtlich streichelte er ihren Bauch.

»Ich habe ein wenig Angst«, gestand sie.

»Ich auch, aber es wird großartig sein. Wir sind zu zweit, und bald werden wir zu dritt sein. Verspürst du schon irgendwelche Gelüste, wie sie schwangere Frauen entwickeln?«

»Ein Kilo Kaviar und Wodka mit Ingwer hätte ich jetzt gern.«

»Ich bin schon unterwegs!«

Sie hielt ihn zurück und rollte sich auf ihn. Und wieder blieb die Zeit für sie stehen.

Noch viel später klingelte, während Morgane unter der Dusche war, das Handy von Loiez. Er nahm das Gespräch an:

»Hallo Gwénola! Wo bist du? In Paris? War dieses glorreiche Treffen schön?«

Morgane lächelte, während sie sich mit dem nach frischer Minze duftenden Duschgel einseifte. Gwénola war für Loiez beides gewesen, Mutter und Vater. Er nannte sie manchmal Gwénola und manchmal Mama, er merkte es nicht einmal.

»Bleibst du noch ein paar Tage in Paris? Heute Abend esst ihr im ›Kleeblatt‹? Nein, hier gibt es nichts Besonderes, ich arbeite … Morgane geht es gut, ja. Mach's gut!«

Er legte das Telefon beiseite, ging zu Morgane, stieg samt seiner Kleidung in die Duschkabine und unterhielt sich ganz selbstverständlich mit ihr, während das Wasser über seine Kleider rieselte.

»Wann willst du es deinen Eltern sagen? Ich begleite dich nach Paris und werde ganz offiziell bei deinem Vater um deine Hand anhalten«, schlug er ihr mit tropfnassen Haaren vor.

»Ich glaube, es ist besser, wenn ich erst allein mit ihnen rede. Wir können heute Abend den Zug nehmen. Ich werde bei meinen Eltern schlafen, und du kannst zu deiner Mutter gehen. Morgen essen wir dann zusammen zu Mittag. Ist das in Ordnung?«

Er nickte, stieg aus der Dusche und setzte das Badezimmer unter Wasser.

»Ich werde Gwénola im ›Kleeblatt‹ überraschen. Sie wird es wunderbar finden!«

20

Jenny gönnte sich eine heiße Dusche mit Zimtdüften, bevor sie vor dem Fenster eine zwanzigminütige Qi-Gong-Einheit praktizierte. Sie wählte die klassische Reihe der »acht Brokatstücke«, die der General Yen Fei aus der Dynastie Song zusammengestellt hatte, um die physische Verfassung der chinesischen Soldaten für den Kampf gegen die Japaner zu stärken.

Danach schlüpfte sie in ein asymmetrisches Prada-Kleid aus rotem Leinen und verließ das Hotel. Sie ging zur Seine hinunter, wo sie einen Augenblick lang von einem jungen Franzosen abgelenkt wurde, der seine blonde Mähne zu einem Katogan frisiert hatte, auf einem geparkten Motorroller saß und – offenbar sehr wütend – in ein Handy sprach. Bei der Place de l'Alma zierte eine goldene Skulptur in Form eines Feuers den Tunnel, in dem Prinzessin Diana tödlich verunglückt war. Unten auf der Seine fuhr eines der Besichtigungsboote vorbei. Jenny rannte in die Mitte der Brücke und beugte sich vor. Grüßend erhoben Touristen die Hand; sie winkte zurück und fragte sich derweil, ob Corrado womöglich an Bord war. Der Vordersteven des Bootes durchschnitt das glatte Band wie eine scharfe Schere. Sie las den Namen des Bootes, *La Patache*, und fragte sich, was das wohl hieße. Auch wenn sie fließend Französisch sprach – manche Begriffe waren ihr nicht geläufig.

Es hieß, wenn man die Seele einer Stadt ergründen wollte, so müsste man ihr Herz finden. Und das ist der Fluss, der durch die Stadt fließt. Sie versuchte sich zurechtzufinden, aber welches nannte man nun das rechte und welches das linke Ufer? Es gibt Leute, die alles wissen – in welche Richtung der Fluss zum Meer fließt, auf welche Seite man sich im Zug setzen muss, um in Fahrtrichtung zu fahren. Jenny zählte nicht zu ihnen, sie wusste so etwas nie und musste sich stets erst hineinfinden. Liebend gern hätte sie die Einladung von Corrado angenommen, aber sie hatte einen Auftrag zu erfüllen und durfte sich nicht einfach von einem Mann mit grünblauen Augen ablenken lassen, auch wenn seine Hände so liebenswürdig gewesen waren, schlechten Wein in ihren Plastikbecher zu gießen und ihr die Tür eines muffigen Taxis aufzuhalten.

Sie beschleunigte ihren Schritt, überquerte die Brücke, ging die Avenue Bosquet entlang und bog links in eine Straße, die zum Invalidendom führte. Nach einigen großen Geschäften folgten dicht aufeinander viele kleine Läden. Jennys Mutter hatte ihr einmal erzählt, dass ihre Großmutter hier einst Blumen verkauft hatte. Jenny hatte sie aber nicht mehr kennen gelernt und sie wusste nicht, welche Nummer es gewesen war. Es war also in gewisser Weise ein Pilgerweg, den sie hier zurücklegte. Ihre Familie war tot, sie war der letzte noch lebende Sprössling. Gestern Abend hatte Axelle von ihrer Mutter, ihrem Bruder Enguerrand und ihren sechs Nichten und Neffen gesprochen; Gwénola von ihrer Mutter Annick und ihrem Sohn Loeiz; Olivia von ihrem Vater Richard und ihrem Sohn Noa. Jenny hatte verlegen geschwiegen. Es grenzte an Unhöflichkeit, allein in der Welt zu sein. Floridiano fand sie hübsch und exotisch, aber er hatte Frau, Kinder, Eltern, Geschwister und seinen prächtigen Familiensitz in Venedig am Canale Grande, seinen genuesischen Turm in der Toskana und seine Wohnung in Rom. Jenny bedeutete nur eine Ausgabe mehr für seinen Geldbeutel, es bestanden keine Blutsbande zwischen ihnen.

Ein zwischen einer Bar und einer Damenboutique eingeklemmter Blumenhändler hatte seine Auslage bis auf den Bürgersteig ausgedehnt. Die Luft roch nach Jasmin, ein Olivenbaum stand neben einem Zitronenbaum, bunte Rosen steckten in einer großen Wanne. Jenny zögerte kurz, dann ging sie in den Laden hinein.

»Guten Tag«, sagte sie mit ihrem leichten amerikanischen Akzent, »seit wann gibt es diesen Laden?«

Die Verkäuferin lachte:

»Seit zwei Jahren, und wir schuften wie die Verrückten. Vorher hatten wir einen Tätowierladen. Das war sehr einträglich. Blumen vergehen, wie es so schön heißt …«

Jenny wusste nicht, worauf sie sich bezog, sie kaufte eine rote Rose, ging weiter und wiederholte ihre Frage im nächsten Blumenladen. Dieser existierte seit fünf Jahren. Jennys Großmutter hatte ungefähr vor vierzig Jahren hier gelebt, es gab keinen Hinweis mehr auf ihre Geschichte. Als Jenny auf den Platz des Invalidendoms gelangte, hatte sie es auf vier Rosen gebracht. Diese Zahl verfolgte sie, so viel stand fest. Sie ging zum Fluss hinunter und warf die Blumen hinein. Dann überquerte sie die Seine, ging in Richtung Louvre und dort bis zur gläsernen Pyramide. Jenny bewunderte ihre Klarheit, in der sich das Septemberlicht spiegelte.

Gestern Abend hatte alles gut geklappt, und so würde es auch heute Abend sein. Jenny lächelte ihrem Spiegelbild zu und nannte die Namen der Protagonisten: Axelle und Charles, Olivia und Noa, Gwénola und Loeiz. Sie würde keine Schwierigkeiten haben, sich an diese Namen zu erinnern. Jede Nacht träumte sie von ihnen.

21

Noa war den Tag über nicht nach Hause zurückgekehrt. Er hätte es nicht ertragen, seiner Mutter über den Weg zu laufen. Er wollte ihr am liebsten ins Gesicht sagen, wie beschämend er ihr Verhalten fand und wie sehr er von ihr enttäuscht war.

Er versuchte seinen Vater in der Klinik zu erreichen. Nachdem er bereits mehrere Hürden genommen hatte, blieb er an der Oberschwester der Abteilung für Schönheitschirurgie hängen.

»Ich bin der Sohn von Doktor Nathan und muss ihn dringend sprechen«, verlangte er.

»Gibt es ein gesundheitliches Problem?«, wollte die Oberschwester kurz angebunden wissen.

»Äh … nein.«

»Geht es um Leben und Tod?«

»Nicht direkt …«

Die Oberschwester hasste Jugendliche, sie hatte ihr Leben ganz in den Dienst der Klinik, der Patienten und der Ärzte gestellt. Alles, was von außen kam, störte die in ihrem Allerheiligsten herrschende Harmonie. So ein Bürschchen würde in ihrem Reich nicht den Ton angeben.

»Er ist gerade beim Fettabsaugen, danach kommt ein Lifting, eine Haarimplantation, und schließlich muss er noch ein Brustimplantat herausnehmen. Er wird Sie nach

Dienstschluss anrufen. Wenn Sie sein Sohn sind, weiß er ja, wie er Sie erreichen kann.«

Noa stöhnte.

»Sie verstehen mich nicht. Ich muss ihn nur kurz etwas fragen. Es geht um meine Mutter ... Sie hat ... große Probleme.«

Wie von selbst waren ihm die Worte über die Lippen gekommen. Noa hatte nicht vorgehabt zu lügen, aber nun hatte er die Schwachstelle gefunden. Die Oberschwester gab nach und rief seinen Vater über den Lautsprecher aus.

Noa atmete tief durch, endlich würde er Aufschluss erhalten.

Die Wände der Schönheitschirurgie waren gelb wie in den Operationsälen. Colin Nathan hatte goldbraune Augen, die über dem Gesichtsschutz hervorlugten. Mit fester Hand hielt er die Kanüle, die die Fettzellen der Patientin absaugte. So lautete der medizinische und freundliche Ausdruck dafür, dass ein Plastikschlauch das Fett der mächtigen, hier auf dem Tisch ausgestreckten Person schluckte. Colin war selbst ein ehemaliger Fresssüchtiger, der als Kind ständig von seinen Klassenkameraden gehänselt wurde, weil er weder schnell laufen noch ein Seil hinaufklettern konnte und seine Mutter in der Erwachsenenabteilung nach Kleidern für ihn suchen musste. Als er achtzehn Jahre alt war, hatte er sich eine drakonische Diät auferlegt und war nie wieder von ihr abgewichen. Nun war er schlank und athletisch und hatte alle Photos aus seiner Kindheit vernichtet, so dass sein Geheimnis wohlgehütet war. Aber er hatte eine füllige Frau geheiratet, weil er es im Grunde mochte. Er verwandelte seine Patientinnen in schlanke Kreaturen, aber die vorn wie hinten platten Frauen interessierten ihn nicht, er begehrte sie nicht. Er hegte tatsächlich ein zärtliches Gefühl für seine Kundinnen und fühlte sich als ihr

Komplize. Wenn er sich im Spiegel seines Arbeitszimmers betrachtete, so sah er immer noch den wohlbeleibten Jungen von früher.

»Herr Doktor, Ihr Sohn ist am Telefon. Seine Mutter hat große Probleme. Er möchte Sie etwas fragen ...«

Nathan fasste die Kanüle fester und nickte.

»Stellen Sie ihn durch.«

»Sie können jetzt sprechen«, verständigte die Oberschwester Noa.

»Danke ... Papa? Hörst du mich?«

Colin Nathan legte den Kopf in den Nacken, um dem Assistenten zu bedeuten, er solle ihm seine Maske herunterziehen, damit er sprechen könnte.

»Ich höre dir zu. Was ist mit deiner Mutter?«

Noa wagte den Sprung ins kalte Wasser.

»Ich habe gehört, sie schreibt ihre Bücher gar nicht.«

»Was?«

»Es wird behauptet, dass jemand für sie arbeitet und sie sie nicht selbst schreibt.«

»Und deshalb rufst du mich auf der Chirurgie an?«, tobte Colin. »Sie liegt nicht im Sterben, und du liegst auch nicht im Sterben, oder?«

»Aber das ist doch entsetzlich, Papa«, setzte sich Noa zur Wehr. »Wenn sie die ganzen Jahre über gemogelt hat.«

»Hör mir jetzt gut zu, mein Sohn. Deine Mutter hat mir all die Jahre, die wir verheiratet waren, das Leben zur Hölle gemacht mit dem Schreiben ihrer verfluchten Kitschromane. Bist du von allen guten Geistern verlassen, dass du mich mitten in einer Operation anrufst, um mir eine so groteske Frage zu stellen?«

Er bedeutete der Oberschwester, das Gespräch zu beenden, und dem Assistenten, seine Maske wieder vors Gesicht zu ziehen. Die Oberschwester kam der Aufforderung wutschnaubend nach:

»Es tut mir leid, Herr Doktor. Er hat mir etwas vorgeschwindelt. Er hat behauptet, dass Ihre Ex-Frau ...«

»Er ist der geborene Schwätzer. Er hat Sie ganz schön hereingelegt. Das hat er von mir. *Wie der Vater, so der Sohn* ...«

Colin Nathan lachte hinter seiner Maske über seinen Scherz. Die Oberschwester und der Assistent begriffen nicht, warum, aber da er fünfzig Prozent der Anteile an der Klinik besaß, lachten sie mit.

Verärgert und verletzt klappte Noa mit wütender Geste sein Handy zu. Er hasste seine Eltern aus tiefstem Herzen. Das Handy klingelte. Er hoffte, dass sein Vater sich eines Besseren besonnen hatte oder dass Mona ihn anrief, aber auf dem Display erschienen lediglich vier Buchstaben: MAMA. Er beschloss, das Gespräch nicht anzunehmen, und wartete auf die kurze Melodie, die ihm anzeigte, dass eine Nachricht hinterlassen wurde. Er wählte den Code, um seine Mailbox abzuhören, und vernahm: »Liebling, ich hoffe, es geht dir gut. Ich werde heute Abend nicht da sein, ich esse mit meinen alten Freundinnen im ›Kleeblatt‹ und komme spät nach Hause. Küßchen!«

Einen Augenblick lang verharrte Noa mitten auf der breiten Straße – das Telefon in der Hand, die Wut im Bauch – und sah einer hübschen rothaarigen Frau in einem asymmetrischen roten Leinenkleid nach, die mit einem Lächeln auf den Lippen in Richtung Seine unterwegs war.

Die Stimme seiner Mutter klang heiter. Sie freute sich auf den Abend. Noa hatte sie oft vom »Kleeblatt« erzählen hören. Olivia wäre also heute Abend gemeinsam mit Gwénola dort. Jenny wusste mit Sicherheit auch von dem Betrug, da sie es schließlich gewesen war, die damals die Manuskripte ihrer Freundinnen gelesen hatte, bevor sie

sie an den Verlag geschickt hatte. Vermutlich war sogar Axelle, die Schlossherrin, im Bilde. Heute Abend wäre die ideale Gelegenheit, um sie alle zu entlarven. Olivia war es gelungen, ihren Mann und Onkel Bertrand zu täuschen, aber Noa würde die Wahrheit der ganzen Welt ins Gesicht schleudern!

22

Olivia legte auf, nachdem sie ihre Nachricht hinterlassen hatte. Seit dem Vorabend hatte sie nichts von Noa gehört, aber sie hatte beschlossen, dem Rat von Bertrand Guinness zu folgen und ihren Sohn nicht zu bedrängen. Er würde demnächst eingesperrt leben müssen und brauchte jetzt seine Freiheit.

Sie hatte wieder einen einigermaßen klaren Kopf, als sie sich für die Begegnung mit Gwénola rüstete. Seit zwanzig Jahren lebte sie in der Angst, entlarvt zu werden. Das zumindest konnte ihr jetzt nicht mehr widerfahren. Aber was sollte aus ihr werden, wenn Gwénola bei ihrer Entscheidung blieb? Wie sollte sie ihren Lesern, ihrem Verleger und ihrem Sohn erklären, dass sie mit dem Schreiben aufhörte?

Sie war als Erste im »Kleeblatt« und bezahlte dem Inhaber die vereinbarte Summe, bevor sie sich setzte und auf die anderen wartete. Sie trug einen weich fließenden schwarzen Hosenanzug, der beim Gehen leise raschelte, dazu auffallend hellgrüne Ferragamo-Sandalen.

»Schuhe in der Farbe der Kleeblätter. Bravo!«, lobte Axelle anerkennend.

Sie trug immer noch ihre rosafarbene Kombination mit der taillierten Jacke, da sie nicht damit gerechnet hatte, noch länger in Paris zu bleiben. Allerdings hatte sie dazu heute Abend ein grünes Halstuch gewählt.

»Wir haben offenbar die gleiche Idee gehabt. Die Schauspieler behaupten, die Farbe Grün brächte Unglück, so ein Blödsinn!«

»Ihr seid sehr schick, meine Damen. Ich putze mich nicht mehr heraus, ich habe keine Lust mehr, mich zu verkleiden«, sagte Gwénola, die in Jeans und Polo-Shirt gekommen war.

»Und das grüne Etwas?«, forderte Olivia.

Gwénola zog ihre Hose ein wenig auf die Hüfte hinunter.

»An meinem Slip ... mehr habe ich nicht gefunden!«

Die beiden anderen prusteten los.

»Guten Abend«, ließ sich Jenny vernehmen, die nun zu ihnen stieß.

Sie trug ihr rotes Prada-Kleid, und ein grünes Haarband hielt ihre roten Locken im Zaum.

»Nun sind wir komplett, wie wunderbar. Lasst uns also beginnen, es ist so weit. Ich habe meines noch«, verkündete Olivia und zog ihr eingeschweißtes Kleeblatt aus ihrem Portemonnaie.

»Ich auch!«, rief Axelle und zauberte das ihre in einem transparenten Schlüsselanhänger hervor.

»Ich bin auch dabei«, versicherte Gwénola und wies auf ihre kleine Brieftasche.

Alle drei wandten sich zu Jenny um.

»Es wäre unverzeihlich, wenn du es vergessen haben solltest«, drohte Olivia.

»Sie könnte mildernde Umstände erhalten, denn sie kommt von weither«, gab Axelle zu bedenken.

»Das hier auch«, erwiderte Jenny und zog einen Umschlag aus ihrer Handtasche, der ein Blatt vergilbtes Papier mit einem getrockneten Kleeblatt darauf enthielt.

»Sie ist eine von uns, sie hat ihr Kleeblatt trotz ihres Wanderlebens bei sich, sie ist wirklich die Vierte im Bunde«, stimmte Olivia ausgelassen an. »Champagner für alle!«

Der kahlköpfige Kellner brachte vier Kelche und eine Flasche in einem Sektkübel. Die Freundinnen schwangen sich zu Trinksprüchen auf.

»Auf die Freundschaft!«, bestimmte Olivia.

»Auf das Leben!«, sagte Jenny.

Auch Gwénola und Axelle stießen miteinander an, aber ihre Züge waren ernst.

»Ich warne euch«, scherzte Olivia. »Rechnet jetzt nicht mit Hummer, ich habe unser Lieblingsessen von damals bestellt: Überbackener Toast und Karamelcreme.«

»Eine Riesenportion an Cholesterin«, seufzte Jenny. »In den Vereingten Staaten würde man mir eine Essstörung attestieren.«

»Das ist wirklich nett von dir, aber ich achte auf meine Linie«, wehrte sich Axelle.

»Den Tag über mag das angehen. Aber heute Abend bist du zwanzig Jahre jünger, und damals haben wir uns so ernährt. Du solltest glücklich sein, dass ich euch nicht zu MacDonald eingeladen habe!«, sprudelte Olivia fröhlich.

Der Kellner brachte die überbackenen Toasts. Sie hatten sie seit ewigen Zeiten nicht mehr gegessen und fanden sie einfach wunderbar.

Wie am Vorabend trat ein Augenblick des Zögerns ein. Sie hatten sich so viel zu erzählen, aber heute Abend gab es keine Isabelle Bedier, keine Marina, keine Diavorstellung und keinen Fragebogen. Sie mussten Farbe bekennen. Zunächst tauschten sie allgemeine Informationen aus.

»Wir haben viel nachzuholen«, gab Jenny zu bedenken. »Welcher Tag war der schönste in eurem Leben?«

»Der Tag, an dem mein Sohn geboren wurde«, sagte Gwénola, ohne zu zögern.

»Mein Hochzeitstag«, gab Axelle nach kurzem Nachdenken preis.

»Der Tag, an dem ich erfuhr, dass der Verleger mein Manuskript herausbringen würde«, sagte Olivia.

»Nicht der, an dem dein erstes Buch herauskam?«, wunderte sich Axelle.

Olivia zwang sich, nicht zu Gwénola hinüberzusehen.

»Nein, es war der Tag, an dem der Verleger mich anrief. Nichts kann die ungetrübte Freude jenes Morgens jemals aufwiegen.«

»Und wie sieht es bei dir aus?«, wollte Gwénola nun von Jenny wissen.

»Wenn ich ehrlich bin, so habe ich ihn, glaube ich, noch nicht erlebt.«

Die anderen protestierten.

»Du musst uns antworten!«, beharrte Olivia. »Die erste Liebesnacht? Der Tag, an dem du in die Vereinigten Staaten zurückgekehrt bist? Oder die Entdeckung von Italien? Überleg doch mal!«

Aber Jenny fand trotz aller Anstrengungen keine Antwort.

»Jetzt beschreiben wir einmal, wie wir wohnen!«, schlug Olivia vor. »Ich wohne in einem supermodernen Haus mit sparsamer Einrichtung.«

»Großartiges klassisches Schloss mit undichtem Dach, Baldachinbetten, Ahnengalerie und nicht funktionierender Heizung«, fasste Axelle zusammen.

»Typisches Fischerhaus auf bretonischer Insel«, setzte Gwénola den Reigen fort.

»Nirgendwo und überall«, sagte Jenny. »Luxuriöse Hotelzimmer, keine Verantwortlichkeiten, niemanden im Schlepptau, es ist umwerfend.«

»Aber auch ein wenig traurig, oder?«, wollte Axelle wissen. »Eigentlich hast du kein richtiges Zuhause.«

»Im Gegenteil. Ich bin überall zu Hause. Die Welt gehört mir, ich muss nur den Code meiner Visacard eingeben, und schon habe ich einen Schlüssel in der Hand. Ihr seid auf ein oder zwei Orte beschränkt, aber mir steht die ganze Welt als Wohnsitz zur Verfügung.«

»Warum haben wir uns aus den Augen verloren?«, fragte Olivia nun.

»Ich bin in die Bretagne gegangen«, sagte Gwénola.

»Ich habe geheiratet und bin in den Südwesten gezogen«, schloss Axelle sich an.

»Ich bin nach dem Abitur mit meinem Vater in den Mittleren Orient gegangen«, erklärte Jenny.

»Erklärungen angenommen. Werden wir uns nun wiedersehen?«

Die drei anderen musterten Olivia nachdenklich.

»Nicht so hastig, Olivia«, bremste Axelle. »Diese Frage wird sich von selbst beantworten. Wie lautet die nächste?«

»Okay. Haben wir den charmanten Prinzen aus den Träumen unserer Kindertage gefunden?«

Die anderen platzten fast vor Lachen.

»Ich nicht«, fuhr Olivia fort. »Ich habe es geglaubt, aber es war ein Trugbild. Man soll ja das Recht auf eine zweite Chance haben, aber ich begegne nur Prinzen, die einen Abend lang aufregend sind.«

»Ich auch nicht. Ich habe es geglaubt, aber er gehörte einer anderen«, sagte Gwénola. »Ich habe seither Männer kennen gelernt, sie konnten ihm nicht das Wasser reichen.«

Axelle sah sie direkt an.

»Derjenige, von dem du sprichst, ist ein trauriger Prinz. Wir lieben und leiden gemeinsam. Das ist würdevoll und steht uns gut zu Gesicht.«

»Ich habe einen lügenden und betrügenden Prinzen. Ich bin also auch nicht besser davongekommen als ihr«, schloss Jenny. »Ich schätze, dass der echte, charmante Prinz aus den Märchen homosexuell ist und wir deshalb überhaupt keine Chance haben!«

Sie hatten ihr Leben aufrichtig zusammengefasst und zum ersten Mal über ihre Fehler und Niederlagen gesprochen.

Wir alle haben Jugendträume. Und eines Tages schaut man sich auf dem Weg um, den man eingeschlagen hat, und vergleicht. Man will den anderen beweisen, dass man Erfolg hatte, dass man sich treu geblieben ist, dass man etwas in der Welt bewegt hat. Dann trifft man seine alten Schulkameraden wieder, und das ist der Augenblick der großen Bekenntnisse. Man sagt sich ordentlich die Meinung. An einem solchen Tag ist alles möglich.

»Du hast dich verändert, Jenny«, sagte Olivia. »Du bist ernster als früher, aber auch verrückter.«

»Und noch verlassener«, sagte Jenny ruhig. »Das verändert einen.«

»Das weiß ich nur zu gut«, erwiderte Olivia.

Dass die beiden jungen Mädchen zusammen waren, als sie Olivias Mutter leblos im Badezimmer fanden, hatte sie zusammengeschweißt. Olivia glaubte, ihre Mutter sei nicht da und wollte sich ihre Schminkutensilien ausleihen. Als sich die Tür nicht öffnen ließ, hatten sie sie mit vereinten Kräften aufgedrückt. Dahinter lag in einem Morgenmantel mit dem Wappen des Ritz Hotels der füllige Körper der Frau des großen Richard Ruben. Ihre Augen waren starr und weit aufgerissen, das Gesicht kreidebleich, und in den Mundwinkeln hing getrockneter Speichel. Olivia hatte geschrien, Jenny aber hatte entschieden, was zu tun war.

»Ich bleibe bei ihr, du läufst und holst Hilfe, schnell!«

In Panik war Olivia die Treppe hinuntergestürzt und hatte um Hilfe gerufen. Der Oberkellner, die Köchin und das Zimmermädchen waren herbeigeeilt und hatten den Rettungswagen alarmiert, aber es war bereits zu spät.

»Sie ist schon eine ganze Weile tot«, hatte Jenny zu Olivia gesagt. »Es tut mir so leid. Komm mit mir, und lass die Sanitäter ihre Arbeit machen.«

Dann hatte sie ihre Freundin aus dem Zimmer bugsiert. Bevor ihr Vater nach Paris gesandt wurde, hatte er in Kalkutta gearbeitet. Dort hatte Jenny oft Bilder des Todes gesehen, und so hatte der Anblick von Olivias Mutter sie nicht in der gleichen Weise schockiert, wie es vielleicht bei anderen Mädchen der Fall gewesen wäre.

»Ist euch klar, dass meine Mutter seit zwanzig Jahren tot ist?«, warf Olivia unvermittelt in die Runde. »Es kommt mir so vor, als sei das alles gestern geschehen.«

Das Jahr 1985 war ein seltsames und aufwühlendes Jahr gewesen: der Tod von Olivias Mutter, die Veröffentlichung ihres ersten Buches, der Bruch zwischen Charles und Gwénola, die Geburt von Loeiz, der Aufbruch von Jenny in den Mittleren Orient und schließlich die Verlobung von Charles und Axelle.

»Lasst uns unser Leben benoten, eine Bewertung für den Zeitpunkt der Abschlussklasse und eine für unser Leben heute – auf einer Skala von eins bis zehn«, schlug Axelle vor.

»Damals neun, heute fünf – und das auch nur an guten Tagen«, sagte Olivia.

»Damals zehn, heute fünf«, stimmte Axelle ein.

»Damals zehn, heute sechs«, sagte Gwénola. »Ich bin weder reich noch berühmt – aber ich liebe, was ich tue, ich tue, was ich liebe, und ich lebe dort, wo mein Herz mich hingeführt hat.«

»Ich stehe heute bei vier«, schloss Jenny den Reigen ab. »Die Einsamkeit bedrückt mich.«

»Da stimmt etwas nicht«, tadelte Olivia. »Wir sind weder häßlich noch dumm, wir stammen aus betuchten Familien …«

»Das gilt aber nicht für alle«, schnitt Gwénola ihr das Wort ab.

»Sie meint, aus liebevollen Familien …«, schaltete sich Axelle beschwichtigend ein.

»Das gilt auch nicht für alle!«, parierte Olivia.

Jenny hob die Hände, um die Aufmerksamkeit auf sich zu lenken.

»Stopp! Wir leben in Ländern, in denen weder Krieg noch Hunger herrscht, wir sind gesund, da müssten wir das Leben doch in vollen Zügen genießen … und wir beschweren uns wie reiche, verwöhnte Gören!«

»Das gilt nicht für alle!«, unterbrach Axelle sie verlegen.

»Ich weiß, warum wir uns aus den Augen verloren haben«, fuhr Jenny fort. »Wir waren alle viel zu sehr damit beschäftigt, unsere lächerlichen Rollen zu spielen.«

»Was soll das heißen?«, fragte Gwénola argwöhnisch.

Die Atmosphäre war aufgeladen. Der Kellner, der gekommen war, um zu fragen, ob er eine zweite Flasche Champagner bringen sollte, trat den Rückzug an.

»Das weißt du ganz genau. Du spielst die mutige Frau und Mutter aus der Bretagne, Axelle ist die traurige und unfruchtbare Schlossherrin, und Olivia platzt vor Hochmut und Kilos.«

»Sehr treffende und genaue Porträts, du solltest Schriftstellerin werden«, lobte Olivia.

»Und ich, ich bin arrogant und unsympathisch.«

»Du hast recht«, pflichtete Gwénola Olivia bei. »Sie beschreibt die Personen gut. Anstelle von unsympathisch hätte ich allerdings das Wort unbeliebt benutzt.«

»Wenn wir Freundinnen sind, können wir uns doch auch alles sagen, oder? Ich habe die Charakteristiken absichtlich übertrieben«, sagte Jenny leise. »Ich mag euch, ihr seid etwas Besonderes und Wertvolles. Wir hätten uns niemals so lange aus den Augen lassen sollen. Aber wir können noch einmal neu anfangen und es besser machen …«

»Hallo, Kellner, haben Sie uns vergessen?«, rief Olivia dem hinter seinem Tresen stehenden Kellner vorwurfsvoll zu. »Ich hoffe, Sie haben noch eine Flasche auf Eis gelegt?«

In dieser Nacht glich das ›Kleeblatt‹ dem Zentrum eines Spinnennetzes, über dessen Fäden von überallher die In-sekten auf die Mitte zueilten, um ihre Rolle in der Geschichte zu spielen.

Loeiz und Morgane verließen gemeinsam den Bahnhof Montparnasse, wo sie mit dem TGV aus Rennes angekommen waren, und stiegen in die Metro.

Eine Viertelstunde später tauchte Charles in dem gleichen Bahnhof auf, wo er mit dem TGV aus Agen eingetroffen war, und ging zu dem Taxistand.

Im gleichen Augenblick überquerte Noa tief über seinen Motorroller gebeugt die Brücke von Chatou in Richtung Paris.

»Auf die Freundschaft!«, wiederholte Olivia und hob ihr frisch gefülltes Glas.

Charles traf als Erster ein. Das neue Aussehen des Cafés seiner Jugend enttäuschte ihn. Diese Front aus Glas und Metall wirkte fremd und unnatürlich. Auf den ersten Blick schien das ›Kleeblatt‹ leer zu sein, aber als er die Augen zusammenkniff, gewahrte er die im hinteren Raum sitzende Gruppe. Gwénola war da, die Frau, die er niemals aufgehört hatte heimlich zu lieben und die ihn so vor den Kopf gestoßen hatte. Dann musste er über sich selbst lachen. Er trug einen Siegelring, der von Tapferkeit und von Mut, Ehre und Treue gegenüber einem Ideal zeugte. Der Ehering an seinem linken Ringfinger war das Symbol für den respektvollen und zärtlichen Bund mit einer wundervollen Frau. Er war Bürgermeister seines Dorfes und Abgeordneter eines großen Wahlkreises. Aber er zitterte wie ein junger Bursche vor seinem ersten Zungenkuss.

Entschlossen betrat er das Café. Der Kellner eilte auf ihn zu, um ihm den Weg zu versperren.

»Wir haben heute eine geschlossene Gesellschaft, Monsieur.«

»Ich bin eingeladen«, erklärte Charles.

Axelle und Jenny saßen mit dem Rücken zum Eingang, aber Olivia und Gwénola saßen ihm genau gegenüber.

Als Gwénola ihn erblickte, durchlief sie ein Schauder. Sein Gesicht war noch im Schatten, aber sie erkannte seine Kopfform, seine Schultern, seine unvermeidliche Tweedjacke, seine geschmeidige Gestalt.

»Was hast du?«, wunderte sich Jenny, als sie sah, wie blass Gwénola wurde.

»Charles …«, murmelte Gwénola.

Axelle drehte sich verdutzt um, erblickte ihren Ehemann und stieß ihren Stuhl zurück.

»Was machst du hier?«, rief sie.

Charles konnte dem Blick der so unbeschreibbar türkisfarbenen Augen Gwénolas kaum standhalten. Ihre ungebändigten Locken, ihr sinnlicher Mund – alles war wie früher. Mühsam riss er sich von der reizvollen Erscheinung los und richtete das Wort an seine Frau:

»Ich muss mit dir sprechen«, sagte er.

Den drei anderen lächelte er zu.

»Guten Abend … Olivia, Jenny, Gwénola …«

Mit Absicht hatte er sie zuletzt genannt. In ihren Augenwinkeln kräuselten sich ein paar Falten mehr als früher. Sie sah ihn voller Verachtung an.

»Guten Abend, Charles«, sagte Olivia nun eilig. »Setz dich doch, steh nicht wie angewurzelt da.«

»Ich musste Axelle dringend treffen, aber ich will euern Abend nicht verderben.«

»Dann hättest du nicht kommen dürfen«, entfuhr es Gwénola.

Die anderen verstummten blitzartig. Axelle eilte ihrem Mann zu Hilfe.

»Gehen wir«, sagte sie und zog ihn mit sich.

Nachdem sie gegangen waren, ging Olivia zum Angriff über.

»Wenn ich diese Szene geschrieben hätte, so hätte ich dir einen etwas eleganteren Auftritt verpasst, Gwénola.«

Die Bretonin sah sie wütend an.

»Im Roman sind die Leute freundlich und verzeihen gern. Aber hier sind wir in der Wirklichkeit. Er hat mich ohne ein Wort der Erklärung sitzenlassen, als ich schwanger war. Die Abtreibung wollte er mir bezahlen, noch dazu über Jenny als Vermittlerin. Er hatte nicht einmal den Mut, es mir ins Gesicht zu sagen! Mit solchen Mädchen wie mir schläft man, aber man heiratet sie nicht!«, sagte sie aufgebracht.

»Sei still«, hauchte Olivia und versetzte ihr einen Stoß mit dem Ellbogen, »er steht dort an der Bar.«

»Hat er seine Jacke gewechselt?«, wunderte sich Jenny.

Gwénola sah zur Bar, und erneut wich alle Farbe aus ihrem Gesicht.

»Fühlst du dich nicht gut?«, fragte Jenny besorgt.

»Ich habe mich getäuscht«, stellte Olivia nun überrascht fest. »Es ist nicht Charles!«

Der Mann kam an ihren Tisch. Die gleiche Gestalt, der gleiche Gang, der gleiche Gesichtsausdruck, nur zehn Zentimeter größer und zwanzig Jahre jünger.

»Mama?«, fragte Loeiz beunruhigt. »Alles in Ordnung?«

Tische und Stühle begannen sich vor Gwénolas Augen zu drehen, auf ihrer Stirn standen Schweißperlen, ihr Herzschlag setzte aus, sie verlor den Halt und fühlte, wie alles unter ihr nachgab. Das war jedoch weder der richtige Augenblick noch der richtige Ort, um ohnmächtig zu werden. Sie wollte die Augen offen behalten und versuchte zu lächeln, um ihren Sohn zu beruhigen. Sie klammerte sich an den Gedanken, dass alles nur ein Albtraum sei und sie auf ihrer Insel, weit weg von Charles wieder wach werden würde. Aber das Gesicht von Loeiz wurde immer undeutlicher …

»Sie wird ohnmächtig«, stellte Olivia treffend fest.

Loeiz fing seine Mutter auf und legte sie mit Hilfe der anderen auf die Bank. Der Kellner stürzte herbei:

»Soll ich den Notarzt rufen?«

»Sie braucht nur etwas Ruhe«, bestimmte Loeiz.

»Er studiert Medizin«, erklärte Olivia.

Loeiz wies nicht darauf hin, dass er gerade erst das zweite Studienjahr begonnen hatte. Der Kellner sah ostentativ auf seine Armbanduhr. Axelle und Charles kamen wieder herein und sahen, wie alle über Gwénola gebeugt waren. Charles eilte mit großen Schritten zu ihnen. Seine Frau, die gerade erfahren hatte, dass ihr eine Anklage drohte, ließ er hinter sich.

»Was hat sie?«, fragte er aufgeschreckt und vergaß seinen Kummer und seine Sorgen und all seine guten Vorsätze.

»Meine Mutter hat einen Kreislaufkollaps«, diagnostizierte Loeiz, der bereits mit einem Notarzt zusammengearbeitet hatte. »Sie muss liegen bleiben, und wir müssen ihre Beine hochheben, damit ihr Blutdruck wieder steigt und das Gehirn gut durchblutet wird.«

Sie nahmen einander nicht wahr, so sehr nahm Gwénola sie in Anspruch. Aber sie ähnelten einander so sehr, dass alle Anwesenden sprachlos waren.

»Wir müssen den Rettungswagen rufen«, bestimmte Charles.

»Genau das habe ich Ihrem Sohn auch gesagt!«, mischte sich der Kellner ein.

Charles sah ihn verblüfft an, glaubte schon, der Kellner habe zu viel getrunken und wollte diesen Sohn Gwénolas, von dessen Existenz er gerade erst erfahren hatte, zu Rate ziehen. Ihre Blicke kreuzten sich, und beide erstarrten. Sie erfassten die Situation unmittelbar. Loeiz sah zum ersten Mal den Vater, der seine Mutter so jämmerlich hatte sitzenlassen. Charles stand zum ersten Mal seinem Sohn gegenüber. Sie waren das genaue Abbild voneinander.

»Sie kommt wieder zu sich«, sagte Jenny plötzlich.

Die beiden Männer wandten den Blick voneinander ab. Gwénola öffnete die Augen und lächelte schwach.

»Du hast uns vielleicht einen Schrecken eingejagt!«, rief Olivia erleichtert. »Geht es dir besser?«

»Ich bin ... Journalistin ...«, murmelte Gwénola. »Es ist meine Aufgabe, von etwas zu berichten. Da kann ich es mir nicht leisten, dauernd ohnmächtig zu werden ...«

Olivia lachte gezwungen.

»Man kann es sich nicht immer aussuchen. Bist du mit deiner Darbietung der Kameliendame jetzt fertig? Dann könnten wir wieder etwas Sprudelndes trinken!«

Loeiz half seiner Mutter, sich allmählich wieder aufzusetzen, und so befand sich Gwénola schließlich Charles gegenüber, der sie mit seinem Blick förmlich durchbohrte.

»Dir wäre es lieber gewesen, dass ich nicht komme ... Da bin ich ganz deiner Meinung, aber nun bin ich leider da«, zischte er ihr wütend ins Gesicht.

Er wusste nicht mehr, wie ihm geschah. Heute Morgen war er noch ein geachteter Mann, der in Frieden lebte und glücklich, wenn auch kinderlos verheiratet war. Heute Abend wurde er des Betrugs verdächtigt und war Vater eines Sohnes, den Gwénola ihm mit voller Absicht verheimlicht hatte. Axelle beobachtete ihn voller Traurigkeit und

Schmerz. Gwénola hingegen hätte ihn am liebsten mit ihren Blicken getötet. Der junge Mann musterte ihn mit Verachtung. Olivia schien von der Situation fasziniert zu sein. Nur in Jennys Augen lag ein tiefes Mitgefühl.

»Es wäre besser, wenn du jetzt gingest, Charles«, legte sie ihm nahe.

Er nickte, richtete einen letzten, verzweifelten Blick auf Loeiz, drehte sich um und verließ das ›Kleeblatt‹. Axelle stürzte ihm hinterher.

»Loeiz, setz dich zu uns, und trink ein Glas mit uns«, schlug Olivia Gwénolas Sohn vor.

Aber Loeiz hörte ihr nicht zu.

»Was hatte er hier zu suchen?«, wollte er von seiner Mutter wissen.

»Er ist mit Axelle verheiratet. Er sollte eigentlich nicht kommen. Ich weiß nicht …«

Ihre Augen füllten sich mit Tränen. Auch ihr setzte diese Begegnung zu. Das Wiedersehen mit Charles hatte sie ihrer Energie beraubt. Sie mochte ihn seit zwanzig Jahren noch so sehr verabscheuen, er hatte immer noch die gleiche Macht über sie.

»Was für ein Schurke …«, schimpfte Loeiz.

Jenny bemerkte unterdessen, dass ein sehr junger Mann sie durch die Fensterfront beobachtete. Er hatte blonde, zu einem Katogan frisierte Haare und trug einen Helm in der Hand. Er kniff die Augen zusammen, um das Innere des Cafés besser erkennen zu können. Es schien ihr, als hätte sie ihn schon irgendwo gesehen.

»Man spioniert uns nach«, sagte sie, um die Atmosphäre aufzulockern. »Vielleicht ein Paparazzi, der hinter Olivia her ist?«

»Ich bin allerdings inkognito gekommen«, gab Olivia zu bedenken und blickte in Richtung der Fensterscheiben.

Sie erkannte Noa und runzelte die Stirn.

»Du hättest es kaum besser sagen können, es ist mein Sohn!«

Sie bedeutete ihm hereinzukommen. Noa kam ihrer Aufforderung nach, der Kellner fügte sich in sein Schicksal und zog sich zurück.

Irgendetwas stimmte nicht. Normalerweise lag ein Lächeln auf Noas Gesicht, jetzt presste er die Lippen fest aufeinander und kam mit hängenden Schultern auf sie zu.

»Ich stelle euch den schönsten Noa der Welt vor«, verkündete Olivia zärtlich.

»Ich stelle euch meine Mutter vor, die große Schriftstellerin Olivia Ruben«, sagte er trocken und fragte sich derweil, wo er die hübsche rothaarige Frau in dem roten Kleid bereits gesehen hatte.

»Mein Liebling«, fuhr Olivia fort. »Du hast schon von Gwénola gehört … das hier ist Loeiz, ihr Sohn … und Jenny, die aus den Vereinigten Staaten kommt, jetzt aber in Italien lebt …«

Die Gegenwart von Gwénolas Sohn brachte Noa aus der Fassung. Gehörte er zu der ganzen Verschwörung dazu?

»Unsere Mütter sind eng miteinander verbunden«, ließ er verlauten, um die Reaktion bei Loeiz zu beobachten.

Aber Loeiz stand noch viel zu sehr unter dem Eindruck der ersten Begegnung mit seinem Vater, als dass er ihm zugehört hätte.

»Haben Sie die Bücher meiner Mutter gelesen?«, beharrte Noa jetzt. »Das sollten Sie tun, sie sind sehr lehrreich. Ihre Mutter schreibt auch, wussten Sie das?«

Loeiz fragte sich, was dieser seltsame Kerl von ihm wollte. In ihrem Alter bedeuteten drei Jahre Altersunterschied eine Menge: Es lag praktisch eine ganze Generation zwischen ihnen.

»Sie ist Journalistin«, murmelte er abwesend.

»Nicht nur. Sie hat noch ganz andere Talente.«

Wachsam geworden, hielt Olivia den Atem an. Noa wich ihrem Blick aus und schien furchtbar wütend auf sie zu sein. Sie warf Gwénola einen fragenden Blick zu, aber diese schüttelte nur den Kopf, um ihr zu bedeuten, dass sie nichts damit zu tun hatte.

»Nicht wahr, Mama?«, ging Noa plötzlich zum direkten Angriff über. »Gwénola hat viel Phantasie, so viel, dass sie davon auch welche abgeben kann!«

»Möchtest du das vielleicht genauer erklären?«

»Mein PC war abgestürzt, und ich musste eine dringende Mail verschicken. Also habe ich deinen MacIntosh eingeschaltet, eine falsche Taste gedrückt, und da bin ich zufälligerweise auf die Mail gestoßen, die sie dir gestern geschickt hat …«

Er musste innehalten, da ihm vor Empörung der Atem stockte.

»Ich wollte nicht indiskret sein, aber ich habe sie gelesen. Nun weiß ich Bescheid.«

Olivia zitterte. Ihre schlimmste Befürchtung war eingetreten. Sie suchte fieberhaft nach einem Ausweg.

»Gwénola hat mir bei einem Abschnitt für mein nächstes Buch geholfen. Wir haben gemeinsam an der psychologischen Verfassung der Personen gearbeitet …«, behauptete sie.

»Nein!«, schnitt Noa ihr das Wort ab. »Du lügst schon wieder, hör auf damit! Es ist vorbei. Du hast mein Vertrauen enttäuscht, ich glaube dir nicht mehr.«

»Hör mir zu …«, flehte sie und fasste nach seinem Arm.

»Nein!«, rief Noa und riss sich los. »Es war dir scheißegal, was ich dachte. Und ich war so stolz auf dich! Ich hätte dich beschützt, ich hätte dein Geheimnis gehütet. Aber du hast mich verraten!«

»Nicht hier«, sagte Olivia bestimmt. »Lass uns nach Hause gehen, mein Liebling, ich werde dir alles erklären …«

Sie reichte ihm die Hand, aber außerstande, ihre Berührung zu ertragen, wich Noa zurück.

»Dein ganzes Haus ist ein einziger Betrug. Ich werde bis Samstag bei Papa schlafen. Ich weiß nicht einmal mehr, ob ich an dieser verfluchten Sendung teilnehmen werde ... Ich will nicht auch noch selbst zum Schwindler werden. *Er* müsste hingehen!«, wütete er und zeigte auf Loeiz, der nicht verstand, was hier vorging.

Jenny stand auf und kam um den Tisch herum.

»Du weißt zu wenig, als dass dir ein Urteil zustünde«, sagte sie zu Noa. »Komm mit mir.«

Sie warf Olivia einen Blick zu, um ihr zu bedeuten, dass sie sich heraushalten sollte, und schob Noa vor sich her zum Ausgang.

»Das ist ein Albtraum«, stammelte Olivia. »Ich flehe dich an, sag mir, dass du nicht da bist, dass du diese Mail nicht geschrieben hast, dass mein Sohn sie nicht gelesen hat ...«

»Welche Mail? Wovon sprecht ihr eigentlich?«, wollte Loeiz wissen.

Gwénola drehte sich zu ihm um. Seine Stimme riss sie aus dem gewaltigen Gefühlschaos, in das sie gestürzt war.

»Ich glaubte, du seist in Rennes. Was machst du hier in Paris?«

Loeiz schenkte ihr ein zärtliches Lächeln.

»Ich bin hier, um dir eine wundervolle Neuigkeit mitzuteilen, Mama. Morgane ist schwanger. Wir werden ein Kind bekommen!«

Gwénola taumelte. Gerade noch stand sie dem Vater ihres Sohnes gegenüber, und nun würde sie selbst Großmutter werden. Das neue Baby würde einen wundervollen Vater haben. Loeiz strahlte.

»Das ist eine wunderbare Neuigkeit«, sagte sie und umarmte ihn.

»Morgane ist zu ihren Eltern gegangen, um es ihnen zu sagen. Ich habe um ihre Hand angehalten, und sie hat ja gesagt.«

Er lachte glücklich, und Gwénola tat es ihm gleich. Das wurde ja immer besser! Das Baby würde sogar ein richtiges Familienstammbuch haben, mit allem, was dazugehört.

»Ihr werdet sehr glücklich sein«, stammelte sie.

Loeiz nickte. Er hatte gewusst, dass seine Mutter ihn verstehen würde, dass sie nicht laut aufschreien und einwenden würde, sie seien viel zu jung und stünden doch erst am Anfang ihrer Ausbildung.

»An unserem beruflichen Weg wird sich übrigens nichts ändern. Ich werde Chirurg werden und Morgane Kinderärztin. So brauchen wir nicht einmal einen Kollegen aufsuchen, wenn unser Kind krank ist.«

Gwénola nickte.

»Heute ist ein besonderer Tag«, sagte sie.

Olivia reagierte prompt. Sie war zwar egoistisch, aber sie besaß auch ein Gespür für Situationen.

»Das muss begossen werden!«, verlangte sie und wies auf die in dem Sektkübel stehende Flasche. »Es gibt nur noch Champagner … und ich habe das große Bedürfnis, mich zu betrinken!«

Sie teilten sich die restlichen Tropfen. Der Kellner nahm seinen ganzen Mut zusammen und trat zu ihnen.

»Wir schließen jetzt eigentlich«, merkte er mit einem Hinweis auf die Wanduhr an.

Während Olivia ihn ansah, begannen ihre Tränen zu fließen, ohne dass sie sie aufhalten konnte.

»Ich habe es nicht so eilig«, versicherte der Kellner ihr. »Bleiben Sie ruhig noch ein wenig, wenn Sie möchten!«

Mit diesen Worten zog er sich, diesen Abend verfluchend, wieder zurück.

23

Jenny hatte Noa mit sich gezogen, und sie gingen an Sainte-Agathe vorbei die Straße entlang. An der nächsten Kreuzung bogen sie ab und steuerten auf eine Bar zu, aus der Jazzmusik zu hören war.

»Trinken wir etwas?«, schlug Jenny vor.

Noa schüttelte wild den Kopf.

»Ich habe keinen Durst.«

»Ich schon, und es gibt so manches, das du wissen solltest, denn im Augenblick siehst du nur die Spitze des Eisbergs.«

»Sie hat mich belogen«, sagte Noa verbittert. »Noch niemals hat mich jemand so sehr enttäuscht …«

»Du bist jung und hast noch nicht sehr viel erlebt. Du wirst noch lernen, dass es nicht schlimm ist, enttäuscht zu werden. Viel schlimmer ist es, nicht zu lieben. Sie liebt dich, und genau deshalb hat sie dir nichts gesagt.«

Sie setzten sich an den einzigen noch freien Tisch.

»Ich werde einen *Alexandra* nehmen, und du?«

»Eine Cola.«

Eine junge hübsche Kellnerin mit einem hautengen T-Shirt, das ihren mit einem Diamanten gepiercten Bauchnabel freigab und auf der Vorderseite Brad Pitt zeigte, nahm ihre Bestellung auf.

»Sie sieht gut aus«, lautete Jennys Urteil.

»Ich finde, Sie sehen besser aus«, kommentierte Noa achselzuckend. »Sie waren also die ganze Zeit über auf dem Laufenden? Sie haben schmunzelnd den Aufstieg der großen Olivia Ruben verfolgt, die nichts weiter ist als eine aufgeblasene Angeberin!«

»Es fing alles mit einem Irrtum an. Die Manuskripte der beiden wurden vertauscht. Als der Verleger deiner Mutter mitteilte, dass er sie veröffentlichen würde, hatte sie keinen Grund anzunehmen, er spräche von Gwénolas Text.«

Noa runzelte ungläubig die Stirn.

»So ist es gewesen«, versicherte ihm Jenny. »Bei dem Verleger gingen zwei Manuskripte ein. Zu dem einen sagte er ja, zu dem anderen nein, und dabei verwechselte er die Autoren.«

»Aber«, gab Noa zu bedenken, »als Mama den Irrtum bemerkte, hätte sie doch nur die Wahrheit sagen müssen!«

»Dein Großvater hatte gerade seine Frau verloren, aber er verdrängte seinen Schmerz und gab ein großes Fest für seine Tochter, um ihren Roman zu feiern. Sie konnte nicht mehr zurück, sie hätte ihren Vater der Lächerlichkeit preisgegeben …«

»Das verstehe ich«, gab Noa erschüttert zu. »Aber was ist mit den neun darauf folgenden Romanen?«

»Deine Mutter hat versucht, allein zu schreiben und ihr Manuskript dem Verleger unter dem Namen einer Freundin vorgelegt. Er hat es ihr mit dem Kommentar zurückgegeben, ihrer Freundin von jeglichen schriftstellerischen Ambitionen abzuraten.«

Noa schauderte.

»Und so hat sie weiter betrogen! Ich wäre vor Scham im Erdboden versunken!«

»Gwénola und sie, sie saßen beide in der Falle. Olivia brauchte die Anerkennung und Bewunderung ihres Vaters, Gwénola brauchte Geld. So kam jede auf ihre Kosten. Aber niemand hatte es darauf abgesehen.«

»Sie hätte es mir aber sagen können …«

Für die Zeit, in der die Kellnerin ihre Gläser auf den Tisch stellte, unterbrachen sie ihre Unterhaltung.

»Wann hätte sie das tun sollen?«, gab Jenny dann zu bedenken. »Du warst klein und hättest möglicherweise alles bei deinen Schulkameraden ausgeplaudert. Kinder können nicht gut Geheimnisse für sich behalten. Später hatte sie dann viel zu viel Angst, dich zu enttäuschen.«

»Das hat sie jetzt ja auch geschafft«, stieß Noa hervor, während er an seiner Cola nippte.

Jenny benetzte ihre Lippen mit ihrem Drink und nahm dann einen Schluck.

»Ich bin im Hôtel Raphael abgestiegen, in der Nähe des Étoile.«

Plötzlich erinnerte sich Noa, wo er sie gesehen hatte.

»Du kannst bis Samstag bei mir wohnen«, bot Jenny ihm an.

»In Ihrem Zimmer?«

Jenny lachte gezwungen auf.

»Ich bin noch zu jung, um mir einen Gigolo zu nehmen, Noa. Hältst du dich für so unwiderstehlich? Ich werde dir für drei Nächte ein Zimmer mieten, so dass du dich wieder beruhigen kannst. Danach wirst du ja ohnehin auf den französischen Bildschirmen schlafen.«

»Ich weiß nicht«, murrte Noa.

Jenny lächelte ihm zu.

»Hör auf, dich so zu bedauern. Willst du lieber nach Hause gehen?«

Er schüttelte heftig den Kopf.

»Oder willst du zu deinem Vater?«

Jenny kannte Colin Nathan nicht, aber sie hatte sehr wohl bemerkt, wie Noa vorhin ins Schwimmen gekommen war, als er damit drohte, zu seinem Vater zu gehen.

»Dazu müsste er mich erst einmal haben wollen«, schimpfte Noa verbittert.

»Ich will dich gern haben.«

Er unternahm den traurigen Versuch eines Lächeln.

»Ich habe einen Riesenhunger«, gestand er Jenny. »Ich habe weder zu Mittag noch zu Abend gegessen.«

»Wir werden den Zimmerservice bitten, dir etwas zu bringen«, sagte sie, womit sie sein Geständnis als Zustimmung zu ihrem Vorschlag deutete.

Eine Stunde später betrat Jenny ihr neues Zimmer. Sie hatte Noa ihr eigenes überlassen und ihm, während er sein Abendessen verschlang, eine Stunde Gesellschaft geleistet und immer wieder die gleichen Argumente wiederholt.

Nun ging sie sofort zum Telefon, um Olivia anzurufen, die sich vermutlich furchtbare Sorgen machte. Olivia nahm beim ersten Klingelton ab und fragte atemlos:

»Noa, ist alles in Ordnung?«

»Ich bin es, Jenny. Beruhige dich, er ist bei mir. Ich habe ihm ein Zimmer in meinem Hotel gemietet, und er residiert so prächtig wie ein Pascha. Ich konnte dir nicht früher Bescheid geben. Ich musste ihm erst alles erklären.«

Olivias Stimme überschlug sich.

»Und?«, stieß sie hervor.

»Er hat es verstanden, aber er ist wütend, dass du ihn nicht ins Vertrauen gezogen hast. Er wird darüber hinwegkommen.«

»Ich habe ihn enttäuscht …«, murmelte Olivia zerknirscht.

Dass Gwénola nicht mehr für sie schreiben wollte, stand längst nicht mehr an erster Stelle ihrer Sorgen. Wenn Noa mit ihr brach, war das um so vieles schlimmer!

»Du wirst ihn zurückgewinnen. Er ist noch jung, und seine Gefühlsausbrüche sind roh und scharf wie die Kanten eines Diamanten. Aber er wird lernen, Dinge in ihren Zusammenhängen zu sehen.«

Olivia seufzte schwer.

»Danke für deine Hilfe, Jenny«, flüsterte sie. »Dieser Abend war die Hölle für uns alle. Als ich Charles und Loeiz einander gegenüberstehen sah, dachte ich, ich müsste losschreien. Hast du gesehen, wie sehr sie einander ähneln?«

»Noa ähnelt dir auch, weißt du das?«

»Gott sei Dank nicht hinsichtlich des Gewichtes. Aber er wird es viel weiter bringen als ich, er ist sensibel und hat Humor.«

Jenny zog die Augenbrauen hoch.

»Du machst Fortschritte, Olivia. Das klingt ja beinahe schon bescheiden! Du schreibst deine Bücher nicht, aber du bist ihre Botschafterin, und deine Leserinnen lieben dich. Sie schätzen deine Persönlichkeit, deine Lebensfreude, dein Lächeln und deine Energie. Du bist vielleicht keine Schriftstellerin, aber du bist eine wunderbare Schauspielerin!«

»Danke!«

Jenny warf sich aufs Bett, schleuderte ihre Schuhe durch das luxuriöse Zimmer und streckte sich wohlig.

»Gut, ich lass dich jetzt schlafen …«

»Nein! Bitte, ich muss mit jemandem reden, lass mich nicht allein!«

Dieses Ansinnen von Olivia kam so überraschend, dass Jenny sogleich nachgab.

»Ich höre dir zu.«

»Du hast es immer gewusst, nicht wahr? Du hattest doch unsere beiden Manuskripte gelesen, aber als das Buch herauskam, hast du mich beglückwünscht, als sei nichts gewesen. So glaubte ich, auch du hättest die beiden Manuskripte verwechselt und hieltest mich tatsächlich für die Autorin. Aber ich habe deinen Gesichtsausdruck gesehen, als Noa mich vorhin so bloßgestellt hat. Du wusstest es, nicht wahr?«

»Ja.«

Es folgte ein quälend langes Schweigen, das Olivia schließlich brach.

»Ich hatte Entschuldigungen, das müsstest du am besten wissen. Meine Mutter war gerade gestorben …«

Jenny holte tief Luft. Nun war der Augenblick gekommen, um Olivia etwas zu enthüllen, das bisher nur sie wusste.

»Du hattest in der Tat Entschuldigungen. Aber ich nicht.«

»Wie bitte?«

»Deine Mutter hatte auch Entschuldigungen. Man darf es ihr nicht übel nehmen, dass sie sich aufgegeben hat …«

Olivia glaubte ihren Ohren nicht zu trauen.

»Es war ein Unfall«, erinnerte sie Jenny.

»Davon ist in ihrem Abschiedsbrief nicht die Rede«, sagte Jenny ruhig.

Olivia begann zu zittern.

»Welchem Abschiedsbrief?«

»In dem, den ich an mich genommen habe, während du Hilfe holtest.«

Olivia erstarrte und stammelte:

»W… was?«

Sie hatte sofort Verdacht geschöpft, aber damals war sie noch so jung gewesen, und die Erwachsenen schienen ihrer Sache so sicher.

»Wa… warum?«, brachte sie niedergeschmettert heraus.

Jenny fühlte sich besser. Am Telefon ging es besser als in einem Gespräch, bei dem sie Olivia hätte in die Augen sehen müssen.

»Du warst jung und egoistisch, du hättest geglaubt, dass deine Mutter dich im Stich läßt, weil sie dich nicht genug liebte. In Wirklichkeit hatte ihre Entscheidung nichts mit dir zu tun!«

Olivia hatte den Eindruck, als spräche Jenny von einer Romanfigur.

»Ich war jung und egoistisch … und heute bin ich wohl alt und selbstlos?«

»Du bist erwachsen und egoistisch. Deshalb kannst du verstehen, dass man jemanden zugleich abgöttisch lieben und sich dennoch davonstehlen kann. Du betest Noa an, und dennoch verhindert das nicht, dass du bisweilen deprimiert bist und ein Ende herbeiwünschst. Oder täusche ich mich?«

Olivia schwieg einen Augenblick, den Jenny dazu nutzte, sich zu entkleiden und unter die Bettdecke zu kriechen.

»Sie hat einen Brief hinterlassen, sagst du …«

»Weil sie sich das Leben genommen hat«, sagte Jenny sanft. »Sie hat die Schlafmittel vorsätzlich geschluckt. Das Leben war zu schwer für sie geworden. Du konntest nichts dafür, man kann nicht das Leben der anderen leben.«

Olivia versuchte, ihre Gefühle in den Griff zu bekommen.

»War der Abschiedsbrief für meinen Vater oder auch für mich?«, fragte sie nun zaghaft.

Jenny lächelte. Olivia war dabei, ihre Fassung wiederzugewinnen.

»Für euch beide.«

»Hast du ihn aufbewahrt?«, fragte sie flehend.

»Ich weiß jedes Wort auswendig.«

»Sag schon!«

Olivia hatte die Worte herausgeschrien. Jenny streckte den Arm nach dem Schriftstück aus, auf dem alles stand. Sie hatte den Text abgeschrieben.

»Verzeiht mir, ich liebe euch beide, aber ich kann so nicht weiterleben. Ihr werdet ohne mich glücklicher sein.«

Mit zwanzig Jahren Verspätung erreichte der Brief nun einen seiner Adressaten. Olivia stockte der Atem.

»Du hättest es nicht verstanden und die Tat auf dich bezogen«, wiederholte Jenny noch einmal. »Du warst meine beste Freundin, ich wollte dich schützen. Aber es ist an der Zeit, dass du Bescheid weißt.«

Olivia fühlte sich wie ein angezählter Boxer. Ihre Mutter hatte sich also das Leben genommen. Man hatte diese Überlegung damals in Betracht gezogen, aber die abschließende Untersuchung sprach von einer versehentlichen Einnahme von Schlafmitteln, weil das Opfer – so viel stand laut Polizei fest – keinen Abschiedsbrief hinterlassen hatte.

»Kannst du es noch einmal wiederholen?«, murmelte sie.

»Verzeiht mir, ich liebe euch beide, aber ich kann so nicht weiterleben. Ihr werdet ohne mich glücklicher sein.«

»Sie hat sich getäuscht«, stellte Olivia fest. »Wir waren viel weniger glücklich ohne sie …«

Ein Gedanke schoss ihr durch den Kopf.

»Papa darf es nicht erfahren.«

»Ich habe nicht vor, es ihm zu sagen. Du allein entscheidest darüber.«

Olivia lachte ein freudloses Lachen.

»Er ist alt und nicht so egoistisch wie ich; er würde noch mehr leiden. Wir sollten seine alten Wunden nicht wieder aufreißen.«

»Ich habe dir nicht die Wahrheit gesagt, weil ich den Finger auf alte Wunden legen will, sondern weil ich dir Kraft geben will!«, sagte Jenny überzeugt. »Deiner Mutter gelang es nicht mehr, das Leben zu meistern. Du musst jetzt für euch beide leben und jede Sekunde genießen. Du wirst sehen, man lernt es schnell. Auch ich halte es so, seit meine Mutter vor einigen Jahren gestorben ist …«

Olivia wunderte sich.

»Du hast deinem Vater näher gestanden, nicht wahr?«

»So kann man es sagen.«

»Deine Eltern sind 1999 gestorben, das ist noch nicht so lange her.«

»Es kommt mir sehr lange vor«, sagte Jenny.

24

Es war Nacht geworden, der Mond warf fremdartige Schatten auf den Champs-de-Mars. Charles und Axelle dachten nicht daran schlafen zu gehen. Sie hatten das »Kleeblatt« verlassen, ein Taxi gerufen und waren zu ihrem Appartement gefahren, ohne ein einziges Wort miteinander zu wechseln. Charles war vollkommen erschöpft und saß mit hängenden Armen regungslos auf dem Sofa. Viel zu unruhig, um sich zu setzen, ging Axelle unablässig zwischen Küche und Wohnzimmer hin und her. Die drohende Anklage wegen Veruntreuung öffentlicher Gelder war nichts angesichts der Erschütterungen, die ihre Partnerschaft betrafen. Axelle kam wieder ins Wohnzimmer.

»Ich habe dir Zeit gelassen, damit du deine Fassung wiederfindest«, sagte sie und setzte sich neben ihren Ehemann. »Jetzt müssen wir miteinander reden. Das war ein gewaltiger Schlag für dich.«

»Ich habe das Gefühl, dass ich ersticke«, stieß Charles hervor. »Es war so aufwühlend. Dieser Junge, unmittelbar vor mir …«

»Dein vollkommenes Ebenbild«, bestätigte Axelle.

Er nickte, sein Blick ging ins Leere.

»Ich hatte den Eindruck, in die Vergangenheit zurückversetzt zu sein und in einen Spiegel zu blicken!«

»Du hast nicht damit gerechnet, ihn zu sehen. Er aber auch nicht. Und ich auch nicht. Die Überraschung war auf allen Seiten gleich groß.«

Er musterte sie verdutzt. Er hatte gerade erfahren, dass er einen zwanzigjährigen Sohn hatte, und sie nahm diese unglaubliche Neuigkeit völlig selbstverständlich hin.

»Ist das alles, was du dazu sagst?«

»Er ist *dein* Sohn«, murmelte Axelle. »Nicht meiner.«

Er senkte den Kopf. Sie hatte Recht, wie immer. Sie verhielt sich vornehm und wohlerzogen. Sie hätte wütend sein können, ihm eine Szene machen oder sich hintergangen fühlen können. Aber nein, ihre Selbstbeherrschung war beeindruckend.

»Ich bewundere dich«, flüsterte er.

Sie antwortete nicht. Bewunderte er sie, weil sie ihm keine Nachkommen hatte schenken können?

»Was sollen wir …«

Er setzte neu an.

»Was soll ich jetzt tun?«

»Ich weiß es nicht. Es dabei bewenden lassen, denke ich. Zumindest, wenn du deine Meinung nicht geändert hast.«

Die Antwort seiner vollkommenen Ehefrau traf ihn bis ins Mark. Er hatte gerade erfahren, dass er einen Sohn hatte, und sie schlug ihm vor, es dabei bewenden zu lassen?!

»Ich verstehe dich nicht, Axelle. Er muss meinen Namen tragen, mein Blut fließt in seinen Adern, er gehört zu unserer Familie!«

»Zu *deiner* Familie«, stellte Axelle wehmütig richtig.

Er dachte an all die Phasen im Leben seines Sohnes, die er verpasst hatte. Gwénola hatte ihm sein Kind vorenthalten, sie hatte es für sich allein behalten. Jetzt verstand er, warum sie verschwunden war … Sie hatte ihn nie geliebt, sonst hätte sie sich nicht so verhalten. Sie hatte ihn ganz einfach benutzt. Die Liebe, die er immer noch für sie empfand, wandelte sich nun in einen so abgrundtiefen Hass, dass er bebte.

»Ich werde sie umbringen!«, tobte er.

Axelle sah ihn scharf an.

»Gwénola umbringen?«, fragte sie ungläubig. »Mir scheint, dass sie sehr viel Mut und Unabhängigkeit bewiesen hat.«

Mit ausholender Geste fegte er einen Stapel Zeitschriften von dem kleinen Tischchen, so dass dieser mit einem dumpfen Geräusch auf den blanken Boden klatschte.

»Verdammt, Axelle! Ich erkenne dich nicht mehr wieder! Wie kannst du so etwas denken?«

»Ich erkenne dich auch nicht wieder!«, murmelte Axelle. »Ich bin seit zwanzig Jahren mit dir verheiratet, und heute verhältst du dich wie ein Fremder und ein Flegel ... Gwénola, die nicht mit einem Adelstitel geboren wurde, besitzt weitaus mehr Größe als du!«

Die Reaktion von Charles brachte sie auf. Gwénola hätte ihn unter Druck setzen, sie hätte Geld fordern und Ansprüche stellen können. Aber sie war nicht an ihn herangetreten und hatte ihr Kind mit Liebe und Verschwiegenheit aufgezogen.

»Es ist wirklich verrückt, Axelle! Du verteidigst deine Freundin aufgrund der Vergangenheit, aber sie hat keine mildernden Umstände verdient. Und er, er schien mich zu hassen ...«, fuhr er tonlos fort. »Dabei bin ich doch sein Vater!«

»Du wolltest nicht für ihn da sein, da musst du dich über die Folgen nicht wundern ... Du konntest kaum erwarten, dass er dir um den Hals fällt!«

Charles drehte sich zu ihr um, er war leichenblass.

»Wie kannst du es wagen, so mit mir zu reden?«, schrie er.

Seine Augen funkelten sie an. Empört erhob sich Axelle von dem Sofa.

»Schrei mich nicht an, Charles! Dein Verhalten ist vollkommen unlogisch. Du wolltest deiner Verantwortung nicht nachkommen, und jetzt soll er dich lieben? Du musst einfach verrückt geworden sein!«

Nun stand er seinerseits auf.

»Was erzählst du da? Dass ich dieses Kind nicht wollte? Du bist diejenige, die hier verrückt ist!«

Sie sah ihn mit unverhohlener Verachtung an.

»Du glaubtest, dass ich nicht Bescheid weiß, nicht wahr? Da täuschst du dich, denn alle wussten Bescheid. Ich habe niemals mit dir darüber gesprochen, weil ich erwartete, dass du den ersten Schritt tust. Ich habe dein Schweigen hingenommen, weil ich es für eine Form des Leidens hielt.«

Charles schloss kurz die Augen.

»Warte«, sagte er. »Das geht mir zu schnell. Ich bin erschöpft. Alle wussten … was?«

Sie zuckte die Schultern.

»Wir alle wussten, dass Gwénola schwanger war, dass du der Vater warst und dass du ihr Geld für eine Abtreibung angeboten hast.«

»Ich habe … was?«

Sie fand, dass er seine Ahnungslosigkeit schlecht spielte, dass er übertrieb.

»Sie war nicht aus deinem Milieu, du wolltest Karriere machen, und dafür brauchtest du eine vorzeigbare Gattin. Deshalb hast du mich gewählt. Das möchte ich dir trotz allem nicht zum Vorwurf machen …«

Charles schüttelte entsetzt den Kopf.

»Ich habe niemanden gewählt, Axelle! Ich empfand eine tiefe Zuneigung für dich, aber es war Gwénola, in die ich unsterblich verliebt war … und sie ist einfach verschwunden! Ich habe auf Nachricht von ihr gewartet, aber sie hat sich nie mehr gemeldet.«

Axelle wankte. Nun war es ihr auf schreckliche Weise klar. Wenn Gwénola nicht geflohen wäre, hätte Charles sie geheiratet.

»Wolltest du etwa, dass sie abtreibt und danach weiter mit dir zusammenbleibt?«, fragte sie mit rauer Stimme.

Charles sah sie voller Entsetzen an.

»Ich wollte nicht, dass irgendjemand abtreibt. Gwénola hat mir nie gesagt, dass sie schwanger ist! Das musst du mir glauben!«

»Natürlich glaube ich dir. Gwénola hat es dir auch nicht gesagt, es war Jenny.«

Charles warf ihr einen abgründigen Blick zu.

»Ich wusste … von … gar … nichts!« Er stieß jedes Wort abgehakt hervor. »Ich wusste nichts, das schwöre ich dir bei allem, was mir teuer ist!«

Fassungslos starrte sie ihn an.

»Das ist nicht wahr. Jenny hat vorgeschlagen, die Vermittlerrolle zu übernehmen. Sie hat dir alles erzählt. Und du hast Geld geboten, um die Abtreibung von Gwénola zu bezahlen.«

Charles fühlte sich vernichtet und leer.

»Nein, meine Liebe«, sagte er mit trauriger Stimme. »Jenny hat mir nichts gesagt. Hätte sie es getan, so hätte ich mich nicht so verhalten.«

Ein Schleier legte sich vor Axelles Augen.

»Du hättest also Gwénola geheiratet?«

»Auf jeden Fall hätte ich dieses Kind anerkannt, ich hätte es mit aufgezogen, und ich hätte es geliebt. Wie konntest du annehmen, dass es mir gleichgültig wäre? Kennst du mich so schlecht?«

Axelle senkte den Blick.

»Ich liebte dich«, murmelte sie. »Ich wollte lieber von einem Flegel geliebt als von einem feinen Kerl sitzengelassen werden. Gwénola hatte verloren, ich hatte gewonnen … Ich bin keine Heilige, Charles. Nur eine verliebte Frau.«

Er sah sie an und öffnete seine Arme. Schluchzend warf sie sich hinein. Eng umschlungen verweilten sie, bis Axelles Tränen versiegt waren. Als sie sich schließlich beruhigt hatte, löste sie sich von ihrem Mann. Draußen ging am Eiffelturm plötzlich die Beleuchtung an und schillerte zehn Minuten lang in grellen Farben. Dicht nebeneinander stehend, beobachteten sie gebannt das leuchtende Schauspiel, während in ihrem Innern widersprüchliche Gefühle tobten.

»Ich werde Gwénola nicht umbringen, sondern Jenny«, beteuerte Charles mit tonloser Stimme.

25

Donnerstag, 22. September, Herbstanfang

Als Jenny am nächsten Morgen in ihrem Hotelzimmer wach wurde, dachte sie für einen kurzen Augenblick, sie sei noch in Rom. Dann schallte von draußen ein wenig höfliches französisches »Beweg deinen Hintern, Alte!« durch das geöffnete Fenster und stieß sie darauf, dass sie sich in Paris befand. Sie erinnerte sich, dass sie jemanden in ihre Obhut genommen hatte, und griff nach dem Telefon, um sich mit Noa auf der Terrasse des Hotels zu verabreden.

Während sie kaum etwas zu sich nahm, verschlang er sein Frühstück mit ausgesprochener Wonne. Seine Wut hatte sich in Heißhunger verwandelt.

»Einfach toll, dieses Rührei mit Schinken ... Essen Sie Ihr zweites Croissant nicht mehr? Darf ich?«

Er streckte seine Hand danach aus und biss herzhaft in das noch lauwarme Gebäck.

»Ich weiß nicht, ob es bei *Wie der Vater, so der Sohn* Nutella geben wird. Ich habe beim Casting gefragt, aber man hat mir keine Antwort gegeben ... Jedenfalls habe ich mich noch nicht entschieden, ob ich teilnehme oder nicht.«

»Ich habe deine Mutter benachrichtigt, dass du bei mir bist«, sagte Jenny.

Der Satz wirkte bei Noa wie eine kalte Dusche. Er hörte auf zu kauen, verschluckte sich beinahe und warf Jenny einen vorwurfsvollen Blick zu.

»Ich habe Ihnen vertraut ... Ich hätte es mir denken können«, stieß er hervor, schob seinen Stuhl zurück und stand auf.

»Warte!«, rief sie und fasste sein Handgelenk. »Du bist minderjährig, Noa. Ich musste das einfach tun. Ich habe sie gebeten, dich in Ruhe zu lassen und nicht herzukommen. Sie wird auf mich hören. Ich wollte sie nur beruhigen, da sie sich große Sorgen um dich gemacht hat.«

»Darauf pfeife ich!«, schimpfte Noa.

»Setz dich bitte wieder ...«

Sie lächelte, legte ihren Kopf zur Seite, so dass ihre seidigen roten Locken in der Sonne leuchteten.

»Ich bin nicht sonderlich geschickt im Umgang mit Jugendlichen, ich kenne nicht viele und habe selbst keine Kinder. Ich bitte dich, bleib hier. Ich hätte dir nichts sagen müssen, aber ich wollte dir nichts verheimlichen. Du bist oft genug angelogen worden.«

Sie hatte die richtigen Worte gefunden. Seufzend setzte sich Noa wieder.

»Du bist bei dieser Sendung angenommen worden, du musst dieser Verpflichtung nachkommen«, versuchte Jenny weitere Überzeugungsarbeit zu leisten.

»Aber dort treten Kinder von berühmten Leuten auf, und meine Mutter ist eine Betrügerin. Wenn ich hingehe und nichts sage, werde ich, genau wie sie, zum Hochstapler. Wenn ich nicht hingehe, wird es heißen, ich hätte die Hosen voll. Ich kann aber auch zurücktreten und erklären, warum.«

»Du willst also deine Mutter verraten?«, wunderte sich Jenny.

»Wie die Mutter, so der Sohn ...«

Jenny antwortete nicht, sondern versuchte stattdessen dem aufdringlichen Blick eines Unbekannten auszuweichen, der sie mit seinen schwarzen Augen unverwandt ansah. Mit seiner großen, hageren Gestalt, seiner Glatze, seinen schmalen Lippen und der schwarzen Jeans und den abgewetzten Stiefeln wirkte er wie ein Fremdkörper auf der Terrasse des Luxushotels. Auf den weißen Tischdecken blitzte silbernes Geschirr, aber er hatte nicht an einem der gedeckten Tische Platz genommen, sondern stand wie angewurzelt da und starrte sie an. Außer ihnen waren keine anderen Gäste da, die Geschäftsleute hatten ihr Frühstück längst eingenommen, und die Verliebten lagen noch in den Federn.

»Interessiert Sie das alles überhaupt?«, nörgelte Noa, als ihm auffiel, dass sie ihm nicht mehr zuhörte.

Jenny schüttelte den Kopf und flüsterte:

»Es beobachtet uns jemand, dort hinten.«

Noa drehte sich um, aber der Unbekannte war verschwunden. Er zuckte die Schultern.

»Ich glaube, er hat sich für Sie interessiert. Baggert man in Amerika nicht auch Frauen an? Hier ist es gewissermaßen ein Nationalsport ...«

Jenny versicherte ihm, dass seine Landsleute nicht die Einzigen seien und dass die Italiener weitaus geschickter vorgingen. Um ihre These zu untermauern, erzählte sie ihm von ihrem Sitznachbarn im Flugzeug von Rom nach Paris.

»Er hat mir vorgeschlagen, mit ihm auf der Seine zu Abend zu essen.«

»Haben Sie angenommen?«

»Natürlich nicht«, sagte Jenny lachend.

Sie bestellte einen dritten Espresso, der hier, wie in Italien, duftend, frisch gepresst und sehr stark serviert wurde.

»Ich muss mich mit meiner Freundin Mona treffen«, fiel Noa plötzlich ein. »Darf ich?«

»Du bist weder mein Gefangener noch mein Gesellschafter, der Tag gehört dir!«

Noa fuhr hoch, als wollte er etwas entgegnen, besann sich dann aber und schwieg.

»Gut, äh, dann … einen schönen Tag!«

»Dir auch!«

Unter Jennys amüsiertem Blick verließ er polternd und stolpernd die Terrasse. Bevor sie in ihr Zimmer zurückging, machte sie einen Abstecher in die Eingangshalle des Hotels, um an der Rezeption eine Auskunft einzuholen. Der Mann am Schalter setzte sein professionelles Lächeln auf.

»Ihr Mann ist gerade angekommen, Madame Lincoln«, teilte er ihr mit.

Jenny runzelte die Stirn.

»Mein was?«

»Ihr Mann«, wiederholte der Mann diensteifrig. »Und er ist direkt in Ihr Zimmer hochgegangen, Sie müssten ihm begegnet sein.«

Sollte Floridiano – es konnte niemand anders sein – ihr nach Paris nachgereist sein? Es war ihm vermutlich gelungen, sich von der Familie loszueisen, indem er Frau und Kinder an einen der stadtnahen Strände, *al mare*, geschickt hatte. Und damit gönnte er sich ein paar Tage zum Ausspannen. Jenny nahm den Aufzug, war sich allerdings noch nicht im Klaren darüber, ob sie sich über die Ankunft ihres Geliebten freuen sollte oder ob dies ihre Pläne behindern würde. Vor dem Spiegel in der Aufzugskabine schob sie mechanisch ihre Haare zurecht, ging dann summend den Gang entlang und klopfte an die Tür des Zimmers mit der Nummer 33.

»Floridiano?«

Keine Antwort. Vermutlich stand er unter der Dusche, um sich nach der Reise frisch zu machen. Sie schloss auf, trat mit einem Lächeln auf den Lippen ein und erstarrte. Die Schubladen der Kommode, des Kleiderschranks und des Nachttisches waren weit aufgerissen, Kleider und persönliche Gegenstände lagen durcheinander auf dem Boden, alles war durchwühlt worden.

»Floridiano?«, wiederholte Jenny noch einmal benommen und stieß die Tür zum Badezimmer auf, wo niemand zu sehen war.

Man hatte bei ihr eingebrochen. Jemand hatte sich für ihren Ehemann ausgegeben und war in ihr Zimmer eingedrungen, um sie auszurauben. Glücklicherweise hatte Jenny, als gute Amerikanerin, Reisepass, Kreditkarten und eine beträchtliche Summe an Euros in ihrer Bauchtasche untergebracht und diese auf der Terrasse bei sich getragen. Verstört glitt ihr Blick über ihre Sachen. Es schien nichts zu fehlen. Dann griff sie nach dem Telefon, um die Rezeption zu benachrichtigen. In diesem Moment begann der Apparat selbst zu klingeln, und sie fuhr erschreckt auf.

»Hallo?«, brachte sie mit erstickter Stimme heraus.

»Jenny? Hier ist Axelle.«

Nach einem Gespräch mit Axelle war Jenny jetzt überhaupt nicht zumute.

»Hör mir zu, es ist gerade sehr ungünstig, man hat mich …«

»Ich rufe dich an, weil ich dich warnen wollte«, unterbrach Axelle, ohne ihr zuzuhören. »Charles hat die Wohnung verlassen. Er ist außer sich und hat nur eines im Kopf: Er will sich rächen. Er hat mich gefragt, in welchem Hotel du abgestiegen bist. Es ist möglich, dass er bei dir auftaucht und dir übel zusetzt. Sei auf der Hut!«

Jenny ließ sich aufs Bett fallen und sah verbittert auf das verwüstete Zimmer. Axelle fuhr fort:

»Vor zwanzig Jahren solltest du ihm überbringen, dass Gwénola schwanger war … und heute behauptet Charles, dass du ihm niemals etwas gesagt hast!«

»Er sagt die Wahrheit«, seufzte Jenny. »Er wusste nichts, bis gestern Abend.«

»Aber …warum denn? Warum hat du uns … warum hast du ihm das angetan?«

Was konnte Jenny bewogen haben, bei einem solchen Thema nicht die Wahrheit zu sagen?

»Das ist zu kompliziert, als dass ich es dir jetzt erklären könnte«, murmelte Jenny.

»Ich verstehe seine Wut«, gestand Axelle. »Aber ich wollte dich wenigstens warnen.«

Nun war die Überraschung auf Jennys Seite.

»Warum?«

Axelle lachte traurig auf.

»Vielleicht, weil ich dir sehr dankbar bin. Letztendlich verdanke ich dir meine Heirat. Nach dem, was er mir heute Nacht erzählt hat, wäre er seiner Verantwortung nachgekommen und hätte Gwénola geheiratet. Er liebte sie.«

Ihre Stimme brach.

»Sei auf der Hut. Er ist dir fürchterlich böse, er ist wirklich in der Lage, bei dir einzufallen.«

»Er war schon hier«, sagte Jenny trocken. »Du hättest mich früher anrufen müssen.«

Damit legte sie auf. Einerseits war sie beruhigt, da sie nun wusste, wer ihr Besucher gewesen war. Andererseits ahnte sie, dass damit die Schwierigkeiten erst losgingen. Charles de Bergeac war überzeugt, dass sie absichtlich sein Leben zerstört hatte. Das konnte einen Mann in der Tat außer sich bringen.

Ein Gedanke schoss ihr durch den Kopf. Sie ging zur Tür, stellte fest, dass sie nicht aufgebrochen worden war, und begann zu verstehen.

Sie eilte die Treppen hinunter, stürzte zur Rezeption und wandte sich mit entschlossenem Gesichtsausdruck an den Empfangschef.

»Man hat mein Zimmer durchwühlt, meine Intimsphäre verletzt, meine Kleider auf den Boden geworfen, und Sie sind Schuld!«, warf sie ihm vor.

Der Empfangchef wahrte die Fassung und antwortete ruhig: »Ich verstehe nicht ...«

»Sie haben einem Unbekannten, der sich als mein Ehemann ausgegeben hat, den Zweitschlüssel überlassen«, tobte sie, so dass alle Gäste in der Eingangshalle sich zu ihr umdrehten. »Ich bin aber gar nicht verheiratet, verstehen Sie? Irgendjemand erzählt Ihnen irgendetwas, und Sie glauben es einfach?«

Die Aufmerksamkeit aller war auf sie gerichtet: Leger gekleidete Touristen, Geschäftsleute in Anzug und Krawatte, Portier, Fahrer, Page, Kellner in weißer Weste – ihre Blicke ruhten auf ihnen.

»Beruhigen Sie sich, Madame Lincoln«, sagte der Empfangschef. »Ich habe den Herrn selbstverständlich gebeten, sich auszuweisen.«

»Und?«, bohrte Jenny.

»Er hat mir seinen Pass gezeigt.«

Jenny wurde schwindlig.

»Er hat Ihnen ... was?«

»Seinen Pass gezeigt. Es handelte sich um Monsieur Lincoln, amerikanischer Staatsbürger. Der gleiche Name wie Ihrer. Ich hatte keinerlei Grund, an seiner Identität zu zweifeln ...«

Getroffen taumelte Jenny ein paar Schritte zurück.

»Monsieur Lincoln?«

»Er wusste, dass Sie ein Zimmer bei uns haben, er trug Ihren Namen, warum sollte ich ihm misstrauen?«

Jenny nickte mechanisch und bedeutete ihm, dass er recht hatte.

»Soll ich die Polizei benachrichtigen?«, fragte der Empfangschef und wollte nach dem Telefon greifen.

»Nein, nein ...«

Jenny drehte sich um, eilte zum Aufzug und verschwand darin. Die Tür schloss sich hinter ihr. Der Empfangschef seufzte, ein weiteres Liebesdrama, wie sie heute in den Pariser Nobelherbergen an der Tagesordnung waren. Er vermerkte die Episode in seinem roten Spiralblock, den er stets bei sich trug. Einmal im Ruhestand, hätte er genug Stoff, um ein Buch zu schreiben.

Wie in einer Musikkomödie zerstreuten sich nach dieser Darbietung die Darsteller, Touristen, Geschäftsleute, der Portier, der Fahrer, der Page und der Kellner – so dass wieder Ruhe einkehrte.

Jenny suchte Zuflucht in ihrem Zimmer, hängte draußen das Schild »Bitte nicht stören« an die Tür und schloss sorgfältig hinter sich ab. Es herrschte immer noch die gleiche, unbeschreibliche Unordnung. Sie griff wahllos nach einem Kleidungsstück und hängte es über einen Bügel. Sie sammelte einen der amerikanischen Romane ein, die auf dem Boden lagen. Sie ging ins Badezimmer, räumte ihre Kosmektika wieder ordentlich auf die Ablage über dem Waschbecken und stellte den Mülleimer wieder auf. Wer war dieser Monsieur Lincoln? Sie hatte vergessen, den Empfangschef nach dem Alter des Mannes zu fragen. Ihr schossen die verrücktesten Möglichkeiten durch den Kopf: Ex-Ehemann, Vater, Sohn, Bruder, Cousin, Onkel, Neffe …

Sie ging zum Telefon und wählte die Pariser Nummer von Axelle.

»Tut mir leid, dass ich vorhin einfach aufgelegt habe«, entschuldigte sie sich.

Axelle hörte gar nicht richtig zu, sie dachte nur an ihren Ehemann.

»War Charles bei dir? Wie ist es gewesen?«

»Ich habe mich geirrt. Er war nicht hier. Ich brauche deine Hilfe …«

»Ja?«

Jenny überlegte, wie sie ihre Frage formulieren sollte, um nicht den Eindruck zu erwecken, sie litte plötzlich an Alzheimer.

»Wenn du von einem Monsieur Lincoln hörst, an wen denkst du dann?«

»Äh … an Abraham?«

Unter anderen Umständen hätte Jenny gelacht.

»Nein, Axelle, heute am 22. September 2005, wer ist da Monsieur Lincoln für dich?«

»Du hast uns doch gesagt, dass dein Vater tot ist, oder habe ich das geträumt? Also kann es nur Paul sein …«

»Paul?«

»Paul.«

In der Hoffnung, ihre Freundin würde weiterreden, schwieg Jenny. Aber da Axelle nicht weitersprach, versuchte sie, auf anderem Wege an Informationen zu gelangen.

»Warum denn Paul?«

»Ich weiß nicht, du nervst mit deinen Fragen. Wenn er immer noch ein Tabuthema für dich ist, dann zwing mich nicht, es anzuschneiden.«

Jenny hielt den Atem an. Jetzt war sie fast so weit.

»Ich habe Angst«, gestand sie, und das war in diesem Fall nicht gelogen.

Am anderen Ende nahm Axelles Stimme einen besorgten Klang an.

»Ist er wieder aufgetaucht? Er lebt also?«

»Es hat ganz den Anschein«, äußerte Jenny zögernd.

»Es war 1980, als dein Vater ihn auf die Straße gesetzt hat, oder? Er war einiges älter als du, oder? Fünf Jahre?«

»Ungefähr«, sagte Jenny vorsichtig.

»Als dein Vater 1983 Nachforschungen anstellte, war Paul im Gefängnis. Und 1985, in unserem letzten Schuljahr, hat er behauptet, dass Paul tot sei, oder?«

»Ja«, druckste Jenny herum.

Axelle lachte zaghaft.

»Du glaubtest, du seist ganz allein auf der Welt, aber es stimmt gar nicht. Was beweist denn, dass er am Leben ist?«

»Er war in meinem Hotel.«

»Woher wusste er, dass du da bist?«

»Keine Ahnung …«

Jenny schauderte.

»Vielleicht brauchst du gar keine Angst zu haben«, bemühte Axelle sich, sie zu beruhigen. »Seine Spiel- und Drogensucht liegt lange zurück, und mittlerweile sind zwanzig Jahre vergangen. Er kann sich geändert und gebessert haben. Vermutlich ist er ein guter Familienvater mit einem dicken Auto, einer Frau, Kindern, einem Grill und einem perfekt geschnittenen Rasen im Garten.«

»Mag sein«, sagte Jenny ungläubig.

»Halte mich auf dem Laufenden, wenn du ihn wiedersiehst oder wenn Charles kommt.«

»In Ordnung«, versprach Jenny, um das Gespräch zu beenden.

»Du hast mir noch nicht geantwortet: Warum hast du Charles und Gwénola das angetan?«

Jenny seufzte.

»Er konnte sich nicht zwischen euch beiden entscheiden. Ich habe ihm einen Fingerzeig gegeben.«

»Du hast … was?«

»Ich habe dem Schicksal etwas nachgeholfen. Du passtest besser zu ihm. Bist du mir böse?«

»Ich, nein«, sagte Axelle zögernd.

»Dann bedank dich lieber bei mir, als Rechenschaft von mir zu verlangen!«, scherzte Jenny.

Und damit legte sie zum zweiten Mal in nur einer Stunde den Hörer einfach auf.

Jenny rollte sich auf dem ungemachten Bett zusammen und blieb eine ganze Weile regungslos dort liegen. Wirre Gedanken geisterten ihr durch den Kopf, vergeblich versuchte sie, sie zu ordnen. Die Dinge komplizierten sich, und zum ersten Mal wurde ihr klar, dass sie sich in Gefahr begab. Sie fuhr zusammen, als es an der Tür klopfte, und antwortete nicht. Es klopfte erneut. Jenny streckte die Hand nach dem Telefonhörer aus, nahm geräuschlos den Hörer ab, so dass sie unverzüglich um Hilfe rufen konnte.

»Jenny, ich bin's, Noa. Störe ich Sie?«

Sie stand auf, strich ihre Kleider glatt, schob ihre Haare zurecht und öffnete die Tür.

»Darf ich?«, fragte er und spähte ins Zimmer hinein. »Ich habe mich entschieden, was den Samstagabend angeht. Ich werde meine Mutter direkt auf dem Bildschirm bloßstellen. Das hat die größte Wirkung! Ich wollte mit Ihnen darüber sprechen.«

Er trat ein und bemerkte die Unordnung.

»Ziehen Sie um?«

»Man hat bei mir eingebrochen«, antwortete Jenny ernst.

Er bemerkte ihre angespannten Züge. Auf der Terrasse war sie ihm fröhlich und lebenslustig vorgekommen, jetzt hatte sie ihr strahlendes Aussehen verloren.

»Ist alles in Ordnung?«

Sie wollte antworten, aber das Telefon klingelte erneut. Sie warf dem Apparat einen erschreckten Blick zu.

»Kannst du für mich drangehen?«, bat sie Noa. »Frag, wer am Apparat ist.«

»Hallo?«, fragte Noa ruhig. »Ja, das ist das Zimmer von Madame Lincoln. Wer ist am Apparat? Bleiben Sie bitte dran.«

Er lächelte und reichte Jenny den Hörer.

»Es ist Ihr Bruder.«

Zu Tode erschreckt, nahm Jenny den Hörer in die Hand.

»Hallo?«

»Wie fandest du meine Überraschung?«, fragte eine raue, männliche Stimme in perfektem Französisch.

»Warst du das?«, mühsam, aber geistesgegenwärtig brachte sie diese Worte hervor.

»Wir müssen miteinander reden. Ich war hergekommen, um meinen Anteil zu fordern, aber ich habe meine Pläne geändert. Willst du nicht wissen, warum?«

Jenny zitterte.

»Warum?«, fragte sie folgsam.

»Weil mir viel mehr zusteht. Damit bist du nicht einverstanden, oder?«

Jenny antwortete nicht.

»Ich erwarte dich um fünfzehn Uhr unter dem Triumphbogen«, fuhr die Stimme fort. »Du solltest kommen.«

»Um fünfzehn Uhr unter dem Triumphbogen«, wiederholte Jenny mechanisch.

Sie wagte nicht, ihn zu fragen, wie er aussah.

»Du wirst mich leicht erkennen, da du ja meine Schwester bist!«, lachte er laut ins Telefon.

Dann legte er auf. Jenny verharrte regungslos mit dem Hörer in der Hand.

»Was ist passiert?«, fragte Noa beunruhigt. »War das wirklich Ihr Bruder?«

»Ich weiß es nicht«, antwortete Jenny.

Zu Noas großer Überraschung füllten sich die Augen der Amerikanerin mit Tränen.

»Ich weiß es wirklich nicht«, wiederholte sie noch einmal.

26

Im Frühstücksraum des kleinen Hotels in der Rue de la Gaîté griff Loeiz nach der Butter und bestrich sein Brot reichlich damit. Er hatte die Nacht im Zimmer seiner Mutter geschlafen. Dass er mittlerweile ein Mann war, störte weder sie noch ihn. Sie standen sich zu nah, um einander das Leben schwer zu machen. Außerdem war er viel zu aufgewühlt, um über seinen Vater zu sprechen. Am Abend hatte Gwénola das Thema ansprechen wollen, aber Loeiz war wie ein nasser Sack aufs Bett geplumpst, und fünf Minuten später schlief er bereits tief und fest. Gwénola hingegen hatte die halbe Nacht mit offenen Augen dagelegen. Immer wieder liefen Bilder von den Ereignissen des Abends vor ihren Augen ab, und sie grübelte über jedes Wort, das sie gewechselt hatten.

»Hast du die Eltern von Morgane schon einmal gesehen?«, fragte Gwénola, während sie sich eine dritte Tasse Kaffee einschenkte. »Wie sind sie?«

»Keine Auffälligkeiten. Er ist Dermatologe und hat eine Geliebte, sie ist Augenärztin und spielt Golf. Alles ist klar geregelt; Morgane mag sie gern.«

Schwiegereltern sind ein notwendiges Übel, dachte Loeiz. Wäre Morgane Waise gewesen, so hätte sie sicher darunter gelitten. So freute er sich, dass sie Vater und Mutter hatte, aber er freute sich noch mehr darüber, dass sie gut dreihundertfünfzig Kilometer von Rennes entfernt lebten.

»Was den gestrigen Abend angeht …«, begann Gwénola.

»Möchtest du lieber Erdbeer- oder Aprikosenmarmelade?«, fiel Loeiz ihr ins Wort.

Gwénola seufzte.

»Es tut mir so leid. Ich glaubte, er sei im Südwesten bei sich zu Hause, wo er Abgeordneter und Bürgermeister ist.«

»Er schien sehr überrascht, als er mich sah«, bemerkte Loeiz sachlich. »Und ich hatte das Gefühl, in einen Spiegel zu sehen, der mich so wiedergibt, wie ich vermutlich in zwanzig Jahren aussehe. Es war sehr merkwürdig. Ich kann nicht sagen, dass er wie ein Flegel aussieht, denn ich sehe genauso aus! Dabei dachte ich doch immer, ich sehe dir ähnlich …«

Er lachte leise und traurig auf.

»Er hat es mir übel genommen«, stellte Gwénola fest. »Er war wütend auf mich, was angesichts seiner damaligen Feigheit umso unverschämter ist. Ich liebte ihn, Loeiz. Ich habe dich zu früh bekommen, aber es war sicherlich kein Zufall. Es war mein Wunsch, ein Kind von ihm zu bekommen, und ich habe es nie bereut! Aber ich glaubte, ihn zu kennen, und habe mich auf der ganzen Linie getäuscht.«

»Er hat dich sitzengelassen. So, als würde ich heute Morgane allein lassen. Es ist komisch … ich befinde mich heute in der gleichen Situation wie mein Erzeuger damals.«

»Aber du verhältst dich anders.«

»Welch ein Glück!«, rief Loeiz. »Was für ein Mistkerl, was für ein jämmerlicher, erbärmlicher Waschlappen …«

Er fand kein Schimpfwort, um das feige Verhalten dieses Mannes zu beschreiben, den er nicht seinen Vater zu nennen vermochte.

»Ich bete Morgane an, und ich finde es einfach umwerfend, was jetzt mit uns geschieht. Aber selbst wenn ich das nicht täte, so wäre meine erste Reaktion doch, sie zu beschützen … und nicht zu kneifen wie eine Memme!«

»Ich glaubte, wir seien einfach nur ein Mann und eine Frau, aber wir gehörten unterschiedlichen Kasten an.«

»Hat er es etwa gewagt, dir das ins Gesicht zu sagen?«

Gwénola schüttelte den Kopf.

»Ich habe ihn nie wieder gesehen. Jenny hat zwischen uns vermittelt, sie hat ihm mitgeteilt, dass ich schwanger bin. Aber er hat sich sehr klar ausgedrückt: Geld für eine Abtreibung hat er angeboten. Er hat nicht einmal gefragt, wie ich darüber denke oder ob ich überhaupt einverstanden bin. Geschweige denn, dass es ihm in den Sinn gekommen wäre, mich zum Arzt zu begleiten. Er wollte sich nur dazu herablassen, mir Geld zu geben, nicht mehr.«

»Ich hätte ihm gestern Abend in die Fresse schlagen sollen«, schimpfte Loeiz.

Gwénola lächelte.

»Nach zwanzig Jahren gibt es so etwas wie Verjährung. Es sah so aus, als wäre er sehr wütend geworden, als er mich sah. Aber ich bin ja nicht auf seinem Grund und Boden aufgetaucht … Ich glaube, er hat sich geschämt. Paris gehört ihm jedoch nicht, soweit ich weiß!«

Sie redete sich in Rage.

»Ich sollte mich wohl weiter auf meiner Insel verkriechen, um seine Karriere nicht zu stören. Ich bin ihm wohl nicht gut genug.«

Sie hatte die Stimme erhoben, so dass sich die Gäste an den benachbarten Tischen zu ihnen umwandten.

»Nicht so laut, Mama«, flüsterte Loeiz. »Lass es gut sein.«

»Du hast recht«, sah Gwénola ein und sprach wieder leiser. »Er hat sich nicht geändert. Es war für mich ein

Schock, ihn wiederzusehen. Er sieht nicht wie ein glücklicher Mensch aus.«

»Der Arme«, zischte Loeiz. »Er sollte einen Psychiater aufsuchen. Sein Durchhaltevermögen passt zu unserer Zeit. Es ist sehr angesagt, nach einem traumatischen Ereignis wieder richtig auf die Beine zu kommen: Seiner Freundin ein Kind machen, sich dann mit Gleichgültigkeit wappnen und sein gemütliches Leben fortsetzen, als wäre nichts gewesen. Das hat schon etwas! Bravo, er hat es weit gebracht!«

Gwénola hörte ihm nicht mehr zu. Sie hatte sich in Richtung des Nachbartisches gebeugt, wo ein bärtiger Mann frühstückte und dabei die Zeitung las.

»Interessiert dich eigentlich nicht, was ich erzähle, Mama? He, Gwénola! Hörst du mir überhaupt zu?«

Sie verrenkte sich richtiggehend den Hals, um einen Artikel zu lesen.

»Mama?« Loeiz ließ nicht locker. »Ich kaufe dir die Zeitung sogar, wenn du brav bist. Und *Ouest-France* noch dazu, ich habe mir sagen lassen, dass sie dort sehr begabte Korrespondenten haben.«

Keine Antwort. Gwénola starrte unentwegt mit gerunzelter Stirn auf die gedruckten Zeilen.

»Was ist denn los?«, fragte Loeiz beunruhigt.

Sie hörte auf zu lesen und sah ihn wie versteinert an.

»Das ist der Gipfel«, murmelte sie.

Sie wandte sich an den Bärtigen.

»Monsieur … leihen Sie mir bitte kurz Ihre Zeitung? In einem Artikel geht es um jemanden, den ich kenne …«

Der Mann wollte ihr die Bitte eigentlich abschlagen, aber in den türkisfarbenen Augen von Gwénola lag ein Flehen, das keinen Widerspruch duldete. Er reichte ihr die Zeitung *La Dépêche du Midi*. Sie nickte ihm dankend zu, legte die Zeitung vor Loeiz und wies auf den unteren Teil der Seite.

»Lies das.«

Loeiz beugte sich vor, und die Buchstaben sprangen ihm förmlich ins Auge: *Der Abgeordnete Charles de Bergeac und seine Ehefrau Axelle in Schmiergeldaffäre verwickelt – eine Untersuchung wird eingeleitet.*

»Scheiße«, entfuhr es Loeiz.

»Du sagst es.«

Wie gelähmt starrten sie auf die Zeitungsnotiz. Der Bärtige stand auf.

»Ich gehe jetzt«, sagte er. »Kann ich meine Zeitung wiederhaben?«

Loeiz zog seinen Geldbeutel hervor und zückte fünf Euro.

»Wir kaufen sie Ihnen ab. Behalten Sie das restliche Geld. Meine Mutter hat gerade gelesen, dass mein Vater ins Gefängnis wandern wird.«

Der Bärtige wich zurück und ging schulterzuckend von dannen.

»Ich kenne meinen Vater zwar erst seit gestern Abend, aber langweilig wird es nicht mit ihm!«, lautete der Kommentar von Loeiz.

»Das passt gar nicht zu ihnen«, grübelte Gwénola.

»Passte es denn zu ihm, dich sitzenzulassen? Dein lieber Charles scheint nicht gerade ein Heiliger zu sein.«

Sie gingen eilig zur Gare Montparnasse, um ein paar andere Zeitungen zu kaufen. In allen Tagesblättern tauchte die gleiche Information in unterschiedlichen Varianten auf: ein weiterer Skandal in der Regierungspartei; wieder eine Schmiergeldaffäre; der sich bereichernde Adel; die hochnäsige Gräfin. Gwénola konnte sich ein Lachen nicht verkneifen, als sie sich Axelles Gesicht dazu vorstellte.

»Das muss ein Irrtum sein, Axelle macht so etwas nicht …«

»Hat sie dir nicht deinen Liebsten weggeschnappt? Es scheint nicht so, als wäre ihr das vor zwanzig Jahren allzu peinlich gewesen«, erwiderte Loeiz. »Hör auf, sie zu beweihräuchern, Mama.«

Gwénola und ihr Sohn gingen zu Fuß die Rue de Rennes entlang, bogen dann ab auf die Rue Bonaparte und gelangten schließlich zur Seine. Ein Stück weit folgten sie dem Fluss, bis sie ihn überquerten, um das sechzehnte Arrondissement und die Rue de La Tour zu erreichen.

Während Morgane stolz darauf war, Bretonin zu sein, bedeutete es ihrem Vater absolut gar nichts. Ihre Mutter, eine Pariserin, wie sie im Buche steht, verabscheute den Sprühregen, die Wellen, die Heide und die keltischen Sagen. Sie war eine Anhängerin der Mittelmeersonne, der gechlorten Schwimmbäder, der Mimosen und der provenzalischen Märchen. Morgane war für sie wie ein reizvolles Geheimnis, das von einem anderen Planeten stammte. Als Morgane sich dazu entschieden hatte, dorthin zu gehen, wo ihre Vorfahren gelebt hatten, hatten ihre Eltern das nicht verstanden, vor allem ihr Vater nicht, der stolz darauf war, die finstere Bretagne verlassen zu haben.

Die Familie Gwénadu wohnte in einem schicken Loft in einer luxuriösen Wohnanlage, in der Neureiche sich zusammengefunden hatten. Um die Anlage herum standen die nicht restaurierten Häuser derjenigen, die immer schon in diesem Viertel gewohnt hatten. Nicht Morgane öffnete ihnen die Tür, sondern Constance, die Mutter. Morgane war in ihrem Zimmer, wie ein Kind, das man bestraft.

Loeiz reichte Constance einen Strauß frischer, schlanker roter Tulpen, die er für sie gekauft hatte. Sie bedankte sich kaum und legte sie auf eine Kommode, auf der riesige, hochnäsige Gladiolen in einer scharfkantigen Kristallvase thronten.

»Jean-Joel erwartet euch im Wohnzimmer«, sagte sie mit greller Stimme. Loeiz zog eine Augenbraue hoch. Morgane hatte ihm erzählt, dass ihr Vater Yann hieß und Joel sein zweiter Vorname war.

Jean-Joel saß auf einem schrecklichen Sofa aus weißem Leder. Sein Bauch schwappte unter einem rosa Lacoste-Polo über den Hermes-Gürtel. Er erhob sich, um Gwénola die Hand zu schütteln; hinsichtlich Loeiz beschränkte er sich auf ein bloßes Kopfnicken. Die hintere Wand des Wohnzimmers nahm ein gewaltiger Flachbildschirm ein. Der Fernseher war eingeschaltet, es war Zeit für die Nachrichten. »Nehmen Sie Platz, Constance bringt uns den Aperitif.«

Loeiz ließ seinen Blick durch das Zimmer schweifen.

»Kommt Morgane nicht dazu?«

»Ich werde sie rufen, wenn wir ein wenig unter Männern … (mit einem Blick auf Gwénola korrigierte er sich), ich meine unter Erwachsenen miteinander geredet haben.«

Sein Lächeln brachte Gwénola zum Schaudern. Sie verabscheute diesen Menschenschlag, aber aus Liebe zu ihrem Sohn war sie bereit, alles zu ertragen, sogar die kommenden Weihnachtsfeste, bei denen sie sich schon im Kreise dieser Idioten sitzen sah, die um ihr Enkelkind herumspringen würden.

»Morgane hat uns die Neuigkeit gestern mitgeteilt«, sagte Jean-Joel knapp. »Ich verhehle Ihnen nicht, dass wir nicht vor Freude an die Decke gesprungen sind.«

Loeiz neigte den Kopf auf eine Seite, eine Geste, die Gwénola von Charles kannte, wenn er die Fassung zu verlieren drohte. Über den Bildschirm flimmerte das übliche Maß an Katastrophen, Kriegen und Schrecknissen.

»Als Student ist es ganz normal, dass man seine Liebschaften hat … aber Sie sind viel zu schnell zu Werke gegangen, junger Mann!«, fuhr Jean-Joel fort.

Er würde ihm nun die Leviten lesen, hier vor Gwénola. Loeiz fuhr herum:

»*Zu schnell zu Werke?* Bei mir heißt das, *Liebe machen*, Monsieur. Und dass ich keine vorzeitige Ejakulation hatte … dafür haben Sie ja den Beweis!«

Constance, die mit einem Tablett voller Flaschen ins Wohnzimmer kam, blieb entsetzt auf der Schwelle stehen. Gwénola musste sich zwingen, nicht loszulachen. Jean-Joel traten die Augen aus dem Kopf.

»Morgane und ich, wir lieben uns«, fuhrt Loeiz ruhig fort. »Ich bin heute hergekommen, um Sie um ihre Hand zu bitten.«

Jean-Joel war krebsrot.

»Sie lieben sich also? Was ist denn das für ein Schwachsinn! Sie stehen am Anfang Ihres Studiums, die Konkurrenz ist hart, man darf keine Minute verlieren. Ich war bereits mit vierundzwanzig Jahren Assistenzarzt auf der größten dermatologischen Abteilung in Paris; ich wollte den Erfolg und ich hatte den Erfolg. Meine Tochter hatte eine glänzende Zukunft vor sich, bis sie Sie kennengelernt hat. Sie haben alles zerstört!«

»Ihre Tochter wird eine hervorragende Kinderärztin werden, Monsieur.«

»Mit so jemandem im Schlepptau!«, haderte Jean-Joel Gwenadu. »Man ist verantwortlich, man muss einen Plan für seine Karriere haben und die Erfolgsleiter hinaufsteigen. Ich bin kein Kassenarzt, aber meine Praxis ist ständig voll, das können Sie mir glauben. Meine Frau hat der gesamten französischen Regierung Brillen verschrieben! Wenn ich Ihnen alle Ministerien aufzählen würde, die zu ihr kommen …«

»Das fände ich großartig, aber das dürfen Sie nicht«, schnitt ihm Loeiz das Wort ab. »Es gibt so etwas wie die ärztliche Schweigepflicht. Meine Mutter ist Journalistin, und sie könnte daraus einen Artikel basteln.«

In seinem Redefluss gestoppt, musste Jean-Joel blinzeln.

»Ach so. Das wusste ich nicht …«

Er fand seine Fassung wieder.

»Morgane hat uns verboten, Sie nach Ihrem Vater zu fragen. Das scheint ein heißes Thema zu sein …«

Loeiz erstarrte. Auf dem Bildschirm hinter seinem zukünftigen Schwiegervater pries ein Werbespot die Vorteile eines Mineralgetränks. In bleierner Hitze stillten junge Leute am Rande eines Wasserfalls ihren Durst. Loeiz bekam einen trockenen Hals.

»Ich bin sicher, Sie verstehen, dass ich mich für Ihre Familie interessiere«, erklärte Jean-Joel mit süffisantem Grinsen. »Solange es nur um Sie beide ging, wollte ich mich nicht in Ihre kleine Affäre einmischen. Aber jetzt, wo ein Baby im Anmarsch ist … ich meine, wenn Sie es behalten wollen. Wir haben Morgane zur Abtreibung geraten.«

Loeiz bebte.

»Was?«

»Denken Sie doch einmal nach, junger Mann. Sie können dann nicht mehr zurück. Sie werden Dienste, Prüfungen und Weiterbildungen haben. Wollen Sie sich für die nächsten fünfzehn Jahre so belasten? Das ist wirklich ein Problem, und Sie können es lösen und noch einmal ganz unbeschwert anfangen.«

»Es … lösen?«, fragte Loiez gepresst. »Es handelt sich doch nicht um einen Unfall! Wir haben nicht damit gerechnet, aber wir werden dieses Kind lieben. Und nennen Sie mich nicht ›junger Mann‹, wir sind beinahe Kollegen.«

Angesichts seiner offensichtlichen Ruhe geriet sein Gegenüber außer Rand und Band.

»In meiner Familie zäumt man das Pferd nicht von hinten auf. Man studiert, dann heiratet man, und erst danach reproduziert man sich!«

»Welch romantische Wortwahl«, scherzte Loeiz bissig. »Ein Kind machen ist doch etwas anderes als sich reproduzieren!«

»Blödsinn!«, erwiderte Jean-Joel.

Gwénola wohnte diesem Wortgefecht bei, ohne sich einzumischen, aber sie bewunderte die Art und Weise, wie ihr Sohn sich dabei schlug.

»Wie ich bereits sagte: Ich habe die Ehre, Sie um die Hand Ihrer Tochter Morgane zu bitten«, wiederholte Loeiz.

»Das kommt überhaupt nicht in Frage! Morgane wird abtreiben, ihr Studium in Paris fortsetzen, einen anständigen Mann aus einer angesehenen Ärztefamilie kennen lernen ...«

Jetzt konnte Gwénola es nicht mehr aushalten. All die dummen Sprüche, die dieser Vollidiot von sich gab, mussten Charles und seine Mutter damals so laut gedacht haben, dass sie sie auf ihrer drei Meilen vor Lorient im Meer liegenden Insel zu hören geglaubt hatte. Annick hingegen war Gwénola verständnisvoll begegnet, als sie ihr ihre Schwangerschaft gestanden hatte. »Wenn du glücklich bist, bin ich es auch«, hatte sie gesagt und ihre Tochter in die Arme geschlossen. »Es wäre mir lieber gewesen, du hättest einen Mann, der dich beschützt, aber ich werde dir helfen. Du kannst auf mich zählen!«

»Was heißt es für Sie, Vater zu sein?«, fragte sie nun unvermittelt. »Was haben Sie davon?«

Die Frage erschütterte den Dermatologen nicht.

»Es ist ein Geben und Nehmen. Man kümmert sich um die Kinder, wenn sie klein sind, sie kümmern sich um einen, wenn man alt ist. Es ist eine langfristige Investition mit Kapitalbildung. Die Familie ist ein Anreiz und treibt einen zu beruflichen Höchstleistungen. Und außerdem müssen die Frauen Kinder bekommen, um sich ausgeglichen zu fühlen.«

Gwénola konnte ein Lachen nicht unterdrücken.

»Das Schlimmste ist, dass Sie das tatsächlich ernst meinen. Mehr bedeutet es also nicht für Sie? Sie haben die wichtigsten Dinge nicht genannt: Liebe, Zärtlichkeit, Hoffnung ...«

»Du vergeudest deine Zeit, Mama«, sagte Loeiz.

Rot vor Zorn, drehte sich Jean-Joel zu ihm um.

»Und Sie stehlen mir meine Zeit! Ich verbiete Ihnen, meine Tochter zu heiraten, selbst wenn Sie ihr ein Kind gemacht haben. Empfängnisverhütung kennt man wohl in der Bretagne noch nicht, oder? Sie tragen den Namen Ihrer Mutter, ist es nicht so? Das scheint also in der Familie zu liegen!«

Diese Beleidigung kam für Gwénola einer Ohrfeige gleich. Sie richtete sich auf.

»Jetzt ist es genug!«, rief sie. »Mir tut Morgane leid!«

Um die Fassung nicht zu verlieren, wollte Constance die Cocktails einschenken, schreckte aber hoch und stieß an ein Glas. Die orangefarbene Flüssigkeit ergoss sich über den Marmortisch und tropfte schließlich auf den weißen Teppichboden.

»Ich bitte um Entschuldigung!«, kreischte sie und wischte frenetisch mit Papierservietten auf dem Tisch herum.

»Das sollten Sie auch«, bekräftigte Loeiz. »Um Entschuldigung dafür bitten, dass Sie uns auf diese Weise empfangen, dass Sie uns kein Vertrauen und keine Zuneigung entgegenbringen.«

Der Dermatologe sah Loeiz voller Verachtung an.

»Ich habe Sie sofort richtig eingeschätzt. Sie sind nichts weiter als ein kleiner bretonischer Schwachkopf und obendrein ein Bastard …«

Plötzlich sprang eine Tür auf, und Morgane stürzte schön und wutentbrannt herein.

»Es tut mir sehr leid, aber wir gehen jetzt.«

Jean-Joel baute sich vor ihnen auf.

»Ich verbiete es dir! Wenn du jetzt die Schwelle dieser Tür überschreitest …«

Loeiz fasste Morgane am Arm.

»Wenn sie diese Schwelle überschreitet, Monsieur, werden Sie einen sehr kostbaren Menschen verloren haben. Und zwar ganz allein durch Ihre eigene Schuld. Mama hat sich geirrt. Nicht Morgane braucht ihr leid zu tun, sondern Sie. Wir wollten, dass alles gut wird, Sie haben alles verdorben.«

»Hör auf deinen Vater, mein Liebling!«, flehte Constance und machte einen Schritt auf sie zu. »Du musst doch sehen, dass dieser Junge nichts für dich ist.«

Morgane sah sie traurig an.

»Weil er nicht reich ist? Hast du vergessen, dass dein Vater Fleischer in Belleville war, Mama? Und dass der Vater von Papa Briefträger in einem kleinen abgelegenen Dorf im Finistère war?«

»Wir wollen nur dein Glück, mein Liebling ... Du weißt doch nicht einmal, wer sein Vater ist!«

Auf dem Bildschirm hinter dem Dermatologen wich ein Sonnenblumenfeld einem prachtvollen Schloss mit kleinen Türmchen. Dann erschien das Porträt eines eleganten und gutaussehenden Mannes, der Loeiz unglaublich ähnlich sah.

»Da sehen Sie seinen Vater!«, sagte Gwénola erschöpft. »Charles de Bergeac, Abgeordneter, Bürgermeister, Adliger und Absolvent der ENA.«

Der Blick von Jean-Joel hellte sich auf. Constance hielt in ihrer Wischtätigkeit inne und sah beschämt und erleichtert zugleich auf.

»Freuen Sie sich nicht zu früh«, empfahl Loeiz ihnen. »Er ist im Fernsehen, weil ein Verfahren gegen ihn eingeleitet wird. Es ist besser für Sie, dass ich den Namen meiner Mutter trage; zumindest ist sie nicht vorbestraft.«

Constance warf ihrem Mann einen verzweifelten Blick zu, der niedergeschmettert mit dem Kopf wackelte wie die Hunde, die manchmal auf der Ablage vor dem Rückfenster der Autos zu sehen sind.

»Kenavo«, beendete Morgane die Unterredung und ging in Richtung Tür. Loeiz nahm ihr die Tasche ab und trat zur Seite, um seine Mutter vorbeizulassen.

»Du kannst nicht so fortgehen, Morgane!«, rief Constance, den neuen Vornamen ihres Mannes vergessend. »Yann, lass sie doch nicht gehen! Ich bitte Sie, Madame …«

In ihrer Verwirrung bat sie jetzt sogar Gwénola um Hilfe.

»Wir haben keine gute Gesprächsgrundlage gefunden. Für heute sollten wir es dabei belassen«, sagte Gwénola. »Denken Sie noch einmal nach. Das Baby kommt ja nicht gleich morgen zur Welt. Es bleibt Ihnen noch Zeit, Ihre Meinung zu ändern. Es tut mir leid um Ihren Teppichboden.«

Die Tür fiel hinter ihnen ins Schloss.

Unten auf der Straße schauten sie sich betreten an.

»Sie sind borniert, intolerant und dumm«, seufzte Morgane auf. »Und ich hielt sie für offen und liebevoll!«

»Sie haben Angst«, stellte Gwénola fest.

»Das werde ich Ihnen niemals verzeihen!«, widersprach Morgane.

»Wir brauchen sie nicht«, fügte Loeiz hinzu. »Hast du gehört, wie sie mit dir gesprochen haben, Mama?«

Es gelang Gwénola, ihn anzulächeln.

»Nach dem ganzen Theater haben wir immer noch nicht zu Mittag gegessen … Habt ihr keinen Hunger?«

»Lasst uns doch ins ›Kleeblatt‹ gehen«, schlug Loeiz vor. »Wir könnten es Morgane zeigen.«

Gwénola schüttelte den Kopf.

»Überallhin, aber nicht dorthin.«

»Ich kenne ein gutes indisches Restaurant um die Ecke, wie wäre es damit?«, schlug Morgane vor.

Zehn Minuten später saßen sie vor einem Tandoori-Hühnchen, einem Tikka-Lamm und einem Madras-Hühnchen. Gwénola hob ihr Glas mit Rosenlimonade.

»Auf euch und auf euer Baby!«, sagte sie.

Mit strahlenden Augen folgte das junge Paar ihrem Beispiel.

Zwei Stunden später entwerteten sie ihre Fahrkarten an der Gare Montparnasse und bestiegen den TGV nach Rennes. Gwénola und Morgane setzten sich auf ihre Plätze, während Loeiz die Bar aufsuchen wollte, um eine Flasche Wasser zu kaufen. Auf dem Weg dorthin fiel sein Blick auf eine Familie, bei der Großvater, Vater und ein kleiner Junge einander ähnelten, als wären sie geklont. Eine alte Frau mit bläulichen Haaren las eine Zeitung aus dem Südwesten, die mit Charles und Axelle de Bergeac hart ins Gericht ging. Loeiz hielt inne, machte kehrt und tauchte mit leeren Händen wieder in seinem Wagen auf.

»Ist die Bar noch geschlossen?«, fragte Morgane.

Loeiz schüttelte den Kopf.

»Was ist mit dir los?«, sorgte sich Gwénola.

Morgane musterte ihn und erriet es.

»Du willst ihn treffen, nicht wahr?«

»Ich muss allein zu ihm gehen«, murmelte er. »Sei mir nicht böse …«

»Geh schon!«, flüsterte sie. »Nimm den nächsten Zug.«

Regungslos sah Gwénola ihn mit aufgerissenen Augen an.

»Ich habe keine andere Wahl, Mama«, sagte Loeiz. »Er ist ein Flegel, aber das Wasser steht ihm bis zum Hals.«

»Lass mich wenigstens Axelle anrufen und fragen, wo er jetzt ist …«

Loeiz schüttelte selbstbewusst den Kopf.

»Die Metzger sind in ihrer Metzgerei, die Postbeamten auf der Post … und die Abgeordneten sind in der Nationalversammlung!«

Er drängte sich an dem Strom der Ankömmlinge vorbei aus dem Waggon und sprang auf den Bahnsteig. Eine seelenlose Stimme kündigte die Abfahrt des Zuges an. Ein paar Minuten später setzte sich der Zug in Bewegung und verließ den Bahnhof. Die beiden Frauen beugten sich aus dem Fenster und sahen der kleiner werdenden Gestalt von Loeiz nach, bis sie in der Ferne verschwunden war.

Loeiz stieg an der Haltestelle Assemblée Nationale aus und ging mit entschlossenem Schritt zum öffentlichen Eingang des Hauses Nummer 33 am Quai d'Orsay. Der Eingang wurde von jemandem bewacht, der wie ein Polizist aussah, aber ein Vater vor ihm beugte sich zu seinem Sohn und flüsterte ihm zu: »Siehst du, das ist ein republikanischer Wachposten, denn er trägt keinen Helm, sondern eine Käppi.«

»Guten Tag«, begrüßte Loeiz den Wachposten, »ich möchte meinen Vater besuchen, Charles de Bergeac. Er ist Abgeordneter …«

Er errötete heftig, aber sein Gegenüber schien es nicht zu bemerken.

»Gehen Sie um das Gebäude herum, dann kommen Sie in der Rue de l'Université 126 in die Empfangshalle.«

Loeiz machte sich auf den Weg, bog nach links um das Regierungsgebäude herum, dann in die Rue Aristide-Briand und kam schließlich auf die an diesem frühen Nachmittag leere Place du Palais Bourbon. Mitten auf dem Platz stand die Statue des Gesetzes und schaute in Richtung Rue de Bourgogne. Eine schlanke dunkelhaarige Serviererin in weißer Schürze räumte die Tische der Brasserie Le Bourbon ab. Loeiz brauchte eine Stärkung und trat näher.

»Könnte ich einfach nur ein Glas Wein bekommen?«

Sie reichte ihm die Karte. Eine riesige Auswahl von überbackenen Toasts bot sich ihm dar. Die Namen der aufgeführten Edelweine kannte Loeiz nicht, so wählte er einen, dessen Namen ihm auf Anhieb gefiel:

»Einen Pessac-Léognan bitte.«

Stehend kostete er den Wein aus dem bauchigen Glas, die Augen fest auf das Gebäude gerichtet, in dem sein Vater arbeitete. Sein Vater, der ihm sein ganzes Leben lang gefehlt hatte. In etwas gelösterer Stimmung überquerte er anschließend die Straße in Richtung der französischen Flagge und der Uhr über dem Portal, das dem Triumphbogen nachempfunden war. Majestätisch und klar beherrschten das Hôtel de Lassay und der Palais Bourbon, diese beiden Anfang des achtzehnten Jahrhunderts für die Herzogin von Bourbon und ihren Geliebten, den Marquis de Lassay erbauten Paläste, das Viertel.

Als er das Haus Nummer 126 in der Rue de l'Université erreicht hatte, ging er durch eine Kontrollschranke und wiederholte dann am Empfang sein Anliegen.

»Guten Tag. Ich bin der Sohn des Abgeordneten Charles de Bergeac. Ich möchte meinen Vater sprechen …«

Obwohl er diese Worte erst zum zweiten Mal in seinem Leben aussprach, kamen sie ihm flüssig über die Lippen. Der Satz »Ich möchte meinen Vater besuchen« konnte also durchaus ganz normal klingen.

»Ich werde ihm Bescheid geben«, sagte der Mann vom Sicherheitsdienst. »Können Sie sich ausweisen?«

Loeiz kam dieser Bitte nach. Der Mann ging eine Liste durch, nahm das Telefon zur Hand und wählte eine Nummer.

»Hallo? Der Sohn von Monsieur de Bergeac ist hier am Empfang. Ja, sein Sohn.« Er sah auf den Ausweis und runzelte flüchtig die Stirn, als er dort einen anderen Familiennamen entdeckte. »Loeiz Tonnerre … können Sie das klären?«

Minutenlang geschah nichts. Loeiz kam ins Zweifeln. Es war dumm gewesen herzukommen. Der feige Abgeordnete würde wahrscheinlich antworten, dass er keinen Sohn hätte. Vielleicht war er sogar schon im Gefängnis. Der Sicherheitsbeamte sah ihn seltsam an. Loeiz wich ein paar Schritte in Richtung Ausgang zurück.

»Egal«, stotterte er, »ich komme noch einmal wieder.«

»Warten Sie, ich habe mit seinem Sekretär gesprochen. Ihr Vater ist beim Friseur. Man wird ihn verständigen.«

Loeiz glaubte, sich verhört zu haben. Beim Friseur in der Nationalversammlung?

»Das hier ist eine richtige Stadt in einer Stadt. Die Parlamentarier haben eine Sporthalle, eine Post, eine Arztpraxis, einen Friseur, ein Reisebüro, Restaurants, Parkplätze, ein Gästehaus – alles, was man braucht.«

Das Telefon klingelte. Der Mann am Empfang nahm das Gespräch an.

»Ja? Sehr gut.«

Das Herz von Loeiz schlug bis zum Halse. Wäre er einfach in seinem TGV geblieben, so wäre er mittlerweile fast in Rennes. Im Anatomiekurs letztes Jahr hatte er keine Angst empfunden, als er zum ersten Mal einen menschlichen Körper hatte aufschneiden müssen. Es war schlimm gewesen, aber es musste eben sein. Jetzt hingegen hatte er weiche Knie.

»Sein Sekretär kommt gleich und holt Sie ab«, teilte ihm der Beamte lächelnd mit. »Ihren Ausweis erhalten Sie zurück, wenn Sie das Gebäude verlassen.«

Er reichte ihm einen Sicherheitsbadge, den Loeiz am Revers seiner Jacke befestigte.

Ein elegant gekleideter junger Mann in einem beigefarbenen Leinenanzug und englischen Schuhen kam herunter und lächelte ihm zu.

»Guten Tag, ich bin Simon«, sagte er. »Ihr Vater ist beim Friseur. Ich werde Sie dorthin begleiten. Wir müssen noch rasch beim Amtssitz des Präsidenten vorbei. Ich muss dort ein Schreiben abgeben.«

Loeiz folgte ihm. Sie gingen zwischen niedrigen Gebäuden entlang, bis sie zum Hôtel de Lassay kamen, wo sie die beeindruckende Treppe hinaufstiegen. In der Eingangshalle übergab Simon dem Türsteher einen Umschlag.

»Er ist wunderschön, nicht wahr?«, machte er Loeiz auf den prachtvollen Garten gegenüber dem Großen Salon aufmerksam. »Sie waren sicher schon einmal hier?«

Loeiz schüttelte den Kopf.

»Nein, ich bin zum ersten Mal hier.«

»Aha?«, wunderte sich Simon. »Es ist ein wunderbarer Ort. Ich arbeite erst seit kurzem mit Ihrem Vater zusammen, mein Vorgänger hatte gesundheitliche Probleme.«

Er ging ein paar Schritte nach links.

»Dort hinten befindet sich der von dem Maler Heim gestaltete Spielsalon. Daneben liegt der Salon der Jahreszeiten und rechts der Salon der Elemente. Wir gehen jetzt durch den Festsaal.«

Loeiz nickte, aber die Worte zogen an ihm vorüber, ohne ihn wirklich zu erreichen. Die wildesten Gedanken jagten ihm durch den Kopf, während ihre Schritte in jedem Raum unterschiedlich laut auf dem Marmorboden verhallten. In ein paar Sekunden würde er also den Mann von gestern Abend wiedersehen, der sein Vater war. Wie hatten noch einmal seine letzten an Gwénola gerichteten Worte gelautet? »Dir wäre es lieber gewesen, dass ich nicht komme … Da bin ich ganz deiner Meinung, aber nun bin ich leider da.«

»Das hier ist die Galerie der Wandteppiche, aber es gibt gar keine Wandteppiche mehr, sondern es sind alles Leinwände«, erklärte ihm Simon. »Wir sind jetzt gleich im Palais Bourbon.«

Sie kamen durch einen kleinen, fensterlosen, an den Wänden mit farbigen Rechtecken geschmückten Raum, dessen geringe Ausmaße nach den großen, mit klassischen Werken behängten Sälen verwunderten.

»Das ist der Rundbau von Pierre Alechinsky«, erläuterte Simon.

Loeiz hielt inne, um die Werke genauer zu betrachten. Über einem hing ein Satz des Dichters Jean Tardieu: »Die

Menschen suchen das Licht in einem vergänglichen Garten, in dem die Farben zitternd schimmern.«

»Sehen Sie das auch so?«, fragte Loeiz den fremden jungen Mann, der Tag für Tag mit seinem Vater zu tun hatte. »Glauben Sie auch, dass wir das Licht suchen?«

Die Frage überraschte Simon, und er überlegte.

»Manche werden im Licht geboren, während andere sich mühen, ein paar Bruchstücke aufzulesen«, sagte er schließlich.

Loeiz ließ es dabei bewenden. Der Dichter meinte etwas ganz anderes, und Simon sah in ihm offenbar den »Sohn von«, was angesichts der Situation beinahe grotesk war.

»Jetzt erreichen wir den großen Rundbau mit dem Zeitungsstand und dem Tabakladen ... auch sehr wichtig!«, schlüpfte Simon wieder in die Rolle des Reiseführers. »Dahinter liegt der Raum für die Pressekonferenzen und ein Warteraum. Möchten Sie noch mehr sehen?«

Loeiz schüttelte den Kopf, und Simon bestand nicht darauf.

»Von den beiden folgenden Salons ist traditionellerweise einer den Abgeordneten der Linken und einer den Abgeordneten der Rechten vorbehalten. Nun kommt der Sitzungssaal. Rechts befindet sich das so genannte ›Piano‹, dort hat jeder Abgeordnete ein persönliches Ablagefach. Das hier ist von Ihrem Vater!«

Um Simon eine Freude zu machen, warf Loeiz einen Blick darauf.

»Unten ist die Bar. Dort kann man Kleinigkeiten zu sich nehmen, aber es gibt auch richtige Restaurants. Und hier ... ist der Friseur. Wir sind da!«

Loeiz schluckte mühsam. Klassische Sessel, ein verschwiegener Ort, Abgeordnete mit zurückgelegten Köpfen in den Händen des Figaros – und unter ihnen sein Vater.

»Er ist noch nicht fertig«, sagte Simon. »Wir könnten unseren Rundgang gerade noch zu Ende führen.«

Loeiz willigte ein. Alles war besser, als hier stehen zu bleiben, und einen biologischen Vater anzustarren, der noch dazu gerade eingeseift war.

»Wir kommen jetzt in die Bibliothek, in der Bilder von Delacroix hängen und einige einzigartige Raritäten wie zum Beispiel die Originalakten des Prozesses gegen Jeanne d'Arc stehen.«

Hier herrschte eine ganz besondere Atmosphäre, geprägt durch die Regale aus heller holländischer Eiche, die halbrunden Glasfenster, durch die das Licht gedämpft hereinfiel, die Tische mit den grünen Lampen, dem Geruch nach Holz und Leder, Papier und Pergament. Ein himmelweiter Unterschied zu der Bibliothek der Universität in Rennes, wo Loeiz und Morgane oft noch spät am Abend arbeiteten.

»Und hier haben wir unsere Post, eine der größten in ganz Frankreich, hinsichtlich der Menge der Sendungen, die von hier verschickt werden«, kam Simon stolz zum Schluss. »Ihr Vater müsste jetzt fertig sein.«

Als Loeiz den Friseursalon betrat, erhob sich Charles de Bergeac von seinem Sessel. Frisch rasiert, den Nacken geschoren, konnte er nun ins Gefängnis wandern – mit Galgenhumor hatte er sich entschlossen, seine letzten Minuten in Freiheit beim Friseur zu verbringen. Ausdrücke wie »vorläufige Festnahme«, »gerichtliche Untersuchung«, »unter Polizeiaufsicht« schossen ihm durch den Kopf. Er hatte mit Maurice und mit seinem Anwalt Maître La Futaie telefoniert, um ihnen mitzuteilen, dass er mit dem Abendzug nach Hause kommen würde. Sein Anwalt hatte bereits anklingen lassen, dass der Fall zunehmend kompliziert würde und Axelle in ihn verwickelt sei.

»Ich lasse Sie jetzt allein«, sagte Simon.

Die Ähnlichkeit zwischen Loeiz und seinem Vater hatte den jungen Mann verblüfft. Seltsamerweise hatte der Abgeordnete diesen Sohn noch nie erwähnt, aber sein Chef war auch sonst äußerst verschwiegen, manchmal sogar geheimniskrämerisch. Während Simon sich zurückzog, dachte er voller Neid an Loeiz, der auf der richtigen Seite geboren worden war.

Charles sah Loeiz eindringlich an.

»Sie haben noch Schaum auf der linken Backe …«, murmelte Loeiz.

Charles wischte ihn mechanisch ab und streckte die Hand aus. Loeiz rührte sich nicht.

»Ich bin gekommen, weil Sie Ärger haben«, sagte er mit einer Stimme, die entschlossen klingen sollte. (Verdammt, warum gelang es ihm nicht, sich angemessen auszudrücken? Er würde sich doch durch diesen Feigling nicht einschüchtern lassen! Es war diese verflixte Ähnlichkeit, die ihn um seine Fassung brachte).

Charles verkrampfte sich und ließ seine Hand wieder sinken.

»Draußen können wir besser miteinander reden«, sagte er trocken.

Schweigend durchquerten sie mehrere der prachtvollen Salons, die Simon Loeiz gezeigt hatte. In jedem Raum hob ein Türsteher den Kopf und überprüfte, ob Loeiz einen Sicherheitsbadge trug. Charles grüßte jedes Mal und auch Loeiz murmelte ein kaum hörbares »Guten Tag«. Draußen an der frischen Luft kam Charles ohne Umschweife zur Sache:

»Ich wusste es nicht«, sagte er. »Ich habe es erst gestern Abend erfahren.«

»Dass womöglich eine Untersuchung gegen Sie angestrengt wird? Sie müssen doch irgendetwas Illegales getan haben, oder?«

Wie vor den Kopf geschlagen, beugte sich Charles vor: »Davon spreche ich nicht! Ich wollte dir erklären, was es mit uns …«

Ohne ihn zu fragen, duzte er ihn. Loeiz war diese Anrede unangenehm.

»Uns? Ein ›uns‹ gibt es nicht, Monsieur de Bergeac!« (Der Adelstitel war ihm peinlich; es kam ihm beinahe so vor, als würde er einen klassischen Text rezitieren.)

Charles runzelte die Stirn.

»Genau das wollte ich dir sagen. Ich habe es erst gestern Abend im ›Kleeblatt‹ erfahren. Niemand hat mir irgendetwas gesagt.«

Loeiz reagierte gereizt, denn er nahm an, sein Gesprächspartner wollte sich herausreden.

»Ich verstehe nicht, was Sie sagen wollen.«

»Findest du, dass ich wirres Zeug rede?«, ereiferte sich jetzt Charles seinerseits. »Versetz dich doch einmal an meine Stelle! Wie alt bist du? Fast zwanzig Jahre? Du weißt seit zwanzig Jahren, dass du einen Vater hast. Schließlich bringt nicht der Storch die Babys auf die Welt. Aber ich, ich wusste nicht, dass ich einen Sohn habe …«

Der Präsident der Nationalversammlung überquerte den Hof des Hôtel de Lassey und kam mit eiligem Schritt auf sie zu. Als er Charles erkannte, blieb er stehen.

»Guten Abend, Bergeac! Sagen Sie nichts … das ist natürlich Ihr Sohn?«

Er reichte Loeiz die Hand, und dieser schüttelte sie schweigend. Der Präsident sah Charles an und wartete darauf, dass er sie einander vorstellte, wie es sich gehörte. Aber Charles stellte entsetzt fest, dass er den Vornamen des jungen Mannes vergessen hatte.

»Mein Sohn«, sagte er lediglich und kostete die beiden Silben aus, so gut er es vermochte.

»Ich hatte einen Sohn. Ich habe einen Sohn. Gestatten Sie mir, Ihnen meinen Sohn vorzustellen. Blut von meinem Blut, mein Kind, geboren vor zwanzig Jahren.«

»Gut, sehr gut, einen schönen Tag Ihnen beiden!«

Damit setzte der Präsident seinen Weg fort und nahm an, dass der Ärger mit der Justiz das seltsame Verhalten von Bergeac erklärte.

»Ich heiße Loeiz«, sagte der junge Mann. »Und der Nachname lautet natürlich Tonnerre. Meine Mutter heißt Gwénola, aber das wissen Sie ja sicher, oder?«

Wütend funkelte Charles ihn an.

»Ich wusste, dass sie Gwénola hieß und dass ich sie liebte. Aber ich wusste nicht, dass sie deine Mutter ist! Und auch nicht, dass es dich gibt!«

Loeiz lächelte verächtlich.

»Entweder bin ich Ihnen gleichgültig oder Sie halten mich für einen Idioten. Wenn man einer Frau Geld für eine Abtreibung anbietet, dann weiß man doch wohl, dass sie schwanger ist ...«

Außer sich vor Wut packte Charles Loeiz am Revers seiner Jacke.

»Ich habe niemals irgendetwas angeboten, verflucht noch mal! Wie oft soll ich das noch wiederholen? Meine Frau glaubte auch, ich hätte von allem gewusst. Aber ich wusste überhaupt gar nichts!«

Loeiz riss sich los und wich zurück.

»Mama hat mir immer wieder gesagt ...«

»Sie hat sich getäuscht!«

»Sie haben Sie sitzengelassen ...«

»Ganz im Gegenteil!«, schrie Charles. »Sie ist verschwunden, einfach so, von einem Tag auf den anderen. Ich habe es nicht verstanden, habe auf sie gewartet ...«

Sie waren beide so laut geworden, dass einer der republikanischen Wachposten auf sie zukam.

»Nur eine kleine Diskussion mit meinem Sohn«, erklärte Charles. »Wir gehen besser in mein Büro. Komm mit!«

Sie gingen zum Empfang zurück, wo der vollkommen verwirrte Loeiz seinen Badge wieder gegen seinen Ausweis eintauschte.

»Wir brauchen nur die Straße zu überqueren …«

Charles wies auf ein siebenstöckiges Gebäude auf der anderen Straßenseite, das über einen unterirdischen Durchgang mit dem Palais Bourbon verbunden war. Es stand in der Rue de L'Université 101 und war im Jahre 1974 erbaut worden. Mittlerweile war im Jahre 1986 ein weiteres Gebäude am Boulevard Saint Germain gekauft worden, um auch nach der Wahlreform jedem Abgeordneten ein eigenes Büro zur Verfügung stellen zu können. Denn durch diese Reform war die Zahl der Abgeordneten von 491 auf 576 gestiegen. Der Palais Bourbon einschließlich der dazugehörigen Gebäude umfasste eine Fläche von insgesamt 55 000 Quadratmetern, auf denen zweitausend Büros untergebracht waren, in denen dreitausend Personen ihrer Arbeit nachgingen.

»Es ist verrückt«, seufzte Charles, während sie die Straße überquerten. »Wie konnte sie nur einen Augenblick lang glauben … Und ich genauso; warum habe ich nicht …«

Aufgewühlt, wie er war, konnte er keinen klaren Gedanken fassen. Sie betraten das Gebäude mit der Hausnummer 101, wo sie erneut eine Sicherheitsschranke passieren mussten und Loeiz seinen Ausweis gegen einen anderen Badge eintauschte. Wie die meisten seiner Kollegen trug Charles seinen eigenen Badge nicht und verließ sich darauf, dass die Sicherheitsbeamten ihn erkannten. Nach jeder Wahl mussten diese die Gesichter der Abgeordneten neu auswendig lernen, weil es die zum ersten Mal Gewählten beleidigt hätte, wenn man sie nicht erkannte. Bei Neubesetzungen in den Ministerien stellte sich das gleiche Problem, und auch wenn Stellvertreter berufen wurden, musste man diesem *Stühlerücken* Rechnung tragen.

»Mein Büro befindet sich in der fünften Etage«, sagte Charles und schob Loeiz in den Aufzug.

Ächzend wurde die Kabine nach oben gezogen. In dem Gebäude waren dreihundert Abgeordnete in dreihundert identischen Arbeitszimmern von ungefähr fünfzehn Quadratmetern untergebracht, die über einen kleinen Waschraum samt Toilette verfügten. Die Ausstattung konnte man durchaus als sparsam bezeichnen: Es gab einen Tisch, einen Fernseher, einen Computer, ein Faxgerät und ein Telefon. An den Wänden standen Regalschränke mit verschließbaren Rollläden, so dass hier Akten und Bücher aufbewahrt werden konnten. Manchmal war in den Regalschränken auch ein Klappbett untergebracht, aber das Zimmer war so schmal, dass man die Möbel verrücken musste, um dieses überhaupt herunterlassen zu können. Im Flur stand ein Kaffeeautomat, und dort gab es auch Duschen. Nicht selten begegnete man hier morgens einem Abgeordneten im Bademantel, das Handtuch über dem Arm, der gerade seine Morgentoilette in Angriff nahm. Es gab sechs Etagen nur mit Arbeitszimmern, im Stockwerk darüber lagen Bar und Restaurant, im Untergeschoss befanden sich Konferenzräume.

»Hier sind wir ungestört«, sagte Charles und schloss die Tür zu seinem Arbeitszimmer auf.

Der Raum wirkte streng und neutral eingerichtet, denn seine persönlichen Dinge befanden sich in dem Studio am Champ-de-Mars. Er setzte sich an seinen Arbeitstisch, bedeutete Loeiz, auf einem Stuhl mit Armlehnen Platz zu nehmen, und beugte sich zu ihm vor.

»Ich wusste es nicht«, sagte Charles und betonte jede einzelne Silbe. »Bis gestern Abend wusste ich nichts. Ich habe niemals etwas gewusst. Niemand hat mir jemals irgendetwas gesagt. Ich schwöre es dir. Zwanzig Jahre habe ich von dir nichts mitbekommen.«

»Neunzehn«, verbesserte Loeiz mechanisch.

»Das liegt aber nicht an mir, glaub mir.«

Er sah ihm tief in die Augen und kam dann plötzlich zu der Erkenntnis:

»Du musst jetzt meinen Namen tragen!«

Loeiz wurde blass, daran hatte er noch nie gedacht.

»Wie bitte?«

»Ein Vater gibt seinen Namen an den Sohn weiter.«

Loeiz steckte diesen Schlag schweigend ein. Er fühlte sich als Loeiz Tonnerre, nicht als Loeiz de Bergeac. Morgane würde Morgane Tonnerre heißen. Ihr Baby würde … Ihm wurde schwindlig, und er umfasste mit aller Kraft die Lehnen seines Stuhls.

»Das geht mir zu schnell«, murmelte er. »Noch dazu habe ich gestern erst erfahren, dass ich selbst Vater werde.«

»Was erzählst du da?«

»Ich bin nach Paris gekommen, um es Mama zu sagen. Meine Freundin ist schwanger.«

Betrüger, Schwindler und nun auch noch Großvater. Charles holte tief Luft und brachte ein Lächeln zustande.

»Meinen Glückwunsch! Ich kann dir hinsichtlich der Vaterschaft keinen Rat geben, das ist mir selbst ja ganz neu … Aber ich kann dir eines sagen: Ich bin furchtbar stolz darauf, einen Sohn zu haben!«

»Sie kennen mich doch gar nicht«, gab Loeiz zu bedenken.

»Das macht nichts.«

»Sie wissen nicht, wer ich bin, was ich mache und wo ich lebe.«

»Du wirst mir alles erklären. Wir müssen all die Jahre aufarbeiten … Ich höre dir zu!«

Loeiz schüttelte den Kopf. So einfach war das alles nicht.

»Gwénola hat mich allein großgezogen. Das war sehr hart für sie, und ich liebe sie umso mehr dafür. Sie war mir beides, Vater und Mutter, und sie hat niemals schlecht über Sie gesprochen. Sie waren nur einfach nicht da. Manche Leute sind blind oder sitzen im Rollstuhl. Sie haben eine Behinderung, mit der sie leben müssen. Für Gwénola waren Sie diese Behinderung, diese Verletzung, dieser Makel. Sie waren einfach nicht da für mich.«

Charles seufzte.

»Du hast mich nie gesucht, aber ich habe auf dich gewartet. Seit Jahren wünsche ich mir, einen Sohn zu haben. Meine Frau und ich haben alles versucht, aber es war vergebens. Du hast Axelle gestern gesehen. Sie ist eine wunderbare Ehefrau, eine treue Freundin, aber ich habe sie nie so geliebt, wie ich deine Mutter geliebt habe. Hast du geglaubt, dass ich euch beide verlassen habe? Ich war ganz sicher, dass Gwénola mich fallengelassen hatte wie ein gebrauchtes Papiertaschentuch. Das Schicksal gibt uns nun eine zweite Chance, Loeiz. Lass sie uns nutzen. Ich will dich lieben, dir helfen und dich kennen lernen. Erzähl mir von dir!«

Loeiz lockerte seinen Griff um die Lehnen und legte seine Hände flach auf die Knie.

»Ich wurde im Dezember 1985 auf der Insel Groix geboren, wo ich meine gesamte Kindheit verbracht habe. Ich komme jetzt in das zweite Jahr meines Medizinstudiums an der Universität von Rennes. Meine zukünftige Frau heißt Morgane, ihre Eltern sind vollkommene Idioten, aber sie ist wundervoll. Ich will Chirurg werden und sie Kinderärztin. Wir werden bald heiraten. Unser Kind wird im März zur Welt kommen.«

Charles nickte und saugte all diese Fakten auf wie ein für ihn unerlässliches Wissen.

»Ich wurde auf dem Schloss meiner Familie geboren. Meine Eltern sind tot, ich bin der einzige Sohn. Ich habe die Hochschule für Wirtschaft in Paris besucht und zehn Jahre lang als Funktionär gearbeitet. Meine Frau habe ich während dieser Zeit so gut wie nie gesehen, die Arbeit erdrückte mich. Dann habe ich begriffen, dass mein Leben mir entgleitet und ich Axelle verlieren würde so wie ich Gwénola verloren hatte. So habe ich alles aufgegeben und bin Bürgermeister und Abgeordneter geworden. Jetzt widme ich mich meinem Wahlkreis und meinen Angestellten.«

Loeiz hörte ihm aufmerksam zu. Er zog es vor, der Sohn dieses Typen zu sein als der von Yann Gwenadu.

»Wir werden uns jetzt nicht in die Arme fallen«, stellte Loeiz mit der ihm eigenen Offenheit fest. »Sie sind mein Vater, nun gut. Aber was tun wir jetzt?«

»Du könntest mich doch jetzt eigentlich duzen.«

»Du bist mein Vater, nun gut. Und jetzt?«

Aufgewühlt senkte Charles den Kopf.

»Ich muss mit … deiner Mutter reden«, sagte er. »Nicht am Telefon, sondern unmittelbar, von Angesicht zu Angesicht. Anschließend werde ich mir Jenny greifen und so lange schütteln, bis sie mir eine Erklärung liefert.«

»Die Vierte von dem Kleeblatt?«, wunderte sich Loeiz.

»Ich verstehe nicht, warum sie uns so sehr angelogen und manipuliert hat, dass unser ganzes Leben dadurch verkorkst wurde.«

»Sie meinen … du meinst, dass sie das alles absichtlich getan hat?«, rief Loeiz verdutzt aus.

»Offenbar!«

Charles schlug mit der Faust auf den Tisch.

»Diese Rechnung werden wir später begleichen. In welchem Hotel wohnt Gwénola?«

Loeiz sah auf seine Armbanduhr.

»Der Zug hat bereits in Rennes gehalten, und Morgane ist dort ausgestiegen. Mama fährt weiter bis nach Lorient, wo sie die Fähre nach Groix nimmt.«

»Wie lange brauchen wir mit dem Auto dorthin?«

»Fünf Stunden, wenn wir uns am Steuer abwechseln.«

»Hast du einen Führerschein?«, staunte Charles.

Loeiz lachte amüsiert.

»Nun, ich habe keine Milchzähne mehr, ich kann Fahrrad ohne Stützräder fahren, ich bin volljährig, ich habe bei den letzten Wahlen meinen Stimmzettel abgegeben, allerdings nicht für deine Partei, und ich habe meinen Führerschein vor einem Jahr gemacht. Was für ein Auto fährst du?«

Charles schaute mit einem Mal wie ein kleiner, ertappter Junge drein.

»Einen alten Alfa Romeo Spider«, gestand er. »Mein ganzes Einkommen geht für den Erhalt und die Renovierung des Schlosses drauf, aber ich konnte der Versuchung nicht widerstehen. Das gute Stück rostete in einer Garage vor sich hin, und da habe ich es erstanden und selbst wieder flottgemacht. Als Abgeordneter der französischen Republik bin ich verpflichtet, einen französischen Wagen zu fahren. Meine Frau hat deshalb einen Citroën mit Vorderradantrieb, aber der Alfa war einfach zu schön.«

»Welche Farbe hat er?«, wollte Loeiz wissen.

Charles errötete.

»Natürlich rot!«

»Läßt du mich fahren?«

Charles, der nicht einmal Axelle seinen Wagen lieh, zögerte nicht eine Sekunde.

»Aber natürlich, du bist doch mein Sohn!«

»Die letzte Fähre nach Groix läuft um sechs Uhr aus. Wir werden sie mit Sicherheit verpassen«, gab Loeiz zu bedenken.

»Wir versuchen es trotzdem! Wenn wir zu spät kommen, schlafen wir in einem Hotel und kommen dann zum Frühstück auf der Insel an, in Ordnung?«

Loeiz nickte. Das Wort Frühstück erinnerte ihn an den Artikel in der Zeitung *La Dépêche du Midi*.

»Und was ist mit deinen Problemen mit der Justiz?«, erinnerte er Charles.

Der Gesichtsausdruck seines Vaters veränderte sich schlagartig.

»Das ist alles so unglaublich, ich hatte ganz vergessen …«

Er dachte nach. Er war Loeiz spät genug begegnet, auf keinen Fall wollte er ihn noch einmal verlieren. Außerdem musste er Gwénola einfach sehen – und zwar nicht durch das Gitter eines Besuchsraums im Gefängnis, auch wenn es vielleicht die VIP-Ecke dieses Raums war.

»Wir scheren uns nicht darum«, beschloss er. »Lass mir einen Augenblick Zeit, damit ich meiner Frau Bescheid sagen kann.«

Loeiz wollte hinausgehen, aber Charles hielt ihn zurück.

»Bleib ruhig hier, ich will keine Geheimnisse vor dir haben … Hallo? Axelle? Ich bin mit Loeiz in meinem Büro. Ich muss mit seiner Mutter sprechen. Ich fahre nach Groix. Maurice sollte mich eigentlich heute Abend vom Zug abholen. Sag ihm doch bitte, dass ich erst morgen komme, vorausgesetzt man nimmt mich nicht auf dem kurzen Weg von meinem Büro zum Parkplatz fest … Ich drücke dich, mein Liebling. Es tut mir leid.«

Er legte auf und sah Loeiz entschlossen an.

»Lass uns noch etwas Sinnvolles tun an diesem Tag«, sagte er.

Der Alfa Romeo flitzte auf der Autobahn A6 Richtung Rennes. Charles kam allmählich zur Ruhe, kein Häscher hatte seine Fühler nach ihm ausgestreckt. Loeiz saß mit angespanntem Blick am Steuer, er war gleichermaßen konzentriert und entzückt. In den letzten vierundzwanzig Stunden waren so viele merkwürdige Dinge geschehen. Mit einem Fahrschein zweiter Klasse war er als Bastard nach Paris gefahren, um die Eltern seiner schwangeren Freundin um deren Hand zu bitten. Aber sie hatten seinen Antrag nicht angenommen, und nun saß er am Steuer des Sportwagens von seinem Vater, einem adligen Abgeordneten, der allem Anschein nach glücklich war, ihn kennen gelernt zu haben.

»In Anbetracht des Alters beschleunigt der Wagen wie der Teufel«, bemerkte Loeiz voller Bewunderung.

Charles nickte.

»Du fährst gut.«

»Gwénola hat es mir beigebracht: Es gibt keine Ampeln auf der Insel, das erleichtert vieles, und jeder beachtet die Vorfahrt. Später habe ich dann in Lorient den Führerschein gemacht.«

»Du hängst sehr an der Bretagne, nicht wahr?«

»Sie ist meine Heimat. Du hängst sehr am Südwesten, oder?«

»In gewisser Weise ist es jetzt auch deine Heimat«, gab Charles zu bedenken. »Du bist mein einziger Sohn und wirst also das Schloss erben.«

In seiner Verwirrung nahm Loeiz den Fuß vom Gaspedal, und der Alfa Romeo verlor unter Protest an Geschwindigkeit.

»Du könntest wenigstens herunterschalten. Schließlich handelt es sich um eine alte Dame, da solltest du dich höflich und feinfühlig benehmen!«

Konfus kam Loeiz der Aufforderung nach und wechselte den Gang.

»Erspar mir bitte Einzelheiten zu diesem Erbe, das macht mir Angst!«, sagte Loeiz ärgerlich. »Wir lernen uns gerade erst kennen. Dein Name und dein Schloss bedeuten mir im Augenblick gar nichts, in Ordnung?«

Charles nickte. Er stammte aus einem Haus, in dem man den Vorfahren huldigte und den Kult der Vergangenheit pflegte. Es galt, ein moralisches und materielles Erbe weiterzugeben. Seit zwanzig Jahren beschäftigte ihn dieser Gedanke, aber so wie die Dinge jetzt lagen, konnte das noch warten.

27

Am Nachmittag dieses ersten Herbsttages war der Triumphbogen umringt von Touristen aus der ganzen Welt. Es waren alle Sprachen, Altersstufen, Kleidungsstile und Geldbeutel vertreten. Aber eines trugen sie alle: Photoapparate und Digitalkameras. Familienväter filmten ihre Sprösslinge, wie sie die Flachreliefs bewunderten, Verliebte machten Großaufnahmen, wie sie sich gerade umarmten, Junggesellen hielten, untermalt von den Kommentaren des Reiseführers, die großartige Architektur fest.

In ihrem knappen roten Prada-Kleid und den passenden Ballerinas hob sich Jenny ab von den T-Shirts, Bermudas, Turnschuhen und Birkenstock-Sandalen, die sogar den Beinen von Cyd Charisse nicht bekommen wären. Ihr Blick durchforstete die Menge, sie kniff die Augen zusammen, um Paul ausfindig zu machen.

Plötzlich zuckte sie zusammen. Der Unbekannte mit der Yul-Brunner-Glatze und den schmalen Lippen, der sie heute Morgen beim Frühstück im Hotel beobachtet hatte, durchbohrte sie förmlich mit seinen schwarzen Augen. Sie ging auf ihn zu. Er nickte.

»Du hast dich nicht verändert«, sagte er auf Französisch. »Oder sagen wir besser, die Ähnlichkeit ist frappierend.«

Sie ging nicht darauf ein, sondern sagte vielmehr:

»Ich habe dich heute Morgen nicht erkannt.«

Ein merkwürdiges Lächeln huschte über sein Gesicht.

»Ich habe im Gefängnis meine Haare verloren. Vermutlich war der Stress schuld daran. Totaler Haarausfall. Kein Friseurbesuch mehr notwendig. Manche Frauen finden das faszinierend. Du nicht?«

Jenny antwortete nicht. Es ging etwas Beunruhigendes von ihm aus, wie von jemandem, der nichts mehr zu verlieren hat. Seine Hände zitterten, in seinen hohlen Wangen bildeten sich Grübchen.

»Papa und Mama haben dir wohl gesagt, ich sei tot«, fuhr er sie unvermittelt an.

Sie nickte.

»Ihre Lüge hat ihnen kein Glück gebracht. Ich habe über das Internet von ihrem Tod erfahren, und ich sage dir, diese Neuigkeit hat mich außerordentlich gefreut! Ich habe in einem widerlichen finsteren Loch vor mich hin vegetiert, habe Papa um Hilfe angefleht, aber er hat keinen Finger für mich gerührt. Ihr habt mich alle fallen gelassen!«

»Ich wusste nicht …«, hub Jenny an. *»Who are you?«*

Plötzlich fasste er nach ihrem Handgelenk und umklammerte es so fest, dass sie sich auf die Lippe biss, um nicht laut aufzuschreien.

»Wer bist du?«, zischte er.

»Ich weiß nicht, was du meinst … Du tust mir weh, lass mich los!«

Er gehorchte. Jenny rieb sich das schmerzende Gelenk. Ein japanischer Tourist kam lächelnd auf sie zu.

»Photo? Erinnerung an Paris?«

Er wies auf seine Frau, die ihnen zaghaft zuwinkte. Jenny nahm den Photoapparat, wartete, bis sie sich vor der »Marseillaise« in Pose gestellt hatten und drückte auf den Auslöser. Das Herz schlug ihr bis zum Halse. Der Tourist war begeistert und wies auf ein anderes Flachrelief:

»Photo?«

Er wollte sich schon postieren, aber Paul riss Jenny den Photoapparat aus den Händen und reichte ihn mit eiskaltem Blick seinem Besitzer zurück.

»*No*«, sagte er verärgert.

Der Japaner zog sich ohne weiteren Kommentar zurück, war nun allerdings wohl endgültig davon überzeugt, dass alle Franzosen Wilde seien. Paul zog Jenny von der Menge fort.

»Kannst du nachts gut schlafen? Wirst du nicht oft wach?«

Lag in seinen Worten eine Drohung? Jenny schauderte.

»Ich schlafe seit Jahren nicht mehr richtig und wie die Papuas niemals länger als eine Stunde«, fuhr Paul fort. »Im Gefängnis hatte ich viel Zeit zum Lesen. Vor allem Reiseberichte. Auf diese Weise habe ich es wenigstens geschafft, meine Gedanken in die Ferne schweifen zu lassen. Die Papuas schlafen in zwei großen Gemeinschaftshäusern, eines für Frauen, eines für Männer. Sobald einer etwas träumt, weckt er alle anderen auf, um ihnen seinen Traum zu erzählen. Gemeinsam versuchen sie dann, das Geträumte zu deuten. Das heißt, dass alle vier bis fünf Mal pro Nacht aufwachen. Sie schlafen eine Stunde, besprechen sich eine Dreiviertelstunde, schlafen wieder und besprechen sich dann wieder. Und das jede Nacht. Wenn sich ein Ethnologe bei ihnen aufhält, und sie sehen, wie er sechs Stunden am Stück schläft, halten sie ihn für tot!«

»Ich bin keine Papua«, sagte Jenny langsam.

»Du schläfst also den Schlaf der Gerechten. Und du findest es richtig, dass du dir das gesamte Vermögen unserer Eltern gekrallt hast?«, hielt ihr Paul jetzt in scharfem Ton vor. »Es ist dir nicht durch den Kopf gegangen, dass auch mir ein Teil zusteht?«

»Ich glaubte, du seist tot«, wiederholte Jenny.

»Tut mir leid, mir geht es gut. Willst du meinen Pass sehen? Ich gebe gerne zu, dass ich mich verändert habe, aber dennoch … Frag mich etwas, stell mich auf die Probe. Du wirst schon sehen, dass ich es wirklich bin.«

Jenny überlegte.

»Wie hieß das Haus, das wir am Mittelmeer mieteten, während wir in Frankreich wohnten?«

»Wie leicht: *La Pinéta*.«

»Wie hießen unsere Katzen?«

»Voyou und Voyelle«, kam es wie aus der Pistole geschossen.

Nun richtete er seinen Zeigefinger auf sie.

»Jetzt bin ich an der Reihe. Zu welcher Rasse gehörte unser erster Hund?«

»Es war ein Basset.«

»Wann haben wir uns das letzte Mal gesehen?«

»Du bist 1980 fortgegangen.«

»Das nennst du fortgehen? Dieser Mistkerl hat mich hinausgeworfen.«

Seine Züge verzerrten sich, und er ballte die Fäuste.

»Toten kann man leider nicht mehr die Fresse polieren. Das ist sehr bedauerlich, aber wenn ich eines Tages dem Attentäter begegne, der sie auf dem Gewissen hat, werde ich ihn dazu beglückwünschen. Und nun die letzte Frage: Während unserer Ferien auf den Malediven bin ich beinahe an einer Lebensmittelallergie gestorben. Daran erinnerst du dich sicher?«

Jenny beobachtete ihn mit hochgezogenen Augenbrauen.

»Gegen was war ich allergisch?«, wollte Paul wissen.

Sie sah ihn direkt an.

»Wie soll ich mich daran erinnern?«

»Ich bin dein Bruder. Damals schien es, als liebtest du mich.«

Sie zuckte die Schultern.

»Tut mir leid. Ich habe es vergessen.«

Er sah sie aufmerksam an.

»Heute Morgen war ich überrascht, dass du mich nicht erkannt hast. Du bist reich geworden durch den Tod unserer Eltern, Jenny … Du bist doch Jenny, oder etwa nicht?«

Sie hielt seinem Blick stand.

»Natürlich.«

»Wo lebst du?«

Jenny antwortete ihm, ohne zu zögern, denn das hatte er sicher schon selbst herausgefunden.

»In Italien.«

»Warum bist du aus Amerika geflohen?«

»Ich bin nicht geflohen. Ich habe mich für das alte Europa entschieden.«

»Wo niemand dich kennt.«

»Was sollen diese Fragen? Ich gebe zu bedenken, dass du derjenige warst, der verschwunden ist, nicht ich.«

»Das stimmt«, gab er zu. »Du glaubtest, ich würde die Radieschen von unten angucken, und das passte dir gut in deinen Kram.«

»Jetzt reicht es aber!«, schrie Jenny. »Ich bin für eine Woche nach Paris gekommen, um an dem Treffen der Sainte-Agathe-Schülerinnen des Abschlussjahrgangs von 1985 teilzunehmen. Ich habe meine Freundinnen wieder getroffen …«

»Die du aus den Augen verloren hattest, nicht wahr?«

Jenny zuckte die Schultern.

»Woher hast du gewusst, dass ich in Frankreich bin?«

»Dank deiner Hoteladresse und der Fluggesellschaft. Ein ehemaliger Kumpel aus dem Gefängnis hat mir gezeigt, wie ich mich in die Computer von Fremden einschleichen und dort herumstöbern kann. Wenn man weiß, wie man ein paar Sperren überwindet, gibt es keine Geheimnisse mehr.«

»Bist du extra aus den Vereinigten Staaten hergekommen, um mir das zu sagen?«

Pauls Augen blitzten sie an.

»Ich bin vor acht Tagen aus dem Gefängnis entlassen worden. Da hatte ich gerade genug Zeit, um einiges zu regeln, um gewisse Kontakte wiederaufzunehmen, um zu erfahren, dass unsere Eltern abgekratzt sind, und um mich auf die Suche nach dir zu machen, damit wir den Kuchen teilen.«

Er presste sie gegen einen Torbogen, bis ihre Schultern schmerzten.

»Findest du dein Vorgehen nicht anstößig? Ich bin dein Bruder, mir steht die Hälfte zu, sind wir uns darüber einig?«

»Natürlich«, stöhnte Jenny. »Lass mich los, du wirst mir noch den Arm brechen.«

»Sorgen bereitet mir nur, dass du nicht mehr wusstest, gegen was ich allergisch war ... Und dass du mich nicht erkannt hast ... Das finde ich verdächtig.«

»Ich verstehe dich nicht«, stammelte Jenny.

Die Touristen um sie herum wichen ihnen aus, da sie hier auf fremdem Boden nicht in Schwierigkeiten hineingezogen werden wollten. Paul lockerte seinen Griff um Jennys Schulter und trat ein paar Schritte zurück. Blass und mit schmerzverzerrtem Gesicht bewegte Jenny ihre Schulter hin und her, um zu sehen, ob sie verrenkt war.

»Warum rufst du nicht um Hilfe?«, höhnte Paul. »Ich wende mich nicht an die Polizei, weil ich noch unter Beobachtung stehe. Ich darf die Vereinigten Staaten überhaupt nicht verlassen und würde mir ziemlichen Ärger einhandeln, wenn man mich hier entdeckte. Aber du, wenn du tatsächlich diejenige bist, die du zu sein vorgibst, du hättest allen Grund, die Bullen zu rufen!«

»Du spinnst«, erwiderte Jenny.

»Versuch doch einfach einmal, meinen Überlegungen zu folgen. Wenn du meine Schwester bist, musst du mir lediglich die Hälfte des Erbes abtreten, und ich habe das

Recht, mich zu rächen, weil du mich wie einen räudigen Hund hättest verrecken lassen. Wenn du jedoch eine Erbschleicherin bist, steht mir das ganze Erbe zu. Aber ich muss mich fragen: Wo ist die wirkliche Jenny Lincoln geblieben? Hast du sie umgebracht, um an ihre Stelle zu treten und sie zu berauben? Du hast sie gekannt, denn du hast deine Rolle gut auswendig gelernt und spielst deinen ehemaligen Freundinnen etwas vor. Ich bin dir seit deiner Ankunft in Paris am Dienstag auf den Fersen. Ich habe gesehen, wie du allein deinen Champagner im ›Kleeblatt‹ getrunken hast. Ich bin dir gefolgt, als du zu dem Treffen in Sainte-Agathe gegangen bist, und ich war auch hinter dir, als du von Blumenladen zu Blumenladen geschlendert bist … was sollte das?«

»Ich liebe Rosen.«

Er lachte boshaft.

»Irgendetwas geht mir die ganze Zeit gegen den Strich. Du ähnelst Jenny, aber du handelst nicht wie sie.«

»Man verändert sich in fünfundzwanzig Jahren, Paul …«

Er schüttelte den Kopf.

»Das mag für das Aussehen gelten, aber nicht für die innere Verfassung. Ich habe immer schon die Karten, das Spiel, das Geld und den Gewinn geliebt. Den Adrenalinstoß, wenn die Hand sich nach dem Kreisel ausstreckt oder die Kugel unterwegs ist. Meine Schwester hingegen hat immer gerechnet, geprüft, gegrübelt, das Für und Wider abgewogen, die Folgen bedacht und die Leute mit ihren Überlegungen beeinflusst. Sie hätte sich niemals in einem Pariser Edelhotel mit einem noch nicht einmal volljährigen Gigolo gezeigt.«

Jenny starrte ihn mit weit aufgerissenen Augen an.

»Das ist der Sohn von Olivia. Er hat sich mit seiner Mutter gestritten, und ich habe ihn aufgenommen.«

»Das hätte meine Schwester nicht getan. Du denkst mehr an andere als sie. Es sei denn, du hast sie um die Ecke gebracht …«

Er trat näher zu ihr und schien sie küssen zu wollen, biss ihr aber stattdessen roh in die Unterlippe und presste sie so fest an sich, dass ihr der Atem wegblieb.

»Ich bin ein Mann mit Geschmack und weiß eine schöne Betrügerin zu würdigen, wenn mir eine über den Weg läuft. Nur hat sie in diesem speziellen Fall ausgerechnet mich bestohlen, verstehst du? Und das finde ich nicht sehr komisch. Gib mir das ganze Vermögen, und ich lasse dich laufen.«

»Ich ... ich kriege keine Luft mehr«, stieß Jenny mühsam hervor.

Die Touristen um sie herum photographierten derweil und bewunderten die verschiedenen Perspektiven.

»Wenn du mir nicht mein Geld gibst, wird es gleich noch schlimmer. Ich will alles, und zwar schnell. Sonst sieht es schlecht für dich aus. Weil du nicht meine Schwester bist, werde ich dir nichts tun. Ich bin schließlich ein gutmütiger Mensch. Jetzt darfst du dich bei mir bedanken! *Say thanks!*«

»Keine ... Luft mehr ...«

»Du sollst dich bedanken, verflucht noch mal!«

»Dan...ke«, röchelte Jenny beinahe bewusstlos. *»Thank you.«*

Er lockerte seinen Griff und stützte sie so, dass sie nicht zu Boden ging.

»Ein bisschen Haltung, meine Liebe. Du repräsentierst schließlich Amerika. Wie kommt es, dass du so gut Französisch sprichst? Bist du hier groß geworden wie wir?«

»Ich war in Sainte-Agathe«, stammelte Jenny und sah ihn argwöhnisch an.

Das blieb ihm nicht verborgen.

»Du hast wirklich Klasse. Wie sehen deine Kreditkarten aus? Amex, Visacard aus Platin? Ich brauche Geld. Gehen wir gleich los. An der Champs-Élysées gibt es einen Automaten neben dem anderen. Kennst du das Chanson von Jacques Brel: *Je vais devenir l'ombre de ton ombre* – Ich werde zum Schatten deines Schattens? Ich werde mit dir nach Italien zurückkehren und dich zu deiner Bank begleiten. Dort wirst du in mehreren Anläufen alles Geld abheben. Ich habe deine Wertpapiere studiert. Du kannst sie recht schnell verkaufen. Innerhalb von drei Wochen kann alles abgewickelt sein. Ich habe es nicht eilig. Wir werden deine schönen kleinen Konten leerräumen, und dann verschwinde ich. Solltest du versuchen, mir zu entwischen oder die Polizei einzuschalten, wirst du es bereuen. Es wird dir wie den Papuas gehen, du wirst nie wieder durchschlafen können, da ich immer, wenn du dich in Sicherheit wähnst, auftauchen werde. Habe ich mich klar ausgedrückt?«

Jenny nickte. Paul wies auf die schönste Avenue der Welt.

»Wir gehen zwischen den Autos durch. Ich hasse Unterführungen. Sie erinnern mich zu sehr ans Gefängnis.«

Er fasste nach ihrer Hand. Für die Ausländer um sie herum waren sie nichts weiter als irgendein junges Paar an einem sonnigen Tag in Paris.

»Los!«, befahl er.

Er zog sie heftig am Arm, riss sie mit sich auf die Place de l'Étoile, so dass sie sich sputen musste, um mit ihm auf einer Höhe zu bleiben, und um sie herum entbrannte ein wütendes Gehupe der Autofahrer. Unversehrt und außer Atem erreichten Paul und Jenny die Straßenseite, wo die Champs-Élysées ihren Anfang nahm. Paul zwang sie, in weniger als zehn Minuten an drei Automaten von drei verschiedenen Banken Geld abzuheben. Beim vierten Automaten scheiterten sie, da der maximale Betrag für eine Woche im Ausland überschritten war. Paul knickte die Euroscheine und verstaute sie in einer Jackentasche. Das war ja erst der Anfang, und für heute Abend würde es reichen.

»Jetzt kenne ich deine Geheimzahl. Ich werde die Karte behalten, dann ist alles einfacher«, sagte er und streckte die Hand nach ihr aus.

Jenny wagte keinen Widerspruch.

»Heute Abend hast du frei«, verkündete er nun. »Ich kenne einen geheimen Spielertreff, wo deine Euros sich bestimmt reichlich vermehren werden. Du wirst schön brav sein, mein Schwesterlein. Du hast hoffentlich verstanden, dass du mir ausgeliefert bist. Ich werde dich morgen früh in deinem Hotel abholen. Versuch bloß nicht abzuhauen, ich werde dich finden, ganz egal, wo du dich versteckst. Und dann bin ich nicht mehr so großzügig. Schöne Grüße an deinen Gigolo!«

Damit tauchte er in der Menge unter. Jenny lehnte sich an die Fassade der Bank, ihre Beine gaben unter ihr nach. Ein behelmter Wachmann trat zu ihr und fragte misstrauisch:

»Geht es Ihnen gut, Madame?«

Sie nickte.

»Hier können Sie nicht bleiben. Gleich auf der anderen Seite steht eine Bank, dort können Sie sich ausruhen. Wollen Sie, dass ich die Polizei rufe, Sie sind ganz blass?«

Sie schüttelte ablehnend den Kopf und schleppte sich zu der Bank. Erschöpft verbarg sie ihr Gesicht in den Händen und blieb einen Augenblick regungslos sitzen. Die Augen geschlossen, versuchte sie langsam zu atmen und sich zu beruhigen. Sie saß in der Klemme. Dieser schreckliche Typ würde sie überallhin verfolgen. Niemand konnte ihr helfen, schon gar nicht Floridiano, den jede Form von Gewalt verschreckte. Sie war allein und verletzlich, so wie sie es immer gewesen war. An einem Luftzug neben sich spürte sie, dass sich jemand neben sie gesetzt hatte. Sie verkrampfte sich und dachte sofort, es sei Paul, der nun Katz und Maus mit ihr spielte. Eine Hand legte sich auf ihre Schulter, und sie wollte schon aufschreien, aber dann sah sie Noa neben sich.

»Jenny ... ist alles in Ordnung?«, fragte er.

Sie stieß einen Seufzer der Erleichterung aus.

»Was machst du hier?«, stammelte sie. »Ich bin spazieren gegangen, und plötzlich wurde mir schwindlig. Das habe ich hin und wieder, es ist sicher gleich wieder in Ordnung.«

»Ich war von Anfang an da. Wir haben alles gesehen.«

»Wer ist wir?«

»Sony und ich!«, sagte Noa mit breitem Grinsen.

Mit diesen Worten reckte er das neueste Modell einer kleinen und kompakten Sony Digitalkamera in die Höhe.

»Ich habe sie von meiner Freundin Mona geliehen. Ihre Eltern haben immer die neuesten technischen Errungenschaften. Sie sieht wie ein Super-Spielzeug aus, aber sie hat ein richtungsabhängiges Mikrophon und einen sehr starken Zoom. Ich habe alles gefilmt, von Anfang an. Die Polizei wird begeistert sein.«

Jenny schüttelte den Kopf.

»Das ist sehr nett von dir, aber es geht nicht.«

»Natürlich geht das!«, protestierte Noa. »Wir müssen nur ein paar Schnitte machen. Mona hat einen Schneidetisch. Sie kennt sich damit aus. Wir brauchen nur einen kleinen Film zusammenzustellen, der genau das wiedergibt, was die Polizei interessieren wird.«

Sie lächelte schwach.

»Zum Glück hat er dich nicht wiedererkannt.«

»Die offene Sichtbarkeit ist doch das beste Versteck. Ich stand euch mit der Kamera vor dem Auge direkt gegenüber, er hatte mich genau in seinem Blickfeld. Die ganze Zeit über war ich nur zehn Meter von euch entfernt, und ihr habt mich nicht bemerkt. Ich habe einen schönen Schreck bekommen, als ihr mitten zwischen den Autos hindurchgelaufen seid. Da bin ich durch die Unterführung gesprintet und habe euch wieder eingeholt. Er ist ganz schön übel, dieser Typ!«

»Er ist mein Bruder«, sagte Jenny und sah ihm bei diesen Worten fest in die Augen.

Noa wich ihrem Blick nicht aus.

»Ihre Geschichten gehen mich nichts an. Sie haben mir geholfen, jetzt helfe ich Ihnen. Außerdem bin ich nicht Ihr Gigolo.«

»Das habe ich ihm auch gesagt.«

»Ich habe es gehört, aber ich fand seine Vermutung schmeichelhaft.«

Jenny fühlte sich allmählich etwas besser.

»Schmeichelhaft für wen?«, wollte sie wissen.

»Natürlich für mich«, sagte Noa ernst. »Gehören Sie zu den Frauen, die es nicht ertragen können, wenn ihre Frisur ein wenig in Unordnung gerät?«

»Nein«, antwortete Jenny. »Warum?«

»Darum«, sagte Noa und reichte ihr den zweiten Helm, den er stets bei sich hatte.

Eine halbe Stunde später kamen sie bei Mona an. Die entzückende, gut gebaute Blondine wohnte, gerade volljährig, noch bei ihren Eltern. Sie führte die beiden in ein Zimmer, das den jungen Spielberg zu Begeisterungsstürmen hingerissen hätte, als er die ersten Kurzfilme mit der Super-8-Kamera seines Vaters drehte.

»Wir brauchen deine Hilfe, um etwas Kurzes zusammenzuschneiden. Ich habe zwanzig Minuten aufgenommen, es dürfen aber höchstens fünf Minuten übrig bleiben, und die müssen aussagekräftig sein. Kriegen wir das jetzt gleich hin?«

»No problem.«

Sie schloss die Kamera an das Fernsehgerät an, und plötzlich erschien Jenny auf dem großen Bildschirm – ängstlich und abwartend zugleich. Dann entdeckte sie Paul und ging auf ihn zu.

»Wer ist das?«, wollte Mona wissen.

Jenny und Noa wechselten einen kurzen Blick miteinander.

»Mein Bruder«, antwortete Jenny. »Darf ich mal telefonieren? Ich muss meine Kreditkarte sperren lassen.«

28

Axelle saß mit hocherhobenem Kopf in ihrem TGV. Zahlreiche bekannte Gesichter in ihrem Wagen hatten sich ostentativ abgewandt, andere wiederum hatten so getan, als würden sie sie nicht erkennen. Nur selten hatte ihr jemand zugelächelt oder ihr die Hand geschüttelt. Aber an diese würde sie sich erinnern. Der Name von Charles und auch ihrer war in aller Munde, die Tageszeitungen waren ausgebreitet, das Thema barg Zündstoff.

Um nicht auf noch einen anklagenden Artikel zu stoßen, versuchte Axelle, sich in einen Kriminalroman zu vertiefen, aber es gelang ihr nicht, der Handlung zu folgen. Ihre Gedanken schweiften ab. Was machte Charles wohl jetzt? Wie war Loeiz in die Nationalversammlung gelangt? Wer hatte die Initiative ergriffen, der Vater oder der Sohn? »Ich muss mit seiner Mutter sprechen, ich fahre nach Groix«, hatte Charles gesagt. Er und Gwénola verabscheuten sich seit zwanzig Jahren, aber war dieser Hass nicht bloß die Kehrseite ihrer einstigen Liebe? Bevor er auflegte, hatte er gesagt: »Es tut mir leid«. Hieß das, dass er ihre Heirat bereute, dass er sie jetzt verlassen wollte?

»Ich könnte es nicht ertragen«, murmelte Axelle leise.

Ihr gegenüber saß ein junger dynamischer Offizier in einem Nadelstreifenanzug, der sich nun vorbeugte, da er glaubte, sie hätte etwas zu ihm gesagt.

»Entschuldigung, ich habe Sie nicht verstanden.«

»Ich habe mit mir selbst gesprochen«, entschuldigte sich Axelle.

In Gedanken sah sie mit vor Schrecken geweiteten Augen, wie ein weißes Boot in einem kleinen bretonischen Hafen anlegte. Charles verließ es in Begleitung von Loeiz. Gwénola lief mit weit geöffneten Armen auf sie zu. Charles umfing sie und wirbelte sie, vor Glück strahlend, herum.

Axelle schüttelte den Kopf und verdrängte das Bild. Sie blätterte unbewusst weiter, riss das Blatt dann plötzlich heraus und warf es zu Boden, um anschließend das Gleiche mit dem nächsten Blatt zu tun. Misstrauisch beobachtete ihr Nachbar ihr Tun einen Augenblick lang, dann konnte er sich nicht mehr beherrschen.

»Ist es so schlimm?«, wollte er wissen.

Sie musterte ihn verstört.

»Wie bitte? Wovon sprechen Sie?«

Er wies auf das Buch auf ihren Knien und die Papierknäuel auf dem Boden.

»Ihr Krimi ... Sie scheinen ihm böse zu sein.«

Sie brauchte ein paar Sekunden, um ihn zu verstehen.

»Es gibt Leute, die rauchen oder ihre Fingernägel abkauen. Ich zerreiße eben die Seiten von Romanen. Mein Ehemann, der Staatsfeind Nummer eins, verläßt mich, um die Mutter seines Sohnes zu treffen. Das ist ... bitter.«

Der Mann hielt sie für eine Verrückte, nickte, und sie konnte ihre Reise ohne weitere Belästigung zu Ende bringen.

Jeanne erwartete sie gemeinsam mit Joseph auf dem Bahnsteig ihres Heimatbahnhofs. Axelle verspürte eine solche Erleichterung, als sie die beiden sah, dass ihr die Tränen in die Augen traten.

»Danke, dass ihr gekommen seid.«

»Ich dachte mir eben, dass Frau Gräfin jetzt Freunde braucht«, wagte sich Jeanne vor.

Axelle lächelte und sah die Frau an, die einst dafür bezahlt worden war, sie großzuziehen, sie inzwischen aber beinahe als ihre Tochter ansah.

»Du weißt doch, dass Charles und ich unschuldig sind, nicht wahr?«

»Herr Graf bewegt sich in viel zu hohen Gefilden, als dass er sich die Finger schmutzig machen könnte«, sagte Jeanne mit entwaffnender Logik. »Es ist ihm fremd, nach materiellen Vorteilen zu trachten. Und Sie sind doch jemand, der einen mit Scheinen vollgestopften Geldbeutel zur Polizei bringt und sich nicht an ihm bereichert. Natürlich sind Sie unschuldig, das schwöre ich bei Josephs Leben!«

Axelle stieg auf die Rückbank des Wagens und bedeutete Jeanne, sich neben sie zu setzen. Dann fuhren sie durch die Stadt. Joseph saß mit tief in die Stirn gezogener Mütze vorn am Steuer.

»Jeanne«, flüsterte Axelle, »warum habt ihr kein Kind bekommen, Joseph und du?«

Auch wenn sie sich so gut kannten und seit dreißig Jahren zusammenlebten, hatte Axelle sich noch nie eine so intime Frage erlaubt.

»Ich habe doch Sie«, erwiderte Jeanne, »das ist mir genug.«

Axelle brachte beinahe so etwas wie ein Lächeln zustande.

»Er hat einen Sohn, Jeanne«, murmelte sie jetzt.

»Joseph?«, flüsterte Jeanne entsetzt und warf einen Blick in den Rückspiegel, in dem sie die Augen ihres Mannes sah.

»Aber nein, Charles! Er hat einen neunzehnjährigen Sohn, der vor unserer Heirat geboren wurde. Seine Mutter, Gwénola, war in meiner Klasse.«

»Hat er Ihnen das die ganze Zeit über verheimlicht?«, fragte Jeanne aufgebracht.

»Nein, wir haben es erst gestern Abend erfahren. Charles glaubte, dass Gwénola ihn verlassen habe. Und Gwénola glaubte, dass Charles sie im Stich gelassen habe.«

Jeanne starrte sie mit weit aufgerissenen Augen an.

»Er ist in die Bretagne gefahren, um sich mit ihr auszusprechen«, fuhr Axelle fort. »Ich habe Angst, dass er nicht mehr zu mir zurückkehrt. Sie lieben sich. Und nun hat sie ihm auch noch einen Sohn geschenkt, was ich nie konnte.«

Der Wagen hatte die Stadt und die Ausfallstraßen hinter sich gelassen und holperte jetzt über einen Landweg. Wie eine goldene Meeresoberfläche erstreckten sich die Sonnenblumenfelder rings um sie her. Endlich erreichten sie das Schloss, und der Wagen hielt vor dem Aufgang.

»Ich weiß, was Sie jetzt brauchen«, sagte Jeanne zärtlich. »Einen guten Schnaps. Armand, der Verwalter des Nachbarschlosses, hat uns einen guten hausgemachten Obstbrand geschenkt, der alle Sorgen vertreibt. Sie müssen sich betrinken, Frau Gräfin. So lautete der Rat meiner Großmutter, die schon bei der Ihren in Diensten stand, und auch ich habe immer gut daran getan, diesen Rat zu befolgen. Sie sind zu jung, um sich daran zu erinnern, aber vor langer Zeit war ich einmal schwanger. Das Kind wurde mit einer so starken Behinderung geboren, dass es nach ein paar Tagen starb. Joseph und ich haben uns einen richtigen Rausch angetrunken, und Ihre Mutter hat uns gepflegt. Sie kümmerte sich unablässig um uns und erlaubte niemandem sonst, dies zu tun. Drei Tage später haben wir unsere Arbeit wieder aufgenommen, und das Leben ist weitergegangen. Ich werde Ihnen den Schnaps in Ihrem Ankleidezimmer servieren.«

Gerührt schüttelte Axelle den Kopf.

»Lade mich lieber in deine Küche ein, Jeanne. Ich brauche Gesellschaft.«

Jeanne wandte sich an Joseph.

»Hol uns die Flasche, ich stelle drei Gläser bereit. Gemeinsam werden wir es schon schaffen.«

29

In ihrem Haus in Yvelines überließ sich Olivia ihrer abgrundtiefen Trauer. In einen unglaublich ausladenden rot-schwarzen Jogginganzug gewandet, lief sie in ihren bestickten Hausschuhen von einem Zimmer zum anderen und ließ ihren zerstreuten Blick auf den aufgetürmten Gegenständen ruhen. Was nutzten ihr all diese Geschenke, all diese Erinnerungsstücke? Was hatte sie von diesen ins Englische, Italienische, Deutsche, Portugiesische, Chinesische, Japanische, Koreanische, Russische, Slowakische, Griechische, Dänische, Schwedische und Norwegische übersetzten Romanen? Sie hatte in Noas Zimmer geschlafen, hatte sich in sein Bett gekuschelt, um den Geruch ihres Sohnes zu riechen. Es war Donnerstag, ab Samstag würde Noa von der Außenwelt abgeschnitten sein, die Zeit drängte also. Als das Telefon klingelte, stürzte sie so eilig zu dem Apparat, dass sie dabei einen Hausschuh verlor.

»Hallo, Noa?«

»Nein, hier ist Gwénola …«

Olivia holte tief Luft und richtete sich starr auf, um ganz die würdige Olivia Ruben zu sein.

»Es freut mich, dich zu hören«, sagte sie mit ihrer klangvollen Stimme. »Es ist alles so schnell gegangen, wir müssen unbedingt noch eine Lösung finden.«

»Lass *mich* jetzt erst mal reden. Ich habe gründlich nachgedacht.«

In Olivia keimte Hoffnung auf.

»Hast du deine Entscheidung noch einmal überdacht?«

Gwénola belehrte sie in unmissverständlichem Ton eines Besseren.

»Nein. Ich hatte dir versprochen, die Druckfahnen innerhalb der nächsten zwei Wochen zu korrigieren, aber ich werde es nicht tun können. Das Wiedersehen mit Charles hat mich zu sehr aufgewühlt, Olivia. Du wirst dich dieses Mal selbst daransetzen müssen.«

»Was?«, fuhr Olivia entsetzt auf. »Du kannst mich nicht im Stich lassen, so nah vor dem Ziel. Mein Verleger wartet schon. Das Buch ist für Oktober eingeplant und bereits überall angekündigt. Und du weißt doch genau, dass sie im letzten Kapitel noch Änderungen von mir haben wollen!«

»Das ist nun bereits dein zehnter Roman, Olivia«, sagte Gwénola müde.

»Es ist *dein* zehnter Roman!«

»Er ist geschrieben, geheftet, gebunden und muss nur noch zubereitet und verschlungen werden. Du brauchst die ganze Sauce nur noch abschmecken. Es fehlen lediglich noch Salz und Pfeffer. Es ist kinderleicht. Der Schluss ergibt sich aus dem Übrigen.«

»Tu es für mich!«, flehte Olivia.

»Ich bin nicht in der Verfassung dazu. Charles und Axelle sind in einen politischen Skandal verwickelt. Und Loeiz ist bei seinem Vater.«

»Was?«

»Das kümmert dich natürlich nicht. Für dich zählt einzig und allein dein verfluchtes Buch! Für mich gibt es aber nichts Wichtigeres auf der Welt als meinen Sohn. Er braucht mich jetzt. Man muss frei und konzentriert sein, um einen wirkungsvollen Schluss zu verfassen und die Druckfahnen zu korrigieren. Du musst jetzt ins kalte Wasser springen, Olivia. Das wird dich auf den richtigen Weg bringen für deine zukünftigen Romane.«

»Meine zukünftigen Romane?«

»Du bist ja noch nicht einmal vierzig und damit viel zu jung, um in Pension zu gehen«, hielt Gwénola ihr gereizt vor. »Du wirst dich wohl oder übel an die Arbeit machen müssen. Du wirst ja kaum für den Rest des Lebens Däumchen drehen wollen!«

»Genau das habe ich getan, während du für mich geschrieben hast, das kannst du mir glauben«, erwiderte Olivia verstimmt.

»Nein«, stellte Gwénola richtig. »Du hast deine Romane im Radio und im Fernsehen vorgestellt, du hast bei Lesungen Widmungen hineingeschrieben. Du hast dich bisher nur um den sichtbaren Teil des Eisberges gekümmert. Von nun an wirst du die Romane auch selbst schreiben müssen. Was willst du denn sonst tagein, tagaus tun? Du bist geschieden, dein Sohn ist fast erwachsen, er wird nicht mehr lange zu Hause wohnen. Da ist es gut, wenn du eine Beschäftigung hast!«

Olivia schauderte.

»Kann ich nicht wenigstens ein paar Tage zu dir kommen, damit wir das letzte Kapitel gemeinsam umschreiben?«

Gwénola schwankte und wollte fast nachgeben, besann sich dann aber. Sie wollte Zeit haben für Loeiz.

»Es geht nicht, Olivia. Viel Glück.«

Damit legte sie auf.

Außer sich vor Wut, schleuderte Olivia den schönen versilberten Hörer auf den Boden. Das kostbare Stück ging samt seiner ausgefeilten elektronischen Innereien zu Bruch.

»Scheiße!«, schrie sie. »Was um Himmels willen mache ich denn hier?«

Schon wieder klingelte das Telefon. Sie lief eilig in ein anderes Zimmer und nahm dort ab:

»Noa? Gwénola?«

Es war die Pressevertreterin ihres Verlages, die einen Termin für die Vorstellung des Buches bei der Presse vereinbaren wollte. An jenem Tag würde sie vor einem mit nagelneuen Buchexemplaren überfüllten Tisch Platz nehmen müssen, von denen sie zweihundert Stück für die Journalisten in Paris zu signieren hatte und einhundertfünfzig für die Kollegen in der Provinz. Vorausgesetzt natürlich, das Buch existierte überhaupt, was wiederum bedeutete, dass sie es zu Ende gebracht hätte.

Sie schrieb den Termin in ihren Kalender und wollte die Arbeit in Angriff nehmen. Noch endete das letzte Kapitel wie ein Kriminalroman. Bertrand Guinness fand den Text sehr gut, aber das Ende hatte ihn enttäuscht, denn für ihn war das Ganze eher eine romantische Komödie, natürlich »ohne übertriebenen Kitsch, Sie verstehen doch, was ich meine, nicht wahr Olivia?« Sie hatte ihm versichert, dass sie ihn natürlich verstünde. Großartig beherrschte sie das audiovisuelle Vokabular wie »die Fäden ziehen«, »den Druck erhöhen«, »die Handlung verdichten«, »ins Schwarze treffen« oder »das Lektorat einschwören«. Sie war in der Lage, Journalisten und Lesern zu erklären, wie und warum sie ihre Bücher schrieb, mit welchen Riten sie ihre Arbeit umgab und zu welcher Tageszeit sie tätig war, was ihrer Inspiration zuträglich war und welche Regeln sie einhielt. Aber sie war nicht in der Lage, drei flüssige Sätze zu verfassen.

Sie las das letzte Kapitel gleich mehrmals hintereinander. Guinness war ein feinfühliger Verleger. Er besaß die seltene Fähigkeit, sich an die Stelle eines Lesers zu versetzen und den Text zu fühlen. Vorschriften machte er nie, aber Olivia war ganz und gar nicht in der Lage, das Geschriebene in irgendeiner Form zu verändern. Sie empfand die Sätze als kunstvolle Komposition, und jede Veränderung würde ihrer Ansicht nach das Gesamtwerk zum Einsturz bringen.

»Bitte!«, stöhnte sie und verbarg ihr Gesicht in den Händen.

Rings um sie herrschte Stille. Noas Zimmer war hoffnungslos verlassen. Die unter dem Gewicht der Bücher sich biegenden Regalbretter empfand sie als blanken Hohn. In ihrem Sessel zeichneten sich ihre üppigen Rundungen ab. Das letzte Geschenk von Colin, ein prachtvoller goldener Kugelschreiber mit eingravierten Initialen, schien sie zu verspotten. Die Worte aus dem Abschiedsbrief ihrer Mutter kamen ihr in den Sinn: »Verzeiht mir, ich liebe euch beide, aber ich kann so nicht weiterleben. Ihr werdet ohne mich glücklicher sein.«

Und wenn so die Lösung aussah? Mit erhobenem Haupt, auf der Höhe des Ruhms von der Bühne abtreten? Niemand würde jemals etwas erfahren, Noa und Gwénola würden ihr Geheimnis hüten, der Tod versiegelt die Lippen der Weiterlebenden. Noa würde als junge, mutige Waise in *Wie der Vater, so der Sohn* Aufsehen erregen. Ganz Frankreich würde hinter ihm stehen. Bertrand Guinness würde ihren nächsten Roman so veröffentlichen, wie er war, ohne auch nur ein Komma zu verändern, und das posthum erscheinende Werk würde an die Spitze der Verkaufslisten stürmen. Ihr Vater Richard würde reichlich Tränen vergießen und seinen Kummer mit Château-Petrus fortspülen, aber der Tod seiner Tochter würde seinen Alltag nicht im Geringsten verändern. Neben dem Gespenst seiner Frau war kein Platz für sie. Zumindest würde Olivia, wenn sie nicht mehr wäre, nie wieder Colin sehen müssen, wie er mit einer seiner silikongepolsterten Bohnenstangen herumspazierte.

Also – sich umbringen, aber wie? Sie war so schwindelanfällig, dass sie es nicht fertigbringen würde, vom Dach eines Hauses, von einer Brücke oder gar vor eine Metro zu springen. Als leidenschaftliche Verfechterin der gesunden Ernährung hatte sie kein einziges Schlafmittel in ihrem Medizinschrank, und sie konnte sich nicht vorstellen, die Blätter des giftigen Oleanders im Garten auszusaugen. Bei einem Selbstmordversuch auf der Autobahn würde sie womöglich eine fremde Person mit in den Tod reißen, was wiederum die Zukunft ihres Sohnes versauen würde und ihrem eigenen Ruf nur abträglich wäre. Das eigene Leben auszulöschen könnte in den Augen der Leser eine romantische Note haben, aber einem Unschuldigen das Leben nehmen – das würde man ihr nicht verzeihen. Was blieb ihr also übrig? Aufhängen kam gar nicht erst in Betracht, die Strangulationsabdrücke waren ihr ein Graus, und außerdem war sie so ungeschickt, dass sie nicht einmal eine Schlinge zustande bringen würde. Gas und Feuer waren auch abwegig, da Noa schließlich das Haus erben sollte. Sie ging noch einmal alles durch: kein Sturz, keine Medikamente, kein Autounfall, kein Erhängen, keine Explosion, kein Brand …

Das Telefon klingelte zum dritten Mal und ließ sie auffahren. Sie nahm ab und flehte in den Hörer: »Sagen Sie bitte, dass Sie Noa oder Gwénola sind!«

Es war aber Bertrand Guinness, der den Klappendeckeltext mit ihr besprechen wollte.

»Wann haben Sie Zeit, Olivia?«

Sie beschloss, das Schicksal an ihrer Stelle entscheiden zu lassen.

»In einer Stunde?«

Sie spielte mit dem Feuer, Guinness war ein Mann mit übervollem Terminkalender. Wenn er keine Zeit hatte, würde sie handeln. Hatte er Zeit, würde sie ihre Lage noch einmal überdenken.

»Warum nicht? Der Autor, mit dem ich eine Verabredung hatte, hat sich entschuldigt.«

Olivia klopfte das Herz bis zum Hals, aber sie bemühte sich um eine entschlossen wirkende Antwort.

»Sehr gut. Bis gleich also.«

Höflich wie immer kam Bertrand Guinness um seinen Schreibtisch herum, um Olivia die Hand zu drücken. Dann nahm sie vorsichtig auf einem englischen, für ihren Geschmack zu schmalen Sessel Platz.

»Nun, Olivia, kommen Sie mit Ihren Verbesserungen gut voran?«

Sie biss sich auf die Unterlippe.

»Ehrlich gesagt, nein. Ich habe eine Blockade.«

Der Verleger zog eine Augenbraue hoch.

»Beim letzten Kapitel?«

Sie nickte.

»Ich schaffe es einfach nicht. Es ist zu dumm …«

»Bringt Sie die bevorstehende Abreise von Noa durcheinander?«, lautete seine Vermutung.

Olivia sah ihm tief in die Augen.

»Ich glaube nicht mehr an mich«, sagte sie. »Ich ziehe jedes Wort in Zweifel, ich hadere mit jedem Satz. Ich muss eine Pause machen. Ich werde ein Jahr aussetzen und nicht mehr schreiben.«

Bertrand Guinness zuckte nicht mit der Wimper.

»Wie Sie möchten, Olivia. Auch die Phantasie braucht manchmal Ferien. Warum sollten Sie nicht Entspannung bei einem ganz anderen Genre suchen – einem Essai, Kurzgeschichten oder einem Theaterstück?«

Olivia schüttelte den Kopf.

»Ich weiß, dass ich Ihnen die korrigierten Druckfahnen in zwei Wochen abgeben sollte, aber ich fühle mich nicht dazu in der Lage.«

»Möchten Sie mit jemandem zusammenarbeiten oder die Arbeit an jemanden delegieren?«

Erleichtert tat Olivia so, als wöge sie das Für und Wider seines Vorschlags ab.

»Ich bin in einer so schlechten Verfassung, dass es mir das Liebste wäre, die Arbeit zu delegieren«, sagte sie schließlich. »Sie werden sicher den Richtigen für diese Aufgabe aussuchen, ich vertraue Ihnen.«

»Sehr gut. Aber die Änderungen im letzten Kapitel werden Sie doch selber übernehmen, nicht wahr?«

In der Gewissheit, dass sie ihm das nicht abschlagen würde, lächelte er sie an. Olivia spürte, dass sie in der Falle saß. Sie wollte ihm am liebsten ins Gesicht schreien, dass sie es nicht verstand, die Worte flüssig aneinander zu reihen, dass sie ihn die ganzen Jahre über betrogen hatte und dass er nun aufhören sollte, sie zu quälen.

»Nein, Bertrand. Mir fehlen die Ideen ...«

Er seufzte.

»Wie lange arbeiten wir jetzt schon zusammen, Olivia? Zehn Jahre? Es gab doch immer wieder einmal Lücken und jemanden, den Sie um Rat gefragt haben ...«

Olivia hielt den Atem an.

»Warum wenden Sie sich nicht einfach an die gleiche Person?«

»Sie ... wussten es?«

Er ließ sich nicht aus der Ruhe bringen.

»Ich weiß, dass ein Schriftsteller keine Maschine ist und ein Buch oft aus dem Zusammentreffen bestimmter Umstände entsteht. Über winzige Details, wiederkehrende Worte, Wendungen und Sätze kam mir der Gedanke, dass Sie nicht allein schreiben. Aber die Verbindung war ja immer sehr produktiv. Besteht sie nicht mehr?«

Voller Bewunderung für den Scharfsinn dieses Mannes, den sie immer schon geschätzt hatte, nickte Olivia.

»Nein, es ist vorbei«, murmelte sie. »Noa hat es herausgefunden und nimmt es mir furchtbar übel.«

»Das war es also. Er war bei mir und hat mir seltsame Fragen gestellt.«

»Ich weiß keinen Ausweg mehr aus dieser Lage«, gestand Olivia. »Ich brauche Ihre Hilfe.«

Bertrand Guinness legte seine Handflächen flach auf den Schreibtisch.

»Ich werde mich persönlich darum kümmern.«

»Sie?«

»Warum nicht?«

Mühsam brachte sie ein Lächeln zustande.

»Das wäre das Beste. Und dann?«

Er sah sie ernst an.

»Besinnen Sie sich auf Ihre Phantasie, Olivia. Sie haben vielleicht diese Bücher nicht geschrieben, aber im Lauf der Jahre haben Sie die mentale Gymnastik des Schreibens verinnerlicht. Vergessen Sie die Wirklichkeit und Ihre Probleme, und stellen Sie sich eine Romanheldin vor, die ähnliche Probleme hätte ... Wie würde die Lösung aussehen?«

Olivia dachte nach und entwarf:

»Man muss einen Grund finden, der bewirkt, dass die Heldin auch weiterhin die Sympathie des Lesers behält. Eine Zwillingsschwester vielleicht, die unter ihrem Namen geschrieben hat. Eine durch einen Unfall behinderte Mutter, die sie gebeten hat, als ihr Doppel zu fungieren. Ein hochbegabter Sohn, der die Bücher an ihrer Stelle verfasst hat. Ein schizophrener Ehemann mit Persönlichkeitsspaltung.«

»Nicht schlecht«, befand Bertrand. »Etwas zu melodramatisch, aber in dieser Richtung müssen wir suchen.«

Sie lächelte ihn an. Das wäre ihre letzte Herausforderung, ihr letzter Kampf: Sie musste einen Weg finden, die erdrückende Gestalt der Olivia Ruben loszuwerden. Agatha

Christie hatte Hercule Poirot in *Vorhang* umgebracht. Arthur Conan Doyle hatte Sherlock Holmes in *Das letzte Problem* verschwinden lassen, bevor er ihn wiederauferstehen ließ. Olivia Ruben würde sich selbst zerstören.

»Sie werden einen Weg finden«, beteuerte Bertrand.

»Diese Unterhaltung bleibt unser Geheimnis, nicht wahr?«, vergewisserte sie sich. »Zu niemandem ein Wort, ja?«

Bertrand runzelte die Stirn.

»Von welcher Unterhaltung sprechen Sie?«

Sie stand gestärkt auf.

»Ich bewundere Sie aus tiefstem Herzen«, sagte sie.

30

Der kleine rote Alfa Romeo erreichte genau in dem Augenblick die Peripherie von Lorient, als die Fähre nach Groix auslief. Fünf Minuten später erreichte Charles den Hafen, aber es war zu spät. Das letzte Schiff glitt unerbittlich aufs Meer hinaus.

»Es ist zum Verrücktwerden. Es fehlten uns nur ein paar winzige Minuten«, schäumte Charles vor Wut.

»Ich hatte dir ja gesagt, dass es knapp wird … Du hast Mama jetzt seit neunzehn Jahren nicht mehr gesehen, da kommt es auf eine Nacht mehr oder weniger auch nicht an«, kommentierte Loeiz nicht ganz ohne Humor.

Heute Abend fühlte er sich reifer als sein Vater. Charles hatte sich in die Vergangenheit begeben, er war wieder zu dem jungen Mann geworden, den Gwénola sitzengelassen hatte und der auf ein Zeichen von ihr wartete. Er nickte und zuckte mit den Schultern.

»Du hast Recht. Wir sind hier in deiner Welt. Du bist doch hier aufs Gymnasium gegangen, oder? Such ein Hotel und ein ruhiges Restaurant für uns aus, ich habe einen Bärenhunger.«

Loeiz führte seinen Vater zu einem kleinen Hotel in der Nähe des Freizeithafens, wo Charles zwei Zimmer reservierte. Sie stellten ihr Gepäck ab und brachen zu einem Spaziergang am Wasser auf.

In der leichten Brise wiegten sich die Fockwanten sanft hin und her und schlugen bisweilen mit einem leichten Klackern gegen die Masten. Es war noch früh am Abend, und die Freizeitsegler nahmen auf ihren Booten den Aperitif im Kreise der Familie ein: ein friedliches Bild und dennoch schmerzlich für diese beiden Männer, die einander so viele Jahre lang entbehrt hatten.

»Ich weiß nicht einmal, was du lieber trinkst«, stellte Charles fest. »Champagner, Weißwein, Rotwein, Pastis oder Cidre?«

»Bier«, erwiderte Loeiz. »Hast du in meinem Alter Champagner getrunken?«

»Das kam schon vor.«

Charles schien seine eigene Jugend so unendlich weit zurückzuliegen: Als Neunzehnjähriger musste er sich neben Gwénola und Axelle noch seinem Studium der Politikwissenschaft und seiner kränklichen Mutter widmen, der so viel daran lag, dass er die Elite-Hochschule in Paris besuchte. Sein Vater war schon früh bei einem Jagdunfall ums Leben gekommen, so dass er seinen Titel geerbt hatte und zum Oberhaupt der Familie geworden war. Von Geburt an war er im Hinblick auf dieses Erbe erzogen worden, da derlei Titel auf den ältesten Sohn übergehen. So bargen die Vergangenheit und die Geschichte der Familie keine Geheimnisse für ihn. Seine Herkunft unterschied ihn von den anderen. Er fühlte sich bisweilen von seinen Pflichten erdrückt, wusste aber zugleich, dass ihm dafür etwas Wunderbares gehörte.

Auf einem der Boote zeigte ein Vater seinem Sohn, wie man Taue zusammenrollt. Charles dachte an die Lehrstunden bei seinem Vater und erinnerte sich daran, wie er ihn auf den höchsten Turm geführt und ihm in ruhiger Bestimmtheit aufgetragen hatte: »Erweise dich unserer würdig.«

»Du bist auf einer Insel geboren, da nehme ich an, dass du das Meer und die Schiffe liebst, oder?«, fragte er Loeiz.

»Ich verabscheue sie«, antwortete Loeiz. »Ich hasse Ausländer, Kinder gehen mir auf die Nerven, Frauen sind alle dumme Puten, und alte Leute kosten die Allgemeinheit viel Geld …«

Er hielt inne, als er den entsetzten Gesichtsausdruck seines Vaters wahrnahm.

»Das war doch nur ein Scherz! Ich wollte sehen, wie du auf so etwas reagierst. Da ich dein Sohn bin, musst du mich ja auch lieben, wenn ich ein richtiges Ekel bin. Und ich muss dich respektieren, ganz gleich, welche Wertvorstellungen du hast.«

»Du verabscheust also weder Schiffe noch Menschen?«

»Ich liebe alles, was schwimmt und alles, was lebt. Ich verabscheue Rassismus und Intoleranz. Ich bin gegen die Todesstrafe, gegen Tierversuche und gegen den Stierkampf. Und du?«

»Ich werde versuchen, dir ein einigermaßen erträglicher Vater zu sein«, sagte Charles. »Ich bin Royalist, Demokrat und Humanist. Rassismus ist mir unerträglich. Ich wähle lieber rechts und denke dabei links als umgekehrt. Ist das genug?«

Loeiz schüttelte den Kopf. Sie gingen über die Drehbrücke Francois-le-Corre, die bei Flut geöffnet wurde, um den Schiffen die Ausfahrt aus dem Hafenbecken zu ermöglichen. Dann führte sie ihr Weg über die Kaimauer, an der die Häuser der letzten verbliebenen Schiffsreeder standen. Sie blieben stehen, lehnten sich ans Geländer und sahen aufs Wasser hinaus. Da ertönte der Klingelton von Loeiz' Handy: die Filmmusik von *Der Herr der Ringe*.

»Entschuldige bitte …«, sagte er zu Charles und ging ein paar Schritte zur Seite.

Morgane wollte wissen, was geschehen war. Loeiz fasste in wenigen Worten zusammen, wie die Dinge lagen.

»Wann hast du vor zurückzukommen?«, wollte sie wissen.

»Es hängt alles davon ab, wie die Begegnung mit Gwénola verläuft. Du bist mir hoffentlich nicht böse, dass ich dich im Stich gelassen habe, Yin und Yang?«

Charles ergriff die Gelegenheit, dass Loeiz ein Telefongespräch führte, seinerseits dazu, Axelle anzurufen.

»Ach, du bist es!«, begrüßte sie ihn.

Ihre Stimme klang durch den Alkohol belegt. Er glaubte, er hätte sie aufgeweckt.

»Wir sind in Lorient und haben die letzte Fähre verpasst. Morgen früh können wir übersetzen. Ich wollte dich beruhigen, mein Liebling …«

»Ich war nicht beunruhigt«, widersprach Axelle ihm und zwang sich, heiter zu wirken. »Amüsiert euch gut!«

Er fuhr auf:

»Ich amüsiere mich nicht, Axelle. Ich versuche lediglich, etwas wieder gutzumachen, Ordnung in mein Leben zu bringen. Ich war ein Schuft und habe nichts davon gewusst.«

Sie wackelte mit dem Kopf und suchte nach einer Antwort. Bei der geringsten Bewegung wurde ihr schwindlig. Er hatte ihr nicht vorgeschlagen, ihn zu begleiten. Sie war nicht länger Teil der Gegenwart, die ihn so sehr bedrückte.

»Ich warte auf dich«, sagte sie nur und bemühte sich, die Silben sorgfältig nacheinander hervorzubringen.

Dann legte sie auf. Ihr Kopf hämmerte, sie fühlte sich zerschlagen und war überzeugt, dass sie Charles verlieren würde.

Er wählte die Nummer seines Stellvertreters, der unverzüglich am Apparat war.

»Bist du es, Charles?«, fragte Maurice und vergaß vor lauter Überraschung, ihn zu siezen und als Herrn Bürgermeister anzureden. »Es sieht schlecht aus. Bados weiß, dass Axelle das sicherste Mittel ist, um dich in die Enge zu treiben, und er ist schon dabei, die Messer zu wetzen. Aber ich habe einen genialen Einfall. Ich muss mit dir sprechen, wo bist du?«

»In der Bretagne, mit meinem Sohn.«

Am anderen Ende der Leitung herrschte Schweigen.

»Deinem … was?« Maurice glaubte seinen Ohren nicht zu trauen.

»Meinem Sohn. Das ist eine lange Geschichte, und ich werde dir alles erklären, wenn ich wieder zurück bin. Morgen früh treffe ich seine Mutter. Danach kommen ich so schnell wie möglich zurück.«

Diese Informationen musste Maurice erst einmal verdauen; ein paar Sekunden blieb er stumm. Als er wieder zu sich kam, beschwor er Charles:

»Wir brauchen dich hier, Charles. Es ist ernst.«

»Ich weiß. Aber meine Familie ist wichtiger.«

»Axelle ist deine Familie. Ich erkenne dich nicht wieder. Was ist geschehen?«

Charles seufzte.

»Ich weiß nicht mehr, wo mir der Kopf steht. Eine Freundin von uns hat uns vor neunzehn Jahren einen üblen Streich gespielt, und nun muss ich erst einmal einiges klären. Ich habe einen erwachsenen Sohn, der mir gleicht wie ein Bruder. Könntest du dich bitte um Axelle kümmern?«

Maurice zögerte nicht.

»Du kannst dich auf mich verlassen«, versprach er.

Während sein Vater noch telefonierte, rief Loeiz seine Mutter an. Gwénola war gerade zu Hause angekommen.

»Mama? Wir sind in Lorient und haben die letzte Fähre verpasst.«

»Wir?«, wiederholte Gwénola mit trockener Kehle.

»Charles und ich (das Wort Papa kam ihm nicht über die Lippen). Wir sind zusammen in seinem Wagen hergefahren. Er will mit dir reden.«

»Es kommt überhaupt nicht in Frage, dass er hier in Groix auftaucht!«, rief Gwénola entsetzt.

Die Insel war ihr Hafen, ihr Zufluchtsort geworden, und die Vorstellung, der Mann, der sie sitzengelassen hatte, könnte hier aufkreuzen, kam ihr wie eine Vergewaltigung vor.

»Er wusste nicht, dass du schwanger warst, Mama. Eure Freundin Jenny hat es ihm nie gesagt. Sie hat euch belogen. Er wusste nicht, dass es mich gab. Er wirkt vollkommen aufrichtig.«

»Er macht dir etwas vor, so wie er mir einst etwas vorgemacht hat.«

»Was hätte er denn davon?«, lautete der Einwand ihres Sohnes. »Er scheint nett zu sein, wirklich. Seine Geschichte ist viel zu unglaubwürdig, um falsch zu sein. So etwas erfindet man nicht, Mama. Es war immer sein Traum, einen Sohn zu haben!«

»Mein Traum war es, einen Vater für meinen Sohn zu haben«, erwiderte Gwénola schlagfertig.

»Ich glaube, er liebt dich noch immer.«

»Aber ich liebe ihn nicht mehr!«

Sie hatte die Worte geschrien.

»Gib ihm eine Chance«, bat Loeiz. »Wenn es stimmt, was er erzählt, so hat er neunzehn Jahre lang geglaubt, dass du ihn ohne Erklärung verlassen hast. Das hat er niemals wirklich überwunden. Er will einfach nur mit dir reden, hör ihn wenigstens an! Tu es für mich, ich bitte dich darum!«

Auf dem Meer tanzten zahllose weiße Schaumkronen, es wurde Nacht auf der Insel. Gwénola seufzte.

»Nicht in meinem Haus. Ich will auf keinen Fall, dass er den Fuß über meine Schwelle setzt. Ich werde an einem neutralen Ort auf euch warten. Bei dem Strand von *Les Grands Sables.*«

Bei jedem Ansturm des Meeres veränderte Groix seine Umrisse, und auch die immer heftigeren Winde aus südlicher Richtung trugen dazu bei. Der größte Strand der Insel, *Les Grand Sables*, der einzige konvexe Sandstrand in ganz Europa, veränderte unablässig seine Form und dehnte sich immer weiter nach Norden aus.

»Wir kommen mit der ersten Fähre morgen früh«, sagte Loeiz erleichtert.

Sie antwortete nicht und legte leise auf.

»Ist alles in Ordnung?«

Loeiz sah auf. Charles war wieder neben ihm aufgetaucht.

»Morgane versteht alles, wie immer. Aber Mama glaubt dir nicht.«

»Du hast mir zunächst schließlich auch nicht geglaubt! Und es fällt mir sogar selbst schwer, nicht zu glauben, dass ich träume. Ich möchte mich zwicken, um sicher zu sein, dass du wirklich da bist.«

»Ich habe Hunger«, sagte Loeiz. »Mama und du, ihr seid zusammen ins ›Kleeblatt‹ gegangen. Mit meinen Schulkameraden habe ich oft in einem Studentenbistro hier in der Nähe zu Abend gegessen. Aber ich warne dich – es hat keine vier Sterne!«

»In deiner Gesellschaft wird mir alles hervorragend munden«, versicherte Charles.

Er legte die Hand auf die Schulter des jungen Mannes, aber dieser verkrampfte sich bei der Berührung. Charles spürte es und zog seine Hand zurück; er musste ihm mehr Zeit lassen.

»Wenn ich sterbe, wirst du Graf werden, Graf Loeiz de Bergeac.«

Loeiz blieb stehen.

»Ich habe es Ihnen doch schon gesagt«, stellte er klar und ging in seiner Verwirrung wieder zum Sie über. »Ich heiße Loeiz Tonnerre, ich möchte gern Ihr Sohn sein, aber meine Identität ändere ich deshalb nicht. Können wir uns darauf einigen, dass Sie mich damit in Ruhe lassen?«

Charles sah ihn eindringlich an und nahm den Stolz und auch den Mut wahr, der im Blick seines Sohnes lag.

»Wie du möchtest.«

Loeiz zuckte die Achseln, schob die Hände in die Taschen und setzte seinen Weg fort. Charles folgte ihm schweigend und mit eingezogenen Schultern.

31

Maurice saß am Steuer seines Wagens. Eine tiefe Falte zog sich über die ganze Breite seiner Stirn. Er war auf der Straße zwischen Astaffort und Lectoure in der Region Gers unterwegs. Diese Straße hatte den Beinamen »Römerstraße«, da auf ihr früher Zinngegenstände nach Italien gebracht wurden. Er bog in einen kleinen Weg und parkte vor einem Gebäude, an dem ein runder Taubenkäfig hing. Er stieg aus und ging ein paar Schritte auf das Haus zu. Eine blonde Frau in einem knallgelben Pullover und einer schwarzen Jeans erschien auf der Schwelle. Ihre Augen waren von einer Sonnenbrille verborgen. Sie verharrte regungslos und schien ihn nicht wiederzuerkennen.

»Guten Tag, Julie, denk dir ein paar Kilos und den Schnurrbart weg und ein paar Haare hinzu«, half er ihr.

»Maurice?«

Sie lachte genauso hell auf wie einst. Nicht ein Gramm hatte sie zugenommen, und immer noch fiel ihr langes Haar offen über die Schultern herab. Sie war so hübsch wie früher, als sie zusammen ausgegangen waren. An ihrem linken Ringfinger war kein Ring zu sehen.

»Du bist immer noch so schön wie früher«, sagte er galant. »Ich störe dich hoffentlich nicht?«

Sie schüttelte den Kopf.

»Ich brauche deine Hilfe«, gestand er. »Genauer gesagt, ich brauche die Hilfe der ehemaligen Sekretärin im Bürgermeisteramt von Pierre Bados.«

»Wenigstens bist du offen und ehrlich. Was kann ich für dich tun?«

»Wie ist dein Verhältnis zu Bados?«, wollte er sicherheitshalber wissen.

»Eher schlecht.«

Das hatte er vermutet. Julie hatte vor zwei Jahren an einem dunklen Wintertag auf dem Rückweg von der Arbeit einen Autounfall gehabt. Eine unzureichend beschilderte Baustelle war ihr zum Verhängnis geworden. Bados als Bürgermeister und Dumont als verantwortlicher Bauunternehmer hatten mit aller Entschiedenheit Forderungen abgelehnt, die die Versicherung der Verletzten an die Gemeindeverwaltung gerichtet hatte. Julie hatte ihre Anstellung verloren, eine Pension erhalten, aber seither verließ sie ihr Haus nicht mehr.

»Ein ekelhafter Typ«, ereiferte sich Maurice. »Er will wieder ins Bürgermeisteramt einziehen, indem er den jetzigen Bürgermeister und seine Frau in den Schmutz zieht.«

Julies Gesicht hellte sich auf.

»Axelle besucht mich recht oft«, sagte sie.

»Ach wirklich?«

Davon wusste Maurice nichts. Er wies auf die offene Tür hinter Julie.

»Willst du mich nicht hereinbitten?«

»Doch, natürlich …«

Sie ließ ihn vorangehen. Er betrat das Wohnzimmer, in dem ein Sofa und ein paar tiefe Sessel standen. Das Radio war eingeschaltet, offenbar ein Theaterstück, denn mehrere Stimmen antworteten einander. Das Zimmer mit den schmalen Fenstern war schattig und eine Lampe war noch nicht an.

»Hast du dich gerade ausgeruht? Es tut mir leid, ich hätte dich doch anrufen sollen, bevor ich hier so einfalle ...«

Sie drehte sich zu ihm um.

»Ich war am Lesen. Und ich mag es, wenn mich jemand besucht.«

»Was liest du?«

»Den neuesten Thriller von Harlan Coben.«

»Mir bleibt überhaupt keine Zeit mehr für irgendetwas. Ich arbeite zu viel«, sagte Maurice voller Bedauern. »Zeigst du mir dein Buch?«

Sie wies mit einer Handbewegung auf das Radio.

»Ich lese mit meinen Ohren«, erklärte sie. »Ich bin Mitglied in einem Club, in dem man mir die neuesten Bücher auf Band spricht.«

Verdutzt starrte Maurice sie an und runzelte die Stirn. Julie entfuhr ein leises Lachen.

»Ich stelle mir gerade vor, was für ein Gesicht du jetzt machst«, sagte sie.

Dann nahm sie ihre Brille ab. Erschrocken wich er zurück. Ihr Blick flackerte hin und her, ohne sich fest auf einen Gegenstand ihrer Umgebung zu richten.

»Seit meinem Unfall kann ich nicht mehr sehen. Ich habe eine sehr anständige Pension, aber mein Augenlicht werde ich nicht mehr zurückerlangen!«

»Das tut mir furchtbar leid, ich wusste nichts davon«, sagte Maurice zutiefst betroffen.

»Es wissen nur ganz wenig Leute davon: der Arzt, der Pfarrer, die Mitarbeiterin der Sozialstation, die Krankenschwester und Axelle de Bergeac. Sie sind verschwiegen, und ich habe sie gebeten, nichts weiterzuerzählen, da mir das Mitleid der Leute unerträglich wäre. Aber dein Vorschlag hat seinen Reiz. Wenn es darum geht, Axelle zu helfen und Bados oder Dumont bloßzustellen, dann bin ich dabei!«

»Das ist toll«, beteuerte Maurice, noch immer reichlich verwirrt.

Das Zögern in seiner Stimme war Julie nicht entgangen, und so ging sie mit sicheren, geschmeidigen Bewegungen auf ihn zu.

»Ich brauche dein Mitgefühl nicht, Maurice. Als du mich früher in versteckten Winkeln geküsst hast, hast du ganz anders mit mir gesprochen.«

»Entschuldige bitte, ich muss mich erst daran gewöhnen«, stammelte er.

»Du bist doch inzwischen ein großer Junge und solltest wissen, dass man sich nicht nach Behinderten umdreht. Wenn du so mit mir sprichst, ist es genauso, als würde ich im Rollstuhl sitzen und du würdest mit dem Finger auf mich zeigen.«

Maurice lachte gequält.

»Nur weil du nichts siehst, brauchst du nicht so gemein zu mir zu sein«, erwiderte er.

»Das klingt schon ganz gut. So kommen wir zusammen.«

»Okay. Dann raff dich auf, auch wenn es dir schwer fällt und hilf uns, diesen Mistkerl in die Enge zu treiben. Habe ich mich jetzt klar genug ausgedrückt?«

»Ja, wunderbar. Selbstverständlich werde ich euch helfen. Und es fällt mir kein bisschen schwer, mich aufzuraffen, wie du sehen kannst. Du solltest die Tatsache, dass ich blind bin, nicht dazu ausnutzen, mir etwas vorzumachen. Womit fangen wir an?«

»Darf ich ein Licht anmachen?«

»Bitte sehr. Ich verbringe die Tage im Dunkeln. Jetzt wirst du gleich sagen, dass ich damit ganz schön spare …«

Er schaltete eine große Lampe an, die einen hellen Lichtschein auf seinen Pullover warf. Dann ließ er sich in einen Sessel fallen, beugte seinen massigen Körper nach vorn und begann mit seinen Ausführungen:

»Bados lügt und betrügt, um so die Familie Bergeac ins Unrecht zu setzen, dabei ist die so anständig wie irgendwer. Dafür bin ich sicher, dass er gleich mehrere Leichen im Keller hat. Ich will, dass er selbst in die Grube fällt, die er für andere aushebt, aber ich weiß nicht, wo ich ansetzen soll. Du hast für ihn gearbeitet und müsstest doch einiges wissen. Als Bürgermeister hatte er viele Pflichten, aber auch Vorteile. Versuch dich an etwas zu erinnern. Es würde mich sehr wundern, wenn er seine Stellung nicht ausgenutzt und missbraucht hätte.«

Julie dachte nach.

»Das Dumme ist, dass er ganz schön raffiniert vorgeht. Er delegiert vieles und verwischt so die Spuren. Er hat sein Netz fein gesponnen, so dass viele Leute in seine Geschäfte verwickelt, aber auch von ihm abhängig sind. Die von ihm begünstigten Unternehmen haben ihm ihren Dank auf Umwegen zum Ausdruck gebracht. Und die von ihm bevorteilten Verwandten hatten im Allgemeinen einen anderen Namen als er selbst. Er macht es ganz wie Napoleon, er kultiviert die Vetternwirtschaft.«

»Genau das wirft er nun Charles und Axelle vor«, sagte Maurice. Er hat seine Lektion gut gelernt. Gibt es denn keine Steuerhinterziehung, kein abgezweigtes Geld, keine Nummernkonten und keine schwarze Kasse?«

»Ich war seine Sekretärin im Bürgermeisteramt, aber nicht seine Vertraute oder gar seine Geliebte. Er hat versucht, mich anzubaggern, und als er keinen Erfolg damit hatte, hat er es aufgegeben. Er ist viel zu gerissen, um eine Anklage wegen sexueller Belästigung zu riskieren. Frauen bedeuten ihm nicht sonderlich viel, letztlich zählen für ihn nur Macht und Geld.«

»Nun gut. Dann müssen wir an anderen Stellen suchen. Man kann nicht behaupten, dass er seinen Reichtum zur Schau trüge. Er fährt einen alten 4x4 mit abgefahrenen Reifen, er hat eine Sammlung alter, schmutziger Jacken mit Hahnentrittmuster, ein paar schöne Gewehre für die Jagd – das bringt uns alles nicht recht weiter. Seine Frau hat vor kurzem die Scheidung eingereicht.«

»Ach ja?«, fragte Julie überrascht. »Da ich nicht mehr ins Dorf gehe, bin ich nicht ganz auf dem Laufenden.«

»Nach dem Tod seines Schwagers haben sie sich gestritten. Sie wohnt jetzt mit ihrem gemeinsamen Sohn Florian in dem Haus, das der Junge geerbt hat.«

Julie lächelte.

»Das muss ihn schwer getroffen haben, denn er war seit langem hinter diesem Anwesen her. Dann lebt er jetzt allein?«

»Er hat den ehemaligen Hof von Grincheux gekauft und sich gerade dort eingerichtet.«

Maurice schwieg einen Augenblick und dachte an diesen alten schimpfenden und prahlerischen Bauern, dem der Hof einst gehört und der seine Hündin »Schlampe« genannt hatte.

»Mildiou, das bringt uns doch alles nicht weiter«, murmelte er.

»Mildiou« ist ein beliebtes Schimpfwort im Südwesten, von dem jemand wie Grincheux unmäßigen Gebrauch machte. Eigentlich bezeichnete es eine Reben- und Kartoffelkrankeit, die die Pflanzen schimmlig und welk werden läßt.

»Er verabscheute Fremde und spielte ihnen übel mit. Erinnerst du dich daran, wie er sie unentwegt beschimpfte?«

Julie hörte ihm nicht zu. Sie dachte darüber nach, welchen unglaublichen Aufschwung der Immoblienmarkt im Südwesten genommen hatte. Immer beliebter war die Region geworden. Es war absolut angesagt, ein paar Monate des Jahres im »3-2« zu wohnen. Die Bemühungen der Handelskammer, alle Dörfer miteinander zu vernetzen, lockte die so genannten *Soho (small office, home office)* an. Mit ihren alten, in die hüglige Landschaft gebetteten Steinhäusern und ihren ausgedehnten Getreide- und Sonnenblumenfeldern glich die Region Gers der Toskana und zog vor allem Engländer an. Und zwar in einem solchen Maße, dass die geschäftstüchtigen Immobilienagenturen ihren Angestellten sogar Kurse in der Sprache Shakespeares bezahlten.

Plötzlich unterbrach sie Maurice.

»Warte mal, ich habe eine Idee … Wer hat eigentlich das Haus geerbt?«

»Was meinst du?«

»Grincheux ist ohne Erben gestorben, nicht wahr? Er hatte keine Familie mehr. Hat er kein Testament hinterlassen?«

»Ich glaube nicht. Sein Nachbar, der ehemalige Polizist, hat den Hund bekommen. Bados hat das Haus unmittelbar vor den letzten Wahlen gekauft, Charles de Bergeac war noch nicht am Ruder.«

»Die entscheidende Frage ist: Für wie viel hat er den Hof gekauft?«, äußerte Julie nachdenklich. »Er ist nicht reich. In diese Richtung sollten deine Nachforschungen gehen.«

Maurice runzelte die Stirn, er verstand nicht, worauf sie hinauswollte.

»Wenn ein Bürger ohne Familie und ohne Testament stirbt, so erbt der Staat sein Hab und Gut, und die Domänenverwaltung hat den Auftrag, dieses zu verkaufen«, erklärte Julie. »Der Inspektor der Domänenverwaltung ist verpflichtet, den Besitz öffentlich auszuschreiben und dann eine Versteigerung zu organisieren. Hast du jemals etwas von dieser Ausschreibung gesehen?«

Nach einem kurzen Grübeln schüttelte Maurice den Kopf.

»Nein.«

Julie lächelte.

»Das habe ich mir gedacht. Der Trick ist uralt. Anstatt einer groß veranschlagten öffentlichen Ausschreibung belässt man es bei einer winzigen Notiz, zum Beispiel einem Aushang an einer schlecht einsehbaren Stelle des Hauses und einem kleinen Hinweis in einer wenig gelesenen Zeitung. In einer so touristischen Gegend wie dem Südwesten ist es zudem günstig, die Versteigerung im Winter anzusetzen, also außerhalb der Saison. So entledigt man sich der Käuferschaft aus dem Ausland und aus Paris. Es gibt viele solcher kleinen Tricks.«

»Und weiter?«, fragte Maurice ratlos.

»Ganz einfach. Bei einer Versteigerung fängt man mit einem sehr niedrigen Preis an und treibt diesen dann in die Höhe. Ich wette meine Sonnenbrille, dass Bados das Haus weit unter Wert gekauft hat. Er hat es sich heimlich, still und leise durch irgendeinen Betrug angeeignet, und diesen müssen wir aufdecken. Verwirre ich dich? Er muss jemanden geschmiert haben, damit mögliche Käufer erst gar nichts von dem Verkauf erfahren. Wenn kein anderer Interessent etwas weiß und kein Käufer auftaucht, kann er eigenmächtig den Preis festsetzen. So erschleichen viele Betrüger sich einen Grundbesitz zu einem geringen Preis, noch dazu auf fast legalem Wege. Das einzige Risiko liegt in diesem Fall darin, dass das Bürgermeisteramt das Vorkaufsrecht hat, aber da er selbst Bürgermeister war, bestand auch hier keine Gefahr!«

»Was für ein Gauner«, schimpfte Maurice.

»Er hat berühmte Vorbilder. Nach dem Ersten Weltkrieg explodierte in Grenoble während einer Versteigerung von Immobilien in unmittelbarer Nähe der Versteigerungshalle ein Munitionslager. Alle potentiellen Käufer flohen, bis auf einen. Da er keine Mitbieter mehr hatte, erhielt er mehrere Immobilien für einen lächerlichen Ausgangspreis!«

»Hervorragend«, sagte Maurice. »Wir werden Bados mit seinen eigenen Waffen schlagen. Wir werden ihn dazu zwingen, seine Anschuldigungen gegen Charles und Axelle de Bergeac zurückzunehmen. Wir hier im Gers haben Sinn für Humor, Eleganz und prunkvolle Aufmärsche. Und wir können es nicht ertragen, dass man sich über uns lustig macht. Wenn die Leute erfahren, dass ihr ehemaliger Bürgermeister ihr Vertrauen missbraucht hat, wird das übel für ihn ausgehen. Sie werden ihn vor die Wahl stellen: Entweder nimmt er seine Worte zurück oder all seine Machenschaften kommen an die Öffentlichkeit!«

»Das nennt man Erpressung, Herr Stellvertretender Bürgermeister«, gab Julie zu bedenken. »So etwas ist illegal …«

»Aber äußerst wirksam!«

»Vorausgesetzt, du hast Beweise für deine Behauptungen. Er wird vorsichtig gewesen sein, denn er ist nicht dumm.«

»Das müssen wir überprüfen«, sagte Maurice. »Ich habe einmal ein Paar gesehen, das mit einem riesigen Fernsehgerät aus einem großen Supermarkt kam. Sie haben das Gerät vor den Augen der Angestellten in einen in zweiter Reihe geparkten Kleinlaster geladen. Dabei hatten sie den Fernseher gestohlen. Aber es war so unverschämt, dass niemand überprüft hat, ob sie ihn bezahlt hatten. Ich könnte mir vorstellen, dass Bados ähnlich vorgegangen ist. Wenn jemand in ein Haus einzieht, so möchten alle gern wissen, was es gekostet hat, aber niemand wagt es, ihn zu fragen.«

Julie nickte.

»Man muss ihm nachweisen können, dass er es unter Wert gekauft hat. Er hat mit Sicherheit irgendeine Spur hinterlassen. Warum nicht im Bürgermeisteramt? Bados ist so hochmütig, dass er niemals in Erwägung gezogen hat, man könnte ihn bloßstellen wollen. Ich bin sicher, dass man beim Durchsehen der Archive etwas finden wird.

Noch dazu hasst er die EDV, so dass er alles auf Papier festgehalten haben wird.«

Maurice schlug mit der Faust auf den Tisch.

»In Ordnung. Gehen wir. Ich nehme dich mit. Ich habe den Schlüssel, und wir werden sogar die ganze Nacht dort verbringen, wenn es sein muss.«

Julie lächelte ihn traurig an.

»Ohne meine Augen bin ich zu nichts nutze. Du brauchst schon ein Team, das gut arbeitet.«

»Das habe ich auf Lager«, sagte Maurice. »Aber du gehörst dazu, also begleitest du uns auch. Darf ich einmal telefonieren? Mein Handy funktioniert nicht.«

Sie zeigte ihm, wo der Apparat sich befand, und er wählte auf den mit Blindenschrift versehenen Tasten die Nummer des Schlosses.

Axelle nahm ab und fragte mit belegter Stimme:

»Charles?«

»Ich bin es, Maurice. Ich habe einen genialen Einfall, wie wir Pierre Bados auf die Schliche kommen. Aber ich brauche Ihre Hilfe, und zwar jetzt sofort. Kommen Sie gleich ins Bürgermeisteramt. Ich kann doch mit Ihnen rechnen?«

»Natürlich. Ich sitze gerade mit Jeanne und Joseph zusammen. Können die auch mitkommen?«

Maurice nickte am anderen Ende der Leitung.

»Je mehr Verrückte wir sind, desto lustiger wird es!«

Das Rathaus lag im Dunkeln, nur das Neonlicht am Notausgang leuchtete schwach. Maurice parkte im Hof und wollte Julie beim Austeigen helfen, aber sie stieß ihn zurück.

»Ich bin nicht vollkommen unfähig!«, protestierte sie.

Ihr dünner weißer Teleskopstock tastete den Boden ab, während sie auf die Treppe zuging. Maurice folgte ihr und bewunderte schweigend, wie sie sich in ihrer Welt ohne

Licht fortbewegte. Er stieß gegen einen Stein, stolperte und konnte einen Sturz nur mit knapper Mühe verhindern.

»Scheiße!«, schimpfte er.

»In der Nacht bist du der Blinde. Für mich gibt es keinen Unterschied zwischen den Tages- und Nachtzeiten. Jetzt kommt jemand, oder?«

»Wo denn?«, staunte Maurice und spähte in die Dunkelheit.

»Du solltest deine Ohren spitzen!«

Ein paar Sekunden später erschien der Wagen vom Schloss auf dem Hof. Joseph war am Steuer, auf der Rückbank saßen Jeanne und Axelle. Schwankend, aber elegant stieg Axelle aus. Maurice kam der Gedanke, dass er hier zum ersten Mal in seinem Leben eine betrunkene Gräfin sah. Jeanne und Joseph mussten weniger getrunken oder den Alkohol besser vertragen haben. Fünf Minuten später waren alle im Rathaus verschwunden.

»Warum hast du dich nicht an die neue Sekretärin des Bürgermeisteramtes gewandt?«, fragte Julie.

»Weil sie die Cousine von Bados ist.«

»Ich verstehe«, nickte Julie. »Bevor wir die Archive durchsuchen, müssen wir das Datum herausfinden, zu dem er das Haus gekauft hat.«

Sie drehte sich zu Axelle um, deren Position sie dank der Geruchsmischung von *Chanel Nr. 5* und Schnaps unschwer lokalisieren konnte.

»Wenn ein Notar einen Kaufvertrag aufsetzt, so schickt er eine Bescheinigung darüber an das Katasteramt wegen der Eintragung in das Grundbuch und wegen der Grunderwerbssteuer. Die Grundbücher der Bürgermeisterämter werden jedes Jahr aktualisiert.«

Maurice war bereits auf dem Weg in das Büro für die Stadtplanung und begann zu suchen.

»Ich hab es!«, rief er kurz darauf.

Er las für Julie den Vertrag über den Verkauf des Grundstücks von Grincheux an Pierre Bados vor. Dazu gehörte auch das Wegerecht für das Nachbargrundstück. Auch das genaue Datum der Transaktion war angegeben, es hatte sich alles an einem Samstag im Winter abgespielt.

»Gut«, sagte Julie befriedigt. »Bados hat ein furchtbar schlechtes Gedächtnis. Er versah alles Mögliche mit kleinen gelben *Post-it*, die er anschließend mit einem Gummiband wieder zusammenband. Ich bin sicher, dass er nicht alle fortgeworfen hat! Danach müsst ihr suchen. Die Archive sind im Zweiwochenrhythmus geordnet. Wir müssen die drei Monate vor dem Verkauf durchforsten.«

Sie holten die Karteikästen hervor und gingen bei ihrer Suche systematisch vor. Julie stand neben ihnen und übersetzte die Kürzel, die Bados auf den kleinen selbstklebenden Papierfetzen verwendet hatte: PBGP – Pierre Bados, Gemeindepost; PBVF – Pierre Bados, Verwaltungsvorgänge; PBSA – Pierre Bados, Schulangelegenheiten usw.

Welch eigenartige Atmosphäre, auf diese Weise mitten in der Nacht im Rathaus am Werke zu sein! Hin und wieder erschraken sie, als sie einander im Flur über den Weg liefen.

»Haben Sie mir Angst eingejagt!«, entfuhr es Jeanne, als sie sich vor dem Büro des Bürgermeisters plötzlich Maurice gegenübersah. »Ich bin furchtbar aufgeregt und habe das Gefühl, dass gleich die Polizei auftaucht und uns erwischt.«

»Da müssen Sie etwas verwechselt haben: Bados und Dumont sind die Bösewichte, nicht wir«, erinnerte Maurice sie. »Als Assistent kann ich arbeiten, wann es mir beliebt. Und die Nacht inspiriert mich nun einmal.«

»Es ist schon nach Mitternacht«, seufzte Axelle. »Ich fühle mich wie erschlagen. Wenn Charles auf dem Schloss angerufen hat, wird er sich fragen, wo wir stecken.«

»Er hat mir gesagt, dass er mit seinem … Sohn unterwegs ist. Was ist denn das für eine Geschichte?«, flüsterte Maurice im Büro des Hausmeisters.

»Das reicht bis vor unsere Hochzeit zurück«, erklärte Axelle. »Er hatte eine Freundin, die von ihm schwanger wurde, aber er hat es erst jetzt erfahren.«

»Das muss ein ganz schöner Schock für ihn gewesen sein!«

»Der Junge ist neunzehn Jahre alt, lebt in der Bretagne und studiert Medizin. Er sieht ihm zum Verwechseln ähnlich. Und ich habe ihm keinen Sohn schenken können …«, seufzte die durch den Schnaps enthemmte Axelle.

»Frau Gräfin glaubt, dass Herr Graf nicht zurückkehren wird«, raunte Jeanne Maurice im Einwohnermeldeamt zu. »Sie braucht jetzt unseren Zuspruch.«

»Und der besteht wohl darin, dass wir den Alkohlgehalt in ihrem Blut steigern?«, merkte Maurice trocken an.

»Sie sind nicht gerade in guter Stimmung, nicht wahr?«, fragte Julie Axelle im Wahlbüro.

»Ich hänge einfach mit in der Sache drin«, erkläre Axelle hoheitsvoll und betrunken. »Mein Mann muss Entscheidungen treffen, und mir bleibt nur übrig, wie Penelope auszuharren.«

Der Glockenschlag des nahe gelegenen Kirchturms schlug bereits ein Uhr. Immer noch hatten sie nichts gefunden, und allmählich machte sich eine gewisse Entmutigung breit. Joseph stieg auf einer Leiter bis in die obersten Winkel unter dem Dach. Man hörte, wie er Kartons verrückte, schimpfte und fluchte, Gegenstände hochhob und einen Schrank aufschloss.

»Ist bei dir da oben alles in Ordnung?«, rief Jeanne besorgt zu ihm hoch.

»Ja … wartet mal! Hier ist noch eine Kiste. Ist sie vielleicht die richtige?«

Er stieg mit einem Karton wieder herunter, der die Aufschrift PBPA trug.

»Pierre Bados, persönliche Angelegenheiten«, übersetzte Julie aufgeregt. »Schnell, schaut hinein!«

Alles Mögliche kam zum Vorschein: Einkaufslisten, Lottozahlen, Merkzettel, Termine des Gemeinderates, rätselhafte Berechnungen und schließlich ein kleiner gelber Zettel auf der untersten Akte, auf dem zwei Bemerkungen standen: »Häuschen Datum O.k.« und »Verkauf am Tag des Spiels«. Der rätselhafte *Post-it*-Zettel hätte nichts bedeutet, hätte Maurice nicht in der gleichen Akte einen Zeitungsausschnitt gefunden.

»Interessieren Sie sich für Football oder Rugby?«, fragte er Joseph mit bebender Stimme.

Der Chauffeur schüttelte verneinend den Kopf, Julie hingegen meldete sich zu Wort.

»Seit meinem Unfall lasse ich bei mir zu Hause ständig das Radio laufen, als könnten die Geräusche Licht in mein Dunkel bringen. Ich weiß, dass das idiotisch klingt.«

»Erinnerst du dich, ob am Tag des Verkaufs ein wichtiges Spiel stattfand?«, fragte Maurice jetzt eindringlich.

Julie dachte nach. Plötzlich erhellten sich ihre Züge.

»Du hast recht. Es gab ein Rugbyspiel, das hier in unserer Gegend großes Aufsehen erregt hat. Warum?«

»In zwei Minuten wirst du es wissen. Ich will nur noch rasch etwas überprüfen. Ich habe einen Kalender in meinem Handy und sehe nach.«

Er suchte nach dem entsprechenden Bild auf seinem Display und ging zurück bis zu dem in der Zeitung erwähnten Datum.

»Ich habe es mir doch gedacht«, murmelte er. »Wie raffiniert!«

Maurice erklärte den anderen, was er herausgefunden hatte. Sie waren der Bewunderung voll, und ihre Stimmung hellte sich auf. Sie hatten gefunden, was sie suchten!

»Wir müssen absolutes Stillschweigen bewahren«, schwor Maurice sie ein. »Maître La Futaie ist ein sehr guter Anwalt, aber er kann schließlich nicht so vorgehen wie ich. Er darf von unserer Aktion nichts wissen. Charles de Bergeac genauso wenig. Ist das klar?«

Jeanne und Joseph sahen ihn fest und entschlossen an, Julie nickte. Axelle zögerte, in ihren Schläfen hämmerte es.

»Charles nichts davon sagen? Warum denn? Es ist doch nur von Vorteil für ihn ...«, kam es ihr haltlos über die Lippen.

»Es ist unbedingt erforderlich, dass er nichts erfährt. Versprechen Sie mir, dass Sie schweigen?«

Axelle hasste es, ihrem Mann etwas zu verheimlichen, aber der Tonfall von Maurice machte ihr unmissverständlich klar, dass es sein musste. Also versprach sie es ihm.

32

Es war schon tief in der Nacht. Der Roller von Noa sauste durch Paris. Vorsichtig legte sich der junge Mann in die Kurven, um seine Begleiterin nicht in Gefahr zu bringen. Anfangs hatte Jenny versucht, sich an ihrem Sitz festzuhalten, aber ihre Hände rutschten ab, und so hatte sie sich dazu durchgerungen, sie um Noas Taille zu legen. Sein junger, warmer, sehniger Körper war zusammengezuckt, aber der junge Mann hatte nichts gesagt. Jenny hatte eine leichte Verwirrung an sich gespürt, aber sie hatte dieses Gefühl verworfen und sich über sich selbst lustig gemacht.

»Er ist minderjährig und könnte mein Sohn sein«, hatte sie gedacht. »Er hat mir geholfen; ich werde mich einfach bei ihm bedanken und ihn mit seinen Stofftierchen ins Bett schicken.«

Mit halb geschlossenen Augen überließ sie sich dem Vergnügen, die Lichter der französischen Hauptstadt an sich vorbeiziehen zu sehen. In Wirklichkeit war sie zum ersten Mal hier. Und es war auch ihre Jungfernfahrt auf einem Motorroller. Noch nie hatte ein Junge sie auf dem Beifahrersitz mitgenommen. Sie hatte während ihrer gesamten Jugendzeit kleine Arbeiten angenommen, um ein Auskommen zu haben, und am Abend war sie dann zu müde gewesen, um noch auszugehen.

Der Roller bog auf die Place de la Concorde und kam am Luxushotel Crillon vorbei.

»Ich wollte Sie zum Abendessen einladen, aber das legendäre Restaurant Tour d'Argent entspricht nicht meiner Kragenweite, deshalb habe ich einen Tisch unter freiem Himmel reserviert mit Blick auf die Seine«, erklärte Noa.

Unmittelbar vor der Brücke hielt er vor einem kleinen Lieferwagen an, der Hot Dogs verkaufte. Er bestellte zwei – einen mit Senf für sich und einen mit Ketchup für Jenny. Mit diesem Proviant stützten sie sich auf die Mauer der Brücke und sahen auf den Fluss hinunter. Eines der berühmten Touristenboote fuhr vorüber und tauchte für einen kurzen Augenblick die Quais, auf denen sich engumschlungen die Verliebten tummelten, in ein grelles Licht. Ein Obdachloser mit einem Wolfshund kam auf sie zu und streckte bettelnd seine Hand aus.

»Wollen Sie einen Hot Dog?«, schlug ihm Noa vor.

Der Mann war noch jung, zögerte kurz, dann nahm er das Angebot an. Noa lief los, um den Hot Dog zu besorgen, Jenny streichelte unterdessen den Hund. Anschließend stiegen sie die Treppen zu dem unter ihnen liegenden Quai hinunter.

»Ich habe mir immer gewünscht, einen Hund zu haben«, gestand Jenny. »Aber früher war es unmöglich, und heute lebe ich in einem Hotel. So muss ich mich damit begnügen, die Hunde anderer zu streicheln.«

»Ich liebe Hunde auch sehr, aber meine Mutter behauptet, dass ihr Bellen sie bei der Arbeit stören würde.«

Er lachte leise auf.

»Wenn ich daran denke, dass sie ihre Bücher gar nicht selbst schreibt … Ich hätte mir ein ganzes Rudel halten können!«

»Vor fünf Jahren hat eine Freundin etwas zu mir gesagt, das ich nie vergessen habe: ›Wenn es einmal so weit ist, dass man die Hunde nicht mehr bellen hört, die Vögel nicht mehr singen und die Kinder nicht mehr lachen und spielen, dann wird man es bedauern, denn dann ist man tot!‹«

»Das klingt hübsch«, befand Noa.

»Sie ist inzwischen gestorben«, fügte Jenny hinzu. »Sie kann nichts mehr hören.«

Noa sah sie an, und Jenny blickte ihm tief in die Augen. Ihre Mission wuchs ihr allmählich über den Kopf, sie hatte genug von allem und wollte am liebsten alles hinter sich lassen, ihr Versprechen vergessen, Paul Lincoln abschütteln und mit ihm die ganze Bande aus dem »Kleeblatt«.

»Wenn dir deine Mutter und ihre Freundinnen eines Tages weismachen wollen, dass ich ein schlechter Mensch bin, dann darfst du ihnen nicht glauben, schwörst du mir das? Bitte!«, sagte sie unvermittelt.

Noa starrte sie mit weit aufgerissenen Augen an.

»Ein schlechter Mensch? Hat das etwas mit den Anschuldigungen von Paul zu tun?«

»Ich kann dir im Augenblick nicht mehr sagen. Verderben wir uns nicht den Abend. Paris ist so wunderschön ...«

Die Spazierfahrt auf dem Roller hatte ihr Paris von seiner reizvollsten Seite gezeigt. Oben an der Treppe spuckte ein Bus eine ganze Horde mit Kameras bewaffneter Touristen aus. Noa griff nach ihrer Hand und zog sie mit sich fort:

»Schnell, wir verschwinden!«

Sie rannten auf dem Quai davon, bis sie die Photographierwütigen weit hinter sich gelassen hatten. Außer Atem sahen sie zurück.

»Ist dir klar, dass man mich ab Samstagabend ununterbrochen filmen wird?«, japste Noa.

Endlich war er zum »Du« übergegangen. Jenny schien diese Anredeform vollkommen normal zu finden. Er fasste sich ein Herz.

»Ich habe durchaus ein Schamgefühl, nicht so wie dieser Jean-Edouard im Schwimmbad des Loft …«

»Wer ist denn das?«, wollte Jenny wissen.

»Ein Kandidat in einer der ersten Reality-Fernsehshows, der vor Millionen von Fernsehzuschauern mit einer Kandidatin im Wasser geschlafen hat.«

Noa sah sie seltsam an. Jenny wurde klar, dass sie sich auf gefährliches Gebiet begaben.

»Ich friere«, sagte sie. »Begleitest du mich zurück?«

Sogleich zog Noa zuvorkommend seine Jacke aus und reichte sie ihr. Jenny lehnte jedoch ab.

»Lass sie an, ich will nicht, dass du dir eine Erkältung einfängst. Deine Mutter wäre dann wütend auf mich!«

Er verzog das Gesicht. Sie hatte ihn absichtlich in seine Kinderrolle gewiesen.

»Du bist nicht mein Babysitter«, wehrte er sich verletzt.

»Ich bin zu alt für solche Dinge«, erklärte sie.

»Das stimmt«, sagte er, um sie nun seinerseits zu treffen.

Plötzlich fragte sie sich, was sie hier eigentlich zu suchen hatte.

»Bring mich ins Hotel zurück«, sagte sie fordernd. »Es ist Zeit für kleine, böse Jungen, das Licht auszumachen.«

Schweigend stiegen sie die Stufen wieder empor. Noa stieg auf seinen Roller, ließ den Motor an und drehte sich zu Jenny um.

»Steig auf«, sagte er, schon wieder besänftigt.

Sie kam seiner Aufforderung nach, lehnte sich allerdings so wenig wie möglich an ihn. Der Zauber des Abends war verflogen, ihr war kalt und sie hatte Hunger. Der Roller holperte über die im Mai 1968 gelockerten Pflastersteine, und die derben Erschütterungen setzten sich in ihrer Wirbelsäule fort. Sie wollte auf dem schnellsten Wege zurück und – allein – in ihr Bett kriechen.

Noa schob den Roller auf den Gehweg vor dem Hotel. Der Nachtportier erkannte ihn nicht und forderte ihn von oben herab auf:

»Stell deine Maschine weiter weg. Dieser Platz ist für Gäste reserviert!«

Noa zog in aller Ruhe seinen Helm ab.

»Ich weiß«, sagte er und reichte ihm seinen Schlüssel. »Ich schlafe hier.«

Peinlich berührt stammelte der Portier:

»Es tut mir leid, Monsieur, das konnte ich nicht ahnen.«

Damit hängte er den kleinen Schlüssel in ein Wandschränkchen, wo es seinen Platz neben Autoschlüsseln für einen BMW und einen silbernen Porsche fand.

An der Rezeption erhielten sie die Magnetkarten für ihre Zimmer, und so gingen sie zum Aufzug, der sich unverzüglich nach oben in Bewegung setzte.

»Ich wollte dir nicht wehtun …«, setzte Noa an.

Der Aufzug hielt schon wieder. Sie traten hinaus und gingen den Flur entlang.

»Oh doch«, sagte Jenny. »Aber du hast nur etwas sehr Zutreffendes ausgesprochen. Du bist minderjährig, und ich bin beinahe vierzig Jahre alt. Gute Nacht, Noa. Danke für deine Hilfe und auch für die von Mona. Wenn Paul morgen früh wieder auftaucht, hoffe ich, dass unsere Falle zuschnappt.«

Sie zog das kleine handliche Tonbandgerät hervor, das nun das von Noa aufgezeichnete und von Mona zusammengeschnittene Gespräch enthielt. Dann schloss sie die Tür von Zimmer Nummer 33 auf und wünschte ihm noch einmal eine gute Nacht.

Noa biss sich auf die Unterlippe. Er begehrte sie, er begehrte sie wie ein Wahnsinniger. Ab Samstag würde er drei Monate lang mit entzückenden, sexy aussehenden Püppchen eingesperrt sein, aber die waren ihm furchtbar gleichgültig. Er wollte diese Frau in dem roten Leinenkleid mit ihrer feuerroten Mähne und ihren runden Brüsten haben.

»Jenny«, murmelte er, »ich habe noch nie … ich meine …«

Sie küsste ihn flüchtig auf den Mundwinkel.

»Gute Nacht«, murmelte sie.

Dann schloss sie ihre Tür und ließ ihn davor stehen.

Enttäuscht und wütend warf sich Noa angezogen aufs Bett. Er wechselte zehnmal den Sender im Fernsehen, er rief Mona an, bei der sich nur der Anrufbeantworter vernehmen ließ, dann stand er wieder auf und wollte nach Hause gehen. Aber der Gedanke an seine Mutter, die er dort antreffen würde, hielt ihn davon ab. Er wusste immer noch nicht, wie er mit seinen Entdeckungen umgehen, was er davon halten, wie er reagieren sollte. Erneut griff er zum Telefon und ließ sich mit dem Nachbarzimmer verbinden. Beim zweiten Klingelton war Jenny am Apparat.

»Pronto?«

»Heißt das ›Hallo‹ auf Italienisch?«

Jenny seufzte.

»Ich dachte, es ist mein Mann.«

»Du trägst keinen Ehering«, entgegnete Noa.

»Er hingegen schon.«

»Und den anderen trägt seine offizielle Ehefrau, oder? Du musst ihn eifersüchtig machen. Dafür brauchst du nur einen Liebhaber!«

Noch nie hatte er es gewagt, so mit einer Frau zu sprechen, aber mit Jenny schien ihm alles so selbstverständlich zu sein.

»Wann fliegst du nach Amerika zurück?«

»Du meinst wohl nach Italien? Am Sonntag.«

Noa schluckte mühsam. Wenn er aus seinem medientauglichen Gefängnis käme, würde sie unerreichbar für ihn sein.

»Ich will dich nicht verlieren«, flehte er. »Unser Altersunterschied stört mich nicht.«

»Du bist zu gütig!«

»Mach dich nicht über mich lustig, Jenny. Ich bin nicht dumm. Ich weiß, dass wir nicht füreinander bestimmt sind. Aber wir können eine gemeinsame Geschichte haben. Es bleiben uns achtundvierzig Stunden. Das erste Mal ist etwas ganz Besonderes. Ich will, dass du die Erste bist.«

»Ich bin aber keine Lehrerin in Sexualkunde«, erwiderte Jenny. »Geht es dir um eine Wette, oder willst du vor deiner Mutter auftrumpfen? Ich jedenfalls schlafe mit einem Mann, wenn ich in ihn verliebt bin, Noa, auch wenn das vielleicht altmodisch klingt.«

»Ich denke genauso«, sagte Noa weich. »Deshalb habe ich es bisher auch noch nicht getan. Es ist lächerlich, mit siebzehn noch unberührt zu sein, aber ich wollte, dass das erste Mal etwas Außergewöhnliches ist ... Beschreib mir, wie es sich anfühlt, was man empfindet!«

Seine Fragen waren Jenny unangenehm, und sie versuchte, ihm auszuweichen.

»Solche Unterhaltungen solltest du mit deinem Vater führen, nicht mit einer Fremden.«

»Er hat bei seinem ganzen Fettabsaugen keine Zeit für so etwas. Erzähl es mir bitte!«

Sie seufzte. Noa rührte sie in seiner Naivität. Er stand auf der Schwelle zum Erwachsenwerden – ein junger, unerfahrener, aber auch sehr männlicher Mann. Wie gern hätte sie einen kleinen Bruder wie ihn gehabt.

»Man glaubt zu fliegen und fühlt sich unsterblich. Es ist ein ungleich höherer Genuss als ein Hot Dog im Mondschein unter den Fenstern des Crillon. Es ist berauschender als die schönsten Filme und aufregender als ein Lottogewinn. Man hat das Gefühl, angekommen zu sein, immer nur nach diesem Augenblick, nach dieser unglaublichen Empfindung gesucht zu haben. Nach dieser Explosion, die dich fortreißt und atemlos zurückläßt. Danach ist alles leer, man wird in die Nacht zurückgestoßen mit der Erinnerung an einen Augenblick des Glücks. Ja, eigentlich ist es das: für einen Augenblick mit jeder Faser seines Körpers glücklich sein und keine Angst mehr haben …«

Es klopfte an Jennys Tür. Sie runzelte die Stirn.

»Wer ist da?«

»Der Zimmerservice«, antwortete eine freundliche weibliche Stimme.

Jenny legte das Telefon zur Seite und ging zur Tür. War es am Ende ein übler Scherz von Paul? Eine Aufmerksamkeit von Floridiano? Sie öffnete. Ein Zimmermädchen in schwarzem Rock und weißem Hemd stand mit zwei Champagnerflöten auf einem Tablett auf der Schwelle. Jenny lächelte und trat zur Seite.

Als das Zimmermädchen wieder gegangen war, griff sie erneut zum Telefonhörer.

»Du hast zu viele Filme gesehen«, sagte sie.

»Ich habe sie auf deine Rechnung schreiben lassen«, gestand Noa. »Wenn du dich weigerst, sie zu bezahlen, werde ich ihnen vorschlagen, den Abwasch zu machen, oder ich liefere ihnen die Schlagzeile des Jahrhunderts: Olivia Ruben schreibt ihre Bücher gar nicht …«

»Eines hat sie geschrieben. Es war nicht so gut wie das von Gwénola. Deshalb habe ich sie vertauscht.«

»Du hast …was?«, schrie Noa entsetzt.

»Sie absichtlich vertauscht. Ich habe Olivias Namen auf das Manuskript von Gwénola geschrieben und umgekehrt, um Olivia zu begünstigen. Sie war meine Freundin, ihre Mutter war gerade gestorben, und sie musste auf andere Gedanken kommen.«

»Aber das ist einfach abscheulich Gwénola gegenüber!«, empörte sich Noa schockiert. »Wie konntest du so etwas tun?«

»Ich bin ein schlechter Mensch, ich habe es dir gesagt.«

»Du hast mir gesagt, dass ich denjenigen nicht glauben soll, die so etwas behaupten.«

Jenny seufzte.

»Komm rüber«, sagte sie. »Nur so lange, bis wir unsere Gläser ausgetrunken haben. Ich werde dir alles erklären. Danach gehst du wieder, einverstanden?«

Eine Sekunde später erschien Noa in der Tür.

»Der Sicherheitsabstand zwischen uns beträgt vier Meter. Komm nicht näher, sonst schreie ich und alarmiere die gesamte Etage«, warnte Jenny, während sie ihm bedeutete, auf einem Sessel Platz zu nehmen. »Ich will nicht wegen Verführung Minderjähriger im Gefängnis landen. Wir können uns nach deinem Geburtstag noch einmal treffen.«

»Du willst mich überlisten, edle Dame. Du weißt genau, dass du zu diesem Zeitpunkt wieder über alle Meere entflohen sein wirst.«

Er reichte ihr eine Champagnerflöte, hob die andere, und das Kristall erklang, als die Gläser aneinander stießen.

»Erzähl mir von deinem ersten Mal«, bat er mit heiserer Stimme.

Sie lachte und setzte sich auf die Kante ihres Bettes.

»Es war während einer Sommerfreizeit am Michigan-See. Ich leitete eine Gruppe und er auch. Ich arbeitete dort für meinen Lebensunterhalt, er wollte nur sein Taschengeld aufbessern. Seinen Namen habe ich vergessen, sein Gesicht und seinen Körper aber nicht. Er war zärtlich, das war ich nicht gewohnt, denn gewöhnlich behandelte man mich eher grob. Ich bin in einer der so genannten *foster families* aufgewachsen. Ich weiß nicht, wie so etwas in Frankreich heißt.«

Noa nahm einen Schluck Champagner.

»*Foster*?«, wiederholte er. »Dieses Wort habe ich noch nie gehört.«

»Bei uns bringt das *Department of Social Services* oder *DSS* Kinder, die der Sozialfürsorge unterstehen, bis zu ihrem achtzehnten Lebensjahr in solchen *foster families* unter. Diese erhalten Geld vom Staat dafür. Im Englischen heißt *foster* so viel wie umsorgen, liebkosen, beschützen, erziehen. Aber die Leute sind oft nur daran interessiert, ihre Einkünfte zu steigern. Ich habe dreimal die Familie gewechselt, es war überall das Gleiche. Die anderen Kinder, die ich traf, waren dort, weil ihre Eltern nicht in der Lage waren, sie zu erziehen, weil sie im Gefängnis saßen oder einen Entzug machten.«

»Und wie war es bei dir?«

Jenny sah ihn traurig an.

»Mein Vater hat meine Mutter im Alkoholdelirium erschossen, als ich acht Jahre alt war. Danach hat er sich in der Ausnüchterungszelle erhängt. Ich wurde von dem DSS aufgegriffen. Zunächst wurde ich zur Adoption freigegeben, aber sobald meine potentiellen neuen Eltern erfuhren, was mit meinem Vater geschehen war, nahmen sie Abstand davon: ›Man weiß ja nie, vielleicht vererbt sich so etwas. Das Risiko können wir nicht eingehen!‹ Also kam ich in verschiedene *foster families*. Das sind keine gesetzlichen Eltern, sondern sie werden für ihre Fürsorge bezahlt. An meinem achtzehnten Geburtstag bin ich abgehauen mit einem einzigen Koffer, in dem mein ganzes Hab und Gut war. Meine Mutter war Französin und hatte mit ihrer Familie gebrochen. Diese wollte ich jetzt wiederfinden, aber ich erfuhr, dass meine Großmutter, eine Blumenhändlerin in Paris – in der Rue Saint-Dominique – inzwischen gestorben war. Also hatte ich niemanden mehr. Ich reiste kreuz und quer durch Amerika und nahm die verschiedensten

Arbeiten an. Meine französischen Sprachkenntnisse waren mir dabei bisweilen hilfreich. Da meine Mutter stets Französisch mit mir gesprochen hatte, sprach ich es fließend. Freunde hatte ich wenige. Jemandem, der keine Familie oder sonstige Bindungen hat und sogar an Thanksgiving allein ist, schlägt überall Misstrauen entgegen. Irgendwann habe ich mich in einen netten Typen verliebt, der mich sogar heiraten wollte. Aber seine Eltern haben Erkundigungen über meine Vergangenheit eingeholt und ihn gezwungen, mit mir zu brechen. Danach habe ich beschlossen, mich nie wieder an jemanden zu binden, und daran habe ich mich auch gehalten. Bis ich im Jahr 2000 krank wurde. Da habe ich meine erste richtige Freundin kennen gelernt. Jenny Lincoln …«

Noa sprang auf und verschüttete ein wenig Champagner auf den Teppichboden.

»Aber du bist doch selbst Jenny Lincoln!«

»Nein. Du bist der Einzige, dem ich mich anvertraue, und ich hoffe, du behältst mein Geheimnis für dich. Bis 2000 hieß ich Kate. Meinen Familiennamen brauchst du gar nicht wissen. Dann kam ich in New York ins Krankenhaus, wo ich niemanden kannte. Die Diagnose lautete Brustkrebs. Ich teilte das Zimmer mit einer jungen Frau, die mir sehr ähnelte. Sie hatte genauso rote Haare, grüne Augen und Sommersprossen wie ich. Wir waren auch gleich groß und hatten beide Brustkrebs.«

Kate lächelte traurig und fuhr mit ihren Enthüllungen fort, ohne Noa anzusehen. Sie hatte kein Geld und keine Familie. Auch die echte Jenny war Waise, da ihr Vater, ein amerikanischer Diplomat, mit seiner Frau kurz zuvor bei einem Attentat ums Leben gekommen war. Im Gegensatz zu Kate war sie jedoch unglaublich reich.

Kate und Jenny waren bei dem gleichen Arzt in Behandlung. Sie hatten Freundschaft geschlossen, und da sie viel

Zeit hatten, erzählten sie sich viel aus ihrem Leben. So entstand in dieser bedrohlichen Situation eine enge Freundschaft zwischen den beiden jungen Frauen.

Kate schloss die Augen und ging in ihren Gedanken fünf Jahre zurück. Sie sah das Krankenhauszimmer wieder vor sich; draußen stand der japanische Kirschbaum und eine Eiche. Und sie sah diesen tolpatschigen Arzt vor sich, wie er sein Urteil verkündet hatte.

Er war ins Zimmer gekommen, hatte seine beiden Patientinnen zunächst ins Auge gefaßt und war dann an Jennys Bett getreten. Ohne Vorwarnung hatte er ihr die niederschmetternde Diagnose verkündet: »Es tut mir sehr leid, aber ich habe keine guten Neuigkeiten, Missis Lincoln. Die Untersuchungsergebnisse sind da. Es gibt bereits Metastasen, und wir haben uns entschieden, Sie nicht zu operieren.«

Jenny war blass geworden, ihr Mund hatte sich verzerrt, aber sie hatte Haltung bewahrt.

»Sie meinen, dass es vorbei ist und Sie mich aufgegeben haben, oder?«

Der Arzt hatte protestiert und beteuert, dass dies nicht so wäre, aber er war ihrem Blick ausgewichen. Dann hatte er sich zu Kate gewandt: »Wir haben auch Ihre Gewebeproben zurückerhalten, Missis Sand. Der Eingriff ist für morgen angesetzt. Es gibt noch keine Streuung.«

Kate wäre am liebsten vor Freude an die Decke gesprungen, aber aus Rücksicht auf ihre Bettnachbarin beherrschte sie sich. Eine von beiden hatte Glück gehabt, so als hätte eine das kurze und eine das lange Streichholz gezogen. Und diesmal war sie diejenige auf der richtigen Seite.

Statistisch gesehen erfährt auf einer Krebsstation jeden Tag eine Person, dass sie an ihrer Krankheit sterben wird.

Diesmal hatte es Jenny getroffen, währen Kate davonkommen würde. Kate war arm und allein, Jenny war reich und allein. Die wahnsinnige Idee, ihre Identitäten zu tauschen, stammte von ihr. Als eine frühere Nachbarin sie verwechselt hatte, war sie darauf gekommen.

Zunächst hatte Kate dies weit von sich gewiesen. Sie wollte nicht den Nutzen von Jennys Geld haben. Ihre Freundin sollte vielmehr kämpfen, die amerikanische Medizin vollbrachte schließlich wahre Wunder! Aber während Kate wieder zu Kräften kam, magerte Jenny ab und wurde von Tag zu Tag schwächer, wie ein Licht, das langsam verlöscht. Sie hatte nur noch ein Ziel vor Augen: Sie wollte, dass Kate ihre Stelle einnahm, um ihr ein sorgenfreies Leben zu ermöglichen.

»Ich habe mich gegenüber denjenigen, die ich liebte, nicht immer richtig verhalten«, gestand sie eines Abends. »Wenn es wirklich ein Paradies gibt, so möchte ich dort einen schönen Platz haben. Verhilf mir zu dieser letzten Freude, ich bitte dich! Du bist meine einzige Freundin. Ich werde dir mein Geld vermachen, aber da du nicht zur Familie gehörst und es sich um sehr viel Geld handelt, wirst du sehr hohe Abgaben zahlen müssen. Das wäre doch eine Verschwendung. Du hast es selbst gesagt: Die Geschichte deines Vaters hängt dir dein Leben lang an. Jetzt hast du die goldene Gelegenheit, dir eine andere Vergangenheit zuzulegen. Verpass sie nicht! Es wäre zu gefährlich, hier zu bleiben. Du wirst ins Ausland gehen müssen, um in Frieden leben zu können. Wir werden das Krankenhaus verlassen und uns irgendwo niederlassen, wo uns niemand kennt. Ich werde deine Stelle einnehmen und du meine. Du bleibst bis zum Schluss bei mir, danach wirst du frei und reich sein.«

Kate hatte protestiert, aber Jenny hatte sie unterbrochen:

»Es handelt sich nicht um ein Geschenk, sondern um einen Tausch. Ich gebe dir meine Identität und mein Geld, du übernimmst für mich dafür einen heiklen Auftrag. Während meines letzten Schuljahres habe ich aus Eifersucht etwas sehr Schlimmes getan. Es war so leicht, diesen Betrug einzufädeln, und es machte Spaß, den Lauf der Dinge zu beeinflussen. Du sprichst Französisch, du musst in meinem Namen die Wahrheit ans Licht bringen. Ich werde dir alles erklären. Versprich mir, dass du innerhalb der nächsten zehn Jahre nach Paris reist, um meinen Wunsch zu erfüllen.«

Um sie zu beruhigen, hatte Kate es versprochen.

Kurz darauf hatten sie das Krankenhaus verlassen und in Texas ein einsames Haus gemietet. Kate war zu Jenny geworden und kümmerte sich bis zum Ende um Jenny, die zu Kate geworden war. Nach ihren Tod trat Kate ganz offiziell an die Stelle von Jenny. Um jedes Risiko zu vermeiden, war die neue Jenny Lincoln nach Rom ausgewandert. Neuer Name, neuer Reichtum und nachdem sie dem Tod bereits so nahe gewesen war, eine ungeheure Lust auf das Leben, auch wenn sie, da sie nun mit einem verheirateten Mann und Familienvater liiert war, Weihnachten allein verbringen musste in einem Land, in dem es kein Thanksgiving gab.

»So«, schloss Kate ihre Beichte ab und sah auf. »Jetzt weißt du alles.«

»Das ist ja furchtbar …«, murmelte Noa fassungslos. »Was für ein großartiges Drehbuch!«

»Es ist meine wirkliche Geschichte. Paul Lincoln hat nicht gelogen. Ich bin nicht seine Schwester. Ich wusste nicht, dass Jenny einen Bruder hat. Vermutlich hat sie mir nichts von ihm erzählt, weil sie dachte er sei tot … Ich habe keine Ahnung, gegen was er allergisch ist!«

»Er hat dir vorgeworfen, du hättest seine Schwester umgebracht«, erinnerte sich Noa. »Ich weiß jetzt, dass das nicht stimmt, aber es wird gefährlich, wenn er es ausplaudert.«

Kate zog den Reißverschluss ihrer Bauchtasche auf, die sie niemals ablegte, zog ein kleines zusammengefaltetes Blatt Papier heraus und reichte es Noa. Mühsam entzifferte er die wacklige Schrift. Der Text war auf Englisch und auf Französisch geschrieben:

Ich, Jenny Lincoln, bitte heute, im Vollbesitz meiner geistigen Kräfte, meine Freundin Kate, nach meinem Tod meine Identität anzunehmen, um so einige persönliche Aufgaben für mich erledigen zu können. Ich werde sterben und wünsche mir, dass Kate in den Genuss meines Vermögens kommt. Ich halte dies hiermit fest und übergebe ihr das Schriftstück, so dass sie – im Falle der Beschuldigung, sie hätte mich umgebracht – das Gegenteil beweisen kann. Die einzigen Schuldigen sind der Krebs und seine Metastasen. Niedergeschrieben am 2. Oktober 2000.

Unterzeichnet mit Jenny Lincoln.

Noa gab Kate das Dokument zurück.

»Sie hat an alles gedacht«, murmelte er bestürzt.

»Sie war ein guter Mensch, auch wenn sie sich früher nicht richtig verhalten hat. Ihre Freundinnen sind zu Recht böse auf sie, besser gesagt, auf mich. Ich darf ihnen nicht sagen, dass ich nicht Jenny bin. Sie müssen ihr von sich aus vergeben.«

Noa bedeutete ihr, dass er sie verstand.

»Du hast vorhin gesagt, dass du … dass Jenny Mamas Manuskript absichtlich mit dem von Gwénola vertauscht hat, nicht wahr?«, erinnerte sich Noa jetzt.

»Ja. Jenny war eifersüchtig auf Gwénola. Sie war zwar ein uneheliches Kind und nur die Tochter der Krankenschwester in der Schule, aber sie war hübsch und fröhlich. Ihre Mutter betete sie förmlich an, backte Kuchen für sie und strickte ihr Pullover. Sie verbrachte ihre ganze Zeit mit ihr. Jennys Mutter hingegen verabscheute das verschlossene Wesen und die roten Haare ihrer Tochter. Einmal hat sie im Beisein von Gwénola zu Jenny gesagt: ›Ich hätte auch lieber eine Tochter wie Sie.‹«

»Sehr freundlich!«, tadelte Noa.

»Es fehlt noch ein letztes Teil in dem Puzzle. Jenny war ein Adoptivkind, und ihre Eltern hatten ihr das bereit sehr früh gesagt. So verletzten sie die Worte ihrer Mutter, sie hätte lieber eine andere Tochter gehabt, ganz besonders tief. Sie konnte es Gwénola nicht verzeihen und fühlte sich Olivia sehr viel näher, deren Mutter sie durch ihren Selbstmord ebenfalls allein gelassen hatte.«

»Großmutter hat sich umgebracht? Das ist ja etwas ganz Neues!«

»Ich habe es deiner Mutter gestern gesagt. Als die beiden deine Großmutter leblos auffanden, hat Jenny ihren Abschiedsbrief an sich genommen, um Olivia zu schonen. Später hat sie dann die Manuskripte vertauscht, um Olivia zu trösten. Sie konnte nicht ahnen, dass dieser Betrug sich zwanzig Jahre lang fortsetzen würde!«

»Jenny hat das Leben von beiden verändert«, murmelte Noa. »Und im Angesicht ihres Todes wollte sie das wieder gutmachen. Einfach faszinierend!«

»Tagelang hat mir Jenny von ihren Freundinnen erzählt. Sie hat mir von ihren Vorlieben und Neigungen erzählt, von dem, was sie gemeinsam unternommen hatten – nur damit ich als Jenny auftreten kann«, seufzte Kate. »Ich habe ihr Leben und das ihrer Freundinnen bis ins kleinste Detail auswendig gelernt. Ich habe mich so sehr damit beschäftigt, ihr ähnlich zu sein, dass ich mittlerweile echte Zuneigung für Olivia, Axelle und Gwénola empfinde. Sie werden mich für das verabscheuen, was Jenny getan hat, und ich leide wirklich darunter. Wie dumm das klingen muss!«

»Es ist einfach nur logisch. Du bist mit Haut und Haaren in die Rolle deiner Figur geschlüpft. Ich hoffe sehr, dass die Schauspielerinnen meiner zukünftigen Filme dein Talent haben werden.«

»Ich bin keine Schauspielerin«, schalt Kate. »Ich habe ein Versprechen gegeben und muss es halten. Aber dieser Paul macht mir Angst.«

»Mach dir keine Sorgen«, beruhigte Noa sie und wies auf das Tonbandgerät. »Er wird bald noch mehr Angst haben als du.«

Er griff nach dem Gerät und drückte auf die »Play«-Taste. Die Stimme von Paul Lincoln erhob sich in der stillen Nacht und brachte die Sätze hervor, die sie aufgezeichnet hatten, um ihn möglichst gut belasten zu können:

»Warum rufst du nicht um Hilfe? Ich wende mich nicht an die Polizei, weil ich noch unter Beobachtung stehe. Ich darf die Vereinigten Staaten überhaupt nicht verlassen und würde mir ziemlichen Ärger einhandeln, wenn man mich hier entdeckt.«

»Wie sehen deine Kreditkarten aus? Amex, Visacard aus Platin? Ich brauche Geld. Gehen wir gleich los. An der Champs-Élysées gibt es einen Automaten neben dem anderen.«

»Ich werde dich zu deiner Bank begleiten. Dort wirst du in mehreren Anläufen alles Geld abheben. Ich habe deine Wertpapiere studiert. Du kannst sie recht schnell verkaufen. Innerhalb von drei Wochen kann alles abgewickelt sein. Ich habe es nicht eilig. Wir werden deine

schönen kleinen Konten leerräumen, und dann verschwinde ich. Solltest du versuchen, mir zu entwischen oder die Polizei einzuschalten, wirst du es bereuen. Es wird dir wie den Papuas gehen, du wirst nie wieder durchschlafen können, da ich immer, wenn du dich in Sicherheit wähnst, auftauchen werde.«

»Wir gehen zwischen den Autos durch. Ich hasse Unterführungen. Sie erinnern mich zu sehr ans Gefängnis.«

»Ich kenne einen geheimen Spielertreff, wo deine Euros sich reichlich vermehren werden. Du wirst schön brav sein. Du hast hoffentlich verstanden, dass du mir ausgeliefert bist. Ich werde dich finden, ganz egal, wo du dich versteckst. Und dann bin ich nicht mehr so großzügig.«

Hier hörte die Aufnahme auf. Mona und Noa hatten alles gelöscht, was sich auf Jenny und auf ihre Verwandtschaft mit Paul oder auf Italien bezog.

»Das ist wirklich genial«, murmelte Kate. »Es wird ihn letztlich nicht aufhalten, aber es wird mir wertvolle Zeit verschaffen. Ich reise am Sonntag wieder ab, und bis dahin werde ich meinen Auftrag erfüllt haben. Danach muss ich Italien verlassen, denn er würde mich dort aufspüren. Ich bin dann dazu verurteilt, vor ihm zu fliehen.«

»Kennst du die alte Fernsehserie *Richard Kimble auf der Flucht*?«, wollte Noa wissen »Dort sucht der unschuldige Held den Mörder seiner Frau, der nur einen Arm hat.«

»Die Serie ist nicht so furchtbar alt. Sie wurde in dem Jahr ausgestrahlt, in dem ich geboren wurde … und mein Leben hat wahrlich nichts mit einem Filmdrehbuch zu tun, Noa. Wenn ich geschnappt werde, komme ich vermutlich ins Gefängnis, und zwar nicht in eine Zelle aus Pappmaché und mit Plastikstäben wie bei einem Bühnenbild, sondern in eine echte, wo sich niemand mehr darum kümmert, was aus mir wird! Ich habe niemanden getötet, aber ich habe den Fiskus ausgetrickst und in gewisser Weise auch den amerikanischen Staat. Ich habe einen Pass benutzt, der mir nicht gehört und die Verwaltungsbehörden getäuscht. Sie werden behaupten, dass ich Jennys körperliche Schwäche ausgenutzt und sie zur Niederschrift des Dokumentes gezwungen habe …«

»Ich werde für dich aussagen, ich werde dich beschützen!«, protestierte Noa.

Sie lächelte traurig.

»Du bist gerade einmal siebzehn Jahre alt!«

»Bald achtzehn!«

»Gegen einen Typen wie Paul kannst du nichts ausrichten. Er wird nicht lockerlassen, ganz gleich, wohin ich gehe.«

Sie seufzte.

»All das geht dich nichts mehr an, Noa. Du weißt jetzt, dass ich nicht die Jugendfreundin deiner Mutter bin. Ich bin sehr froh, dass ich dich kennen gelernt habe. Geh jetzt schlafen. Sei nicht zu hart mit Olivia. Sie kann nichts dafür, sie hat einfach nur von einem Geschenk des Schicksals profitiert.«

»Es ist mir gleich, ob du Kate oder Jenny bist!«, entgegnete Noa. »In zwei Tagen reist du ab, und bis dahin bleibe ich bei dir. Paul wird nicht so brutal auftreten, wenn du nicht allein bist. Ich werde auf dem Boden schlafen.«

Kate zuckte mit den Schultern. Sie hatte große dunkle Ringe unter den Augen und wirkte erschöpft.

»Ich fühle mich vollkommen leer, Noa. Leg dich neben mich aufs Bett, wenn du willst, aber schlaf einfach.«

Das ließ Noa sich nicht zweimal sagen. Er streckte sich neben ihr aus, drehte ihr den Rücken zu, schloss die Augen und tat so, als würde er schnarchen.

»Schlaf …«, murmelte Kate.

»Ich finde, dass Kate viel besser zu dir passt als Jenny.«

»Schlaf!«

»Wenn alles geregelt ist, werde ich in meinem ersten Film deine Geschichte erzählen, natürlich mit anderen Namen und Orten, einverstanden?«

Aufgeschreckt richtete sie sich auf und stützte sich auf einen Ellbogen.

»Erst wenn ich es dir erlaube! Versprich mir, dass du so lange wartest, bis ich dir grünes Licht gebe!»

»Versprochen, bei allem, was mir lieb und teuer ist!«

»Dann schlaf jetzt endlich!«

»In einer Filmfachzeitschrift hat mal ein Kritikter zu Isabelle Huppert gesagt, dass man bei der Arbeit als Regisseurin gewissermaßen seine Mutter verführt. Und sie hat geantwortet, dass man bei der Arbeit als Schauspielerin seinen Vater verführt. Ich werde beides in Angriff nehmen.«

»Wenn du jetzt nicht endlich schläfst, hau ich dir eins in die Fresse!«

Er schwieg und ließ noch einmal den an Wendungen so reichen Film dieses Tages vor seinem inneren Auge ablaufen. Diese Bilder ließen ihn alsbald einschlafen.

Kate brauchte um einiges länger, um schläfrig zu werden. Die immer gleichen, quälenden Fragen gingen ihr durch den Kopf. Hatte ihre Mutter Angst gehabt, als ihr Vater sie zu würgen begann? Hatte ihr Vater an sie gedacht, als er sich das Leben nahm? Er hatte im Gegensatz zu Olivias Mutter keinen Abschiedsbrief hinterlassen, aber in seiner Zelle gab es natürlich auch keinen Stift und kein Papier.

Kate warf sich auf die andere Seite, um ihre finsteren Gedanken abzuschütteln, und dachte noch einmal an Noas offenherzige Frage zur körperlichen Liebe. Sie hätte noch hinzufügen sollen, dass jeder dabei einen Widerhall seiner eigenen Geschichte findet. Für sie war die Erfüllung in der

Liebe vergleichbar mit dem Gefühl, abends nach der Schule nach Hause zu kommen, in eine Familie, deren Namen auch der ihre war, die auf sie wartete und sie mit offenen Armen empfing. Kurzum, sie war vergleichbar mit dem Davonlaufen vor Kate Sand …

Am Ende aber war auch ihr der Schlaf gnädig.

33

Den ganzen Abend über hatte Olivia das Problem unter Aufbietung all ihrer Phantasie hin und her gewendet. Bertrand Guinness hatte recht. Im Lauf der Jahre hatte sie gewisse Automatismen für das Verfassen einer Fiktion verinnerlicht. Auch wenn sie nicht in der Lage war, eine Geschichte zu komponieren, so besaß sie doch die Fähigkeit, den spannenden Fortgang einer Handlung zu finden.

Es galt nun, folgende Punkte zu berücksichtigen: Die Heldin, im vorliegenden Fall also sie selbst, durfte die Wertschätzung der Leser nicht verlieren. Es musste also etwas gefunden werden, das zweihunderttausend Französinnen, die zwanzig Euro ausgegeben hatten, um ihren Roman zu lesen, erklärte, warum sie mit dem Schreiben aufhörte … und außerdem noch – wenn Noa seine Drohung am Samstag wahr machte – erklärte, warum sie nie damit begonnen hatte!

Gegen drei Uhr morgens verspürte sie den furchtbaren Drang, mit jemandem zu reden. Sie rief im Hôtel Raphael an, aber die nächtliche Telefondame weigerte sich, ihr Jenny oder Noa zu dieser fortgeschrittenen Stunde zu geben. Sie war schon fast so weit, ihren Vater zu wecken, nahm aber dann Abstand davon. So wählte sie die Nummer von Axelles Appartement am Champs-du-Mars und danach die des Schlosses, wo sie den Apparat mindestens dreißig Mal klingeln ließ. Axelle war nicht aufzufinden. Gwénola kam nicht in Frage. Sie war sehr deutlich gewesen, und ein weiterer Versuch, sie von ihrer Entscheidung abzubringen, wäre zwecklos. So blieb nur eine einzige Person übrig, der sie sich anvertrauen konnte – jemand, mit dem sie seit Jahren nur noch über Anwälte gesprochen hatte.

Colin nahm beim dritten Klingeln ab – als gewissenhafter Chirurg war er überzeugt, es könne nur der diensthabende Kollege sein, der ihn brauchte.

»Doktor Colin Nathan, was gibt es?«

»Hast du geschlafen?«, fragte Olivia dümmlich.

Er zog angstvoll die Augenbrauen zusammen.

»Ist etwas mit Noa?«

»Nein, nein, beruhige dich, es ist alles in Ordnung. Er schläft in einem Luxushotel bei Jenny. Ich wollte nur einfach mit dir reden ...«

Colin rieb sich die Augen. Sein Sohn und seine Ex-Frau schienen vollkommen verrückt geworden zu sein.

»Gestern stört mich Noa mitten in einer Operation und heute Nacht weckst du mich auf, um zu plaudern? Ihr gehört beide in Behandlung!«

»Ich weiß einfach nicht mehr weiter, Colin. Es geht auch um Noa und um seine Zukunft. Ich bitte dich, hör mir zu ...«

»Olivia, hast du keinen Geliebten zur Hand, den du als Vertrauten benutzen könntest? Ist kein schmachtender Fan oder kein junger Schriftsteller in der Nähe, der von dir eine Empfehlung an deinen Verleger oder sonstige Hilfestellungen erhofft?«

»Nicht heute Abend«, erwiderte Olivia, ohne aufzufahren. »Störe ich dich vielleicht? Bist du gerade mit einer jungen, vielversprechenden Famulantin oder einer einfühlsamen Krankenschwester zusammen?«

»Halt, Olivia. So haben wir uns jahrelang beschuldigt. Darauf habe ich keine Lust.«

Colin setzte sich im Bett auf, griff nach einer Zigarette und zündete sie sich an.

»Gut, dann gib mir jetzt einen kurzen Abriss deiner Lage …«

»Das geht nicht. Komm mir nicht mit solchen Sprüchen wie ›Ein guter Roman läßt sich in einem Satz zusammenfassen‹! Heute Abend muss ich etwas weitschweifig und detailliert sein dürfen. Ich muss mich ausbreiten können …«

»Dann breite dich aus«, seufzte Colin und lehnte sich an sein Kopfkissen, während er den Rauch ausstieß. »Ich erinnere dich aber dennoch daran, dass ich kein Psychiater bin. Mein minderjähriger Sohn schläft also mit deiner Freundin Jenny in einem Luxushotel?«

»Noa ist in Sicherheit. Ich bin diejenige, die in Gefahr ist.«

»Ich höre dir zu …«

Sie brauchte fast eine Viertelstunde, um ihm die ganze Geschichte zu erzählen. Er rauchte drei Zigaretten, er schlief nicht ein, und viermal unterbrach er sie, um nachzufragen, und ein paarmal konnte er sogar seine Überraschung nicht verbergen.

»So«, schloss sie ihre Ausführungen. »Jetzt weißt du alles.«

»Als hätte ich darauf gewartet!«

»Was würdest du an meiner Stelle tun, Colin?«

»Ich würde einen klaren Schnitt machen. Ich würde mein Messer ein für alle Mal aufgeben und etwas anderes machen, bei dem ich meine Kompetenzen einsetzen kann.«

Olivia dachte einen Augenblick lang nach.

»Du bist genial«, sagte sie. »Du solltest Romane schreiben.«

»Kann ich jetzt weiterschlafen?«, murrte Colin.

»Ich bitte dich darum …«

Schon hatte er aufgelegt.

Olivia entfuhr ein leises Lachen; sie sah auf die Uhr und schlüpfte nun ihrerseits ins Bett. Fünf Minuten später schlief sie bereits tief und fest.

34

Freitag, 23. September

Wie jeden Morgen wurde Olivia um sechs Uhr wach und trank zwei Tassen starken Espresso. Dann zog sie sich in aller Eile an und sprang in ihren Mercedes, um vor der Hauptverkehrszeit nach Paris zu fahren. Es war sieben Uhr, als sie vor dem Hôtel Raphael parkte. Der Hotelangestellte eilte herbei, um ihr die Tür aufzuhalten. Olivia entdeckte den auf dem Gehweg geparkten Roller ihres Sohnes und ging auf den Hotelpagen zu.

»Ich bin Olivia Ruben«, sagte sie mit einem reizenden Lächeln. »Ich möchte meinen Sohn Noa sehen. Welche Zimmernummer hat er?«

Der Page zögerte, aber die Frau an der Rezeption hatte ihre Frage gehört und eilte mit einem entzückten Lächeln zu ihr.

»Sofort, Madame Ruben. Ich liebe Ihre Bücher!«

Sie sah in ihre Bücher.

»Es ist Nummer 35, in der dritten Etage.«

»Ich danke Ihnen«, sagte Olivia. »Es ist immer ein Vergnügen, einer Leserin zu begegnen.«

Sie nahm den Aufzug, und einen Augenblick später stand sie vor dem Zimmer von Noa. Sie klopfte an die Tür, zunächst zaghaft, dann lauter. Niemand antwortete. Noa hatte immer schon einen tiefen Schlaf. Sie klopfte beharrlich weiter, rüttelte schließlich an der Tür. Ein Zimmermädchen tauchte am Ende des Flurs auf.

»Es ist noch früh, Madame. Sie werden alle Leute aufwecken«, zischte sie erschreckt. »Haben Sie Ihren Schlüssel vergessen?«

Olivia nickte. Die junge Frau öffnete ihr mit einem Generalschlüssel. Olivia trat in das Zimmer und stellte fest, dass das Bett nicht benutzt war.

»Brauchen Sie noch etwas?«

Olivia schüttelte den Kopf, und die junge Frau verließ das Zimmer. Olivia ließ sich verstimmt aufs Bett fallen. Hatte Jenny ihren Sohn tatsächlich dazu gebracht, sich die ganze Nacht um die Ohren zu schlagen? Um sich Klarheit zu verschaffen, griff sie zum Telefon und verlangte eine Verbindung zum Zimmer von Madame Lincoln. Eine Sekunde später hörte sie das Telefon im Zimmer nebenan klingeln.

»Pronto?« ließ sich Kates schlaftrunkene Stimme vernehmen.

»Hallo, meine Schöne, hier ist Olivia. Habe ich dich geweckt?«

»Wie viel Uhr ist es?«, wollte Kate wissen und kam langsam zu sich.

»Viertel nach sieben. Hast du den Abend mit Noa verbracht?« Wie geht es ihm?«

»Äh … gut … glaube ich.«

Noa lag neben ihr, sein blondes zerzaustes Haar schaute aus den Decken, und er schlief tief und fest. Er war schön, die Vorsehung hatte ihn reichlich bedacht.

»Ich bin hier unten im Hotel. Kann ich heraufkommen und mit dir reden?«

Kate geriet in Panik.

»Ja, ja, natürlich! Lass mir zehn Minuten, damit ich mich etwas frisch machen kann.«

Sie legte auf und rüttelte Noa wach.

»Schnell, geh in dein Zimmer zurück, deine Mutter kommt gleich herauf, und sie darf dich nicht hier finden!«

»Warum denn?«, brummelte Noa noch reichlich benommen.

»Ich habe schon genug Probleme! Komm schon, steh auf und verschwinde!«

Ihr angsterfüllter Tonfall scheuchte Noa auf. Er sprang aus dem Bett, in dem er vollkommen bekleidet geschlafen hatte. Er schlüpfte in seine Turnschuhe und ging zur Tür.

»Danke, dass ich bei dir bleiben durfte, und danke für dein Vertrauen. Ich werde mich seiner würdig erweisen.«

Er öffnete die Tür und blieb sprachlos stehen, als er seine Mutter auf der Schwelle erblickte. Olivia stieß ihn zurück, drängte ins Zimmer und warf die Tür hinter sich zu.

»Ihr macht euch wohl über mich lustig?«, schrie sie wütend. »Du solltest das Kindermädchen spielen, Jenny! Hast du schon einmal etwas von Verführung Minderjähriger gehört?«

Kate ging ganz ruhig auf sie zu.

»Wir haben nur miteinander geredet.«

»Es ist nichts passiert, ich schwöre es dir, Mama!«, beteuerte Noa.

»Von dir will ich nichts mehr hören. Mein Sohn ist siebzehn, Jenny. Ich hatte Vertrauen zu dir. Ich war überzeugt, dass du ihm helfen wolltest. So sieht also dein Leben aus? Du steigst in Luxushotels ab und nimmst dir einen Gigolo?«

»Sie wollte nicht, Mama«, unterbrach Noa sie voller Verzweiflung. »Ich habe es versucht, aber sie hat mich ausgelacht.«

»Ich rate dir zu schweigen, Noa!«

Olivia zitterte vor Wut.

»Er ist doch nur ein Kind«, sagte Kate matt. »Er hat mir einen rührenden Antrag gemacht, aber ich habe durchaus ein Gewissen.«

»Warum sollte ich dir glauben?«, schäumte Olivia. »Du hast mich schon damals belogen, als du mir den Abschiedsbrief meiner Mutter vorenthalten hast. Du hast mir ihren Tod gestohlen, und jetzt willst du mir meinen Sohn stehlen!«

Kate setzte sich auf den Bettrand.

»Ich nehme dir nichts weg, und in zwei Tagen werde ich aus eurem Leben verschwunden sein. In der Vergangenheit habe ich Fehler gemacht, das ist wahr. Ich habe dein Manuskript absichtlich mit dem von Gwénola vertauscht, bevor ich beide an diesen Verleger schickte. Ich wollte, dass du das Angebot bekommst.«

»Was?«

Olivia war niedergeschmettert.

»Es war gar kein Versehen? Du hast es wissentlich getan?«

»Du warst meine Freundin, ihr Manuskript war besser, du trauertest gerade um deine Mutter, und dein Vater schenkte dir keine Beachtung mehr. Ich wollte ihn stolz auf dich machen, und dich wollte ich glücklich machen.«

»Aber das durftest du nicht tun!«, protestierte Olivia. »Für wen hältst du dich denn? Für Gott? Das Leben ist doch kein Gesellschaftsspiel, in dem man mogelt, um seine Freunde zu begünstigen! Du hast Schicksal gespielt und mich dazu gezwungen, die ganze Welt zu belügen!«

»Wäre es dir lieber gewesen, ein Niemand zu bleiben?«, parierte Kate.

»Mir wäre es lieber gewesen, man hätte Gwénola in der Abschlussklasse veröffentlicht. Ich hätte weiter geschrieben, Fortschritte gemacht und am Ende vielleicht selbst Erfolg gehabt. Mit meinem eigenen Talent und ohne Schwindelei!«

»In diesem Fall entschuldige ich mich bei dir. Es tut mir leid. Du bist stärker, als ich dachte.«

»Deine wertlosen Entschuldigungen sind mir vollkommen egal!«, keifte Olivia jetzt. »Was hast du noch alles auf

Lager, wo wir schon einmal dabei sind? Hast du Colin dafür bezahlt, dass er mich liebt? Hast du jedes Jahr hunderttausend meiner Bücher gekauft, um die Verkaufszahlen in die Höhe zu treiben? Hast du Noa auf der Neugeborenenstation gegen mein eigenes Kind getauscht, weil du ihn hübscher fandest?«

Sie hatte sich nicht mehr unter Kontrolle, sprang auf und stieß den kleinen Tisch neben dem Sessel mit einer wilden Geste um. Der Aschenbecher mit dem Hotelwappen landete, ohne zu zerbrechen, auf dem weichen Teppichboden, die Vase mit den Rosen kippte um, und ihr Wasser ergoss sich auf den Boden.

»Hör auf, Mama!«, fuhr Noa sie an. »Sie hat sich nicht richtig verhalten, aber du hättest die Wahrheit wieder zum Vorschein bringen können und hast es nicht getan. Sie hat im Jahre 1985 gelogen, du hingegen lügst seit zwanzig Jahren. Damit hältst du eindeutig den Rekord. Ich habe nicht mit ihr geschlafen, weil sie es nicht wollte. Ich bin kein Kind mehr, mein Antrag war nicht rührend, und ich habe genug von euch allen beiden!«

Er stampfte zur Tür und schlug sie hinter sich zu.

»Noa!«, rief Olivia und wollte ihm hinterherstürzen.

»Lass ihn gehen«, riet Kate und hielt sie am Arm zurück. »Er ist verliebt in seine Freundin Mona, nicht in mich. Aber er ist aus dem Takt gekommen und hat mich entdeckt wie ein kleiner Junge, der in den Bann eines irgendwo veröffentlichten Photos gerät. Er wird mich schnell vergessen haben.«

Olivia riss sich los und stürzte in den Flur.

»Ich werde nichts vergessen«, sagte sie hart und unerbittlich. »Was geschehen ist, ist geschehen. Die Vergangenheit läßt sich nicht rückgängig machen. Ich bitte dich, dich niemals wieder in unser Leben einzumischen, niemals wieder meinen Sohn zu sehen und dich in Zukunft von uns fern zu halten. Habe ich mich klar ausgedrückt?«

»Verzeihst du mir?«

»Machst du dich über mich lustig?«

»Nein. Ich bin zu diesem Treffen gekommen, um Milde von dir zu erbitten. Ich habe dir zwanzig Jahre im Scheinwerferlicht geschenkt. Das war unter Umständen ein zweischneidiges Geschenk, aber es hat dir viel eingebracht. Behaupte nicht das Gegenteil.«

Olivia hob den Blick zum Himmel.

»Das ist einfach surreal!«

»Wenn du die Zeit zurückdrehen könntest – bist du sicher, dass es dir lieber gewesen wäre, ich hätte die Manuskripte nicht vertauscht?«, beharrte Kate. »Wenn deine Antwort ja lautet, darfst du mich hassen bis ans Ende deiner Tage. Wenn du aber zögerst, dann bitte ich dich, mir zu verzeihen.«

»Sonst noch etwas?«, schimpfte Olivia.

»Wie lautet deine Antwort?«

Mit drohender Gebärde hob Olivia ihren Finger.

»Komm nie wieder in die Nähe meiner Familie!«

»Ja oder nein?«, wiederholte Kate.

Olivia presste die Kiefer aufeinander.

»Ich verzeihe dir«, stieß sie kaum hörbar hervor.

Dann machte sie kehrt und verschwand.

Kate begab sich in die Eingangshalle des Hotels, um Paul an einem öffentlichen Ort zu erwarten. Gegen zehn Uhr erschien er. Mit durchdringendem Blick, blankem Schädel und finsterer Miene stand er in der Halle. Seine Hände zitterten noch stärker als am Abend zuvor.

»Es war nicht nötig, deine Kreditkarte zu sperren. Der Automat hat sie eingezogen«, sagte er, während er sich neben Kate setzte. »Du lebst gefährlich. Hast du mit deiner Bank gesprochen?«

»Nein«, sagte Kate und sah ihn fest an. »Ich hatte zu viel zu tun.«

»Ich habe mich wohl nicht klar ausgedrückt, Jenny, oder wie auch immer du heißt. Ich komme zwar gerade aus dem Gefängnis, aber dafür weiß ich, wer ich bin. Vielleicht hast du noch kein Strafregister, aber du bist nicht du selbst, und das ist weitaus schlimmer, glaub mir.«

Statt einer Antwort hielt ihm Kate das Tonbandgerät entgegen. Paul runzelte die Stirn.

»Was ist das?«

»Hör es dir an.«

Paul betätigte die »Play«-Taste, und die Aufnahmen von seiner Stimme ertönten in der Halle. Er drehte hastig die Lautstärke herunter, hielt das Gerät nah an sein Ohr und konzentrierte sich.

»Du bist ein kleines Luder«, sagte er, als auf dem Band nur noch ein Rauschen zu hören war.

Kate zuckte die Schultern.

»*›Ich stehe noch unter Beobachtung. Ich darf die Vereinigten Staaten überhaupt nicht verlassen und würde mir ziemlichen Ärger einhandeln, wenn man mich hier entdeckte‹*«, wiederholte sie und ahmte seine Stimme nach. »Danke, dass du uns so präzise Auskünfte gegeben hast. Das Beste wäre, du würdest sofort wieder ins Flugzeug steigen!«

Paul riss die winzige Kassette aus dem Tonbandgerät und begann das Magnetband zu bearbeiten.

»Ich habe mehrere Exemplare«, sagte Kate nur.

»Du glaubst wohl, dass du mit dieser lächerlichen Erpressung gewonnen hast? Hältst du mich für einen braven Chorknaben? Ich werde meine Schwester suchen. Wenn sie noch lebt, werde ich sie zahlen lassen. Wenn sie tot ist, werde ich dich beschuldigen, sie umgebracht zu haben. Ich bin lieber an meiner Stelle als an deiner.«

Kate beugte sich zu ihm vor.

»Ich … bin … deine … Schwester!«, sagte sie und betonte jede einzelne Silbe. »Als meinem Bruder steht dir die Hälfte unseres elterlichen Erbes zu. Ich bin bereit, es dir bei einem Notar zu hinterlegen, du wirst es nur abholen müssen.«

»Ich will alles«, forderte Paul nachdrücklich. »Du bist nicht Jenny, und das werde ich beweisen.«

»Möchten Sie etwas trinken?«, fragte ein Kellner plötzlich neben ihnen.

Paul fuhr auf.

»Nein, danke«, sagte Kate. »Wir warten auf jemanden.«

Paul warf ihr einen fragenden Blick zu.

»Ich habe mir die Freiheit genommen, mit der Botschaft zu telefonieren«, erklärte sie mit hinreißendem Lächeln. »Wenn ich sage, die Freiheit ...«

Paul stand auf und sah sie hasserfüllt an.

»Das wirst du noch bereuen!«, drohte er. »*Believe me*, glaub mir.«

Er wich zur Tür zurück, dann war er verschwunden. Kate schloss erschöpft die Augen. Sie hatte ihm die Stirn geboten, sich dabei aber lediglich einen Aufschub erwirkt. Sie fragte sich, ob auch Paul adoptiert worden war. Das Schicksal hatte sich vermutlich geirrt: Jenny hätte an ihrer Stelle geheilt werden sollen.

35

Im September verlässt die erste Fähre Lorient wochentags um acht Uhr morgens. Gwénola war bereits um sieben Uhr aufgestanden, hatte aber nichts frühstücken können. Mit dem Fahrrad war sie zu dem Strand *Les Grands Sables* gefahren. Von hier konnte man Lorient in der Ferne sehen. Ein paar Boote waren bereits auf dem Meer draußen zu sehen. Vor zwanzig Jahren hatte sie Paris schwanger verlassen, um bei ihrer Großmutter auf der Insel Zuflucht zu suchen. Damals war sie zur gleichen frühen Morgenstunde zu diesem Strand gekommen. Der feuchte Sand formte sich zu welligen Arabesken, und ihr kam es vor, als wäre ihr ganzes Leben von diesen geometrischen Figuren bestimmt, die bei der nächsten Flut wieder fortgespült werden würden. Sie hatte sich eingeredet, dass dieser inmitten des Wassers liegende Fleck ihr Schutz bieten und sie alles vergessen lassen würde …

Ihr Großvater, den sie nicht gekannt hatte, war hier auf Groix Fischer gewesen und hatte weder Lesen noch Schreiben gelernt. Ihre Großmutter war damals die Einzige im Dorf gewesen, die lesen konnte. Am Abend las sie den anderen die Zeitung vor und schrieb Briefe für die Nachbarn. Wie die anderen Frauen der Insel hatte sie voller Stolz und ohne Klagen die Kinder allein großgezogen, die Gartenarbeit erledigt und ihren Ehemann empfangen, wenn er vom Fischfang heimkam. Sie träumte davon, zu reisen wie die Männer, aber als das Meer ihr den ihrigen endlich zurückgegeben hatte und er in den Ruhestand getreten war, hatte er nur noch einen Wunsch: Er wollte auf seiner Insel bleiben. Nach seinem Tod hatte sie sich damit begnügt, in ihren Träumen durch die Welt zu ziehen. Ihre Tochter Annick war Krankenschwester geworden und hatte sich dazu entschieden, die Heimat zu verlassen. Mit ihrer Rückkehr nach Groix und ihrem Dasein als Korrespondentin von *Ouest-France* hatte Gwénola in gewisser Weise die Fackel von ihrer Großmutter übernommen. Es war ihre Aufgabe, Neuigkeiten von Backbord und Steuerbord weiterzugeben, und sie war stolz darauf. Ihre Arbeit machte ihr Freude, sie verstand ihr Geschäft.

Es war mild heute, und der Strand lag verlassen vor ihr. Niemand war da, um angstvoll aufs Meer hinauszusehen, wie es früher die Frauen getan hatten, als sie bei schlechtem Wetter am Strand zusammenkamen, um die Thunfischfänger zu erwarten. Angespannt versuchten sie, die Kennnummern der Schiffe zu entziffern, die verrieten, wer genau auf den heimatlichen Hafen zusteuerte. In der vergangenen Woche hatte es ein schweres Gewitter gegeben, aber es war vom Land aus herübergezogen. Das war ein gutes Zeichen: Wäre es vom Meer her gekommen, so hätte das schlechte Wetter vierzig Tage angehalten.

Charles würde gemeinsam mit Loeiz auf der Fähre sein. Gwénola fröstelte. An jenem Tag, an dem Jenny ihr mitgeteilt hatte, dass Charles sie zur Abtreibung bewegen wollte, hatte sich ihre Liebe zu ihm in Hass verwandelt. Dieser Panzer hatte Gwénola die ganzen Jahre über Schutz geboten, er war ihr Rüstzeug gegen die Welt. Es war ein gewaltiger Hass geworden, ein unvorstellbarer Widerwille. Mochte Loeiz seinem Vater nun auch vertrauen, Gwénola war nicht in der Lage, die Möglichkeit in Erwägung zu ziehen, dass sie sich zwanzig Jahre lang in ihrer Annahme getäuscht hatte.

Sie sah die Fähre weit draußen näher kommen und fühlte, wie sich ihr Herz zusammenkrampfte. Sie besaß kein Auto – wozu auch auf einer Insel –, bei den kurzen Entfernungen hier genügten zwei gesunde Beine und ein Fahrrad vollkommen. Loeiz und sein Vater würden zu Fuß hierher kommen oder mit einem der Taxis, die am Hafen auf die Ankömmlinge warteten und sie für zwei Euro überall auf der Insel absetzten. Nicht einmal die Hand schütteln wollte sie Charles, dabei waren sich ihre Körper einst so nah gewesen …

Gwénola hätte schwören können, dass noch nicht einmal fünf Minuten vergangen waren, als sie bereits Stimmen auf dem Weg vernahm. Sie drehte sich nicht um, sondern entschied sich – angespannt bis in die letzte Faser ihres Körpers – stehen zu bleiben und aufs Meer hinauszusehen.

»Mama ist dort unten«, hörte sie die Stimme von Loeiz sagen.

Starr ballte sie die Fäuste und presste die Kiefer aufeinander.

Charles nahm seinen ganzen Mut zusammen. Gwénola kehrte ihm den Rücken zu, der Wind spielte mit ihrem schwarzen lockigen Haar.

»Jenny hat uns angelogen«, sagte er als Erstes.

Er hatte sich nichts zurechtgelegt, dieser erste Satz war ihm wie von selbst über die Lippen gekommen. Er hätte auch sagen können: »Ich habe mich in dir getäuscht« oder: »Es war unrecht von dir, mir so etwas zuzutrauen«. Aber der Bezug auf Jennys Lüge stellte die Ausgangssituation zunächst einmal klar. Sie hatte beide wie Marionetten bewegt. Beide hatten sie geweint und gelitten, ohne dass es einen Grund gab.

Gwénola zitterte, verharrte aber regungslos. Charles trat näher und legte ihr sanft seine Hände auf die Schultern. Die Berührung durchfuhr sie wie elektrischer Strom, aber sie rührte sich nicht.

»Ich werde sie umbringen«, verkündete Charles mit rauer Stimme. »Es sind schon Ermittlungen gegen mich im Gange, da kann es nicht mehr viel schlimmer kommen! Es wird als Totschlag gewertet werden. Da ich die Tat im Affekt begangen habe, werde ich mildernde Umstände bekommen. Es tut mir so leid, meine kleine Bretonin …«

Spontan waren ihm die Koseworte von einst über die Lippen gekommen. Sie wurde weich, drehte sich zu ihm um und wich zurück. Der Blick ihrer türkisfarbenen Augen traf ihn wie ein Blitzschlag.

»Ich glaubte, dass du mich nicht mehr liebst, dass du verschwunden wärest, um mir klar zu machen, dass du mich nicht mehr willst«, sagte er schmerzerfüllt.

»Ich glaubte, dass du dich schämst, dass du Jenny als Mittlerin benutzt, um mir klar zu machen, dass wir zu verschiedenen Welten gehören und dass du dieses Kind nicht willst«, flüsterte sie.

»Warum hast du dich deinen Freundinnen anvertraut, anstatt zuerst mit mir zu sprechen?«, fragte er gequält. »Hättest du Vertrauen zu mir gehabt, dann hättest du dir denken können, wie meine Antwort lauten würde. Ich hätte dich um deine Hand gebeten, und wir wären glücklich geworden …«

Mit weit ausholender Gebärde begleitete er seine Worte.

»Ich hatte Angst vor deiner Reaktion als Mann. Mein Vater hat meine Mutter an dem Tag verlassen, als er erfahren hat, dass sie schwanger war, und ich hatte Angst, du könntest das Gleiche tun.«

»Du warst also sicher, dass sich diese Geschichte wiederholen würde?«, fragte er bitter.

»Du hättest mich zurückhalten können!«

»Ich wusste nicht, wo du warst …«, hielt er ihr verletzt vor.

»Du brauchtest nur meine Mutter zu fragen, anstatt dich wie ein reizender, aber feiger Prinz in deiner Festung zu verkriechen«, fuhr sie ihn an.

Ihre Anschuldigung traf ihn zutiefst.

»Du beschimpfst mich, weil ich deine Entscheidung, mich zu verlassen, wie ein Gentleman respektiert habe. Ich hätte dich wohl mit Gewalt zurückbringen und dir noch eine Tracht Prügel verabreichen sollen!«, gab er aufgebracht zurück.

Loeiz lag im Sand und fragte sich, warum seine Eltern die kostbare Zeit damit vergeudeten, sich zu streiten, anstatt sich zu umarmen.

Gwénola schüttelte den Kopf.

»Ich beschimpfe *uns*«, präzisierte sie. »Weil wir es zugelassen haben, dass diese Verrückte auf unserer Liebe herumtrampelt und sie zerstört hat. Wir hätten ihr niemals glauben dürfen!«

»Wir haben nicht genug Vertrauen in uns gehabt …«

»Wir haben nicht genug Vertrauen ineinander gehabt«, stellte Gwénola richtig.

»Das Ergebnis ist, dass du mich für einen Schuft gehalten und Loeiz diese Vorstellung mit auf den Weg gegeben hast«, schloss Charles.

»Als er eines Abends aus der Schule nach Hause kam und mich fragte, warum die anderen Kinder einen Vater hätten und er nicht, habe ich ihm erklärt, dass wir uns geliebt haben, dass wir ihn uns gewünscht hatten und dass das Leben uns trennte. Das war zwar eine Vereinfachung und Verfälschung, aber es beruhigte ihn.«

»Wusstest du, dass ich Axelle geheiratet hatte?«, fragte Charles unvermittelt.

»Ja. Das hat mich nicht weiter erstaunt, so wie ich dich einschätzte. Sie hatte also den Vater gewonnen, ich hingegen war mit dem Sohn gesegnet.«

Charles hielt es nicht länger aus.

»Hören wir doch endlich auf, uns an den Kopf zu werfen, was wir alles geglaubt und gelitten haben. Drehen wir die Zeit zurück und fangen noch einmal dort an, wo ...«

Gwénola wies auf Loeiz.

»Wir können uns nicht mehr Seite an Seite gerührt über seine Wiege beugen. Die Zeit ist vorüber, wir haben verloren.«

»Nein!«, rief Charles aufgebracht. »Wir haben das Recht auf unseren Anteil am Glück, auch wenn wir ihn mit zwanzig Jahren Verspätung erhalten!«

Als aufrechter Mensch fühlte er sich zwischen der Vergangenheit und der Gegenwart, zwischen Gwénola und Axelle, hin- und hergerissen. Seine ganze Erziehung flüsterte ihm zu, diese Jugendliebe zu vergessen und zu seiner ihm vor Gott und den Menschen angetrauten Ehefrau zurückzukehren. Aber jede Faser seines Körpers verlangte nach nichts anderem, als diese andere Frau zu besitzen, die er niemals vergessen hatte. Aber er konnte Axelle nicht verlassen, wo sie noch dazu gerade durch seine Fehler in Gefahr geraten war.

Gwénola sah ihn an. Es überraschte sie, welche Zärtlichkeit sie für ihn empfand. Sie hatte beinahe Lust, ihn zu beschützen.

»Wir sind mittlerweile vernünftige Vierzigjährige. Die Tollheiten der Jugend liegen weit hinter uns.«

»Das gilt nicht für mich!«, haderte Charles. »Ich habe jung geheiratet, ich war meiner Frau stets treu, ich habe hart gearbeitet, um das Schloss zu erhalten, und ich habe niemals Tollheiten getrieben. Jetzt will ich mit dir ans Ende der Welt fahren. Du musst nur noch einwilligen und mit mir kommen.«

»Mein Sohn braucht mich«, sagte Gwénola nachdenklich. »Eine neue Generation wird der unsrigen folgen. Wir dürfen die Begegnung mit ihr nicht versäumen. Du wirst bald Großvater werden!«

»Ich fühle mich wie ein junger Mann, der verliebt ist«, sagte Charles voller Schwung. »Willst du den Beweis dafür?«

Er zog sie an sich und küsste sie. Leidenschaftlich erwiderte sie seinen Kuss. Sie wussten beide, wie der andere schmeckt und fanden das Altbekannte unverändert vor. Lange verharrten sie eng umschlungen im Angesicht des Meeres. Loeiz richtete sich auf und schüttelte seine Haare, um den Sand loszuwerden.

»Wenn ich das Morgane erzähle!«, dachte er bei sich.

Später gingen sie alle drei zu Gwénolas Haus. Loeiz schob das Fahrrad seiner Mutter und nahm dann den kürzeren Weg über die Straße, während seine Eltern Hand in Hand am Strand entlanggingen. Unterwegs begegneten sie ein paar Inselbewohnern. Gwénola grüßte sie, und diese fanden es offenbar normal, dass sie Hand in Hand mit einem Fremden auftauchte. »Ich habe Gwénola übrigens mit einem Mann gesehen! Sie wirkte glücklich!«, würden sie einander wohl erzählen.

»Sie fragen sich, wer du wohl bist …«, flüsterte Gwénola.

»Guten Tag, ich bin der Vater von Loeiz«, sagte Charles in gelöster Stimmung.

Ein schalkhaftes Lächeln lag auf seinem Gesicht.

»Ich tue alles für deinen guten Ruf«, flüsterte er Gwénola zu.

»Denk bloß nicht, dass du unter meinem Dach schlafen wirst«, lachte sie.

»Unser Sohn wird uns als Anstandsdame dienen, deine Ehre wird nicht beschmutzt werden!«

Begierig, einander neu zu entdecken, aßen sie zusammen Muscheln von der Insel Groix zu Mittag. Nachdem Loeiz sie geschickt gesäubert hatte, kochte Gwénola sie in einem Schmortopf. Den Sud hatte sie mit Petersilie, Orangenschalen und frischen Ingwerstreifen gewürzt. Dazu tranken sie einen feinen weißen Bordeaux-Wein. Zum Abschluss gab es sahnigen Quark mit überzuckerten Brombeeren, die Loeiz auf seinem Rückweg gepflückt hatte. Hunger hatten sie eigentlich nicht, aber die gemeinsame Mahlzeit gab ihnen das Gefühl, eine Familie zu sein.

»Glaubst du mir denn jetzt?«, fragte Loeiz seine Mutter leise, während sie in der Küche den Kaffee zubereiteten. »Gibst du zu, dass er die Wahrheit gesagt hat?«

Gwénola nickte.

»Ich habe Angst«, hauchte sie. »Ich weiß nicht, wo uns das alles hinführen wird. Er ist verheiratet …«

»Aber du liebst ihn doch, oder?«

Sie lächelte zärtlich.

»Ich liebte einen jungen Mann, der neunzehn Jahre alt war und zur gleichen Zeit das Abitur machte wie ich. Ich bin nicht dazu geschaffen, eine Schlossherrin oder die Frau eines Politikers zu sein, Loeiz. Ich würde es schaffen, aber mich nicht dafür entscheiden. Ich will meine Insel nicht verlassen, ich will auch weiterhin ›Neues von Backbord und Steuerbord‹ schreiben, und ich habe Lust, mich an einem Roman zu versuchen. Charles hat sich verändert, und ich habe mich auch verändert.«

»Du hast ihm all die Jahre nachgetrauert, und nun, wo er wieder zu dir kommt, willst du ihn nicht mehr?«, fragte Loeiz ungläubig.

»Ich habe ihm nachgetrauert, das stimmt. Aber glaub nicht, dass er zu mir zurückkommt, er ist nur vorbeigekommen. Heute schwebt er im siebten Himmel und baut schöne Luftschlösser, aber morgen wird er wieder mit beiden Füßen auf die Erde zurückkehren. Das Wesentliche ist, dass du deinen Vater gefunden hast.«

»Das ist aber nicht das Wesentliche für ihn«, entgegnete Loeiz.

»Er liebt nicht mich, sondern eine kleine achtzehnjährige Bretonin, die mit den jungen adligen Damen um ihn herum so gar nichts gemein hatte. Ich bin eine unabhängige Frau, eine Journalistin, ledige Mutter eines zukünftigen Arztes. In diese Frau hätte er sich nicht verliebt, und auch ich wäre bei einem Abgeordneten aus der Provinz nicht schwach geworden.«

»Ich verstehe dich nicht«, seufzte Loeiz.

Gwénola lächelte ihn an.

»Wolltest du den Blumenjungen bei unserer Hochzeit abgeben? Vergiss es, und schau in die Zukunft. Die Vergangenheit ist gestorben.«

»Wer ist gestorben?«, fragte Charles und trat in die Küche. »Ich hoffe, du redest nicht von unserer Liebe?«

Sein Scherz ging daneben.

»Von den Träumen unserer Jugend«, sagte Gwénola. »Ich brauche das Meer, um wieder einen klaren Kopf zu bekommen. Machen wir einen Spaziergang?«

Charles willigte ein, aber Loeiz schützte ein wichtiges Telefongespräch vor.

»Ich hole euch wieder ein«, versprach er.

So schlugen die beiden die Richtung zur Steilküste ein. Während des letzten Schuljahres hatte Gwénola davon geträumt, Charles ihre Insel zu zeigen, aber seine feinen Mokassins rutschten auf dem typischen Felsboden, in dem Glimmer und Quartz in der Sonne glitzerten. Mit unbändiger Gewalt donnerten die Wellen unten gegen die Felsen. Rebecca, der Setter der Nachbarn, sprang nach seinem mittäglichen Bad fröhlich auf sie zu, und schon zeichneten seine sandigen Vorderpfoten kreisrunde Flecken auf dem weißen Hemd von Charles ab. Er stieß den Hund zurück.

»Oh nein, mein Hemd! Mist!«

»Es kommt in die Wäsche«, sagte Gwénola schlicht.

Beherzte Schwimmer warfen sich in die Wellen. Schon ihr Anblick ließ Charles frösteln.

»Das Wasser muss eiskalt sein …«

»Es ist keine Badewanne, sondern der Atlantik. Wenn du lieber eine warme Brühe willst, musst du ans Mittelmeer fahren.«

Charles fasste nach ihrem Arm und zog sie an sich.

»Was geschieht mit uns?«

»Wir leben auf zwei unvereinbaren Planeten«, erklärte Gwénola und löste sich von ihm.

Sie setzten sich nebeneinander und redeten weiter, während sie aufs Meer hinausblickten.

»Seit ich Loeiz kennen gelernt habe, habe ich vor nichts mehr Angst, nicht einmal vor dem Gefängnis«, verkündete Charles. »Du und ich, wir haben uns in einem unterschiedlichen Rahmen entwickelt, aber das ist nebensächlich.«

»Das ist kein Rahmen, das ist meine Heimat, und ich gehöre zu ihr!«

»Ich bin zutiefst im Südwesten Frankreichs verwurzelt, aber wenn ich dich sehe, zählt das nicht mehr für mich!«, erwiderte er.

Gwénola hob einen silbern glitzernden Kiesel auf und warf ihn ins Wasser.

»Axelle hat dich über meine Abreise hinweggetröstet und dir ihr Leben gewidmet. Würdest du sie jetzt ohne Gewissensbisse aufgeben können?«

Charles schüttelte den Kopf, sein Herz war hin- und hergerissen. Er war ein aufrichtiger Mensch und wusste nicht, wie er sich verhalten sollte.

»Ich liebe sie und muss sie beschützen. Aber ich habe niemals aufgehört, dich zu lieben. Du bist die Mutter meines Sohnes, du bist die Einzige …«

»Du glaubst doch hoffentlich nicht, dass ich auf dich gewartet habe?«, fuhr Gwénola ihn an, obwohl es sich letztlich so verhielt.

»Natürlich nicht!«, beteuerte Charles, obwohl er es gehofft hatte. »Warum spielst du die Harte? Ich kenne dich, ich weiß, wer du bist.«

»Du kanntest mich, Charles. Ich bin nicht hart, aber verantwortungsbewusst. Als ich Mutter wurde, konnte ich keine Tochter mehr sein. Du hingegen bist immer der Sohn geblieben, der seinen toten Vater damit zufrieden stellen will, dass er ein angesehener Bürger geworden ist. Ich aber bin erwachsen geworden. Wir haben nicht mehr das gleiche Alter.«

»Jenny hat uns übel mitgespielt, und unsere alten Wunden brechen jetzt wieder auf«, sagte er. »Aber wir können noch immer etwas sehr Intensives miteinander teilen.«

Gwénola lächelte.

»Das hoffe ich. Ich liebe Romane mit einem glücklichen Ausgang. Liest du viele Romane?«

»Ich habe nicht sehr viel Zeit dafür. Ich lese lieber Biographien oder politische Bücher.«

Gwénola brannte darauf, es herauszufinden.

»Hast du Bücher von Olivia gelesen?«, fragte sie möglichst gleichmütig.

Charles fühlte sich ertappt wie der Intellektuelle, von dem man annimmt, er verschlänge die ehrwürdige Tageszeitung *Le Monde*, ihn dann aber bei der ausgiebigen Lektüre des Boulevarblättchens *Voici* erwischt.

»Ja, ich bekenne mich schuldig. Ich mochte sie sogar.«

»Das beruhigt mich«, sagte Gwénola. »Diese Romane habe nämlich ich geschrieben.«

»Wie bitte?«, fragte Charles verdutzt.

»Ich war ihr Ghostwriter. Ich brauchte das Geld, um meinen …« – sie setzte neu an – »unseren Sohn großzuziehen. Das ist jetzt vorbei. Ich will unter meinem eigenen Namen veröffentlichen. Ich kenne niemanden in dieser Branche, und es wird schwierig werden. Vielleicht schaffe ich es nicht, aber ich muss es wagen.«

»Ich kann dir helfen«, sagte Charles mit großem Nachdruck. »In meinem Wahlkreis wohnen mehrere Verleger.«

»Nein, danke. Ich bin es gewohnt, allein zurecht zukommen«, erwiderte sie trocken.

Er ließ sich nicht einschüchtern.

»Eben. Vielleicht solltest du dich weiterentwickeln. Es ist keine Schande, Hilfe von anderen anzunehmen.«

»Das ist richtig. Aber es ist nicht meine Art.«

»Bis jetzt war deine Art doch nur deiner lieben Freundin Olivia zuträglich«, erwiderte Charles gekränkt. »Du hast ihr den ganzen Ruhm überlassen, und jetzt willst du nicht einmal eine kleine Unterstützung von mir annehmen?«

»Dabei ging es nicht um Empfehlungen, sondern es handelte sich um eine finanzielle Angelegenheit, um ein Geschäft.«

»Ein dickes Geschäft! Das passt gar nicht zu dir!«

»Es passt auch nicht zu mir, ein Kind allein aufzuziehen, und dennoch ist es so gekommen!«

»Nimm das zurück!«

»Was passiert sonst?«

Er lächelte verschmitzt.

»Früher warst du sehr kitzlig.«

Gwénola schauderte.

»Jetzt nicht mehr«, log sie.

»Das musst du beweisen …«, sagte er und streckte seine Hände nach ihr aus.

»Nein!«, rief sie, sprang auf und wich zurück. »Bitte nicht!«

Er lachte los, und sie stimmte ein. Sie hatten früher oft miteinander gestritten. Bei ihren hitzigen Wortgefechten wurden sie laut und verletzend, bis sie sich plötzlich mitten im Kampf versöhnten. Dies geschah meistens dadurch, dass einer den anderen küsste, um sein Schweigen zu erzwingen. Auf ihre verbalen Auseinandersetzungen folgte ein umso innigeres körperliches Beisammensein: Sie liebten sich leidenschaflich und hingebungsvoll, während Charles sich mit Axelle noch nie gestritten hatte. In zwei Jahrzehnten hatte es nicht ein einziges lautes Wort zwischen ihnen gegeben.

»Kitzle mich nicht«, flehte Gwénola.

»Unter einer einzigen Bedingung.«

»Welcher?«

Er sah sie ernst an.

»Da du finanzielle Abmachungen so sehr schätzt, mus t du mir erlauben, etwas gutzumachen. Du bist jahrelang allein für die Erziehung von Loeiz aufgekommen. Es ist jetzt an der Zeit, dass ich etwas für ihn tue …«

»Du glaubst, dass du ein Recht darauf hast?«, fuhr Gwénola auf. »Willst du ihn kaufen, oder was?«

Charles hob abwehrend die Hände.

»Stopp! Friss mich nicht mit Haut und Haaren! Versetz dich in meine Lage. Ich versuche lediglich, die verlorene Zeit einzuholen.«

»Ich hätte Politiker für diplomatischer gehalten«, grol te Gwénola. »Versetz du dich einmal in meine Lage. Dann wirst du die Dinge anders sehen.«

»Abgemacht! Wir vertauschen die Rollen. Ich bin also eine einsame Frau, Journalistin, Mut er eines genialen Sohnes, der die Intelligenz seines Vater und die Schönheit seiner Mutter geerbt hat.«

Gwénola zuckte mit den Schultern.

»Du bist doch ein echter Macho. Eine einsame Frau, und was sonst noch? Von einem alleinstehenden Mann heißt es nicht, dass er ›einsam‹ wäre!«

Charles musste klein beigeben.

»Und für mich gilt es viel mehr als für dich.«

»Jetzt darf ich mich in deine Lage versetzen«, forderte Gwénola. »Ich bin Graf, Schlossherr, Abgeordneter, Bürgermeister, verheiratet, keine Kinder.«

»Mir wirfst du vor, dass ich ein Macho sei, aber du selbst bist noch viel schlimmer. Verheiratet, keine Kinder – das hört sich so an, als würde mir etwas fehlen, als hätte ich einen Makel, als wäre es etwas Zweideutiges.«

»Genau«, sagte Gwénola und streckte die Hand aus. »Komm!«

»Wo führst du mich hin?«

»Du bist viel zu sehr daran gewöhnt, dass man auf deine Fragen antwortet, Herr Abgeordneter. Hör auf, alles kontrollieren zu wollen.«

Sie gingen zum Haus zurück. Loeiz hatte einen Zettel auf den alten Holzschemel gelegt, auf den sich die Frauen früher im Waschhaus knieten. Auf dem Zettel stand: »Bin mit Freunden etwas trinken gegangen im ›Ti Beudeff‹.«

»Das ist eine sagenumwobene Bar, die junge und alte Seeleute aus der ganzen Welt kennen«, erklärte Gwénola. »Sie existiert seit dreißig Jahren und liegt in der Nähe des Hafens. Niemand geht daran vorbei, ohne dort ein Glas zu trinken. Ihre Mauern waren mit Texten und Graffiti übersät – Zeugnisse von Seeleuten, die sich auf ihrem Weg durch die Meere dort verewigten. Im Sommer 2003 hat sie gebrannt. Aber man hat sie nach dem Brand genauso aufgebaut wie zuvor, 2004 wurde sie wiedereröffnet, und alles geht weiter.«

»Dieses Kind hat überhaupt keinen Respekt vor seinen alten Eltern«, stellte Charles fest, ohne tatsächlich verärgert zu sein. »Er zieht es vor, etwas trinken zu gehen, anstatt uns Gesellschaft zu leisten.«

»Er hat in seiner Jugend nicht genug Prügel bekommen«, setzte Gwénola noch eins drauf. »Das ergab sich zwangsläufig, denn mit zwölf Jahren war er bereits einen Kopf größer als ich!«

»Man muss allerdings zugeben, dass das nicht besonders schwierig ist …«

»Das verbitte ich mir!«, protestierte Gwénola lachend.

»Du bist die hübscheste kleine Frau, der ich jemals begegnet bin«, murmelte Charles und sah ihr tief in die Augen.

Sie zog ihn ins Treppenhaus und schob die Tür zu ihrem Schlafzimmer auf. Charles' Blick fiel auf das große Bett, auf dem ein pralles, weiß-blau bezogenes Federbett lag; danben standen ein paar schlichte alte Holzstühle, wie sie auf Schiffen zu finden sind. Das Fenster bot einen unverstellbaren Blick auf das Meer.

»Du spielst ein gefährliches Spiel«, hauchte er.

»Es ist kein Spiel, wir haben uns wiedergefunden.«

»Willkommen«, sagte er mit belegter Stimme und machte sich an ihrer Kleidung zu schaffen.

Sie hielt den Atem an und genoss jede seiner Handbewegungen. Es machte sie glücklich, von ihm berührt zu werden. Seit der Geburt von Loeiz hatte sie drei Liebhaber gehabt, einen Touristen, einen Ferienhausbesitzer und einen Mann aus Lorient. Aber es waren nur vorübergehende Affären gewesen, ohne jede feste Grundlage. Gwénola war so allerdings klar geworden, dass sie mit jeder Faser ihres Körpers noch an Charles hing, auch wenn sie ihn hasste.

Charles' Hände zitterten, er atmete schwer und sah sie voller Begehren an. Er fühlte sich unbeholfen wie an jenem Tag, als sie in ihrem Mädchenzimmer unter ihren Postern und ihren Taschenbüchern zum ersten Mal miteinander geschlafen hatten, während im Radio die Hits des Jahres 1985 gespielt wurden.

Die Sonne hatte die kleine Zweizimmerwohnung in der fünften Etage durchflutet, zu der kein Aufzug hinaufführte. Sie hatten weder Angst vor dem bevorstehenden Abitur noch vor der Zukunft. Sie waren erfüllt von der körperlichen Nähe, scherten sich nicht um die Folgen, genossen die neu entdeckten Empfindungen und überließen sich dem Glück des Augenblicks …

Zwanzig Jahre später rollte Charles zur Seite und streichelte das Gesicht von Gwénola.

»Ich muss …«, begann er.

Er hielt inne und sah sie unendlich traurig an.

»… wieder fort, ich weiß«, sagte sie mit erstickter Stimme. Überwältigt von ihren Gefühlen, kuschelte sie sich an ihn.

»Ich kann nicht …«, sagte er nur.

»Du kannst sie nicht verlassen.«

»Nicht jetzt …«

»… und auch nicht morgen.«

Er presste sie schmerzerfüllt an sich.

»Ich liebe dich«, murmelte er.

»Ich dich auch, seit zwanzig Jahren. Aber wenn du Axelle meinetwegen verlässt, so wird unsere Liebe das nicht überleben.«

Sie rutschte von ihm fort und ließ ihren Blick über seinen Körper gleiten, der sich im Lauf der Jahre kaum verändert hatte.

»Warum?«, fragte er.

Sie lächelte ihn zärtlich an.

»Sich lieben bedeutet, für einen Augenblick die Zügel des Schicksals in Händen halten. Dieser Augenblick ist für uns vorbei, Charles. Viele Leute leben und sterben, ohne einen solchen Anteil am Glück abzubekommen, wie wir ihn jetzt noch einmal erfahren haben.«

»Die anderen sind mir gleichgültig«, fuhr er auf. »Sollen wir dem Schicksal etwa dankbar dafür sein, dass es uns zusammengeführt hat, nur damit wir uns erneut trennen?«

Sie legte beide Hände auf Charles' Oberkörper.

»Du bist wie die Sonne. An deiner Seite ist mir warm. Als ich glaubte, du hättest mich verlassen, war es für lange Zeit eiskalt in meinem Inneren. Heute Abend wird mir wieder kalt sein, aber ich weiß, dass du mich liebst, und dieses Wissen wird mich wärmen. Du musst zu deiner Frau zurückkehren. Ich muss einen anderen Mann finden, den ich lieben kann. Eine andere Wahl haben wir nicht.«

»Axelle steht durch einen Fehler von mir unter Beschuss«, seufzte er. »Sie ist ein tapferer kleiner Soldat und unterstützt mich mit all ihren Kräften.«

»Ihr geht gemeinsam durchs Leben. Ich werde euer Reich nicht betreten. Ihr seid zu zweit auf eurem Weg. Ich gehe allein, ohne zu hadern, aber ich weiß, dass es meinen Sohn gibt. Von nun an werden wir zu dritt sein, auch wenn wir nicht beieinander sind: Du, ich und Loeiz.«

In stillem Einvernehmen zogen sie sich wieder an. Um ihr Beisammensein auszudehnen, beschlossen sie, zu Fuß zum Hafen zu gehen, und überquerten die Insel in ihrer Breite. Bis sie das Dorf erreichten, hielten sie sich an den Händen, dann ließen sie einander los, ohne dass es ihnen bewusst wurde. Sie gingen die Straße hinunter und kamen am Kino, dem *Cinéma des Familles* vorbei. Charles wurde schwer ums Herz, als er den Namen las, aber er sagte ebenso wenig dazu wie Gwénola, die einen Kloß im Hals verspürte. Als die Bar *Ti Beudeff* vor ihnen auftauchte, machte sie ihn auf die sagenumwobene Schenke aufmerksam, und Charles verstand sie sofort.

»Wartest du einen Augenblick?«

Er ging hinein und betrachtete den weiß getünchten Raum mit den Deckenbalken, dem langen Tresen, hinter dem unzählige Flaschen und eine riesige Ansammlung von Gläsern standen und die schlichten Holztische und -bänke.

»Ich suche meinen Sohn«, sagte er in den Raum hinein, und es kam ihm vor, als hätte er etwas Unerhörtes von sich gegeben.

Junge und weniger junge Leute unterhielten sich bei einem Bier oder Whisky miteinander. In einer Ecke entdeckte er Loeiz, der den Tisch vor ihm mit seinem Opinel-Messer bearbeitete. Er ging auf ihn zu.

»Was machst du da?«

Loeiz sah zu ihm auf.

»Das ist hier Tradition. Ich kerbe das heutige Datum ins Holz, denn es ist doch ein bemerkenswerter Tag, nicht wahr?«

Charles streckte ihm unbeholfen die Hand entgegen.

»Ich nehme die nächste Fähre«, sagte er traurig.

Enttäuschung lag auf Loeiz' Zügen.

»Du fährst schon wieder? Ich hielt es für eine gute Idee, euch beide allein zu lassen …«

»Das war es auch. Wir haben einander wiedergefunden. Ich erwarte dich und Morgane bei mir zu Hause im Südwesten. Es ist auch dein Zuhause, das weißt du.«

»Wir werden kommen«, versprach Loeiz. »Ich begleite dich zum Hafen.«

Als sie schon an der Tür waren, drehte er sich noch einmal zum Tresen um.

»Ich stelle dir meine Freunde Alain und Jo vor. Das ist mein Vater.«

Charles begrüßte die beiden Männer, die seinen Sohn besser kannten als er.

Draußen gingen sie mit Gwénola an der *Auberge du Pêcheur* und dem Restaurant *Les Courreaux* vorbei und gelangten zum Kai des Hafens von Port-Tudy. Die Autos warteten schon, um auf die Fähre zu fahren. Charles kaufte sein Ticket. Als er wieder aus dem Hafengebäude kam, hatte Gwénola das Gefühl, als würde sich eine tonnenschwere Last auf ihre Brust legen.

»Ich hasse das Abschiednehmen«, murmelte sie. »Ich gehe jetzt lieber zurück. Gute Reise.«

»Bitte, bleib doch noch !«, rief Charles ihr hinterher.

Aber Gwénola ging bereits mit eiligem Schritt den Kai hinauf.

»Lass sie«, riet Loeiz seinem Vater. »Wenn sie so flüchtet, kann man sie nicht halten, glaub mir.«

»Ich hätte ihr noch so viel sagen wollen ...«, setzte Charles an.

Dann schwieg er. Gwénola wusste, was er hätte sagen wollen.

»Ich werde heute Nacht bei ihr bleiben«, versprach Loeiz. »Ihre Tränen werden nicht so bitter sein wie beim letzten Mal. Es weint sich leichter über eine Liebe, die zu Ende gegangen ist, als über eine, die nicht erwidert wurde.«

»Wie kannst du das in deinem Alter wissen?«, fragte Charles, erstaunt über seine Reife.

Loeiz betrachtete ihn amüsiert.

»Mir hat der Vater gefehlt. So bin ich schneller gewachsen als mein Schatten.«

»Tut mir leid ...«

»Du kannst ja nichts dafür. Übernachtest du in Lorient oder fährst du heute Abend noch zurück.«

»Ich muss zurück und unsere Verleumder in ihre Schranken weisen.«

Eine maßlose Traurigkeit packte ihn. Wenn er schon nicht mit Gwénola glücklich sein konnte, so musste er nun wenigstens Axelle um jeden Preis retten. Möglicherweise wurde sie bereits juristisch belangt. Die letzten Passagiere gingen bereits auf die Fähre. Der Seemann, der die Karten kontrollierte, rief ihm zu:

»Wenn Sie mitwollen, dann wird es jetzt Zeit!«

Charles richtete sich auf. Seine Erziehung hatte ihn gelehrt, in jeder noch so schmerzlichen Situation Haltung zu bewahren.

»Ich bin glücklich, dass ich dich jetzt kenne«, sagte er zu Loeiz.

»Ich auch. Was die Sache mit dem Familiennamen angeht, so scheint dir ja so viel daran zu liegen, dass wir schon eine Lösung finden werden, in Ordnung?«

Charles nickte langsam und ging an Bord.

Nachdem die Schiffshupe laut ertönte, verließ die Fähre den Hafen. Gwénola hatte bereits die Dorfmitte erreicht. Sie betrat die Kirche, auf der statt der üblichen Wetterfahne ein Thunfisch seine Kreise drehte. Es war niemand in dem Gotteshaus. Sie ging zu der Stelle, wo man Kerzen entzünden konnte, und warf zwei Geldstücke in den Opferstock. Wie immer trug sie auch jetzt ein Feuerzeug bei sich, mit dem sie ihre Kerze entzündete. Ihre Großmutter hatte ihr beigebracht, niemals eine Kerze an einer anderen anzuzünden, da sich die Bitten sonst vermischen könnten. Ebensowenig zündet man in der Bretagne seine Zigarette an einer brennenden Kerze an, denn das bedeutet hier den Tod eines Seemanns auf dem Meer draußen.

»Wer du auch sein magst, und wo du auch sein magst, beschütze Charles und Loeiz«, murmelte sie und hob den Blick zum Gewölbe.

Dann verließ sie die Kirche wieder und ging – ganz pragmatisch – zur Apotheke hinüber, auf deren Schwelle Géostationnaire, der Basset, lag und schlief. Mit brennenden Wangen kaufte sie die Pille danach. Einmal konnte bereits genug sein.

36

Maurice hatte voller Ungeduld bis zum Abend gewartet, um mit Pierre Bados unter vier Augen zu sprechen. Er hatte sich in der Nähe des Hauses vom ehemaligen Bürgermeister postiert und abgewartet, bis er heimkehrte. Dann ließ er Bados noch fünf Minuten Zeit, bevor er klingelte. Misstrauisch öffnete Bados die Tür. Er hatte schmale Lippen, ein gieriges Lächeln, und er trug eine furchtbare Jacke mit dem unvermeidlichen Hahnentrittmuster.

»Ja?«, schleuderte ihm Bados unwirsch entgegen.

»Ich bin gekommen, um mit dir zu reden«, setzte Maurice mit einem gewinnenden Lächeln an.

»Ich habe dir nichts zu sagen. Du hast auf das falsche Pferd gesetzt.«

»Du hast etwas im Rathaus vergessen«, fuhr Maurice fort und reichte ihm ein Blatt.

Bados griff danach, warf einen Blick darauf und wurde blass. Es war die Photokopie eines Zeitungsartikels, der eine Zwangsversteigerung ankündigte. Maurice hatte sie so oft gelesen, dass er den Text auswendig wusste. »Zwangsversteigerung des folgenden Anwesens infolge fehlender Erben, Verkauf an den Meistbietenden beim Verlöschen der Flammen: Wohnhaus mit Erdgeschoss und Etage, Steinbauweise, dazu die beiden umliegenden Landparzellen. Lage einzusehen im Grundbuch der oben genannten Gemeinde, Festsetzung des Preises auf 15 000 Euro, zuzüglich Nebenkosten und Steuern.« Außerdem gab der Artikel das genaue Datum und den Ort des Verkaufs an.

Das besagte, dass der Staat, der an jenem Tag durch die Abteilung für Privatbesitztümer der Domänenverwaltung vertreten sein würde, das Haus von Grincheux, welches dieser von seinem Vater und dieser wiederum von seinem Vater geerbt hatte, an den Meistbietenden verkauft hatte.

Der Verkauf wurde auf die klassische Weise abgewickelt. Ein Gerichtsdiener verteilte drei kleine Kerzen auf einem eigens dafür vorgesehenen Kerzenhalter. Der Docht der Kerzen bestand aus einem Baumwollfädchen, so dass eine gut sichtbare Rauchfahne aufstieg, sobald die Kerze verloschen war. Der Gerichtsdiener schneidet die Kerzen so zu, dass sie gerade einmal einen Zentimeter lang sind und ungefähr ein bis zwei Minuten benötigen, um abzubrennen. Wenn die Flamme den Kerzenhalter erreicht, verlöscht sie, und nach dem Bruchteil einer Sekunde steigt der Rauch auf. Der Gerichtsdiener zündet die erste Kerze an, beschreibt die Beschaffenheit des Gutes, den veranschlagten Preis, das vorliegende Gebot und sagt dann: »Erste Flamme«. Solange die Kerzen brannten, wurde geboten. Das zu versteigernde Gut sollte, wie in der Anzeige beschrieben, dem Meistbietenden beim Verlöschen der Flammen zufallen.

Da der Südwesten Frankreichs immer mehr von Engländern, Holländern, Deutschen und auch Franzosen mit Zweitwohnsitz aufgekauft wurde, stiegen die Preise in unglaubliche Höhen, aber Bados war durchtrieben. Ein Freund von ihm hatte einen Fehler in den Wortlaut des erschienenen Textes geschmuggelt: Das angegebene Datum war falsch. Es gab in dem betreffenden Monat gar keinen Freitag, den 29. – entweder stimmte also das Datum nicht oder der Tag. Somit hatte er die Ausländer der Gegend aus dem Feld geschlagen.

Eine Versteigerung verlangte außerdem, dass zwei Wochen vor dem Verkauf ein öffentlicher Aushang gemacht wird. Maurice hatte gründliche Nachforschungen angestellt: Die Anzeige war tatsächlich zwei Wochen vorher erschienen, aber nur ein einziges Mal und noch dazu in einem Blättchen mit geringer Auflage. Zu guter Letzt hatten Bados und sein Freund den genialen Einfall gehabt, den Verkauf auf jenen Abend zu legen, an dem ein wichtiges Rugby-Spiel in der Gegend stattfand. So waren viele Leute entweder im Stadion oder saßen zu Hause vor ihren Fernsehgeräten.

Es gab also niemanden, der Bados hätte überbieten können, und so hatte er in aller Ruhe das von ihm so heiß begehrte Gut – einhundert Francs über dem Mindestgebot – erstanden. Eine lächerliche Summe!

»Bravo«, lobte Maurice spöttisch. »Echt stark, alle Achtung, wie die jungen Leute heute sagen. Gute Arbeit.«

»Ich verstehe nicht, wovon du sprichst«, stotterte Bados, der sich ertappt sah. »Du störst mich, ich habe zu tun.«

»Du hast noch etwas anderes vergessen. Offenbar hast du eine Begabung dafür, etwas liegen zu lassen.«

Maurice zog ein zweites Blatt hervor, auf dem er zwei kleine Notizzettel kopiert hatte, die Joseph in dem letzten Karton gefunden hatte: »Druckfehler o.k.« und »Verkaufsdatum auf Spieltag legen«. Bados zog die Augenbrauen hoch.

»Wo ist da der Zusammenhang?«

»Du kannst mich nicht für blöd verkaufen. Ihr habt das Verkaufsdatum absichtlich mit einem Fehler abgedruckt und auf den Spieltag gelegt. Auf gesetzlichem Weg kannst du dafür nicht belangt werden, man wird dir nichts beweisen können. Aber die Bauern und Händler von hier werden dein Vorgehen ganz und gar nicht gutheißen. Ich möchte nicht an deiner Stelle sein.«

Nervös knüllte Bados das Blatt zusammen, das Maurice ihm gern überließ.

»Die Originale sind an einem sicheren Platz, von deiner eigenen Hand geschrieben. Du hast dich für schlauer als alle anderen gehalten – mit dem Ergebnis, dass du dich jetzt schön verrammeln musst. Sie werden dich lynchen wollen, mein Lieber! Charles und Axelle de Bergeac werden die Treibjagd auf dich aus der ersten Reihe beobachten!«

Bados dachte blitzschnell nach.

»Ich kann nichts mehr für die Bergeacs tun. Der Apparat läuft schon. Aber wir beide finden sicher einen Weg, um uns einig zu werden.«

Er wurde misstrauisch.

»Mach dein Hemd auf, und zeig mir deine Taschen ...«

Maurice kam seiner Aufforderung nach und drehte sich um die eigene Achse.

»Weder Tonband noch Mikrophon. Du schaust wohl zu viel Fernsehen, seit deine Frau dich sitzengelassen hat, Bados.«

Sein Gegenüber ballte die Fäuste.

»Du gehst zu weit!«, zischte er.

»Und du hast all deine Mitbürger betrogen. Es war reizvoll ... aber du hast verloren. Sei wenigstens ein guter Spieler! Dein Cousin Dumont ist ein Gauner und ein Feigling. Er kommt ins Kittchen und hat es auch verdient. Du musst die Bergeacs entlasten, es bleibt dir nichts anderes übrig.«

»Niemals!«, schrie Bados.

»Wie du willst. Erinnerst du dich an Philippe aus unserer Klasse? Er arbeitet heute bei der Zeitung *Dépêche du Midi*. Er ist ganz heiß auf solche Schlagzeilen.«

»Komm rein«, gab sich Bados geschlagen und trat zur Seite, um ihn ins Haus zu lassen.

Mehr als zwei Stunden diskutierten sie miteinander. Bados brachte unzählige Argumente vor, versuchte mit verschiedenen reizvollen Angeboten, Maurice zu überzeugen und auf seine Seite zu ziehen. Aber für diesen zählte Freundschaft mehr als Gewinn.

»Ist dir eigentlich klar, was du da ausschlägst?«, ereiferte sich Bados fassungslos.

»Und ist dir klar, Pierre, was du aufs Spiel setzt? Halte dich von Dumont fern, und hilf ihm lieber später. Die Sache ist ganz einfach: Wenn Bergeac untergeht, dann gehst du mit ihm unter.«

»Wer hat dir die beiden Zettel gegeben?« Maurice sah ihm direkt in die Augen.

»Ich arbeite im Rathaus, Pierre. Als ich in den Archiven nach einer alten Baugenehmigung suchte, bin ich auf sie gestoßen. Du hast nicht eine Sekunde erwogen, dass du die Wahl verlieren könntest, oder?«

Bados verzog das Gesicht.

»Dein Charles hat die Wähler mit seinem schnarchigen Titel und seinem hinfälligen Schloss beeindruckt. Ich bin der Sohn eines Bauern, ich hab keine Zeugnisse wie er, aber ich habe ein Gespür für das Land, und das ist hier der beste Ausweis.«

»Schön ausgedrückt. Das kann Philippe sicher in seinem Artikel unterbringen. Er stürzt sich sicher mit Freude auf deinen Trick, den Verkauf auf den Abend des Spiels zu legen. Die Ausländer treiben die Immobilienpreise in die Höhe, während die jungen Leute aus der Region nur noch sehr schwer zu Eigentum kommen … Und dann kaufst du während deiner Amtszeit als Bürgermeister ein Haus zu einem Spottpreis! Wirklich beeindruckend!«

Pierre Bados tobte, aber er saß in der Falle. Nach einer harten Diskussion und einem aufgebrachten Telefongespräch mit Dumont trafen sie eine Vereinbarung. Bados und Dumont sollten in den Zeitungen ein Dementi veröffentlichen, das Axelle und Charles de Bergeac von jeder

Schuld freisprach. Im Gegenzug versprach Maurice Bados, Stillschweigen über den Verkauf des Hauses zu bewahren. Es heißt, dass ein Versprechen in der Gascogne nichts wert ist, aber das ist falsch. Die Abmachung zwischen Maurice und Bados würde eingehalten werden.

37

Die Nacht von Freitag, den 23. auf Samstag, den 24. September

Nachdem die Fähre in Lorient angelegt hatte, machte Charles sich mit schwerem Herzen sofort auf den Weg. Fest krallten sich seine Hände um das kleine Sportlenkrad aus Holz, das aus einer Zeit stammte, als es noch keine Airbags gab. Er hatte das Gefühl, in ein Fahrwasser geraten zu sein, in dem er weder bremsen noch umkehren konnte. Er musste einfach immer weiter vorwärts fahren, und das immer schneller. Es war unmöglich, Axelle zu verlassen, es war undenkbar, Gwénola zu vergessen. Beide zu behalten, war ein Hirngespinst, und Axelle nicht zu retten, war unvorstellbar. Es blieb ihm nur eine Lösung: weiterfahren und sehen, was kommt.

Nach ungefähr dreiundzwanzig Stunden Wachsein fühlte er, wie ihn der Schlaf übermannen wollte. Umsichtig hielt er an, verschlang ein Sandwich, streckte sich im Wagen aus und schlief zwei Stunden. Dann fuhr er nach dem Genuss eines zweifelhaften Capuccino weiter.

Tief in der Nacht erreichte er den Hof seines Schlosses. Das Licht am Portal leuchtete noch, als hätte es jemand in Erwartung seiner Rückkehr angelassen. Erschöpft stieg er die vertrauten Stufen empor, trat in die große Diele, schleppte sich zur Küche, um etwas zu essen und sich dann fallenzulassen. Er sah, dass im Esszimmer sein Gedeck auf dem Tisch stand und selbst der silberne Serviettenring mit seinem Monogramm danebenlag. Das Rascheln von Seide schreckte ihn auf, und er drehte sich um. Axelle, hochgewachsen und schmal, kam in ihrem Laura-Ashley-Nachthemd die riesige Treppe herunter. Einen Augenblick lang legte sich in seinem Kopf die zerbrechliche Gestalt von Gwénola über diese schmale Erscheinung, dann schüttelte er den Kopf, als wollte er dieses Bild vertreiben, und lächelte.

»Habe ich dich geweckt? Ich bin furchtbar müde, aber ich habe mich bemüht, leise zu sein.«

»Ich habe auf dich gewartet«, sagte sie.

Dunkle Ränder standen unter ihren Augen, aber sie besaß die Eleganz, ihm keine Fragen zu stellen.

»Hast du zu Abend gegessen?«, wollte sie lediglich wissen.

»Kaum. Willst du mit mir frühstücken?«

Sie nickte, ein flüchtiges Lächeln huschte über ihre Züge. Sie würde nicht wieder ins Bett gehen, jetzt, wo er zurück war. Würde er ihr nun mitteilen, dass er sie für Gwénola verlassen würde? Sie suchte nach Anzeichen auf dem Gesicht ihres Mannes, aber die Müdigkeit verschloss seine Züge.

Aus der Küche vernahmen sie ein Geräusch, so dass sie sich umdrehten. Jeanne stand – trotz der frühen Stunde – tadellos gekleidet auf der Schwelle.

»Ich bringe das Frühstück sofort, Herr Graf«, sagte sie ruhig.

Charles hörte aber dennoch die Erleichterung und Zärtlichkeit in ihrer Stimme.

»Danke, Jeanne.«

»Joseph wird sich um den Alfa kümmern«, sagte sie in einem Ton, mit dem man ein um sein Spielzeug besorgtes Kind beruhigt.

Gegen seinen Willen fielen Charles die Augen zu. Er ging in den nebenan liegenden Waschraum, um sich mit kaltem Wasser etwas frisch zu machen, bevor er zu Axelle ins Esszimmer zurückkehrte. In ihrem altmodischen Nachthemd sah sie so furchtbar verletzlich aus. Er wollte sie gern berühren, aber seine Hände hatten zuvor Gwénola gestreichelt, und so vergrub er sie in den Taschen seiner Tweedjacke. Sie wollte nichts lieber als sich in seine Arme werfen, beherrschte sich aber. Jeanne machte sich still in der Küche zu schaffen, und der Tisch bedeckte sich wie von Zauberhand mit silbernen Platten, auf denen wie aus dem Nichts Rührei mit Bacon, Crêpes mit Ahornsirup, knusprige Toasts, hausgemachte Konfitüre und frische Butter aus dem Nachbarhof bereitstanden. Das alte Geschirr mit dem Wappen der Bergeacs durfte nicht in der Spülmaschine gewaschen werden – ein Umstand, der keiner war, da es im Schloss keine Spülmaschine gab. Charles setzte sich und streckte seine langen Beine mit einem müden Seufzer aus. Axelle stellte sich hinter ihn und massierte liebevoll seine Schultern. Dankbar überließ er sich dieser Berührung. Dass sie seinetwegen in solche Bedrängnis geraten war, ließ ihm keine Ruhe. Sie wiederum war ganz benommen von der Vorstellung, dass er nur zurückgekommen sein könnte, um ihr Adieu zu sagen. Alles andere hatte sie darüber vergessen: das Damoklesschwert über ihren Köpfen, den nächtlichen Einbruch im Rathaus, das Versprechen, das sie Maurice gegeben hatte.

»Geht es wieder?«, fragte sie zaghaft.

Er nickte, obwohl er das Gegenteil dachte.

»Ich war nicht sicher, ob du zurückkommen würdest, aber in der Not habe ich es gehofft.«

»Danke für das Licht draußen.«

Sie verstanden einander, diese Harmonie hatte immer schon zwischen ihnen geherrscht. Leidenschaft und Schmerz gehörten nicht dazu. Letztlich gaben sie einander Geborgenheit.

»Was hast du beschlossen?«, wagte sie sich vor.

Jemand, der sie nicht kannte, hätte sie für passiv halten können, dabei war sie lediglich konzentriert. Ohne Charles bedeutete ihr das Leben wenig. Sie bedachte die Lage und zog alle Möglichkeiten in Betracht.

»Ich bin vollkommen am Ende. Ich muss erst essen und schlafen, Axelle. Nicht jetzt.«

»Gehst du fort?«

Er sah sie erstaunt an.

»Natürlich nicht. Wir sind verheiratet!«

»Ich weiß. In guten wie in schlechten Tagen. Kommen jetzt die schlechten Tage?«

Ihre Stimme brach.

»Du bist meine Gräfin«, sagte er voller Rührung.

»Und sie? Ist sie jetzt deine Prinzessin? Die Mutter des leinen Lord Fauntleroy?«

Die adligen Züge von Axelle verzerrten sich vor Schmerz, aber sie fasste sich wieder.

»Entschuldige bitte«, hauchte sie. Du bist erschöpft, und außerdem kannst du nichts dafür. Wir werden darüber sprechen, wenn du ausgeschlafen bist. Ich wollte dir nur sagen …«

Sie hielt inne. Obwohl sie die Worte zuvor so reiflich überlegt hatte, tat sie sich schwer, sie auszusprechen.

»Ich wollte, dass du weißt …«

»Ja?«

»Ich … freue mich für dich, dass es deinen Sohn gibt. Wirklich. Es wäre mir lieber gewesen, dass ich seine Mutter bin, aber das Schicksal hat es anders entschieden. So kennst wenigstens du das Glück. Wie fühlt es sich an?«

Charles sah bewundernd zu ihr auf. Ihre Charakterstärke nötigte ihm Respekt ab.

»Du wirst ihn lieben«, sagte er und hoffte es von ganzem Herzen, »und er dich auch.«

»Ich habe gedacht, dass du ihm das blaue Zimmer gibst.«

Charles schüttelte den Kopf.

»Wäre er zehn Jahre alt, so würden wir ihm einen Computer und ein Tischfußballspiel kaufen, aber ich werde bald Großvater, Axelle. Das blaue Zimmer wird für das Kind sein, für die dritte Generation. Loeiz und Morgane werden besser in dem anderen Flügel schlafen.«

»Großvater?«, wiederholte sie ungläubig.

Alles ging so schnell, sie fühlte sich von den Ereignissen überrollt.

»Wenigstens werde ich nicht Großmutter! Das wird dich ein gehöriges Stück älter machen, mein lieber Freund ...«

Auch in der Verzweiflung bewahrte sie ihre Höflichkeit. Ihre Erziehung war bis in die Poren ihrer Haut, bis in die Fasern ihrer Muskeln gedrungen wie ein tief sitzender Dorn. Sie rettete sich mit ironischer Wortgewandtheit, anstatt ihm quälende Geständnisse abzuringen. Alles hätte sie gegeben, um zu wissen, was zwischen ihm und Gwénola vorgefallen war: was sie einander gesagt, wie sie einander berührt und was sie füreinander empfunden hatten. Aber Worte sind in manchen Fällen so furchtbar und Offenheit so verletzend, dass später kein Zurück mehr möglich ist. So entschied sie sich dafür, lieber etwas nicht zu wissen, als alles zu verderben, und servierte ihm zwei mit Sirup getränkte Crêpes.

»Guten Appetit.«

»Nimmst du nichts?«

Sie nahm sich das Gleiche, war jedoch nach einem Bissen satt.

»Ich musste einfach nach Groix«, sagte er, als sein Teller leer war. »Ich war es mir schuldig.«

»Ich weiß. Ich hatte solche Angst, dass du nicht zurückkommst. Und nun fürchte ich mich noch mehr ...«

Ihr Satz war Frage und Bitte zugleich.

»Ich lebe hier«, sagte er fest. »Hier bei uns, und du bist meine Frau.«

»Es gibt ja die Scheidung, und es ist dein Schloss, nicht meines. Wenn du Gwénola und Loeiz hier haben möchtest, werde ich gehen.«

Er konnte ein Lächeln nicht unterdrücken.

»Du redest wirres Zeug, Axelle. Sie ist auf ihrer Insel verwurzelt. Er lebt mit seiner Freundin in Rennes. Und dieses Gemäuer hat dich gewählt, du hast diesem Ort wieder Leben eingehaucht. Unser Haus ähnelt unserem Zusammenleben, mein Liebling. Es ist stabil und würdevoll.«

Sie schluckte. Sie empfand für ihn eine glühende Leidenschaft, während er sie für nüchtern, reserviert und zurückhaltend hielt. Begehrte er sie noch? Sie hatten nicht mehr miteinander geschlafen seit dem Tag, als sie die Einladung zu dem »Zwanzigjährigen Abitur« vor einem Monat erhalten hatte.

»Ich gebe dir deine Freiheit wieder, wenn du es möchtest, Charles. Bleib bitte nicht aus Pflichtgefühl bei mir.«

Jeanne hatte mit einer Kaffeekanne das Zimmer betreten, zog sich aber unverzüglich wieder in ihre Küche zurück.

Charles beugte sich über den Tisch und griff nach der Hand von Axelle.

»Schau mich an«, verlangte er. »Ich liebe dich. Ich liebte euch beide. Ich habe dich nicht als Ersatz geheiratet, verstanden?«

»Liebst du sie immer noch?«, fragte sie mit schwerem Herzen.

Er wählte seine Worte mit Bedacht.

»Ich hänge noch immer sehr an ihr, aber Liebe … ist etwas anderes.«

»Und Loeiz?«

Charles verzog das Gesicht, ohne dass eine eindeutige Gefühlslage erkennbar gewesen wäre.

»Er fasziniert mich. Er ist mein Sohn, mein Blut fließt in seinen Adern, aber ich weiß nichts von ihm. Es kommt mir vor, als würde ich an einem Wettbewerb teilnehmen, der den ›besten vom Himmel gefallenen Vater des Jahres 2005‹ kürt. Er muss sich genauso seltsam fühlen. Er will mir gefallen, aber er lehnt es ab, meinen Namen und meinen Titel zu tragen.«

Das hatte Axelle noch gar nicht bedacht. Loeiz würde der nächste Graf sein.

»Er braucht Zeit«, sagte sie.

»Jenny hat uns so viel Zeit gestohlen, findest du nicht?«, haderte er.

Seine Müdigkeit war durch das Frühstück vorübergehend verdrängt, dafür seine Wut aber aufs Neue entfacht worden.

»Wir alle haben ihretwegen gelitten. Morgen kehrt sie nach Italien zurück, oder? Ich werde sie in ihrem Hotel anrufen«, beschloss er und stieß seinen Stuhl zurück.

Jeanne, die an der Tür gelauscht hatte, wandte sich zu Joseph um.

»Dem Herrn Grafen geht es besser«, sagte sie beruhigt.

Als das Telefon in Kates Zimmer klingelte, fuhr diese aus dem Schlaf hoch und nahm mit klopfendem Herzen ab. Wer mochte am anderen Ende der Leitung sein? Paul, Floridiano, Noa oder Olivia?

»Hallo?«

»Jenny, hier ist Charles.«

Sein Ton war trocken, die Stimme scharf. Kate richtete sich in ihrem Bett auf und wappnete sich innerlich. Sie war gekommen, um ihren Auftrag zu Ende zu bringen, sie wusste, dass dies kein Vergnügen sein würde, aber in weniger als vierundzwanzig Stunden würde sie außer Reichweite sein. Es war nun eingetreten, was sie befürchtet hatte: Anfangs waren alle entzückt gewesen, sie wiederzusehen, von nun an jedoch würde man sie für das hassen, was Jenny getan hatte.

»Guten Tag, Charles.«

»Warum?«, schrie er nur. »Ich verstehe es nicht, so viel ich auch darüber nachdenke! Warum hast du uns solches Leid zugefügt, Jenny? Wir waren doch Freunde!«

Kate schwieg einen Augenblick lang.

»Axelle und du … ihr passtet so gut zusammen …«, sagte sie schließlich.

»Mit welchem Recht …?«, tobte Charles. »Hast du uns herumgeschoben wie Marionetten, nur weil es dir Spaß machte?«

»Ich dachte nicht, dass meine Lüge zwanzig Jahre lang Bestand hat. Ich war überzeugt, dass ihr nach Erklärungen sucht und die Wahrheit herausfindet.«

Das stimmte. Daran hatte Jenny aufrichtig geglaubt, das hatte sie Kate beteuert. Erst 1999, als eine ehemalige Mitschülerin in die USA kam, war ihr klar geworden, was sie angerichtet hatte. Die junge Frau, die heute mit ihrem Ehemann irgendwo in Südamerika lebte, hatte nicht an dem Abiturtreffen teilnehmen wollen. Sie hatte Jenny erzählt, dass Gwénola sich mit ihrem Sohn auf ihre Insel zurückgezogen und den Kontakt zu den anderen abgebrochen hatte, dass Axelle und Charles geheiratet hatten und Olivia eine berühmte Schriftstellerin geworden war. Als Jenny sechs Monate später erfuhr, dass sie an Krebs erkrankt war, hatte sie darin eine Strafe Gottes gesehen.

»Wir hatten keinen Grund, dir gegenüber misstrauisch zu sein«, fuhr Charles aufgebracht fort. »Deine Freundinnen dachten, dass du sie liebtest …«

Kate presste die Kiefer aufeinander. Sie hatte niemals Freundinnen gehabt, diesen Luxus konnten sich nur Gören erlauben, die auch Eltern hatten.

»Es tut mir leid. Ich bitte dich um Verzeihung. Ich habe die Auswirkungen meiner Lüge damals nicht richtig bedacht. Ich war nur ein gemeines, dummes Mädchen.«

Jetzt war es vollbracht, sie hatte die Wahrheit gesagt. Er konnte sie verfluchen, bedrohen, beschimpfen, es hatte keine Bedeutung mehr für sie. Diesen Preis hatte sie bezahlen müssen. Kate war mit ihrem Gewissen im Reinen.

»Wenn du ein Mann wärest, würde ich dir die Fresse einschlagen. Ich will dich niemals wieder in der Nähe meiner Lieben sehen«, sagte Charles. »Ich untersage dir jeglichen Kontakt zu Axelle, Gwénola oder Loeiz. Ist das klar?«

»Ich habe keinen Grund ...«

»Niemals wieder!«, schnitt er ihr das Wort ab. »Hast du mich verstanden?«

Sie holte tief Luft, bevor sie ihm antwortete.

»Mach dir keine Sorgen«, sagte sie. »Dazu wird es nicht kommen.«

Vor Wut schäumend knallte Charles den Hörer auf die Gabel. Kate legte den ihren vorsichtig zurück. Trotz des gerade gegebenen Versprechens musste sie noch zu Gwénola. Dann würde sie gehen. Sie zwang sich, zehnmal ruhig durchzuatmen, um sich zu beruhigen, dann warf sie die Decken zurück und setzte die Füße auf den Boden. Eine halbe Stunde Qi Gong war jetzt vonnöten. Sie rieb sich die Hände, massierte ihr Gesicht, legte die Zeigefinger über die Mittelfinger und führte sie an die Schläfen. Langsam ging sie zur Figur des Vogels über, der fliegt und dann seine Flügel ausbreitet – ein harmonischer und anmutiger Bewegungsablauf wie ein Tanz in Zeitlupe –, und kam schließlich zum Qi Gong, der Schwalbe. Alles andere war vergessen.

38

Corrado war zufrieden mit seiner Woche. Auf dem Markt von Chatou hatte er alte Seefahrtsutensilien aufgestöbert und mit einem Kollegen, der mit einem Lastwagen in Paris war, vereinbart, sie mit nach Rom zu nehmen.

Der Vater von Corrado war Lehrer und hatte seinen Sohn von klein auf mit Büchern vertraut gemacht. So hatte der kleine Junge sich die Welt der Meere über das Lesen erschlossen. Als Achtzehnjähriger arbeitete er bei einem Möbelhändler, der exotische Stücke importierte. Dort bot sich eines Tages die Gelegenheit, eine nicht abgeholte Ladung zu kaufen. Der Container enthielt Schätze, deren Faszination er sich nicht entziehen konnte, und so begann sein abenteuerliches Leben. Dieser Beruf passte zu ihm, er liebte es zu reisen, zu entdecken, zu reden, zu träumen, auszustellen und zu verkaufen. Im Lauf der Jahre hatte er sich einen festen Kundenstamm erarbeitet, der gut betucht und ganz vernarrt in schöne Gegenstände war. Er übernahm Bestellungen und reiste durch Europa und Amerika, um außergewöhnliche Wünsche zu erfüllen. In der ganzen Welt hatte er Partner, die ihm Container schickten, deren Inhalt er mit der gleichen Neugier erkundete wie ein Kind seine Weihnachtsgeschenke. Geschäftsräume besaß er nicht, er verkaufte seine Waren auf den bekanntesten Flohmärkten in Rom, Arezzo, Parma, Neapel oder Mailand. Er liebte seinen Beruf, aber er war immer unterwegs, was dem Aufbau einer festen Partnerschaft abträglich war: Seine Verlobte, wie man in Italien eine Freundin, Geliebte, Partnerin – kurz, eine Frau, mit der man ohne den Segen des Vatikan zusammenlebt – nennt, seine Verlobte also hatte ihn aufgefordert, zwischen ihr und seinem Beruf eine Entscheidung zu treffen. Corrado brauchte nicht lange zu überlegen. Er war kein Mann, der irgendwo vor Anker ging; er brauchte Platz. Er hatte ihr vorgeschlagen, mit ihm zusammenzuarbeiten, aber sie wollte italienisch essen, italienisch trinken, in der Stadt ihrer Eltern bleiben und mit ihnen am Sonntag zu Mittag essen. Sieben Jahre hatten sie gebraucht, um zu begreifen, dass ihre Vorstellungen vom Leben nicht miteinander vereinbar waren …

So war Corrado allein nach Paris gekommen, neben Venedig die Stadt der Verliebten. An diesem Samstagmorgen verließ er sein kleines Hotel, das so günstig am linken Seineufer lag, und überquerte mit beherztem Schritt die Brücke Pont de l'Alma, um zur Anlegestelle der Ausflugsschiffe zu gelangen. Auf einer Tafel waren dort die Abfahrtszeiten während der Hauptsaison (von 10 bis 20 Uhr alle dreißig Minuten, von 20 bis 23 Uhr alle zwanzig Minuten) und während der Nebensaison (von 11 bis 21 Uhr) angeschlagen. Der Kai war verlassen. Er las die Namen der beiden nächstliegenden Boote: *Le Zouave de l'Alma* und *La Patache*.

Die Bootsfahrt dauerte eine Stunde und zehn Minuten, die Schiffe fuhren vom Pont de l'Alma am linken Ufer entlang zum Musée d'Orsay, umrundeten Notre-Dame und kamen am rechten Ufer zurück, so dass der Louvre zu sehen war. Die Tour führte bis zu der kleinen Freiheitsstatue in der Seine, wo die Boote eine Schleife fuhren, so dass sie am Eiffelturm vorbeikamen. Die kleine Flotte legte jedes Jahr eine Strecke zurück, die dreimal die Erde umrunden würde.

Corrado sah auf seine Uhr, er war viel zu früh dran. Wäre jetzt die junge Amerikanerin mit den warmen und traurigen Augen aus dem Flugzeug bei ihm, so wären sie in ein typisches Pariser Bistro gegangen und hätten gemeinsam ein knuspriges Croissant gegessen. Er hätte mit dem Kellner gescherzt und eine Runde für die am Tresen sitzenden Stammgäste ausgegeben. Corrado mochte die Atmosphäre der Stadt und auch ihre Bewohner, nur der ungenießbare Kaffee hier fand in seinen Augen keine Gnade. Aufgrund ihrer Eleganz hatte er seine Nachbarin aus dem Flugzeug zunächst für eine Französin gehalten. Ihr Lächeln mit den makellos weißen Zähnen war allerdings das einer Amerikanerin und ihren durchtrainierten Körper brachte er mit Kalifornien in Verbindung. Aber auch Italien hatte seine Spuren bei ihr hinterlassen: Sie unterstrich ihre Worte mit ausladenden Gesten und besaß trotz ihrer roten Haare die ungezähmte Schönheit einer Südländerin. Wie gern hätte er seine Jungfernfahrt auf dem Wasser in ihrer Begleitung gemacht. Sei's drum!

Er ging weiter und nahm auf der anderen Seite des Platzes eine Brasserie in Augenschein, vor der ein Mann in blauer Schürze Tische und Stühle zurechtrückte. Der Geruch warmer Croissants stieg ihm bereits in die Nase, als er den Platz unachtsam überquerte und beinahe von einem Taxi erfasst wurde.

»*Ma guarda, sto cretino*!«, rief er dem Fahrer erbost zu, der mit verdrießlicher Miene seine Fahrt fortsetzte.

Auf der Rückbank des Wagens saß eine Frau, die der Amerikanerin aus dem Flugzeug ähnelte. Sie wandte sich zu ihm um, bevor sie dann in der Rückscheibe kleiner wurde, während der Wagen auf die linke Uferseite fuhr.

Corrado überquerte den Platz und dachte, dass sein neuerliches Junggesellendasein ihm offenbar nicht bekam. Jetzt sah er schon in allen Frauen die schöne Unbekannte. Vielleicht sollte er professionellen Rat in Anspruch nehmen.

39

Kate fuhr in ihrem Taxi zusammen, denn sie hatte den unvorsichtigen Fußgänger bereits unter ihrem Gefährt liegen sehen. Der Mann ähnelte ihrem Sitznachbarn aus dem Flugzeug, dem höflichen Römer mit den grünblauen Augen. Sie schüttelte den Kopf, um die Erinnerung an ihn zu vertreiben, denn sie hatte keine Zeit für Träume. Sie musste ihren Auftrag zu Ende führen.

Das Taxi erreichte den Bahnhof Montparnasse zehn Minuten vor Abfahrt des Zuges. Kate blieb gerade genug Zeit, um ihre Fahrkarte Paris-Lorient zu lösen, aufs Gleis zu rennen und sich in den Zug zu werfen.

Gute vier Stunden später stieg sie am Bahnhof von Lorient wieder aus. Ein Shuttlebus brachte sie zum Hafen, von dem ein Schiff namens *Saint-Tudy* sie um dreizehn Uhr nach Groix bringen würde.

Der starke Außenborder schob sich träge und gelassen über das ruhige Wasser des Hafens. Kate liebte das Element Wasser. Vor den tragischen Ereignissen hatten ihre Eltern sie als Kind oft zum benachbarten See mitgenommen, um den Enten Brot zuzuwerfen. Auch ihre erste Pflegefamilie hatte am Wasser gewohnt. Und Jenny hatte ihre letzten Tage friedlich am Ufer eines Sees in Texas verlebt. Floridiano führte sie oft zum Abendessen in ein exquisites, außerhalb von Rom am Anguillara-See gelegenes

Restaurant, das »Chalet del lago«. Das Wasser gehörte zu den verschiedenen Stationen in Kates Leben, aber sie hatte noch nie den Fuß an Bord eines Schiffes, einer Yacht, eines Kanus oder sonst eines wassertauglichen Gefährts gesetzt.

So betrat sie die Fähre mit dem Gefühl, eine wahre Heldentat zu vollbringen. Auf dem Oberdeck der *Saint-Tudy* war sie etwas enttäuscht darüber, dass sie das gleiche Gefühl hatte, als würde sie oben auf einem Gebäude stehen. An diesem sonnigen Samstag wollten viele Bretonen ihr Wochenende auf der Insel verbringen, und so füllte sich das Deck allmählich. Es stand zwar überall in großen schwarzen Buchstaben, dass es verboten sei, auf die Sitzbänke zu steigen, aber der hintere Teil des Schiffes war bereits von jungen Leuten in Beschlag genommen worden, die es sich mit ihren dicken Turnschuhen auf den verbotenen Bänken bequem gemacht hatten oder über der Brüstung hingen. Kate tat es ihnen gleich und streckte sich aus. Sie rechnete damit, gleich einen reichlich dekorierten Seemann auftauchen zu sehen, der sie maßregeln würde, aber es kam niemand, und die Fähre stieß bereits ihren ungesunden Qualm aus, bevor sie endgültig ablegte.

Kate blieb während der gesamten Überfahrt auf ihrem Platz. Ihr Blick war in die Ferne gerichtet, ihr Körper spürte die Vibrationen des Motors, die über das Deck zu der Bank wanderten und von ihren Schuhsohlen bis in die letzten Fasern ihres Körpers drangen. Das Meer war genauso schön wie vom Ufer aus, aber auf ihm zu treiben weckte ein Gefühl von Macht und Ewigkeit. Kate dachte an den Satz von Corrado: »Derjenige, der als Erster den Fuß auf ein Schiff setzt, gibt dem anderen Bescheid, einverstanden?« Sie würde ihn auf dem Trödelmarkt am Ponte Milvio besuchen, um ihm mitzuteilen, dass sie die Hürde genommen hatte.

Fünfundvierzig Minuten später erreichte die Fähre den Hafen von Groix und legte am Kai an. Kate blieben nicht ganz zwei Stunden bis zur Rückfahrt aufs Festland, um ihre Aufgabe zu erledigen. Sie wählte Gwénolas Telefonnummer.

»Hallo?«

Die Stimme klang tonlos, belegt.

»Hier ist Jenny«, sagte Kate. »Ich bin am Hafen von Groix, ich möchte mit dir reden.«

Schweigen, dann schleuderte ihr Gwénola trocken entgegen:

»Was willst du? Hast du uns noch nicht genug Leid zugefügt?«

»Ich bitte dich, Gwénola, gib mir eine halbe Stunde.«

»Auf keinen Fall bei mir zu Hause!«

»Wo sollen wir uns treffen?«, fragte Kate.

Gwénola zögerte. Ein Café kam ebenfalls nicht in Frage, denn dann wüsste bald die ganze Insel Bescheid. Gerüchte verbreiten sich auf einem so schmalen Landstreifen schnell.

»Geh über den Steg auf der linken Seite, dann kommst du zum südlichen Kai. Geh an der Schreinerei von Rouqin Marteau vorbei, an der Autowerkstatt und der Tankstelle. Rechts hinter den Fischteichen ist eine kleine Bucht. Ich werde in einer Viertelstunde da sein.«

Sechzehn Minuten später – Kate saß längst auf einem Felsen und umfasste ihre angewinkelten Knie mit den Händen – erschien Gwénola mit abweisendem Gesicht. Kate sah zu ihr auf.

»So sehr hast du mich also gehasst?«, ging Gwénola sie sofort an. »Was habe ich dir getan, dass ich so etwas verdient habe?«

»Ich war eifersüchtig und dumm. Ich habe die Konsequenzen nicht bedacht …«

»Nicht bedacht?«

Gwénola war außer sich.

»Mein Sohn ist ohne Vater aufgewachsen, du hast mich von dem Mann getrennt, den ich liebte, und er war im Glauben, dass ich ihn versetzt habe, und hat eine andere geheiratet … nur weil du die Konsequenzen nicht bedacht hast? Ist dir klar, was du sagst?«

»Ich bitte dich um Verzeihung.«

Gwénola lachte freudlos auf.

»Auge um Auge, Zahn um Zahn; ich hoffe, du wirst dafür bezahlen müssen!«

»Ich war unglücklich, ich haderte mit der ganzen Welt.«

»Hat es dir wenigstens Trost gespendet, uns leiden zu lassen?«, wollte Gwénola verbittert wissen.

Am liebsten hätte sie Jenny geschlagen, aber etwas hielt sie davon ab. Es bestand eine seltsame Unausgewogenheit zwischen den Worten ihrer alten Freundin und ihrem offenen Blick. Jenny hatte etwas Furchtbares getan, aber ihr Gesicht spiegelte das nicht wider. Gwénola musterte sie voller Abscheu.

»Hast du jemals geliebt?«, fragte sie verächtlich. »Hast du jemals gelitten? Ich hasse dich nicht mehr, aber … du tust mir leid. Du bist nichts …«

Das gesuchte Wort musste von allem etwas enthalten: Lärm, Wut, Mittelmäßigkeit, Feigheit, Nichtigkeit, Verderbtheit, Lieblosigkeit, Eifersucht, Gemeinheit, Perversität und Schlechtigkeit.

»… weiter als nur ein schadenbringender und nutzloser Mensch«, sagte Gwénola schließlich.

Kate sah verletzt zu Boden. Auch wenn die Beleidigung der echten Jenny galt, tat sie weh. Bis vor einigen Jahren hatte sie nur die Erinnerung an ihre zerbrochene Kindheit geliebt und nur unter ihrer Einsamkeit gelitten. Jenny Lincoln war die erste Person gewesen, der sie sich wirklich verbunden fühlte. Kate war empfindsam geworden, als sie sah, wie Jenny akzeptierte, dass es bald keine Pläne, Kämpfe und kein Morgen mehr für sie geben würde. Es war, als hätte der Tod der einen die andere zum Leben erweckt. Kate war zu Jenny geworden. Befreit von ihren finanziellen Sorgen und von dem Familiendrama, dessen Echo sie zuvor überall eingeholt hatte, konnte sie sich in jeder Hinsicht freier entfalten. Gefühle ließ sie jedoch bis heute nicht wirklich zu, sie war viel zu sehr daran gewöhnt, sich vor ihnen zu hüten. Sie war Floridiano dankbar, dass er sie begleitete, aber er ließ ihr Herz nicht höher schlagen. Sie bebte nicht, wenn er ihre Haut berührte, und träumte nicht von ihm. Sie bewegten sich auf das Ende ihrer Beziehung zu, das sie seit langem herbeiwünschte, während er nicht damit rechnete. Gwénola lag nicht falsch mit ihrer Einschätzung, dass Kate bisher niemanden geliebt hatte, aber schadenbringend und nutzlos … War sie wirklich nur das? Hatte ihr Vater, dieser Mörder, ihr diese beiden Talente mit auf den Weg gegeben?

»Charles hat mich heute Nacht angerufen«, sagte sie. »Ich habe ihm versprochen, dir niemals wieder zu nahe zu kommen. Ich bin hier, um dir Adieu zu sagen.«

»Wie konntest du zwanzig Jahre mit dem Wissen leben, was du angerichtet hast?«, fragte Gwénola aufgebracht. »Hat dir dein Verhalten nicht den Schlaf geraubt?«

»Es hat mich umgebracht«, sagte Kate, ohne zu lügen.

»Dafür wirkst du sehr lebendig, und es sieht nicht so aus, als würden dich Gewissenbisse allzu sehr quälen. Die Wahrheit kam nur deshalb an den Tag, weil Loeiz und Charles sich im ›Kleeblatt‹ gegenüberstanden. Sonst hättest du uns weiterhin belogen!«

Kate schüttelte den Kopf.

»Ich bin nach Paris gekommen, um meine Rechnungen zu begleichen. Morgen fahre ich nach Italien zurück.«

»Umso besser, wenn du verschwindest«, sagte Gwénola bitter. »Verschwinde aus meinem Blickfeld!«

»Ich habe dir noch nicht alles gestanden«, sagte Kate.

»Was gibt es denn noch? Hört es denn niemals auf?«

Kate stand auf. Die beiden zierlichen jungen Frauen standen einander angespannt und konzentriert gegenüber.

»Als ich eure Manuskripte damals dem Verleger schickte, habe ich absichtlich deines mit dem von Olivia vertauscht«, gestand Kate. »Mir war klar, dass deines besser war. Aber sie war meine Freundin, und ich wollte, dass sie eine Chance bekam. Ich konnte nicht ahnen, dass der Betrug so lange Bestand haben würde.«

Gwénola öffnete den Mund und schloss ihn wieder. Ihre blauen Augen funkelten, und einen Augenblick hatte es den Anschein, als wolle sie sich auf Kate stürzen. Dann wurde ihr plötzlich die ganze Absurdität der Situation klar, und sie starrte nur fassungslos auf ihr Gegenüber. Es war einfach zu viel, es war zu unwahrscheinlich. Diese rothaarige Frau hatte ihr ihren Mann und ihre Berühmtheit gestohlen, um zwei ihrer Freundinnen davon profitieren zu lassen, und sie hatte sie gewähren lassen. Wäre Jenny nicht gewesen, was wäre dann aus Gwénola geworden? Eine Mischung aus Axelle und Olivia, eine Gräfin auf dem Land, die in den mondänen Kreisen gelesen würde? Wie wäre Loeiz aufgewachsen und erzogen worden?

Kate wartete angespannt darauf, dass Gwénola aus der Haut fahren würde.

»Das hast du großartig hinbekommen«, sagte Gwénola mit erstickter Stimme. »Aber es ist dir nicht gelungen, mein Leben zu zerstören, das ich mir Stein für Stein hier aufgebaut habe, mein Haus, meinen Sohn, meinen Platz hier auf der Insel und meine Bücher. Ich habe Leser in ganz Frankreich, auch wenn sie meinen Namen nicht kennen. Meine Mutter und mein Sohn sind stolz auf mich. Ich kann mich jeden Morgen im Spiegel ansehen und denken, dass ich der Welt etwas gegeben habe. Verschwinde, Jenny.«

Kate wich zurück. Gwénola stand aufgerichtet vor ihr, und ihre Wut ließ sie noch größer erscheinen. Trotz der heftigen Worte empfand Kate eine unglaubliche Erleichterung. Es war vollbracht.

»Geh schon!«, schrie Gwénola plötzlich.

Kate machte kehrt und lief zu dem Steg. Tränen liefen ihr über die Wangen, ohne dass sie daran dachte, sie wegzuwischen. Es waren Tränen des Bedauerns über den Kummer, den Jenny verursacht hatte, Tränen der Trauer über Jennys frühen Tod und Tränen der Erleichterung über die späte Begleichung dieser fremden Schuld.

Um 15.45 Uhr verließ die *Saint-Tudy* den Hafen von Groix und schaukelte Richtung Kontinent. Kate legte den Kopf in den Nacken, schloss die Augen und ließ ihr Gesicht im Wind trocknen.

40

An diesem Samstag war Olivia wie gewöhnlich sehr früh wach geworden. Sie hatte die Tür zum Schlafzimmer ihres Sohnes vorsichtig aufgeschoben, aber das Bett war leer. Sie hatte naiv gehofft, dass er vielleicht heute Nacht zurückgekommen sein könnte, um sie noch einmal in die Arme zu schließen. Die Produzenten von *Wie der Vater, so der Sohn* hatten die Kandidaten für den Mittag einbestellt; danach würde sie ihn nur noch auf dem Bildschirm sehen können. Aber Noa war ihr immer noch böse und hatte offenbar nicht das Bedürfnis, sich mit ihr zu versöhnen.

Olivia traf ihre Entscheidung um Punkt acht Uhr, während sie der Musik von Mozart lauschte. Die Lösung stand ihr klar vor Augen. Sie bemühte das Telefonbuch im Internet, gab den Namen ihres Verlegers ein, Bertrand Guinness, und erhielt seine Adresse in Paris samt seiner Telefonnummer. Sie wusste nicht, dass er in diesem Viertel wohnte, sie wunderte sich, dass sie eigentlich gar nichts von ihm wusste. Seit zwanzig Jahren arbeiteten sie zusammen, aber sie hatten noch nie gemeinsam zu Abend gegessen. Sie kannte nicht einmal seine Frau.

Aus Höflichkeit wartete sie, bis es neun Uhr war, dann wählte sie seine Nummer. Der Verleger war höchstpersönlich am Apparat.

»Bertrand? Es tut mir leid, dass ich Sie am Samstag zu Hause stören muss. Hier ist Olivia Ruben.«

»Ich höre Ihnen zu.«

»Ich bin Ihrem Rat gefolgt. Ich habe jetzt eine Lösung gefunden, aber ich brauche noch Ihre Zustimmung.«

Sie erklärte ihm, was sie sich ausgedacht hatte. Anfänglich überrascht, gab er zu, dass ihr Einfall sehr intelligent war. Er führte ein paar Telefongespräche, dann rief er sie zurück und beruhigte sie: Alles sei arrangiert, am Nachmittag würde ein Bote vorbeikommen und ihr das Paket wie vereinbart übergeben; alles Weitere sei dann ihre Sache.

Olivia rief Axelle um die Mittagszeit auf ihrem Schloss an und bat sie, am Abend die Fernsehsendung mit ihrem Sohn anzusehen.

»Es wird eine Überraschung geben, mehr sage ich dir nicht …«

»Ich werde sie mir ansehen«, versprach Axelle.

»Alles in Ordnung? Deine Stimme klingt so seltsam.«

Axelle legte ihre Hand auf den Hörer, drehte sich um und warf einen Blick auf ihren tief schlafenden Mann.

»Es geht mir gut«, behauptete sie. »Und dir?«

»Das wirst du sehen!«

Anschließend rief sie Gwénola auf Groix an, wo sich nur der Anrufbeantworter, noch dazu von Loeiz besprochen, in Gang setzte. Olivia zögerte, dann gab sie sich einen Ruck:

»Gwénola? Hier ist Olivia. Ich möchte gern, dass du heute Abend *Wie der Vater, so der Sohn* ansiehst. Es ist sehr wichtig, du wirst es nicht bereuen.«

Sie legte auf und betrachtete sich im Spiegel. Es wäre an der Zeit für einen Friseurbesuch, aber sie fühlte sich nicht mutig genug, um das Haus zu verlassen. Es war ohnehin nicht mehr allzu wichtig. Sie zog die oberste Schublade ihres Schreibtisches auf und zog einen Stoß vergilbter Visitenkarten mit dem Namen ihrer Eltern heraus. Nach dem Tod ihrer Mutter hatte ihr Vater sie fortgeworfen, aber sie hatte sie aus dem Papierkorb gezogen. Seither war sie überzeugt, die Karten brächten ihr Glück, und so benutzte sie sie als Notizzettel für ihre Reden und Interviews. Nachdenklich kaute sie am Ende ihres Stiftes. Es würde alles ganz schnell gehen, für mehr als drei Sätze würde sie keine Zeit haben – sie musste also knapp, präzise und wirkungsvoll sein.

41

An ebendiesem Samstag schlief Noa noch weit in den Vormittag hinein. Er hatte nach dem Streit im Hotel zwischen Kate und seiner Mutter im Arbeitszimmer seines Vaters Zuflucht gefunden. Den ganzen Freitag über hatte er sich gequält und schließlich davon überzeugt, dass er in Kate und Mona zugleich verliebt war, und darunter litt er nun lustvoll.

Das Klingeln seines Handys ließ ihn um Viertel vor Zwölf auffahren. Mona stand bereits vor dem Grand Hôtel, wo sich die Produzenten und die Kandidaten treffen sollten.

»Bist du schon drinnen?«, fragte sie.

Noa murmelte verschlafen:

»Mmmm … wie spät ist es?«

»Schläfst du etwa noch? Du spinnst ja! Beeil dich!«

Sein Motorroller stand für die Dauer des Spiels bei seinem Vater in der Garage. Er sprang in seine Hose, fuhr sich rasch durch die Haare, stürzte auf die Straße hinunter und rief ein leeres Taxi. Er war der Letzte, der am Treffpunkt auftauchte, entschloss sich aber, bei der Wahrheit zu bleiben.

»Ich habe verschlafen«, gestand er.

Dem Produktionsassistenten war diese Erklärung lieber als das aufgeblasene Gehabe eines verwöhnten Jungen, der zeigen wollte, dass er Regeln für überflüssig hielt.

»Was ist?«, raunte Mona ihm zu. »Wie ist es mit Jenny gelaufen? Ich habe gestern auf deinen Anruf gewartet!«

»Wir haben uns gestritten!«

»Ach ja? Du weißt nicht einmal, ob diese Montage mit ihrem Bruder etwas gebracht hat!«

»Er ist gar nicht ihr Bruder«, brummte Noa. »Reden wir über etwas anderes, ja? Sie fährt morgen nach Italien zurück, und das ist gut so. Ich muss wirklich an andere Dinge denken.«

Mona sah ihn überrascht an.

»Was ist mit dir los?«

»Ich habe herausgefunden, dass meine Mutter ihre Bücher gar nicht selbst schreibt«, antwortete Noa unwirsch. »Damit bin ich hier ja auch ein Hochstapler. Ich habe Lust, es geradeheraus zuzugeben und zu verschwinden. Aber ich bin noch unentschlossen. Ich schäme mich für sie … aber wenn ich sie verrate, schäme ich mich auch …«

»Wouh!«, stieß Mona verblüfft hervor.

Es wurden bereits die Handys der Kandidaten eingesammelt, aber Noa bettelte:

»Ich muss noch ein einziges Gespräch führen. Es dauert nur zwei Minuten, in Ordnung?«

Man ließ ihn gewähren. Er wählte die Nummer des Hôtel Raphael und verlangte Jenny Lincoln. Er erhielt die Auskunft, dass sie nicht im Hotel sei, und wurde gefragt, ob er eine Nachricht hinterlassen wollte. Er verneinte und beendete bedrückt das Gespräch.

»Ich hoffe, Sie wissen das Glück zu schätzen, für diese Sendung ausgewählt worden zu sein!«, hielt einer der Assistenten ihnen vor, um sie anzuspornen.

Alle nickten eifrig, bis auf Noa.

42

Am späten Nachmittag dieses Samstags öffnete Charles de Bergeac in seinem von einem Baldachin überspannten Bett die Augen. Entsetzt stellte er fest, wie spät es war, eilte in das Ankleidezimmer von Axelle, die dort mit ihrer feinen Schrift die Speisefolge für ein Menü auf ein besonders geprägtes Blatt Papier schrieb.

»Es tut mir leid, aber du hättest mich wecken sollen ... Hast du Neuigkeiten von Maurice oder seinem Anwalt?«

Axelle lächelte und reichte ihm eine Ausgabe der Zeitung *La Dépêche du Midi*. Auf der ersten Seite sprang ihm eine Überschrift ins Auge: »Der Graf ist gut«. Der Journalist zählte die »böswilligen und falschen« Anschuldigungen gegen Axelle de Bergeac und ihren hochverehrten Gemahl auf und stellte klar, dass der frühere Bürgermeister, Pierre Bados, sie widerrufen hätte. Alles wäre ein Missverständnis gewesen. Um es kurz zu machen, nicht der geringste Schmutz blieb an den Bergeacs haften. Es war nicht der Hauch eines Verdachtes zurückgeblieben. Alle Beschuldigungen waren für nichtig erklärt worden. Maître de la Futaie, ihr Anwalt, beglückwünschte sich zu den Ergebnissen. Die einzige für den Tag angesetzte Befragung war die des Unternehmers Dumont, eines miesen Betrügers, der einen untadeligen, vom Volk gewählten Vertreter samt seiner integren Gattin hatte in den Schmutz ziehen wollen.

»Wenn es so weitergeht, sprechen sie uns noch heilig«, sagte Axelle.

Charles ließ sich fassungslos auf einen Stuhl fallen.

»Was ist das denn? Vorgestern war noch die reinste Hetzjagd auf uns im Gange, und heute werden wir mit Weihrauch bedacht. Habe ich etwa eine Episode verpasst?«

»Da musst du Maurice fragen«, sagte Axelle. »Er kommt heute Abend mit einer Freundin zum Abendessen.«

Charles runzelte die Stirn.

»Mit welcher Freundin?«

»Mit Julie, der ehemaligen Sekretärin im Rathaus. Dein Bekannter, der frühere Präfekt, hat angerufen. Er wird ebenfalls kommen und lässt fragen, ob es vielleicht noch etwas von dieser Gänseleber gibt, die er so schätzt.«

Charles sah so begriffsstutzig und überrumpelt aus, dass Jeanne, die die beiden durch das Schlüsselloch beobachtete, ihr Lachen mühsam zurückhalten musste, um sich nicht zu verraten.

43

Pünktlich um zwanzig Uhr fuhren vor dem Hotel große Limousinen vor, um die Kandidaten zum Auftritt der Reality-TV-Show zu bringen. Man schob sie einen nach dem anderen in riesige Karossen, wo sie alsbald in weiche Ledersitze sanken und grübelten, ob die an ihrem Körper befestigten Mikrophone nicht vielleicht ihren aufgeregten Herzschlag einfangen würden.

Noa erschien als Vierter auf der Bühne und wurde, wie auch seine Vorgänger, mit lautem Beifall begrüßt. In seiner Cargo-Hose und dem schwarzen Pullover gab er mit seinem blonden Haar das perfekte Bild eines romantischen Freaks ab. Olivia saß in der zweiten Reihe mitten unter den anderen berühmten Eltern, klatschte sich die Hände wund, als er die Bühne betrat, und winkte ihm zu.

»Das ist mein Sohn!«, erklärte sie ihren Nachbarn, die sich nicht im Geringsten dafür interessierten, da sie nur Augen für ihre eigenen Sprösslinge hatten.

»Und hier kommt Noa Ruben, der Sohn der großen Olivia Ruben, der literarische Vertreter in diesem Spiel!«, schrie der Animateur mit übertriebener Begeisterung.

»Erlauben Sie mir, einen Punkt klarzustellen …«, unterbrach Noa ihn.

Der Animateur erstarrte, und Olivia machte sich auf das Schlimmste gefasst.

»Mein voller Name lautet Noa Nathan-Ruben. Und ich habe einen Vater, auf den ich stolz bin«, korrigierte Noa.

Olivia atmete durch. Gekonnt griff der Animateur seine Worte auf:

»Was für ein umwerfendes Beispiel für Gerechtigkeit. Unser Freund Noa führt uns vor Augen, dass nicht allein die Berühmtheit zählt, nicht einmal hier in unserer Sendung ... Wenn ich mich recht erinnere, so zogen schon die Tiere paarweise auf die Arche, nicht wahr?«

Er war äußerst zufrieden mit seinem Witz, Noa jedoch sah ihn mitleidig an. Der Animateur fuhr fort:

»Wir sind hier weder in der Star Academy noch in der Loft Story und auch nicht ›Auf dem Bauernhof‹. Es wird nicht gesungen, es wird sich nicht gelangweilt, und es werden auch keine Kühe gemolken. Es geht um Schöpferisches! Jedes Kind der *people* hat vermutlich von seinen Eltern eine künstlerische Begabung geerbt. Nun, Noa wurde von uns für seinen ersten Kurzfilm ausgewählt. Er trägt den Titel *Schreiben.*«

Auf der Bühne ging das Licht aus, und auf einem Bildschirm wurde der kurze Film gezeigt, den Noa mit Mona gedreht hatte. Olivia, die ihn zum ersten Mal sah, biss sich auf die Lippen. Wieder brandete Beifall für den jungen Regisseur auf.

»Gibt es noch etwas klarzustellen, Noa?«, scherzte der Animateur krampfhaft.

Olivias Blick kreuzte den ihres Sohnes. Noch bestand über die Menge hinweg ein unsichtbares Band zwischen ihnen. Alles war möglich, alles könnte verziehen werden, die Liebe zueinander könnte stärker sein als der Verrat. Jeder braucht Wahrheit, um zu wachsen. Olivia nickte, um ihm zu bedeuten, dass sie seine Entscheidung akzeptieren würde. Noa lächelte ihr beruhigend zu. Die Kamera fing ihre

Gesichter in Großaufnahme ein und sprang voyeuristisch von einem zum anderen.

»Ich hoffe, dass ich meiner Mutter Ehre mache«, sagte Noa nun laut und klar. »Die Latte liegt sehr hoch. Es wird schwer für mich, aber ich werde mein Bestes geben.«

Olivia erhob sich langsam. Sie richtete ihren üppigen, heute Abend in eine lange, weich fallende mausgraue Jacke und eine schwarze Seidenhose gehüllten Körper auf und warf ihre weißblonden Haare nach hinten.

Noa fand, dass sie heute Anita Ekberg in *La Dolce Vita* ähnelte.

»Ich hatte den Film von Noa zuvor nicht gesehen. Er gefällt mir sehr, ganz unabhängig davon, dass der Regisseur mein Sohn ist. Er hat Zukunft, so viel steht fest! Ich nutze hier nun die Gelegenheit, das Erscheinen des Romans *Die seidene Maske* bei meinem Lieblings-Verleger anzukündigen …«

Noa runzelte die Stirn und glaubte, seinen Ohren nicht zu trauen. Seine Mutter betrog nicht nur ihre Leser, jetzt nutzte sie auch noch seinen Auftritt im Fernsehen für Werbung in ihrer eigenen Sache?

Äußerst wirkungsvoll und wohlbedacht drehte Olivia sich um und zog aus ihrer nagelneuen Vouitton-Tasche das Musterexemplar eines frisch gedruckten Romans. Auf dem Buchdeckel war eine Brücke über einen Fluß zu sehen. Der Titel hob sich in roten Lettern ab. Der Kameramann zoomte auf das Buch, das plötzlich in Millionen von Haushalten den ganzen Bildschirm füllte. Der Name des Autors sprang ihnen ins Gesicht: Gwénola Tonnerre. Noa riss verblüfft die Augen auf. Feierlich und heiter sah Olivia in die Kamera. Ihre Hand mit den manikürten Fingernägeln öffnete das Buch, und auf der ersten Seite war folgender Satz zu lesen: »Herausgegeben von Olivia Ruben«. Noa schluckte mühsam.

»Ich stelle Ihnen hier den ersten Roman von Gwénola Tonnerre vor, eine Autorin, von der wir viel halten!«, fuhr Olivia fort. »Dieses Buch ist das erste einer neuen Reihe, die mein Herausgeber Bertrand Guinness mir anvertraut hat. Ich habe zehn Romane in zwanzig Jahren veröffentlicht. Das war ein phantastisches Abenteuer, aber jetzt wechsle ich die Seite: Von nun an werde ich meine Erfahrung dazu verwenden, in einem Team zu arbeiten, das Ihnen neue, talentierte Autoren vorstellt!«

Auf ein Zeichen applaudierte das Publikum lautstark. Noa hob den Daumen, um seiner Mutter seine Zustimmung zu signalisieren. Sie hatte sich mit Bravour aus der Affäre gezogen, das musste man ihr lassen.

In ihrem Fischerhäuschen auf der Île de Groix starrte Gwénola gebannt auf den Bildschirm. Als der Name des Autors eingeblendet wurde, hatte sie die Augen zusammengekniffen und geglaubt, es handle sich um eine Halluzination. Aber dann hatte die Stimme von Olivia ihren Vornamen genannt, ein Irrtum war also ausgeschlossen.

Das Telefon klingelte und riss sie aus ihrer Erstarrung. Es war Loeiz, der aus Lorient anrief.

»Mama? Was ist dass denn für eine Geschichte! Ganz schön dreist, dass du mir das alles verschwiegen hast! Wolltest du mich überraschen? Ich bin sehr glücklich! Ich gebe dir Morgane, sie will dich auch beglückwünschen …«

Wie in einem Traum hörte Gwénola den Komplimenten von Morgane zu. So ging es den ganzen Abend über weiter. Kaum hatte sie den Hörer aufgelegt, klingelte es bereits wieder, und ein neuer Gesprächspartner gratulierte ihr und nannte sie eine Heimlichtuerin. Sie antwortete irgendetwas, es war auch unwichtig, da ihr niemand zuhörte. Alle freuten sich für sie, hatten immer schon gewusst, dass ihr Talent entdeckt würde und nun die Stunde ihres

Ruhmes gekommen sei. Sie stammelte ein paar Worte und war immer noch so aufgewühlt, dass sie die Konsequenzen dessen, was heute zur Hauptsendezeit über den Bildschirm gegangen war, noch nicht ermessen konnte. Zwischen zwei Anrufen von ihr nahe stehenden Personen vernahm sie voller Überraschung eine unbekannte Stimme:

»Guten Abend, ich bin Ihr Herausgeber, Bertrand Guinness. Ich würde mich freuen, wenn wir uns treffen könnten. Ich mag Ihre Bücher. Wir werden alles in der verkehrten Reihenfolge machen, denn normalerweise treffe ich mich mit meinen Autoren, bevor ich sie veröffentliche!«

Sie wechselten ein paar höfliche, vorsichtige Sätze miteinander. Sie wussten beide, dass der andere Bescheid wusste. Sie vereinbarten, sich so bald wie möglich in Paris zu treffen, weil man trotz allem die Verträge unterzeichnen musste.

Zum ersten Mal in ihrem Leben aßen Charles und Axelle de Bergeac auf ihrem Schloss bei eingeschaltetem Fernseher zu Abend, obwohl sie Gäste hatten. Maurice, Julie und der Präfekt hatten begriffen, dass es sich um höhere Gewalt handelte.

»Eine Jugendfreundin hat uns gebeten einzuschalten, verzeihen Sie bitte«, hatte Charles erklärt.

Als Olivia ihre Bombe platzen ließ, verstand die verblüffte Axelle gar nichts mehr.

»Was ist das denn für eine Geschichte? Warum tut sie das?«

Charles schaltete den Fernseher wieder aus und lächelte sie zärtlich an.

»Sie bringt die Dummheiten von Jenny wieder in Ordnung. Ich werde es dir erklären …«

Nun bediente er seine Gäste mit dem Festtagsbraten, wie es ihn nur zu besonderen Gelegenheiten gab. Im Kerzenschein schmiegte sich der Wein an das Kristall der gravierten Gläser auf dem Tisch.

»Ich trinke auf die Freundschaft«, sagte Charles fröhlich. »Ich bin überzeugt, dass Maurice nicht ganz unbeteiligt an unserer … Rehabilitation ist, und ich nehme an, Sie haben ihm geholfen, Julie?«

Statt einer Antwort lächelte die schöne Blinde nur. Es war das erste Mal, dass sie seit ihrem Unfall ausging. Die Eindrücke brachen über sie herein, aber sie hielt ihnen unerschrocken stand. Ihre Sinne waren hellwach, und so bemerkte sie die Feuchtigkeit des Schlosses, die von den Kerzen ausgehende Wärme, das zarte Parfum von Axelle, den Duft der hervorragenden Ente, die Jeanne mit Orange zubereitet hatte, und den Geruch der alten Wandteppiche. Sie spürte, wie heftig Maurice sie begehrte, spürte die ungeheure Anspannung von Axelle, die Rührung von Charles und die lustvolle Vorfreude des ehemaligen Präfekten im Hinblick auf das Essen.

»Trinken wir auf die Freundschaft«, stimmte Maurice ein. »Und auf die Liebe …«

Axelle und Charles wechselten einen erschöpften Blick, und Charles schob seine Hand auf der Damastdecke vor, bis er die feingliedrigen Finger seiner Frau umfassen konnte. Maurice wusste nicht, was mit ihnen los war, aber er sagte sich, dass diese beiden als Sieger aus dem Wirbelsturm hervorgehen würden, der sie beinahe in die Tiefe gerissen hatte.

»Auf die Liebe«, wiederholte Julie.

Man gewöhnt sich nicht daran, im Dunkeln zu leben, aber die erste, ohnmächtige Wut wandelt sich irgendwann in eine Kraft, die einen vorwärts treibt. Das Wiedersehen mit ihrem früheren Freund Maurice hatte frühere Verwirrungen wachgerufen. Heute lebte sie jeden Tag ganz bewusst, Maurice hatte sie davon überzeugt, ihn heute Abend zu begleiten, und jetzt überließ sie sich den Ereignissen.

»Auf die göttliche Ente von Jeanne!«, fügte der Präfekt respektvoll hinzu.

Hinter der Tür plusterte Jeanne sich auf.

»Auf Jeanne und Joseph!«, beschloss Axelle den Reigen und warf Maurice einen verschwörerischen Blick zu.

Das köstliche und hinreißende Abendessen war ein Erfolg, und der schwere Wein tat ein Übriges. Zum Kaffee bot Charles Zigarren und einen abschließenden Digestif an. Er verschwand, um ein paar Flaschen aus seinem ganz persönlichen Vorrat zu holen. Bei dieser Gelegenheit ging er in sein Arbeitszimmer und wählte die Nummer von Gwénola. Sie war völlig zerschlagen von den unzähligen Anrufen.

»Hallo?«

»Hier ist Charles. Ich freue mich sehr für dich. Du hattest recht, du gehörst zu denjenigen, die allein zurechtkommen. Bravo …«

»Olivia hat mir nichts vorher gesagt, aber ich muss mich wohl freuen.«

»Das denke ich auch.«

»Jenny war heute Nachmittag bei mir.«

»Was?«, empörte sich Charles.

»Schimpf nicht. Sie ist schon wieder fort, und morgen kehrt sie nach Italien zurück. Ich glaube, dass wir niemals wieder etwas von ihr hören werden. Sie wollte, dass ich ihr vergebe. Ich habe sie davongejagt.«

»Das hast du richtig gemacht!«

Ein betretenes Schweigen stellte sich ein. Es war alles gesagt, abgeschlossen und durchgestanden. Sie hatten sich, nachdem sie sich noch einmal ganz aufeinander eingelassen hatten, voneinander getrennt und waren jeder wieder auf seinen Weg zurückgekehrt. Charles hatte seinen Schwung mitgenommen, Gwénola verwirklichte nun das, wovon sie immer schon geträumt hatte. Das Blatt hatte sich gewendet.

Sie hatten etwas begraben müssen, um neu zu erstehen, sie hatten sich noch einmal zurückwenden müssen, um weiterzugehen. Ihre Liebe hatte sich von einer Verletzung zu einer Kraft gewandelt.

»Gwénola …«, murmelte Charles mit veränderter Stimme.

»Ich auch«, sagte sie. »Gute Nacht.«

Er legte langsam auf, öffnete einen Schrank und nahm einen besonderen Armagnac und einen sehr alten Whisy heraus, dann ging er zu den anderen zurück.

»Ich hole diese Kostbarkeiten nicht für jeden X-Beliebigen heraus«, verkündete er. »Betrachtet euch als anerkannte Liebhaber.«

Axelle flüsterte mit ihrem untrüglichen Instinkt:

»Hast du ihr auch von mir gratuliert?«

»Ich habe ihr gratuliert. Wir sind ein Paar; wenn der eine sich in dieser Weise äußert, so schließt das den anderen ein. Wir sind untrennbar.«

»Du bleibst also wirklich hier?«, fragte sie noch einmal nach.

»Es stand doch niemals zur Debatte, dass ich gehe«, sagte Charles und sah ihr tief in die Augen.

Auf der anderen Seite des Tisches spürte Julie, dass Axelle sich physisch entspannte und dass Charles nicht mehr so aufgewühlt war.

»Haben Sie vielleicht etwas Bitterschokolade zu diesem außergewöhlichen Whisky?«, wagte sich der ehemalige Präfekt nun vor.

Im Hôtel Raphael in Paris saß Kate in kurzer Hose und T-Shirt auf ihrem Bett. Auf ihren Knien stand ein Tablett mit einem Teller geräuchertem Lachs, warmen, in eine Serviette gewickelten Toasts, einem Glas Sauternes und Himbeeren in einer Schale. Ihre Augen hingen an dem Flachbildschirm.

Sie sah Noa unter dem Applaus der Menge auf die Bühne kommen und bewunderte seine Lockerheit. Sie lächelte, als sie Olivia klatschen sah, und hielt ihren Atem an, als Noa das Wort ergriff. Er würde doch wohl nicht vor dem eigentlichen Spiel das Geheimnis seiner Mutter einfach so verraten?

Sie lachte, als er auf seinem vollständigen Namen bestand. Das sah ihm ähnlich. Sie sah aufmerksam seinen Kurzfilm an, nahm seine Fehler wie seine Qualitäten wahr und begriff, dass er eine große Begabung besaß und es weit bringen würde. Die Kamera schwenkte vom Sohn zur Mutter und fing auf schamlose Weise ihre Gefühlslage ein. Kate runzelte die Stirn.

»Ich hoffe, dass ich meiner Mutter Ehre mache«, sagte Noa.

Kate nickte, er zog sich gut aus der Affäre. Umso überraschter war sie, als sie Olivia aufstehen sah. Jetzt rechnete sie mit dem Schlimmsten.

»Ich nutze hier nun die Gelegenheit, das Erscheinen des Romans ›Die seidene Maske‹ bei meinem Lieblings-Verleger anzukündigen …«

Ungläubig führte Kate ihr Glas Sauternes an die Lippen. Olivia würde immer Olivia bleiben, rührend und provozierend, erbarmungswürdig und unerträglich …

Und dann hielt Olivia plötzlich ein Buch mitten in die Kamera, so dass der Name des Autors gut lesbar war. Kate verschluckte sich an ihrem Wein, schnappte nach Luft und hustete.

»Ich stelle Ihnen hier den ersten Roman von Gwénola Tonnerre vor, einer Autorin, von der wir viel halten!. Dieses Buch ist das erste einer neuen Reihe, die mein Herausgeber Bertrand Guinness mir anvertraut hat«, fuhr Olivia jetzt fort.

Kate stellte ihr Glas ab und schob das Tablett beiseite. Olivia imponierte ihr. Es war ihr gelungen, alles zu ihren Gunsten zu wenden. Auf der Show-Bühne hob Noa den Daumen, um ihr seine Bewunderung zu bedeuten.

»Sie haben sich heute Abend – wie die anderen Kandidaten auch – darauf eingelassen, für eine bestimmte Zeit an einem geheimen Ort eingesperrt zu sein, was bis zu drei Monaten dauern kann«, sagte der Animateur nun mit Grabesstimme. *»Regisseure, Drehbuchschreiber, Schauspieler, Filmtechniker und Fernsehleute werden Ihnen mit ihrer Erfahrung zur Seite stehen. Sie werden jede Woche eine Arbeit abliefern, die von Ihren Lehrern beurteilt werden wird. Sagen Sie uns doch, Noa Nathan-Ruben, da Ihnen Ihr Name ja so wichtig ist, was wird Ihnen am meisten fehlen?«*

Der Animateur zwinkerte schalkhaft in die Kamera.

»Ihre Freundin? Ihr Computer? Ihr Motorroller? Ein Glas Schokocreme, die die jungen Leute so lieben und die ich nicht während der Sendung nennen darf? Eine Diskothek? Eine Rave-Party?«

Noa schüttelte den Kopf.

»Ein Hot Dog mit einer hübschen Frau am Ufer der Seine«, sagte er entschieden.

Kate stiegen Tränen in die Augen. Wenigstens er würde sie in guter Erinnerung behalten. Es war Zeit, dass sie dieses Land verließ; die Last, die sie trug, wurde allmählich zu schwer.

44

Die Sendung verlief ohne weiteren Zwischenfall, die Kandidaten bekamen die Viertelstunde Berühmtheit, die Andy Warhol jedem im Jahre 1967 prophezeit hatte. Aber ihre berühmten Eltern versuchten sich in den Vordergrund zu drängen, was es bei den früheren Reality-Shows mit unbekannten Kandidaten nicht gegeben hatte. Als die einzigen uneitlen Eltern erwiesen sich Michel und Carole, der Vater und die Mutter von Mona und – erstaunlicherweise Olivia.

Noa umarmte seine Mutter zutiefst gerührt, dann geleitete man ihn zu dem Bus, der die Kandidaten wegbringen würde.

»Das war klasse, du bist die Größte!«, rief er ihr zu, bevor er verschwand.

Sobald der Bus um die Ecke gebogen war und der Vorspann zu dem Spiel auf dem Bildschirm lief, waren die Eltern vollkommen uninteressant für die Produktion geworden. Die Zuschauer wurden nach draußen geleitet, und Olivia, die sich für den Hinweg von einem Chauffeur in Yvelines hatte abholen lassen, fand sich nun mitten in der Nacht auf einem riesigen Parkplatz eines Außenviertels von Paris wieder. Reichlich naiv war sie davon ausgegangen, dass man auch ihre Rückfahrt organisieren würde, aber man hatte sie offenbar vergessen.

»Das fängt ja gut an«, murmelte sie mit bitterem Humor.

»Olivia?«

Sie drehte sich zu der ungebetenen Person um, die sie so vertraulich beim Vornamen rief, und erkannte Colin, der aus dem Dunkel auftauchte.

»Warst du auch da?«

»Nein«, sagte er. »Ich war zu Hause vor meinem Fernseher.«

»Du hast Noa leider verpasst, der Bus ist vor fünf Minuten abgefahren.«

»Ich bin nicht wegen ihm gekommen.«

Sie zog die Augenbrauen hoch.

»Ich dachte mir, dass du dich allein fühlen könntest«, sagte er.

Sie lächelte.

»Ich träume gerade. Sie haben mir wohl Ecstasy in meinen Fruchtsaft getan. Ich fliege ... ganz sicher.«

»Hör auf mit deinem Theater, und komm«, sagte Colin. »Wo ist dein Auto? Ich fahre hinter dir her, und wir trinken noch etwas im *Carr's* wie früher.«

Das *Carr's* in der Rue du Mont-Thabor im ersten Arrondissement war ein irischer Pub, wo Colin und Olivia als Frischverheiratete oft zu Abend aßen. Man trank Bier, aß geräucherten Lachs, *Irish Stew* oder Hähnchen *à la Gaelig*, dazu wurde irische Musik gespielt, und man fühlte sich einfach wohl.

»Ich bin zu Fuß hier«, gestand Olivia. »Meine Berühmtheit ist dahingeschmolzen wie Schnee in der Sonne. Ich bin nur noch die Mutter meines Sohnes.«

»Wenn Madame mir folgen wollen ...«, sagte Colin und ging zum rückwärtigen Teil des Parkplatzes.

Sie folgte ihm, ihr Blick auf der Suche nach einer bequemen Limousine. Aber Colin blieb vor einem winzig kleinen Smart stehen.

»Du hast doch hoffentlich nicht die Absicht, mich in diesen Joghurtbecher für Magersüchtige zu pferchen?«, fragte Olivia entsetzt.

»Es ist das perfekte Auto, um in der Stadt herumzufahren. Ich finde überall einen Parkplatz und verliere keine Zeit«, erklärte Colin. »Ist es dir lieber, hier auf diesem finsteren Parkplatz in der Pampa festzuwachsen?«

»Ich bete deine Karosse an«, spottete Olivia und quetschte sich in das enge Gefährt.

Colin schob sich hinter das Lenkrad und fuhr los. Schnell erreichten sie die Hauptstadt. Erleichtert und dankbar entspannte Olivia sich allmählich.

»Ich hoffe, es verläuft alles gut für Noa«, seufzte sie.

»Es wird eine spannende Erfahrung für ihn sein. Weißt du, dass er seit zwei Tagen bei mir untergeschlüpft war?«

»Und du hast mir nichts davon gesagt? Sehr nett von dir, vielen Dank!«

»Er ist kein kleiner Junge mehr. Ich dachte, ihr hättet euch deswegen gestritten. Mir ist es lieber, er läßt sich auf eine Affäre mit einer unserer Freundinnen ein als auf ein Flittchen, oder?«

»Und mir ist es lieber, er läßt sich auf gar niemanden ein«, erwiderte Olivia. »Er ist erst siebzehn!«

»Nein«, verbesserte Colin. »Er ist *schon* siebzehn. Die jungen Leute sind heutzutage früher dran als wir. Er ist beinahe volljährig, er ist ein Mann.«

Olivia zog eine Grimasse.

»Nett, dein Auftritt mit dem Buch von Gwénola!«, fuhr Colin fort. »Du hast mich verblüfft, meine Bewunderung hast du. Das war ein starker Auftritt.«

»Ich muss gestehen, das ich nicht besonders stolz darauf bin. Ich habe Bertrand Guinness heute Morgen angerufen, und wir haben unser Vorgehen abgesprochen. Er musste den Drucker überfallen und anflehen, dass er die Musterexemplare rechtzeitig fertig stellt. Wir haben das Cover geändert, wo mein Name stand, haben meine Biographie herausgenommen und auch die Liste mit meinen früheren Werken.«

»Ich fand deine Ideen immer schon genial …«, gestand Colin. »Abgesehen von deiner Forderung, dich scheiden zu lassen, natürlich.«

Olivia musterte ihn fassungslos:

»Du hattest mich mit diesem ausgehungerten Flittchen betrogen, die sich als deine Sekretärin ausgab!«

»Ein einziges Mal. Du hingegen hast mich jeden Tag mit deinen Romanen, deinen Lesungen und deinen jungen, langhaarigen Bewunderern betrogen, die dich pausenlos umschwärmten! Wir konnten uns überhaupt nicht mehr sehen: Ich war von Montag bis Freitag in der Klinik, du warst jedes Wochenende auf Lesungen und abends auf Cocktail-Partys oder in Restaurants. Wir haben uns manchmal wochenlang nur auf dem Weg ins Bad getroffen.«

»Du hättest mich wohl lieber als deine willfährige Geisha gesehen, oder? Tut mir leid, das passt nun gar nicht zu mir …«

»Du weißt genau, dass das nicht stimmt!«, protestierte Colin. »Aber ich hätte dich abends gern begleitet oder dich in den Provinzstädten getroffen, wo du Widmungen geschrieben hast. Du hättest Müdigkeit vorschützen, die offiziellen Einladungen am Abend ausfallen lassen und zu mir kommen können. Ich hätte mich dann im Badezimmer versteckt, wenn man dir das Frühstück aufs Zimmer gebracht hätte …«

Olivia sah ihn erstaunt an.

»Das hätte ich toll gefunden«, sagte sie. »So etwas hast du mir nie vorgeschlagen.«

»Du auch nicht! Wenn du jetzt nicht mehr schreibst … bleibt dir da vielleicht Zeit für eine neue Liebe?«

Der Smart überholte mit erstaunlichem Schwung für ein Auto seiner Größe einen BMW auf der linken Spur der Stadtumgehung.

»Ich habe mich niemals scheiden lassen wollen«, wiederholte Colin.

»Du hast gut reden! Als ich es vorgeschlagen habe, hast du sofort zugestimmt.«

»Weil du mir keine andere Wahl gelassen hast! Du fehlst mir, Olivia. Ich arbeite wie verrückt, aber wofür eigentlich? Ich habe nichts von meinem Geld. Mehr als eine einzige Armbanduhr brauche ich nicht, um zu sehen, wie spät es ist. Ich finde überall einen Parkplatz mit meinem Smart. Noa wird durch deinen Vater reich werden. Meine Einkünfte sind nichts gegen das Imperium, das er von ihm erben wird. Mein Leben ist öde. Seit unserer Scheidung gleiche ich meinen anästhesierten Patienten: Ich bin ruhig gestellt und unter Drogen.«

Olivia sah ihn an.

»Ich dachte, ich sei zu dick für dich …«

»Ich mag Frauen mit Rundungen. Du hast mir furchtbar gefehlt.«

Olivia seufzte.

»Willst du wirklich im *Carr's* zu Abend essen?«

»Hast du keinen Hunger?«

»Ich glaube, es ist das erste Mal seit Jahren, dass ich keinen Hunger habe«, sagte sie nachdenklich.

»Das trifft sich gut. Ich habe auch keinen.«

Anstatt die Umgehungsstraße zu verlassen, fuhr Colin weiter geradeaus bis zur Porte d'Orlèans und bog auf die Autobahn Richtung Süden.

»Du fährst ja gar nicht nach Yvelines«, stellte Olivia fest.

»Ich nehme dich mit zu einem Frühstück am Meer.«

»Deauville liegt im Nordwesten, du kehrst ihm also gerade den Rücken.«

»Wir fahren ans Mittelmeer.«

»Im Smart?«

»Warum nicht? Es dauert länger, das ist mir gerade recht. Magst du die Provence nicht?«

Olivia schüttelte den Kopf.

»Du bist ja verrückt, Colin. Vergiss nicht, dass du am Montag operieren musst.«

»Ich werde einen Vertreter finden. Ich habe großartige Mitarbeiter. Ich habe dich schon einmal verloren, Olivia ... Ich habe nicht die Absicht, das ein zweites Mal zu riskieren, wo du gerade Zeit hast. Niemand ist unersetzlich, wir werden die Schule schwänzen! Bist du einverstanden?«

»Ich wäre lieber in einem Jaguar-Cabriolet gefahren, hätte auch gern meinen Schminkkoffer, ein duftiges Négligé und ein paar Kleider für morgen dabei, aber ich bin einverstanden.«

Er zuckte mit den Schultern.

»Du bist genau richtig, so, wie du bist. Ich verabscheue knochige Frauen mit Kleister auf dem Gesicht und aufreizenden Klamotten. Du hast alles, was du brauchst, und du gefällst mir.«

Das Auto brauste durch die Nacht. Olivia lachte leise.

»Was Noa wohl sagen wird ...«

»Das geht ihn gar nichts an«, sagte Colin bestimmt. »Ein Bursche, der sich mit reifen Frauen in Hotels herumtreibt ... Ich werde ihm eine ordentliche Tracht Prügel verabreichen, ihn in die Ecke stellen und ihm eine Strafarbeit verpassen!«

Olivia prustete los.

»Er wird uns für verrückt halten.«

»Es sei denn, ich mache eine ehrbare Frau aus dir. Wie wäre es, wenn wir noch einmal heiraten?«, schlug Colin vor. »Das Leben ist zu kurz, um allein zu bleiben. Willst du mich heiraten?«

Olivia sah ihn verdutzt an. Er meinte es ernst.

»Nur wenn ich damit die Oberschwester deiner Operationsabteilung ärgern kann, das wäre es mir wert«, sagte sie.

»Ich werde ja wohl nicht deinen Vater noch einmal um deine Hand bitten müssen, oder?«

»Ich glaube, das muss nicht sein …«

»Nehmen wir die gleichen Trauzeugen wie damals oder andere?«

Damals hatte Olivia, da Jenny im Mittleren Orient weilte, Axelle gewählt, und Colin wurde von Charles begleitet.

»Ich würde gern Bertrand Guinness fragen«, sagte sie.

»Ich hätte ja gern Noa genommen, aber ein Trauzeuge muss volljährig sein, und ich habe keine Lust, sechs Monate darauf zu warten, bis ich dich heiraten kann.«

»Abgesehen davon ist Noa hinter Schloss und Riegel«, erinnerte ihn Olivia.

»In unserem Fall werden sie ja wohl eine Ausnahme machen und ihn kurz herauslassen, damit er die Eheleute umarmen kann.«

Der Smart war weit und breit allein auf der Autobahn. Das Licht seiner Scheinwerfer leuchtete weit in die Dunkelheit vor ihnen. Colin griff nach Olivias Hand.

»Möchtest du eine Heirat in Weiß mit einer Schar Gäste, oder möchtest du lieber eine leise Feier mit den Menschen, die wir lieben?«, fragte sie ihn.

»Du hast die Frage bereits beantwortet. Aber du hast immer noch nicht ja gesagt.«

»Und du wirst wirklich nicht von mir verlangen, dass ich eine Diät mache?«, stellte sie noch einmal klar.

»Ich will nur, dass du mir antwortest: ›Ja, Colin, ich will dich heiraten.‹«

»Das habe ich bereits vor achtzehn Jahren gesagt.«

»Dann wiederhole es jetzt noch einmal.«

Olivia tat, wie ihr geheißen.

45

Sonntag, 25. September

Kate beendete ihre Qi-Gong-Übungen. Mit leicht gebeugten Knien stand sie da, den Kopf vom Nacken her aufgerichtet, als zöge ihn ein unsichtbarer Faden zum Firmament empor. Die Handflächen waren zuerst dem Boden zugewandt, um die Energie der Erde aufzunehmen, dann der Decke, um die Energie des Himmels aufzunehmen. Dann aß s ie rasch zu Mittag, beglich ihre Rechnung, verließ ohne Wehmut das Hotel und war eine Stunde zu früh am Flughafen, so dass ihr Zeit blieb, durch die dortigen Läden zu flanieren. Sie kaufte einen Eiffelturm aus Plastik, einen Triumphbogen in einer Glaskuppel und eine Miniatur der Pyramide des Louvre – die üblichen Touristenmitbringsel. Ihr Magen war verkrampft, die Zeit bis zum Abflug wollte einfach nicht vergehen. Durch einen langen, geschlossenen Korridor gelangten die Passagiere zum Flugzeug. Im letzten Augenblick drehte sie sich um und sagte Frankreich in Gedanken Lebewohl. Gleichzeitig schwor sie sich, niemals wieder einen Fuß in dieses Land zu setzen. Sie hatte ihr Versprechen Jenny gegenüber gehalten, aber sie hatte wirklich dafür leiden müssen.

Der Zufall hatte ihr diesmal den Sitz 3A zugedacht. Das fasste sie als ein Zeichen auf: Auf dem Hinflug hatte sie auf 4B gesessen, um die vier Kleeblätter neu zu formieren, jetzt war das Kleeblatt aufgebrochen. Es gab nur noch drei Freundinnen. Sie war zur Aussätzigen geworden.

Den Platz neben ihr wollte gerade ein Kaugummi kauendes junges Mädchen mit wilder Mähne einnehmen, als ein schmaler Schatten sie davon abhielt:

»*Scusi … Lei è italiana?* Oder sind Sie Französin?«

Das Mädchen war Neapolitanerin. Sie war gern bereit, den Platz mit Corrado zu tauschen, der sich nun neben Kate setzte, als seien sie alte Freunde.

»Und? Sind Sie mit einem Ausflugsboot auf der Seine gefahren? War es schön, Ihre Schulfreundinnen wiederzusehen?«

»Die Antwort ist in beiden Fällen nein. Ich bin sogar bis in die Bretagne gereist, auf eine Insel dort, aber ich werde keine guten Erinnerungen davon zurückbehalten. Und Sie?«

»Die Fahrpläne der Touristenboote passten leider nicht zu meinen Terminen. Aber die Woche war sehr ertragreich. Ich habe verschiedene alte Steuer gefunden, Schiffslampen, Strickleitern, Truhen, Gitterroste, eine Taucherausrüstung, ein paar Bilder und andere interessante Gegenstände.«

Er öffnete seinen Rucksack und packte vorsichtig einen alten kupfernen Kompass und einen Sextanten aus.

Kate zeigte ihm ihre scheußlichen Plastikerinnerungsstücke aus Paris.

»Haben Sie Kinder?«

»Nein, ich weiß nicht einmal, wem ich diese Scheußlichkeiten schenken werde. Ich habe sie einfach gekauft, um es wie alle anderen zu machen …«

»Haben sich Ihre Freundinnen verändert? Sind sie alt, hinfällig und verbittert geworden? Sie waren doch glücklich, sie wiedersehen zu können.«

»Am Anfang haben sich auch alle gefreut, aber dann lief alles aus dem Ruder. Es ist viel zu kompliziert, als dass ich es Ihnen erklären könnte. Ich freue mich sehr, nach Rom zurückzukehren!«

Sie entspannte sich und lächelte endlich. Die Woche hatte Spuren auf ihrem Gesicht hinterlassen. Eine tiefe Falte hatte sich in ihre Stirn gegraben.

»Vergessen Sie sie«, riet Corrado ihr. »Wenn sie Sie verletzt haben, dann schlagen Sie sie sich aus dem Kopf. Der Tod und die Liebe verursachen Tränen, aber die Freundschaft spendet Trost und bringt uns zum Lachen.«

Kate nickte.

»Ich wusste, was ich zu erwarten hatte, denn es gab alte Rechnungen, die beglichen werden mussten. Der Auftrag ist jetzt ausgeführt.«

»Darauf müssen wir trinken!«

Corrado wandte sich an die Stewardess, die den Gang zurückkam.

»Entschuldigen Sie, haben Sie vielleicht französischen Champagner? Wir haben etwas zu feiern …«

»Aber nicht doch, es ist erst neun Uhr morgens!«, protestierte Kate verwirrt.

»Den Tapferen schlägt keine Stunde.«

Man brachte ihnen Sekt in Plastikflöten.

»Auf alle unmöglichen Aufträge!«, sagte Corrado ernst.

»Auf Italien«, erwiderte Kate.

Die restliche Flugzeit plauderten sie über dieses und jenes, über gute Restaurants in Rom, über Vor- und Nachteile von Reichtum, über den Unterschied von Europa und den Vereinigten Staaten und über die letzten Dreharbeiten in der Cinecitta. Corrado erzählte von den verschiedenen Trödlern, die er regelmäßig besuchte, beschrieb seine seltsamsten Kunden und belustigte Kate mit seinen Anekdoten. Als das Flugzeug zur Landung ansetzte, hatten sie ihre Mahlzeit nicht einmal angerührt.

In Rom war es acht Grad wärmer als in Paris. Kate legte ihre Jacke über den Arm und stieg aus dem Flugzeug. Der Korridor war eng, und ein junger Mann mit einer großen Zeichenmappe schob sich zwischen Corrado und sie, so dass sie kein Wort mehr miteinander wechseln konnten und zum Ausgang trotteten wie Schafe in einer Herde. Als Kate sich gerade noch einmal zu Corrado umdrehen wollte, hörte sie jemanden rufen:

»Jenny, *amore!* Ich habe einen Tisch reserviert, so dass wir am Tiber zu Mittag essen können!«

Es war Floridiano, tadellos gekleidet wie immer: Kaschmirmantel, Anzug mit Krawatte, dazu spitze Schuhe: Seine grau melierten Haare waren leicht gegelt. In den Händen hielt er einen Strauß Rosen, den er Kate überreichte, bevor er sie leidenschaftlich auf den Mund küsste.

»Du hast mir so furchtbar gefehlt …«, hauchte er, als er sie wieder losließ.

Corrado maß den eleganten Baron mit einem amüsierten Blick.

»Corrado!«, ertönte da eine weibliche Stimme.

Kate nahm die Dunkelhaarige mit den grünen Augen ins Visier. Sie hielt einen munteren schwarz-weißen Cockerspaniel an der Leine und umarmte Corrado. Der Hund begrüßte freudig seinen Herrn, japste vor Vergnügen und drehte sich um sich selbst, bevor er sich auf den Rücken legte.

»Warst du brav bei Renata, Joe?«, fragte Corrado und bückte sich, um den Bauch des Cockers zu kraulen.

»Gehen wir, *amore*, ich habe in der zweiten Reihe geparkt …«, drängte Floridiano nun und zog Kate mit sich fort.

Sie zögerte. Floridiano fasste sie am Ärmel. Einer plötzlichen Eingebung folgend, kramte Corrado in seinem Rucksack und zog den in eine französische Zeitung eingewickelten Kompass heraus, trat auf Kate zu und reichte ihn ihr.

»Damit Sie nicht vom Weg abkommen«, sagte er leise.

Dann machte er kehrt und verschwand mit der dunkelhaarigen, grünäugigen Frau in der Menge, bevor Kate reagieren konnte.

Der Tisch am Ufer des Tiber war wunderschön gelegen und einladend gedeckt. Aber das Mittagessen war ein vollkommener Reinfall. Die Speisen waren vorzüglich, die Sonne liebkoste die hellen Ufer, auf dem Wasser glitten Kajakfahrer ruhig dahin. Floridiano sprach von seiner Frau und seinen Kindern, die heute nach Punta Ala gefahren waren, von einem Fest, das in ein paar Tagen auf der Via Veneto stattfinden würde und von einem Abend in der Villa Borghese. Vergebens mühte sich Kate, Interesse für seine Worte aufzubringen. Sie rührte die Speisen kaum an, entschuldigte sich mit einer anhaltenden Reiseübelkeit und bat ihn, kaum hatten sie ihren Kaffee ausgetrunken, sie in ihr Hotel zurückzufahren.

Glücklich, Jenny wieder um sich zu haben, missverstand Floridiano ihre Worte.

»Du hast recht, fahren wir ins Hotel zurück!«

Sie hatte nicht den Mut, ihm zu erklären, dass sie allein dorthin zurückwollte. Erleichtert sah sie mit ihren Rosen in der Hand die vertraute efeubewachsene Hausfassade mitten im alten Rom vor sich auftauchen. Floridiano ging mit auf ihr Zimmer, wo ein noch prächtigerer Strauß von roten Rosen in einer Vase stand. Kate drehte sich zu ihm um, um sich zu bedanken, aber er schüttelte finster den Kopf.

»Bedank dich nicht bei mir, diese Rosen sind nicht von mir.«

Kate trat näher und riss den an der Vase lehnenden Umschlag auf. Auf der weißen Karte standen zwei Sätze auf Französisch: »Du entkommst mir nicht. In drei Wochen sehen wir uns wieder«, darunter nur ein Vorname: Paul. Kate wurde blass und begann zu zittern. Jennys Bruder hatte sie aufgespürt und ließ sie das nun wissen. Sie erinnerte sich genau an seine Worte: »Ich habe deine Wertpapiere studiert. Du kannst sie recht schnell verkaufen. Innerhalb von drei Wochen kann alles abgewickelt sein.«

Floridiano hatte über ihre Schulter hinweg alles mitgelesen und wieder missverstand er die Worte:

»Ein sehr entschlossener Anwärter, der sich nicht so leicht abschütteln läßt, wie mir scheint. Das hätte ich nicht von dir gedacht. Ihr trefft euch also alle drei Wochen. Wann wolltest du es mir sagen, am Abend davor?«

Sein Ton war trocken und boshaft. Wutentbrannt fuhr Kate zu ihm herum:

»Du glaubst wohl, das Recht, deine Frau zu betrügen, steht nur dir allein zu, oder? Bist du etwa ein Ausbund an Tugendhaftigkeit, ein Moralapostel?«

»Ich habe dir vertraut ...«

»Es ist etwas ganz anderes, als du annimmst«, sagte Kate müde.

»Ach ja? Vermutlich sind es deine alten Schulfreundinnen, die dich auf rote Rosen betten? Vielleicht hat es diese Freundinnen sogar nie gegeben. Vielleicht hast du mich von Anfang an belogen? Du bist nach Paris gefahren, um einen Mann zu treffen, nicht wahr?«

Kate ließ sich kraftlos in einen Sessel fallen und schüttelte den Kopf.

»Ich bin erschöpft, Floridiano. Ich habe eine harte Woche hinter mir. Ich habe dich noch nie betrogen, solange ich dich kenne, aber jetzt enttäuschst du mich. Geh zu deiner Familie nach Punta Ala.«

»Um das Feld zu räumen für diesen Kerl?«, tobte Floridiano und wies auf den Blumenstrauß.

»Um mich in Frieden zu lassen. Du, deine Rosen, eure Rosen, verschwindet!«

Kate griff nach den beiden Blumensträußen, öffnete die Zimmertür, warf die Blumen in den Flur und schob den

Baron in die gleiche Richtung. Er war so verblüfft, dass er es geschehen ließ, ohne Widerstand zu leisten. Schon warf sie die Tür hinter ihm ins Schloss.

»Komm bloß nicht zu mir, wenn er dich sitzengelassen hat!«, schrie Floridiano, als er sich von seinem Schrecken erholt hatte.

Kate machte das Radio an, um sein Geschrei zu übertönen, und sogleich erfüllte die Musik einer Verdi-Oper das Zimmer. Sie warf sich aufs Bett und vergrub ihren Kopf in ihrem Kissen.

Eine Stunde später stand sie wieder auf und lehnte sich aus dem Fenster. Auf dem Largo Febo unter ihr wimmelte es von Touristen, die zur Piazza Navona schlenderten. Auf der Terrasse von Santa Lucia saßen immer noch viele Gäste. Die Römer hatten einen ausgeprägten Sinn für die Gestaltung des Sonntags. Wenn sie nicht mit der Familie zu Mittag aßen, gingen sie aus und genossen ihre wunderschöne Stadt. Der Kontrast zwischen der fröhlichen Unbeschwertheit des Schauplatzes und der Bedrohung, der Kate sich ausgesetzt sah, konnte nicht größer sein. In nur einer Woche war ihr Leben aus den Fugen geraten. Die Jugendfreundinnen von Jenny verabscheuten sie, und Paul jagte ihr Angst ein, das Leben war zu einem Albtraum geworden. Sie wollte nichts anderes mehr, als sich in einem Mauseloch verstecken und von allen vergessen werden …

Sie verweilte einen Augenblick am Fenster und beobachtete den nicht abreißenden Menschenstrom unter ihr. Kleine Gestalten erschienen von rechts und verschwanden nach links, einfache Arbeiter kamen und gingen, ohne dass jemals ihre fließende Bewegung um die Straßenecke ins Stocken geriet. Wie gern hätte Kate zu ihnen gehört, wäre in der Menge verschwunden, hätte erneut ihren Namen, ihre Identität und ihre Vergangenheit gewechselt, so dass sie nicht länger die Last von Jennys Fehlern hätte tragen müssen. Sie hatte ihr Versprechen gehalten und das Recht erworben, nun in Frieden das Vermögen zu nutzen, das sie nicht angestrebt hatte.

Der Preis, den sie dafür zahlen musste, überstieg jedoch allmählich ihre Kräfte. Es war hart gewesen, Jenny bis zu ihrem Tod zu pflegen, aber das hätte Kate auch ohne Entschädigung getan. Dass sie ihre Heimat verlassen musste, gehörte zum Spiel, und es war aufregend gewesen, wieder bei null anzufangen. Aber Kate hatte nicht einzuschätzen vermocht, welch abgrundtiefen Hass ihr Gwénola, Charles und auf ihre Weise auch Axelle und Olivia entgegenbringen würden. Jenny hatte sich verschätzt; man verzeiht jemandem nicht, dass er eigenmächtig Schicksal spielt. Und schließlich auch noch Paul Lincoln. Sein Auftauchen hatte alles verändert, denn er sah in ihrem Identitätswechsel ein Verbrechen. So stand Kate jetzt als flüchtige Betrügerin da, die sich unter falschem Namen in ein Land ihrer Wahl eingeschlichen hatte. Paul würde wiederkommen. Sie musste umziehen, in einem anderen Hotel unter einem anderen Namen unterschlüpfen ... Aber wie? Man würde dort ihren Pass verlangen. Selbst wenn sie Italien verlassen würde, würde Paul sie über die Passagierlisten der Flugzeuge und Züge wieder finden.

Sie wollte nicht fort, aber die im Hôtel Raphael wohnende Jenny Lincoln musste verschwinden. Die Lösung war schnell gefunden: Sie musste sterben.

Kate öffnete vorsichtig die Tür. Im Flur war niemand zu sehen. Auf dem Boden lagen noch immer die beiden ramponierten Rosensträuße. Sie verließ ihr Zimmer und eilte in einen kleinen Salon, wo ein Computer für die Gäste bereitstand. Sie wählte sich ins Internet ein und suchte in Google nach Hinweisen über falsche Papiere in englischer Sprache. Zu ihrer großen Überraschung kam sie auf eine

Million vierhundertzwanzigtausend Treffer, in denen falsche Ausweise für beinahe alle Länder dieser Welt für nur ein paar Dollar angeboten wurden. Damit diese Angebote legal blieben, wimmelte es nur so von Hinweisen wie: »Unsere Ausweispapiere sind ausschließlich zu Unterhaltungszwecken bestimmt«, »Wir übernehmen keinerlei Verantwortung für eine illegale Verwendung dieser Papiere«, »Wir unterstützen keinerlei Form von Terrorismus. Mit unseren Dokumenten könnte kein Terrorist jemals ein Flugzeug betreten«. Die Bezahlung erfolgte per Kreditkarte. Man musste lediglich seine Adresse angeben, dann würden einem einige Tage später »absolut identische Papiere« ins Haus flattern.

Eine Million vierhundertzwanzigtausend Treffer. Kate war erschüttert, aber auch entzückt. Sie hatte nicht vor, eine andere Identität anzunehmen oder in ein anderes Land zu flüchten. Sie wollte einfach nur wieder sie selbst werden, Kate Sand. Wenn es auch auf einem kleinen Friedhof in Texas ein Grab mit diesem Namen gab, in dem Jenny ruhte, so wurde Kate Sand doch nirgendwo gesucht. Paul Lincoln würde ihre Spur niemals finden können. Kate würde sich ihre eigene Identität zurückkaufen. Um ihre Spuren zu tilgen, musste sie hier lediglich eine Bestellung unter einem falschen Namen aufgeben. Floridiano war noch zu wütend auf sie, um dies zu übernehmen, und ihre gemeinsamen Freunde könnten ein solchen Geheimnis womöglich ausplaudern. Sie musste jemanden finden, der nicht zu ihrem Umfeld zählte. Er musste so aufrichtig sein, dass Kate ihm vertrauen konnte, und verrückt genug, um sich auf ein solches Abenteuer einzulassen. Spontan fiel ihr ein Name ein.

Es blieben ihr drei Wochen, um ihre Wertpapiere zu verkaufen, das Geld auf drei Konten zu verteilen und gewisse Maßnahmen zu ergreifen.

46

Samstag, 1. Okober

Der Trödelmarkt am Ponte Milvio fand an jedem ersten Wochenende im Monat am Ufer des Tiber statt. Es gab dort die unterschiedlichsten Dinge – neben Kritzeleien auch gut gearbeitete Bilder, Geschirr, Antiquitäten, orientalische Gegenstände, Möbel zu stolzen Preisen, Kristallgläser, Spitzendeckchen, Postkarten, Bücher und den Stand mit den Marinegegenständen von Corrado, der bei Sammlern wohlbekannt war.

Nach ihren Qi-Gong-Übungen hatte Kate sich rasch angezogen und ein Taxi genommen, um dorthin zu fahren. Es war nicht schwer gewesen, den Stellplatz von Corrado zu finden. Er saß in einem bequemen Ledersessel und trank einen Cappuccino, zu seinen Füßen schlief der schwarz-weiße Cockerspaniel. Wie viele Händler trug er eine dicke Weste ohne Ärmel. Kate trat auf ihn zu.

»Nun, war Ihr Mittagessen auf dem Tiber schön?«, fragte er, als er sie wiedererkannte.

Kate war so konzentriert, dass sie ein paar Sekunden brauchte, um zu verstehen, wovon er sprach.

Ach, ja … Es war nicht auf dem Wasser, sondern am Ufer. Geht es Renata gut?«

»Ja, sehr gut. Sie ist keine Frühaufsteherin. Glücklicherweise ist Joe hier immer startbereit.«

Als der Hund hörte, dass von ihm die Rede war, hob er aufhorchend den Kopf .

»Ich bin trotz Ihres Kompasses in gefährliche Gewässer geraten«, bekannte Kate jetzt. »Ich brauche Ihre Hilfe. Ich schwöre Ihnen, dass ich nichts Illegales von Ihnen verlange. Kennen Sie sich mit dem Internet aus?«

Corrado war überrascht, dass der elegante Freund von Kate ihr offenbar keine Hilfe war und offenbar nicht mit einem Computer umgehen konnte.

»Natürlich«, sagte er und wies auf einen zweiten Sessel. »Setzen Sie sich. Was kann ich für Sie tun?«

Kate entschloss sich, ihm die Wahrheit zu sagen.

»Vor fünf Jahren habe ich in New York eine junge Frau getroffen, die genauso alt war wie ich und die gemeinsam mit mir im Krankenhaus lag«, erklärte sie. »Wir hatten die gleiche Art Krebs; ich bin davongekommen, sie nicht. Ich war arm, sie war reich. Wir hatten beide keine Familie mehr. Sie schlug mir vor, ihre Identität anzunehmen und so von ihrem Geld zu profitieren. Bedingung war, ihren Jugendfreundinnen zu gestehen, dass sie sie einst angelogen hatte.«

»Die Freundinnen in Paris, die jetzt zu Ihren Feindinnen geworden sind?«, erschloss Corrado.

Kate nickte.

»In der Zwischenzeit ist aber ihr Bruder Paul, den man für tot gehalten hatte, wieder aufgetaucht. Er will sein Erbe, und dafür will er mich verpfeifen. Ich muss meine alte Identität wieder annehmen, um ihm zu entkommen. Er weiß, wo ich bin und in welchem Hotel ich wohne. Er macht mir Angst.«

Corrado hörte aufmerksam zu.

»Ich muss mir auf schnellstem Wege neue Papiere und einen neuen Führerschein über das Internet beschaffen. Ich kann nicht vorgeben, dass sie mir gestohlen wurden, und einfach neue bei der amerikanischen Botschaft beantragen. Man würde vielleicht entdecken, dass ich anstelle von Jenny für tot erklärt wurde. Ich bin in die absurde Situation geraten, dass ich mir falsche Papiere mit meinem richtigen Namen besorgen muss.«

»Wie heißen Sie denn?«, wollte Corrado wissen.

»Kate Sand.«

»Das bedeutet doch Sand auf Englisch, nicht war? Caterina Sabbia. Es klingt hübsch.«

Kate sah ihn direkt an.

»Würden Sie dies für mich in die Wege leiten? Ich schwöre Ihnen, dass ich keine Terroristin bin …«

»Kein Problem …«, antwortete Corrado.

»Ich versichere Ihnen, dass Sie keinen Ärger bekommen werden. Es ist nicht verboten, man kann sie ohne Probleme kaufen …«

»Ich habe doch schon ja gesagt«, beschwichtigte Corrado lächelnd. »Beruhigen Sie sich, es ist alles in Ordnung.«

»Ich bin in Eile. Paul wird sich in zwei Wochen wieder melden. Ich habe schon eine Woche verloren, da ich nicht wusste, wo ich Sie finden konnte. Das alles muss Ihnen vollkommen verrückt vorkommen, aber …«

»Stopp! Ich nehme an! Terroristen besorgen sich keine falschen Papiere über das Internet, man würde ihre Spur viel zu leicht finden. Außerdem sehen Sie nicht aus wie ein ausgekochter Bandit. Dazu sind Ihre Augen viel zu unruhig. Und Ihre Geschichte ist wirklich haarsträubend, so etwas erfindet man nicht.«

Kate seufzte erleichtert auf. Man würde ihr helfen, sie war nicht mehr allein.

»Mag sein, dass ich an Paranoia leide, aber ich möchte nicht den Computer im Hotel benutzen. Ich muss Ihnen erklären, was ich brauche und auf welcher Website man es bekommt.«

»Es geht einfacher. Ich hole Sie um fünf Uhr ab. In welchem Hotel wohnen Sie?«

»Im Raphael, Largo Febo.«

Corrado nickte, dann rief er plötzlich, scheinbar empört: »Wenn Ihnen meine Sessel zu teuer sind, dann gehen Sie doch zu IKEA, aber die haben keine Sessel von einem Kreuzfahrtschiff vom Anfang des Jahrhunderts!«

Mit einer gewissen Erleichterung ging Kate fort.

Pünktlich um fünf Uhr stand Kate vor ihrem Hotel und wartete. Corrado tauchte auf einer beigen Vespa auf. Der Cocker Joe saß ruhig zu seinen Füßen. Corrado bedeutete Kate, hinter ihm aufzusteigen.

»In Paris bin ich auch schon Motorroller gefahren, langsam komme ich in Übung.«

»Es ist das beste Fortbewegungsmittel, um jemanden abzuhängen. Ich wette, das es niemand schafft, mir in Rom zu folgen.«

Das stellte er gleich unter Beweis und schlängelte sich geschickt durch die Autos. Joe blieb regungslos sitzen, seine Schlappohren legten sich in den Kurven zur Seite. Kate hingegen glaubte einem Herzinfarkt, einer Gehirnblutung und einem Herzstillstand auf einmal zu erliegen, bevor sie sich fasste. Die Vespa brauste zum Monte Mario im Nordwesten der Stadt, wo die Römer seit Anfang des letzten Jahrhunderts gern hingingen, um die gute Luft zu genießen. Die Gegend war zu einem beliebten, familiären Wohnviertel geworden, dessen Einwohner einander grüßten und halfen; man lebte gern dort.

Als die Vespa schließlich vor einem Wohngebäude hielt, sprang Joe von seinem Sitzplatz auf den Boden und markierte sein Hoheitsgebiet.

»Wir werden die Bestellung gleich an meinem Computer abschicken«, sagte Corrado.

Kate folgte Corrado und Joe bis zur obersten Etage. Die Wohnung war ein *attico*, eine wie ein kleines Haus auf der Dachterrasse des Gebäudes errichtete Wohnung. Sie verfügte über ein Schlafzimmer, ein Wohnzimmer, eine Küche und ein Bad. Die Decken, Wände, Fußböden und Möbel waren aus Holz und vermittelten eine wohlige Atmosphäre. Eine Sammlung kleiner *Dinky-Toys*-Autos erstreckte sich über mehrere Regalbretter. Die roten Fliesen der Terrasse leuchteten im hellen Licht. Orangen-, Feigen- und Olivenbäumchen wuchsen in großen blauen Kübeln. Kate wunderte sich, dass Renata nicht da war, wollte jedoch nicht indiskret erscheinen. Corrado schaltete den auf einer alten Truhe stehenden Computer ein.

»Wie hieß die Seite?«

Sie nannte ihm den Namen, und nur zehn Minuten später hatten sie alle notwendigen Formulare ausgefüllt, um einen Ausweis und einen Führerschein auf den Namen Kate Sand, geboren 1967 in Winnetka, Illinois zu erhalten. Corrado gab die Nummer seiner Kreditkarte und seine Privatadresse ein. Nichts führte von dieser Kate zu der Jenny Lincoln im Hôtel Raphael zurück.

»Erlauben Sie mir, dass ich ganz kurz auf einer anderen Seite etwas nachsehe?«, bat Kate.

Sie wählte die Internetadresse von *Wie der Vater, so der Sohn*, um herauszufinden, wie es um Noa stand. Er schien sich gut an die Abgeschlossenheit gewöhnt zu haben, und seine Lehrer hatten seinen ersten dort gedrehten Kurzfilm für gut befunden. Es lief bestens für ihn und für Mona.

Kate reichte Corrado einen Umschlag mit dem Geld für die Papiere.

»Was ist das?«, wollte er wissen.

»Das, was ich Ihnen schulde.«

»Das hat keine Eile.«

»Ausgeglichene Konten sind besser für die Freundschaft. Kennen Sie einen Notar?«

»Wollen Sie etwa schon Ihr Testament schreiben? Sind Sie nicht vielleicht ein wenig zu jung dafür?«

»Man kann nie vorsichtig genug sein.«

Die Vespa brauste in Richtung Innenstadt, zu dem Cousin einer Schwägerin eines Nachbarn von Corrado. Kate stellte sich dem Notar als Jenny Lincoln vor und erklärte ihm, dass sie ihrem Bruder Paul Lincoln mit Wohnsitz in den Vereinigten Staaten eine bedeutende Summe vererben wolle. Der Notar sollte ihm diese am Samstag, den 15. Oktober, also zwei Tage vor Ablauf des Ulitmatums, auszahlen.

»Sind Sie sicher, dass Sie das tun wollen?«, versicherte sich der Notar noch einmal, als er die Summe vernommen hatte, um die es sich handelte.

»Absolut.«

Kate hatte alle ihre Wertpapiere verkauft und den Ertrag in drei gleiche Teile geteilt. Der erste Teil würde an Paul gehen, der logischerweise von seinen Eltern und seiner Schwester etwas geerbt hätte. Der zweite Teil an Gwénola, die am meisten unter den Lügen von Jenny gelitten hatte und das Geld am besten gebrauchen konnte. Der Notar würde auch sie unterrichten. Der dritte Teil schließlich blieb Eigentum von Jenny Lincoln.

47

Sonntag, 2. Oktober

Eine Woche nach der ersten Drohung Pauls mit den roten Rosen erhielt Kate einen zweiten Strauß im Hôtel Raphael. Dieses Mal waren die Rosen beinahe schwarz. Das Begleitkärtchen ließ keinen Zweifel: »Achtung, nur noch zwei Wochen«.

Die folgenden Tage vergingen wie im Fluge. Corrado, der, abgesehen von seinen Reisen und den Wochenenden, Zeit hatte, diente Kate als Chauffeur, und sie schwor sich, ihn reichlich für seine Hilfe zu entschädigen. Er nahm an, dass der elegante und steife Typ, der Kate am Flughafen abgeholt hatte, während der Bürozeiten arbeitete.

Sie hingegen nahm an, dass Renata einem Beruf nachging, der sie die Woche über fern hielt. Jedes Mal, wenn Corrado sie von ihrem Hotel abholte, verwendete er eine halbe Stunde damit, mögliche Verfolger mit seiner Vespa abzuschütteln. Sie brachen morgens auf und verbrachten den ganzen Tag damit, Häuser zu besichtigen, die zum Verkauf standen. Schließlich fiel ihre Wahl auf drei wunderschöne Häuser in der Nähe der Via Appia Antica, der »Königin der Straßen«, jener bedeutendsten römischen Straße, die bereits Ende des vierten Jahrhunderts begonnen worden war, um Rom mit Kapua zu verbinden. Mit ihren großen Basaltsteinen und den breiten Rändern konnten auf dieser Straße damals zwei Gefährte problemlos aneinander vorbeifahren. Die Häuser, die Kate in Betracht gezogen hatte, waren weiträumig, freistehend, hatten einen kleinen Park, eine Garage, ein Schwimmbad, ein Jacuzzi und eine High-Tec-Alarmanlage.

Die Kaufverpflichtung wurde bei einem anderen Notar unterzeichnet als bei dem, den Kate für ihre beiden Schenkungen in Anspruch genommen hatte. Alle Parteien waren daran interessiert, das Geschäft so schnell wie möglich abzuwickeln. Es gab bereits einen anderen Interessenten, bei dem jedoch Schwierigkeiten mit der Finanzierung aufgetaucht waren. So wurde der Vertrag aufgesetzt, der Notar hatte bereits alle notwendigen Unterlagen und Beglaubigungen besorgt. Das Geschäft war in Ordnung, die Häuser mit keinerlei Hypothek belastet. Die Gemeinde hatte auf ihr Vorkaufsrecht verzichtet. Kate konnte zuschlagen. Im Allgemeinen mussten zwischen der Zusage und dem tatsächlichen Kauf drei Monate verstreichen, aber unter diesen Bedingungen reichte es aus, die gesetzlich vorgeschriebene Frist von sieben Tagen Widerrufsrecht abzuwarten.

48

Donnerstag, 13. Oktober

Da Silvio Berlusconi in Italien jede Form von Erbschaftssteuer abgeschafft hatte, konnte Jenny Lincoln vollkommen legal ein Haus für Kate Sand kaufen. Entscheidend war *primo*, dass der Scheck gedeckt war, und *secundo*, dass das Geld auf das Konto des Käufers floss. Nachdem Kate ihre neuen Papiere erhalten hatte, unterzeichnete sie den Vertrag und war somit im Besitz von drei außerordentlich gut gelegenen, ertragreichen Häusern. Die Verwaltung des neuen Besitzes übertrug sie ihrem Anwalt. So konnte sie von nun an unter ihrem richtigen Namen leben. Jetzt konnte und musste nur noch Jenny Lincoln verschwinden.

Kate wollte Corrado gemeinsam mit Renata zu einem Essen am Meer einladen, um den Kauf gebührend zu feiern. Einzige Bedingung war, dass er das Restaurant aussuchte. Corrado nahm an und entschied sich für das »Mastino« in Fregene – an dem Strand, wo die italienische Kinoszene der sechziger Jahre sich getroffen hatte. Eine halbe Stunde vor den Toren Roms, lag es nur einen Katzensprung vom Meer entfernt. Die Spezialitäten des Hauses waren Fisch und Meeresfrüchte in Weißwein.

»Kommt Ihr Ehemann auch?«, fragte Corrado.

»Mein … was?«, fragte Kate erstaunt. »Ach ja. Er ist tatsächlich ein Ehemann, aber nicht meiner. Ist Renata Ihre Frau oder Ihre Lebensgefährtin?«

Corrado lachte auf.

»Sie ist nicht meine Frau, sondern meine Schwester. Wenn ich auf Reisen bin, hütet sie Joe.«

Sie sahen einander an, zwei junge Erwachsene ohne Anhang an einem warmen italienischen Herbstabend.

»Ich glaube, dass Renata heute Abend etwas vorhat. Ich hoffe, es ist Ihnen nicht unangenehm, mit mir allein zu speisen. Ich weiß ein schönes Restaurant hier in Rom, der Besitzer ist ein Freund von mir, und außerdem ist es ein ganz besonderer Ort.«

»Die Freunde meiner Freunde sind auch meine Freunde«, sagte Kate.

Das Restaurant *Losteriacarina* in der Via Trionfale am Monte Mario war ein familiärer, reizender Ort mit einer überdachten Terrasse. Die kleinen Tische verschwanden unter rot-weißen Decken, hier und da im Grün versteckte Statuen beugten sich den Gästen heimlich über die Schulter. Statt einer Menükarte gab es nur Schiefertafeln, auf denen der hagere lächelnde Chef Alberto die Tagesgerichte aufgelistet hatte und ankündigte: *oggi ho preparato per voi tante belle cosette* – Heute habe ich viele kleine leckere Gerichte für Sie vorbereitet. Loretana, die blonde Chefin des Hauses, genannt Lori, empfing ihre Gäste. Die meisten von ihnen kannte sie, da sie regelmäßig hierher kamen. Corrado umarmte sie, und Kate folgte seinem Beispiel.

»Möchtest du die Tafel lesen oder dir lieber von Lori ein Überraschungsmenü zusammenstellen lassen?«, stellte Corrado ihr zur Wahl.

Kate lebte lange genug in Italien, um diesen Vorschlag richtig einzuschätzen.

»Ich überlasse mich gerne der Auswahl von Lori, aber nur unter einer Bedingung: Ich lade dich ein!«, erwiderte sie.

Das Essen war köstlich. *Antipasti misti, scalopine al marsala* und ein unglaublich leichtes Tiramisu, das auf der Zunge zerschmolz. Dazu ein unvergesslicher Frascati. Joe lag brav unter dem Tisch. Nach zwei abschließenden Kaffees verließen sie das Restaurant, nicht ohne Alberto und Lori einen erneuten Besuch in nicht allzu ferner Zukunft versprochen zu haben.

»Möchten Sie gleich in Ihr Hotel zurück oder genießen wir noch ein wenig die frische Luft auf meiner Terrasse?«, schlug Corrado vor.

»Ich bin unglaublich müde, aber schlafen kann ich auch noch später.«

Sie gingen zu ihm hinauf. Corrado legte Jazzmusik auf und zündete honigfarbene Kerzen an. Auf der Terrasse hingen zwei bunte Hängematten an den Holzdielen. Sie streckten sich in ihnen aus, und der Cocker Joe sprang auf Kates Magen, wo er sich zu einer Kugel zusammenrollte. Flugzeuge zogen am Nachthimmel vorüber, kleine Lichter funkelten am weiten Firmament. Ein fernes Feuerwerk schleuderte vielfarbige Funken in die Dunkelheit – irgendwo fand in Rom immer ein großes Fest statt. Von einer benachbarten Terrasse klang Musik herüber, und durch ein offenes Fenster hörte man ein fröhliches Lachen.

»Ihre Woche in Paris war wohl sehr hart? Möchten Sie darüber sprechen, um die bösen Geister zu vertreiben?«, unterbrach Corrado ihr Schweigen.

»Es war schrecklich. Die einzige Person, die mich nicht hasste, war ein siebzehnjähriger Bursche, der mit mir schlafen wollte.«

»Und?«

»Er war noch minderjährig und für mich so etwas wie ein kleiner Bruder. Ich wollte nicht die Frau sein, die ihn in die Liebe einführt. Finden Sie das lächerlich?«

»Ich finde das sehr zartfühlend«, sagte Corrado.

Einen Augenblick schwiegen sie. Kate dachte daran, dass sie in Paris ihren Weg allein gegangen war, während die anderen alle als Paar unterwegs waren: Axelle und Charles, Gwénola und Loeiz, Olivia und Noa. Floridiano hatte hier in Rom seine Familie. Kate ging es unbestreitbar viel besser, seit sie sich mit Corrado traf.

»Danke für Ihre Hilfe«, murmelte sie.

Sie sehnte sich danach, dass er zu ihr käme und in seine Arme schlösse. In den Frauenzeitschriften war immer die Rede von Signalen, die eine Frau aussenden müsse, um einem Mann klar zu machen, dass sie ihn begehrte. Aber Kate kam aus einem Land, in dem so oft von sexueller Belästigung die Rede war, dass sich die Liebeswerbung auf seltsame Weise kompliziert hatte.

»Sie haben mir diese Woche sehr viel Zeit gewidmet«, sagte sie. »Dafür würde ich Sie gern entschädigen.«

Sie wollte etwas Nettes sagen, denn er hatte keinerlei Grund, dass alles nur ihrer schönen Augen wegen für sie zu tun – auch wenn sie von ganzem Herzen hoffte, dass er ihre Augen schön fände. Aber Corrado, der alles an Kate mochte, fasste ihre Worte anders auf.

»Glauben Sie, dass ich auf meinen Vorteil aus war? Sie können sich wohl nicht vorstellen, dass man einfach so hilft?«, fragte er verletzt. »Ich verdiene meinen Lebensunterhalt, ich brauche Ihr Geld nicht. Es ist spät, ich bringe Sie zu Ihrem Hotel zurück.«

Sie sah ihn traurig an.

»Ich kann allein hinuntergehen und mir ein Taxi rufen.«

»Sie sind hier nicht auf der Via Veneto. Hier schlafen die Leute um diese Zeit oder sie gehen zu Fuß. Gehen wir also!«

Er beförderte seine Beine aus der Hängematte und stand auf. Der Cocker drückte sich kräftig von Kates Magen ab und sprang mit allen vieren leichtfüßig auf den Boden. Kate wand sich nun ihrerseits aus der schaukelnden Hängematte.

»Ich habe mich nicht gut ausgedrückt«, sagte sie, um ihren Fehler wieder gutzumachen. »Seien Sie nicht böse, ich wollte nur … Ihnen meine Dankbarkeit zeigen.«

»Sie machen es nur noch schlimmer«, sagte er brüsk.

Unten auf der Straße ließ er seine Vespa an. Joe sprang auf seinen Platz, Kate stieg eilig hinter die beiden. Sie dachte an den wunderschönen Augenblick mit Noa am Seineufer, der mit einem Streit und einer schweigenden Heimfahrt auf dem Roller endete. Heute Abend war es wieder ein Roller, und die Missstimmung war noch weitaus schlimmer.

49

Samstag, 15. Oktober

Wie vereinbart überbrachte der Notar am entsprechenden Tag den beiden glücklichen Empfängern die Nachricht von den Schenkungen.

Gwénola war auf ihrer Insel leicht zu erreichen. Ungläubig wiederholte er ihr dreimal die Summe, um die es sich handelte.

»Sind Sie sicher, dass ich tatsächlich die Richtige bin?«, fragte sie beharrlich.

»Sie sind doch Mademoiselle Gwénola Tonnerre, ledig, geboren auf Groix, Morbihan im Jahre 1967, oder? Sie kennen Mademoiselle Jenny Lincoln, ledig, geboren in New York im selben Jahr, nicht wahr? Die Unterlagen sind in Ordnung. Nehmen Sie mit einem Notar Ihrer Wahl Kontakt auf, und sagen Sie mir, wohin ich das Geld überweisen soll.«

»Ich weiß noch nicht, ob ich das annehmen kann«, sagte Gwénola. »Ich muss erst darüber nachdenken.«

Der Notar wunderte sich.

»Diese Schenkung ist unwiderruflich. Ich habe Mademoiselle Lincoln nur ein einziges Mal gesehen, ich werde sie nicht mehr treffen. Die Möglichkeit, dass Sie das Geld nicht annehmen würden, haben wir nicht in Betracht gezogen. Das Geld würde in diesem Fall *ad vitam aeternam* blockiert werden, und das wäre doch schade. Denken Sie darüber nach, ich werde Sie Anfang der Woche noch einmal anrufen, einverstanden?«

Gwénola stimmte zu.

Paul Lincoln ließ sich die Summe ebenfalls dreimal wiederholen, dann schrie er:

»Es müsste viel mehr zu holen sein! Sie machen sich über mich lustig!«

»Meine Klientin, die, wenn ich es richtig verstanden habe, Ihre Schwester ist, hat mich beauftragt, Ihnen diesen Betrag zukommen zu lassen«, antwortete der Notar eisig.

»Dann macht sie sich eben über mich lustig!«

»Wie sollen wir bei der Überweisung vorgehen?«

»Ich werde das nächste Flugzeug nehmen und die Sache mit ihr selbst regeln!«, tobte Paul. »Sie wird von mir hören. Ich werde mich nicht mit Brosamen zufrieden geben, ich will den ganzen Kuchen … und ich werde ihn bekommen!«

Eilig machte er sich auf den Weg zum Flughafen.

50

Sonntag, 16. Oktober

Kate hatte über das Hotel einen grünen Fiat mit automatischer Schaltung gemietet und die Rezeption davon unterrichtet, das sie drei Tage verreist sein würde. Ihr Wecker klingelte um drei Uhr, sie lehnte sich ein letztes Mal aus ihrem Fenster und sah traurig zum Santa Lucia hinunter, wo sie so viele herrliche Mahlzeiten eingenommen hatte, ließ ihren Blick zum letzten Mal durch das Zimmer schweifen, das ihr so viele Monate als Hort gedient hatte, und verließ dann das Hotel. Der einzige Gegenstand, den sie mitnahm, war der Marinekompass von Corrado. Die Kleider und persönlichen Gegenstände von Jenny Lincoln ließ sie hier zurück. Sie kehrte an ihren Ausgangspunkt zurück, zu Kate Sand, Caterina Sabbia …

Corrado hatte ihr einen Treffpunkt in der Nähe des Gerichts genannt. Er wollte mit einem kleinen Lieferwagen, den er für den Transport seiner sperrigen Marinegegenstände benutzte, auf sie warten. Seit dem Missverständnis auf der Terrasse hatte Kate ihn nicht wiedergesehen. So hoffte sie, dass er sein Versprechen halten und sie nicht in einem so heiklen Augenblick im Stich lassen würde.

Ein Clochard schlief auf einer Bank am Straßenrand. Kate parkte den grünen Fiat kurz hinter ihm, schlich sich leise zu ihm, öffnete das Armband ihrer Bulgari-Uhr – ein Geschenk von Floridiano – und legte sie in den mit Münzen gefüllten Becher vor dem Mann. Jenny musste nun endgültig verschwinden.

Sie erreichte das Gericht um 3.30 Uhr und leuchtete kurz mit den Scheinwerfern auf. Zwei gelbe Strahlen erhellten die Dunkelheit, und ein kleiner Lieferwagen setzte sich vom Gehweg aus in Bewegung. Beruhigt atmete Kate auf und folgte ihm durch die schlafende Stadt.

Sie fuhren am Tiber entlang Richtung Norden. Corrado kannte die Gegend und hatte Kate die Stelle genau beschrieben. Alles sah genauso aus, wie Kate es sich vorgestellt hatte. Genau hinter einer Kurve führte eine lediglich mit einem schmalen Metallgitter geschützte Brücke über den Fluss, der hier tief genug war, um ein Auto zu verschlucken. Menschen und Tiere im näheren Umkreis lagen in tiefem Schlaf, das Wasser gurgelte vor sich hin, der Wind wiegte die Zweige der Bäume am Flussufer. Sie parkten die Autos vor der Brücke, stiegen aus und begegneten einander.

»Ich werde Ihnen nicht danken, dass Sie gekommen sind. Sie würden mir auch das übel nehmen«, flüsterte Kate.

»Sie haben wohl die Angewohnheit, Leute zu bezahlen. Das ist nicht mein Stil«, knurrte Corrado.

»Ich wollte Sie doch nur entschädigen!«

»Ich hatte schon verstanden. Sie wollten mich entlohnen, bezahlen und entschädigen.«

»Sollen wir uns jetzt streiten oder bringen wir mich jetzt um?«

»Sie haben recht. Wir erledigen Sie erst einmal, das ist wirklich dringender.«

Kate fuhr den Fiat auf die Brücke hinaus und stoppte gleich wieder. Die Reifen drehte sie so, wie sie gestanden hätten, wenn sie die Kurve zu schnell genommen hätte. Sie griff nach der Ledertasche, die die Papiere von Kate Sand enthielt und ließ auf dem Beifahrersitz die Louis-Vouitton-Tasche mit denen von Jenny Lincoln liegen. In einer mit Eiswürfeln bepackten Plastiktüte steckte eine Flasche Champagner. Sie entkorkte sie, nahm einen hastigen Schluck und fühlte, wie die Bläschen auf ihrer Zunge zerplatzten.

»Auf Jenny!«, sagte sie und reichte die Flasche Corrado.

»Auf Jenny«, antwortete er, nachdem er getrunken hatte.

»Ich wollte Sie an dem Abend nicht beleidigen. Es ist nur ... Sie sind mir nicht gleichgültig ... und ich weiß nicht, ob das bei Ihnen auch so ist.«

»Du bist meine erste amerikanische Liebe, Caterina Sabbia«, seufzte Corrado. »Sind alle Frauen bei euch so kompliziert? Du bist mir auch nicht gleichgültig. Auf Italienisch sagt man, *ti voglio bene* – ich mag dich gern, und es bedeutet, ich liebe dich. Das ist so viel einfacher und deutlicher.«

»Ti voglio bene«, wiederholte Kate. »Ist es so besser?«

Corrado führte die Flasche an seine Lippen, nahm einen Schluck und küsste Kate. Der kühle Champagner floss in den Mund der jungen Frau, und sie erwiderte den Kuss leidenschaftlich.

»Versprich mir, dass du mir nie wieder Geld anbietest«, hauchte Corrado. »Nicht einmal an Weihnachten ...«

»Ich schwöre es«, sagte Kate feierlich.

»Sehr gut. Dann kannst du jetzt sterben.«

Kate warf die Flasche Champagner auf den Boden des Fiat und achtete darauf, dass die Fahrertür offen, die Scheinwerfer und der Motor an und die Handbremse nicht gezogen waren. Sie beugte sich vor, um die Gangschaltung zu lösen, und sprang dann rasch aus dem Wagen, während dieser bereits vorwärts rollte.

Corrado ließ den Motor des Lieferwagens aufheulen, beschleunigte und stieß den grünen Fiat von hinten an. Der Wagen durchbrach das Geländer und stürzte in den Fluss. Corrado setzte zum Anfang der Brücke zurück und ging dann zu Kate. Der Wagen war mit der Schnauze voraus ins Wasser eingetaucht. Das zerstörte Geländer würde bald die

Aufmerksamkeit eines Passanten wecken. Man würde das untergegangene Auto sehen und die Polizei holen. Corrado hatte die Stelle sehr gut ausgewählt. Es hatte in diesem Jahr bereits zwei ähnliche Unfälle an dieser Brücke gegeben, und dennoch hatte man es nicht für notwendig erachtet, ein stabileres Geländer zu bauen. Den ersten Unglücksfahrer hatte man erst acht Tage später etwa fünfzig Kilometer von der Unfallstelle entfernt gefunden. Den zweiten suchte man noch immer. Es war eine kleine Straße; die Straßenführung ließ sich aufgrund von archäologischen Funden ganz in der Nähe nicht ändern, und man konnte doch eine Brücke nicht versetzen, nur weil ein paar alkoholisierte Idioten nicht in der Lage waren, angemessen vorsichtig zu fahren!

»Es tut mir sehr leid für deine Freundin Jenny«, sagte Corrado. »Auch wenn das alles bereits fünf Jahre zurückliegt.«

Sie stiegen wieder in den Lieferwagen, wo Joe, der es viel zu früh für jegliche Aktivität fand, friedlich auf Corrados Jacke schlief. Auf dem Rückweg nach Rom hörten sie eine Kassette von Mina. Manchmal ist das Ende ein Anfang – jedenfalls hatte das Lebensende von Jenny der neuen Existenz von Kate den entscheidenden Impuls gegeben.

51

Mit gut zwei Stunden Verspätung landete Paul am Flughafen Fiumicino, sprang in ein Taxi und ließ sich zum Hôtel Raphael fahren. Der Chauffeur gab sein Bestes, um ihn aufzuheitern, aber der nervöse Amerikaner verbarg nur zähneknirschend seinen Ärger. Paul stürzte ins Hotel hinein und rief dem Portier zu:

»Ich bin der Bruder von Jenny Lincoln! In welchem Zimmer wohnt meine Schwester?«

»Wusste sie, dass Sie kommen werden?«, wollte der erstaunte Portier wissen. »Sie ist für drei Tage fortgefahren.«

Paul geriet in Rage.

»Hat sie Ihnen gesagt, wohin sie fährt?«

»Unsere Gäste geben uns keine vertraulichen Auskünfte.«

»Ich werde auf sie warten. Haben Sie ein Zimmer für mich?«

»Bedauerlicherweise sind wir vollständig belegt.«

»Wenn meine Schwester ihr Zimmer für drei Tage nicht benutzt, kann ich es doch bewohnen, oder? Ich werde meinen Aufenthalt selbstverständlich bezahlen.«

Der Portier, der von Kate schon oft ein großzügiges Trinkgeld erhalten hatte, wies dieses Ansinnen mit aller Deutlichkeit ab.

»Madame Lincoln hat keinerlei Anweisungen in dieser Hinsicht gegeben. Ein solches Vorgehen können wir nicht verantworten.«

Aufgebracht musterte Paul ihn, bevor er kehrtmachte. Er verabscheute diese Stadt von Grund auf, diese dümmlich grinsenden Leute, diese alten ockerfarbenen Steine, diese einladenden Straßenrestaurants. Er würde diese Frau, die vorgab, Jenny zu sein, für alles bezahlen lassen.

Als Erstes suchte er den Notar auf, der ihn angerufen hatte, aber unglücklicherweise weilte dieser aus beruflichen Gründen heute gar nicht in Rom. Paul bestand darauf, dass es dringend sei, dass er aus den Vereingten Staaten käme und den Notar unbedingt sehen müsse. Die üppige Assistentin blieb jedoch unbeirrbar und beschränkte ihre Mühe darauf, ihm einen Termin für den morgigen Nachmittag zu geben, da der Notar am Morgen nicht in der Kanzlei sei.

Paul ließ seine Wut an dem Portier des kleinen Hotels aus, wo er ein Zimmer fand, an dem Kellner der Trattoria, wo er zu Mittag aß, an den Touristen und Römern, die ihm über den Weg liefen, und an dem Mann, der ihm am Abend seine Pizza servierte.

Am nächsten Tag traf Paul bereits eine Stunde vor dem vereinbarten Termin fingernägelkauend in der Kanzlei ein. Als der Notar ihn schließlich in sein Arbeitszimmer bat, tat er dies mit einem düsteren Gesichtsausdruck.

»Monsieur, erlauben Sie mir, Ihnen mein Beileid auszusprechen …«, setzte er in perfektem Englisch an.

»Was?«, polterte Paul.

Der Notar wurde blass und schien verwirrt.

»Sind Sie denn nicht auf dem Laufenden?«

Er reichte ihm zwei Zeitungsartikel, die seine Assistentin ausgeschnitten hatte. Sowohl *Republicca* und *Messaggero* erwähnten den Unfall, der sich vor den Toren Roms in der Frühe des gestrigen Tages ereignet hatte. Ein gemieteter Fiat war an einer Brücke von der Straße abgekommen und in den Tiber gestürzt. Die Leiche der Fahrerin hatte man bisher noch nicht gefunden. Es handelte sich um Jenny Lincoln, eine seit vier Jahren in Rom lebende Amerikanerin. Taucher hatten ihre Tasche mit ihren Papieren sowie eine geöffnete Flasche Champagner gefunden, die zweifellos erklärt, warum die Fahrerin viel zu schnell in die Kurve gefahren war. Der Hergang des Unfalls war eindeutig: Das Auto hatte das Geländer durchbrochen, die linke Tür war durch den Aufprall aufgesprungen. Die Anlieger schimpften, dass dies bereits der dritte tödliche Unfall innerhalb eines Jahres an der gleichen Stelle war.

Pauls Züge verzerrten sich zu einer schrecklichen Fratze, die der Notar nicht recht zu deuten wusste.

»Es muss wirklich furchtbar für Sie sein. Setzen Sie sich, ich werde meine Assistentin bitten, Ihnen ein Glas Wasser zu holen …«

»Das Geld!«, sagte Paul tonlos. »Steht es mir zu, auch wenn sie tot ist? Auch wenn man ihre Leiche nicht findet?«

Der Notar war verblüfft.

»Sie meinen die Schenkung, die sie Ihnen zugedacht hat? Sie gehört Ihnen, das steht fest.«

Der rechte Mundwinkel von Paul begann nervös zu zucken. Er konnte nicht an den Unfall glauben, das Flittchen hatte ihn ausgetrickst. Er hatte kein Mittel in der Hand, ihre Spur wiederzufinden. Sie hatte alle Hinweise verschwinden lassen. Er war ihr wie ein Idiot in die Falle gegangen.

»Überweisen Sie mir die Kohle«, sagte er. »Wie gehen wir vor?«

Die Familie war in Italien heilig. Der Notar erklärte ihm, mit einem Mal sehr kühl, das Procedere. Paul unterzeichnete die notwendigen Papiere, dann mietete er seinerseits ein Auto und fuhr zur Unfallstelle.

Neugierige hatten sich gerade um den Kran herum versammelt, der das Auto aus dem Wasser zog, und begleiteten das Ganze mit wildem Gestikulieren. Paul beugte sich über das Geländer und suchte den Fluss ab. Die Stelle war geradezu ideal, um einen Unfall vorzutäuschen und dann zu verschwinden, aber es konnte sich genauso um einen Selbstmord handeln. Nur wenn die Leiche der jungen Frau gefunden würde, wäre man ganz sicher, dass die junge Frau hier ums Leben gekommen war.

Da Paul die Vereinigten Staaten gar nicht hätte verlassen dürfen, konnte er auf gar keinen Fall Kontakt zu den italienischen Behörden aufnehmen und sich über die Ermittlungen auf dem Laufenden halten. Er hatte schon so viel Zeit im Gefängnis verloren, nun wollte er das Leben genießen. Er hatte weniger Geld erhalten, als er gedacht hatte, aber es war immer noch mehr, als er jemals besessen hatte. So entschied er sich, mit dem erstbesten Flugzeug in die Vereinigten Staaten zurückzufliegen.

Durch Pauls Reaktion vorgewarnt, rief der Notar Gwénola an und machte sich auf alles gefasst.

»Es tut mir sehr leid, aber ich habe eine schlechte Neuigkeit. Mademoiselle Lincoln ist Opfer eines Unfalls geworden, ihr Auto ist in den Tiber gestürzt, und man hat ihre Leiche bisher noch nicht gefunden.«

»Mein Gott!«, hauchte Gwénola und vergaß alles Unrecht, das sie ihr zugefügt hatte.

»Die Brücke war hoch, der Aufprall dementsprechend heftig. Die Leiche muss mit der Strömung abgetrieben worden sein. Es sind schon mehrere Unfälle an dieser Stelle geschehen. Laut Polizei besteht keine Aussicht, dass sie überlebt hat. Im Auto selbst hat man eine leere Flasche Champagner gefunden. Auch die Möglichkeit eines Selbstmordes kann nicht ganz ausgeschlossen werden.«

»Das ist ja furchtbar …«, murmelte Gwénola. »Ich glaube, sie hat gar keine Familie mehr. Gibt es eine Beerdigung? Ist jemand da, der sich darum kümmert?«

»Ihr Bruder war hier, aber ich glaube kaum, dass er sich zuständig fühlt.«

»Ihr Bruder? Paul? Ich dachte, der sei tot.«

»Er schien mir ziemlich lebendig. Sie hatten offenbar nicht das beste Verhältnis zueinander.«

Gwénola war verwirrt.

»Danke, dass Sie mir Bescheid gegeben haben, Herr Anwalt«, sagte sie und wollte schon auflegen.

»Warten Sie! Die Schenkung behält natürlich ihre Gültigkeit, da sie vor dem Unfall unterzeichnet wurde. Sie ist irreversibel. Sie wollten doch darüber nachdenken …«

Gwénola stieß fassungslos einen Seufzer aus.

»Nun, das habe ich bisher noch nicht«, sagte sie aufrichtig. »Ich vermute, dass ich sie jetzt annehmen muss. Man widersetzt sich ja wohl nicht dem Willen von jemandem, der nicht mehr lebt.«

»Damit treffen Sie die richtige Entscheidung«, pflichtete der Notar ihr bei. »Mein aufrichtiges Beileid.«

52

Nachdem sie aufgelegt hatte, blieb Gwénola einen Augenblick wie gelähmt am Fenster stehen und sah aufs Meer hinaus. In jener Woche war so viel geschehen. Jenny hatte so viel Leid verursacht und ihrer aller Leben für immer verändert. Und nun war sie tot, nachdem sie um Vergebung gebeten hatte. Die widersprüchlichsten Gefühlsregungen packten Gwénola. Sie war noch immer böse auf Jenny und konnte ihr nicht vergeben, dennoch machte ihr Tod sie traurig. »Keine von uns hat sich von diesem letzten Schuljahr erholt«, dachte sie.

Sie entschied sich, zunächst Olivia davon zu unterrichten, und rief sie auf ihrem Handy an. Sie hatten seit der Ausstrahlung der Fernsehsendung nicht mehr miteinander gesprochen. Gwénola hatte mehrere E-Mails an Olivia geschickt und auch auf ihren Anrufbeantworter gesprochen, aber Olivia hatte sich nicht gemeldet. Gwénola war in Paris gewesen, um bei Bertrand Guinness den Vertrag zu unterzeichnen, Photos zu machen und Journalisten zu treffen. Die Tage waren wie im Fluge vergangen. Sie hoffte, dass Olivia sich nicht tief deprimiert in eine Ecke verkrochen hatte.

Das Telefon klingelte dreimal, dann erklang eine fröhliche Stimme:

»Hallo … ja?«

»Olivia? Hier ist Gwénola. Ich höre dich nur sehr schlecht!«

»... bin ... mart ... an die ...«

»Wie bitte? Hier kommen nur Bruchstücke an. Ich muss mit dir reden. Es ist dringend.«

»In ... nung.«

Dann knackte und rauschte es, Gwénola vernahm das Lachen eines Mannes und einer Frau.

»Hallo, Gwénola? Entschuldige bitte. Ich bin im Smart von Colin, wir fahren durch die Normandie. Jetzt haben wir angehalten. Was wolltest du mir sagen?«

Gwénola runzelte die Stirn. Die große Olivia in einem winzigen Smart mit ihrem Ex-Ehemann?

»Ich habe eine schlechte Neuigkeit«, begann Gwénola.

»Ist etwas mit Noa?«, fragte Olivia erregt.

»Deinem Sohn geht es sehr gut. Lass mich doch ausreden. Es geht um Jenny. Sie hatte einen schlimmen Autounfall in Rom.«

»Ist es schlimm?«

Gwénola erzählte ihr, was sie wusste. Olivia war zutiefst bewegt. Sie hatte Jenny zum letzten Mal in dem Hotel gesehen, wo sie sie beschuldigt hatte, ihren Sohn verführt zu haben. Im Nachhinein hatte sie sich bereits Vorwürfe für ihr Verhalten gemacht. Sie hätte nichts dagegen gehabt, dass Noa mit einem gleichaltrigen Mädchen schlief, aber die Situation hatte sie überfordert. Jenny hatte ihr geschworen, dass nichts geschehen sei, aber sagte sie denn die Wahrheit? Es war auch damals nicht richtig von ihr gewesen, Olivia den Selbstmord ihrer Mutter zu verheimlichen, aber sie hatte in der besten Absicht gehandelt.

»War es ein Unfall? Hat sie es wirklich nicht absichtlich gemacht?«, fragte sie flehend, da ihr die Vorstellung, Jenny könnte sich das Leben genommen haben, unerträglich war.

Nun war es Gwénolas Aufgabe, die große Olivia Ruben zu beschützen.

»Das Urteil der Polizei war eindeutig: Ganz sicher nicht.«

Danach rief Gwénola auf dem Schloss von Bergeac an. Axelle war am Apparat.

»Axelle? Hier ist Gwénola.«

»Charles ist im Rathaus. Ich gebe dir gern die Telefonnummer.«

»Ich wollte mit *dir* sprechen. Jenny hatte einen Autounfall in Italien.«

»Liegt sie im Koma?«

»Schlimmer.«

Auch Axelle war erschüttert. Ihr letzter Kontakt mit Jenny war ein Telefongespräch gewesen. Sie hatte sich vor ihrer Abreise noch von ihr verabschieden wollen, war aber durch die schlimmen Ereignisse der letzten Woche nicht dazu gekommen.

Sie hatten vereinbart, sich zwei Tage später um die Mittagszeit im ›Kleeblatt‹ zu treffen. Olivia kam aus dem Norden, Axelle aus dem Süden und Gwénola aus dem Westen. Der hagere und kahle Kellner erkannte sie sofort wieder und fragte:

»Champagner?«

Sie nickten und setzten sich auf die Terrasse, ohne dass ein Lächeln sich auf ihre Züge schlich – zu nah war der Tod an sie herangerückt.

Der Champagner wurde auf den Tisch gestellt – es war die gleiche Marke, der gleiche Jahrgang. Ernst hoben die drei immer noch jungen Frauen ihr Glas.

»Auf Jenny!«, sagten sie einstimmig.

»Sie hatte den schönsten Tag ihres Lebens noch nicht erlebt …«, stellte Axelle fest.

»Ich bin immer noch wütend darüber, was sie uns angetan hat, aber ich habe ihr nichts Böses gewünscht«, murmelte Gwénola.

»Das Viereck besteht nicht mehr. Wir sind nur noch zu dritt.«

»Also ein Dreieck!«

»Sollte es zu einem Treffen zu ›Dreißig Jahre Abitur‹ kommen, gäbe es von Jenny nur noch Photos ...«

Schweigend saßen sie beieinander. Keine von ihnen strebte ein weiteres Treffen an. Sie würden sich nicht wiedersehen. Es war ein Abschiedsfrühstück, das war ihnen vollkommen klar.

»Es ist zwar heute nicht der richtige Tag, um über Liebe zu sprechen, aber ich möchte euch doch sagen, dass Colin und ich gestern in ganz kleinem Kreis noch einmal geheiratet haben«, sagte Olivia.

Sie lächelte über die verdutzten Gesichter der beiden anderen.

»Das ist eine gute Neuigkeit, ihr könnt mich beglückwünschen!«

»Meine besten Wünsche für das Brautpaar«, stammelte Axelle. »Wie kommt es nur, dass ich den Eindruck eines Déjà-vu-Erlebnisses habe?«

»Es lebe das Brautpaar!«, stimmte Gwénola ein. »Ich habe ein Geschenk für euch.«

Sie kramte in ihrer Tasche, zog zwei Exemplare von *Die seidene Maske* hervor und reichte sie ihnen.

»Der Roman kommt Ende des Monats in die Läden«, sagte sie mit einem schüchternen Lächeln. »Seht doch bitte einmal Seite fünf an!«

Sie schlugen das Buch auf. Es war den »vier Kleeblättern« gewidmet.

53

In seinem selbstgewählten, gut ausgeleuchteten Gefängnis versuchte Noa erfolglos, sich auf das Verfassen seines Drehbuchs zu konzentrieren. Er hatte in den Bereichen Aufnahmeleitung, Originalität der Aufnahmen, ideenreiche Tonspur, Schnitttechnik, Synchronisation gepunktet, aber es gelang ihm einfach nicht, sein eigentliches Vorhaben, sein eigentliches Werk in Angriff zu nehmen. Er wollte eine so geniale Geschichte schreiben, dass er das Spiel gewinnen und die für seinen ersten Kinofilm so unabdingbaren Kredite erhalten würde.

Aufgeregt und gerührt hatte er gestern der Hochzeit seiner Eltern beigewohnt. Als Olivia ihm schonend den Tod von Jenny beibrachte, war er zutiefst erschüttert gewesen, hatte sich jedoch beherrscht, um das Fest nicht zu verderben. Er hatte gelächelt und so getan, als sei er glücklich, aber vor seinen Augen hatte er das Bild einer rothaarigen Frau in einem asymmetrischen roten Leinenkleid gesehen, die aus vollem Halse lachte – und ihm war zum Heulen zumute gewesen.

Es schien ihm grotesk, heute das Spiel fortzusetzen. Er hätte ihr unzählige Hot Dogs kaufen wollen, hätte sie auf dem Roller mit zum Montmartre nehmen wollen, um von dort den Sonnenaufgang zu beobachten, und er hätte Hand in Hand mit ihr die Katakomben besichtigen und sie aus allen möglichen Winkeln filmen wollen.

»Noa?«, murmelte eine Stimme neben ihm.

Mona machte sich Sorgen um ihn. Sie hatte gesehen, in welcher Verfassung er aus der Stadt zurückgekommen war, aber ihr Zeitplan hatte sie seither nicht zusammengeführt.

»Ich habe dich überall gesucht. Geht es dir nicht gut?«

»Nein. Ka … Jenny ist tot.«

Mona starrte ihn an.

»Die Freundin deiner Mutter? Für die wir die Aufnahmen zusammengeschnitten haben?«

»Sie hatte einen Autounfall in Rom.«

»Das tut mir leid«, sagte Mona. »Kanntest du sie schon lange?«

»Eine unendlich lange Woche.«

Mona sah ihn ernst an und versuchte, ihn zu verstehen. Es gelang ihr nicht, und so entschied sie sich, ihn auf die bestmögliche Weise zu trösten: Sie umarmte und küsste ihn heftig. Noa war zunächst überrascht, ihre weichen Lippen auf den seinen zu spüren, und wollte sie fragen, was sie vorhatte, dann aber überließ er sich ihrem Kuss und vergaß alles andere um sie herum.

Nachdem sie eine Stunde geschwänzt hatten, erschienen sie wieder Hand in Hand. Sie wussten nun, was Kate mit ihren Worten hatte sagen wollen: »mit jeder Faser seines Körpers glücklich sein und keine Angst mehr haben«. Ein Produktionsassistent reichte Noa einen Umschlag.

»Das ist für dich. Es steht darauf: ›Dringend und persönlich‹. Der Umschlag kommt aus Rom und sieht nicht aus wie die übliche Fan-Post.«

Noa riss den Umschlag auf. Er enthielt ein weißes Blatt, auf dem stand: »Die Wahrheit hat mehrere Gesichter. Jenny ist tot, aber Kate nicht. Ich gebe dir grünes Licht, du kannst meine Geschichte erzählen. Ich weiß, dass es dir gelingen wird.«

»Jaaaa …!«, rief Noa wie verwandelt aus.

Er presste Mona an sich und hüpfte mit ihr durch das Zimmer wie ein Marsupilami.

»Alles in Ordnung?«, fragte der Assistent besorgt.

»Es könnte nicht besser sein«, beteuerte Noa.

Am folgenden Samstag, während die Sendung ausgestrahlt wurde und die Einschaltquoten am höchsten waren, fasste er nach Monas Hand und zog sie mit sich mitten auf die Bühne.

»Wir haben uns gemeinsam entschlossen, heute Abend aus dem Spiel auszusteigen. Ich danke den Lehrern, der Produktion, dem Sender und den Zuschauern, die für mich gestimmt haben«, sagte er mit klarer Stimme, während die Produzenten sich die Haare rauften. »Und ich wünsche meinen Weggefährten viel Glück. Hier werden wir wie Disketten in ein Format gezwungen, dabei sind wir doch jeder ein einzigartiges Handbuch. Ich weiß eine wunderbare Geschichte, und diese möchte ich Ihnen in Bildern erzählen. Mona wird meine Regieassistentin sein. Der Entwurf steht, wir freuen uns über jedes Angebot. Bis bald, und vielen Dank, dass Sie mir zugehört haben.«

Er grüßte formvollendet in die Kamera, errötete leicht und eroberte mit seinem Auftritt das Herz so mancher Hausfrau, aber auch einiger Produzenten – die sich unverzüglich ans Telefon begaben.

53

Ende Dezember 2005

Auf seiner Terrasse wachste Corrado voller Respekt eine Schiffskommode und hörte dabei eine CD von Diana Krall. Joe, der Cockerspaniel, hielt in einer der Hängematten seine Siesta. Kate schaltete den Computer ein und suchte in Yahoo nach dem Namen von Noa Nathan-Ruben. Gleich auf mehreren Seiten fanden sich Artikel zu dem jungen Regisseur, der gemeinsam mit seiner Freundin Mona mit den Dreharbeiten zu seinem Film *Die vier Wahrheiten* begonnen hatte. So wie Matt Damon und Ben Affleck das Drehbuch zu *Good Will Hunting* gemeinsam verfasst hatten, schien die Zusammenarbeit von Noa-Mona sehr gut zu funktionieren: Es hieß, das Drehbuch sei hervorragend. Das von dem Verleger Bertrand Guinness veröffentlichte Buch würde zeitgleich mit dem Film auf den Markt kommen.

Kate fuhr hoch, als Corrado, der leise hinter sie getreten war, die Arme um ihren Hals legte und sich zu ihr herabbeugte, um sie zu küssen.

»Morgen lichten wir den Anker und fahren in Richtung Tyrennisches Meer. Bist du damit einverstanden?«, murmelte er und wich zurück.

»In Paris hat mich jemand gefragt, welches der schönste Tag in meinem Leben war, und ich wusste keine Antwort darauf. Seit ich mit dir zusammenlebe, weiß ich nicht mehr, für welchen ich mich entscheiden soll.«

»Ich habe in der Zeitung gelesen, dass diese unfähige Polizei deine Leiche immer noch nicht gefunden hat. Aber ich habe dich, und ich lasse dich um nichts in der Welt wieder los!«

Sie lachte. Die meisten Menschen erledigten die Abschnitte des Lebens in der richtigen Reihenfolge: Man findet seinen Liebsten, man arbeitet, man verdient Geld, und am Ende stirbt man. Kate hatte die übliche Reihenfolge umgekehrt. Sie hatte gearbeitet, sie war dank Jenny reich geworden, und sie war gestorben. Erst danach hatte sie ihren Liebsten gefunden.

Die Jenny der letzten vier Jahre wohnte im Hotel und kleidete sich in Haute Couture. Von nun an zierte Kates Name den Briefkasten von Corrado, der ihr als symbolisches Geschenk die berühmte dicke, ärmellose Weste der Trödler geschenkt hatte.

Sie schob ihren Stuhl zurück und zog Corrado ins Schlafzimmer. Es wurde Abend in Rom, die Flugzeuge flogen über sie hinweg, unten hupten Autos. Ein Hund bellte. Ein Vogel sang. Ein Kind, das gerade Fahrradfahren lernte, jauchzte vor Freude. Während sie miteinander schliefen, wechselten die Augenfarben von Kate und Corrado. Das bedeutete, dass sie am Leben waren.

Rom, Montessori, Groix, 2005